Adolph Freiherr Knigge
in Bremen

# ADOLPH FREIHERR KNIGGE IN BREMEN

Texte und Briefe

Herausgegeben und kommentiert
von Michael Rüppel und Walter Weber

EDITION TEMMEN

Die Deutsche Bibliothek – CIP-Einheitsaufnahme

**Knigge, Adolph Frhr. von:**
Adolph Freiherr Knigge in Bremen : Texte und Briefe /
hrsg. und kommentiert von Michael Rüppel und Walter Weber. –
Bremen : Ed. Temmen, 1996

ISBN 3-86108-117-2

NE: Rüppel, Michael [Hrsg.]; HST

Umschlagabbildung:
Adolph Freiherr Knigge, anonymes Portrait, 1794.
Bremer Landesmuseum (Focke-Museum)



Druck: Interpress

EDITION TEMMEN
28209 Bremen, Hohenlohestr. 21
Tel. 0421/344280, Fax 0421/348094
ISBN 3-86108-117-2

# Inhalt

# Vorwort

»Wenn derjenige Grad von Cultur der wünschenswerteste ist, welcher nicht auf Unkosten der Sittlichkeit und ächter teutscher Redlichkeit erkauft wird; so gehört Bremen gewiß unter die aufgeklärten Städte.« Als Adolph Freiherr Knigge im Jahr 1793 dieses positive Urteil über Bremen niederschrieb, wußte er genau, wovon er redete. Residierte er doch seit 1790 im Rang eines »Oberhauptmanns« als Verwalter der bremischen Besitzungen des damaligen Königreichs Hannover in der Hansestadt. Und ihr weltoffenes Klima wußte er wohl zu schätzen. War er doch einer der profiliertesten Aufklärer des späten 18. Jahrhunderts, der sich als Verfasser populärer Romane und engagierter politischer Schriften einen Namen machte. Vor allem aber war er ein entschiedener Anhänger der Ideale der Französischen Revolution und früher Vorkämpfer des Parlamentarismus in Deutschland. Und mit dieser Haltung wurde er in seiner Bremer Zeit zu einem der bestgehaßten Männer in konservativen Kreisen, die ihn noch über seinen Tod hinaus als Staatsfeind und Jakobiner denunzierten.

Für die Nachwelt blieb Knigge freilich kaum als streitbarer Republikaner in Erinnerung, sondern als Verfasser eines 1788 erschienen Buches, das seinen Namen bis heute zu einem Begriff gemacht hat: »Über den Umgang mit Menschen«. Ein Werk, um das sich zahlreiche Mißverständnisse ranken. Es ist keineswegs das vielzitierte ›Benimm-Buch‹, zu dem es spätere Umschriften machten, sondern ein kritischer Leitfaden zur praktischen Lebensphilosophie. Knigge betonte es ausdrücklich im Vorwort, in dem es heißt: »So will ich nicht etwa ein Complimentirbuch schreiben, sondern einige Resultate aus den Erfahrungen ziehn, die ich gesammlet habe, während einer nicht kurzen Reihe von Jahren, in welchen ich mich unter Menschen aller Art und Stände umhertreiben lassen, und oft in der Stille beobachtet habe.«

Das vorliegende Buch verdankt seine Entstehung einem gemeinsamen Veranstaltungsprojekt von Radio Bremen, dem Senat der Freien Hansestadt Bremen, der Bremer St.-Petri-Domgemeinde, der Universität Bremen und der Deutschen Presseforschung zum 200. Todestag von Adolph Freiherr Knigge am 6. Mai 1996. Es enthält ausgewählte Schriften und Lebenszeugnisse, die seine Bremer Jahre dokumentieren. Ein Zeitabschnitt, der trotz schwerer Krankheit und heftigen politischen Anfeindungen zu den produktivsten seines Lebens zählt.

Geschrieben hat Knigge viel in seinem kurzen Leben, das am 6. Mai 1796 in Bremen endete. Aber ein ›Literat im Elfenbeinturm‹, ein weltfremder Ästhet ist er nie gewesen. Schriftstellerei war für ihn stets eine öffentliche Angelegenheit und als vornehmste Tugend des Autors galt ihm die Dialogbereitschaft mit dem Leser. Lautete doch ein selbstgewähltes Motto: »Schriftstellerey ist ... öffentliche Mittheilung der Gedanken; gedruckte Unterhaltung; laute Rede, an Jeden im Publico gerichtet, der sie hören will.«

*Schloß Bredenbeck, der Geburtsort Knigges.*
*Kupferstich von Matthäus Merian, 1654*

# Einleitung

»*Beruf zum Schriftsteller* hat Jeder, der etwas nicht Alltägliches, nicht allgemein Bekanntes, etwas Nützliches zur Belehrung oder Warnung, etwas dem Bedürfnisse der Zeiten Angemessenes, oder auch nur etwas unschädlich angenehm Unterhaltendes, Jeder der etwas zu sagen weiß, das frommt, wodurch Tugend und Weisheit befördert, Wärme für das Gute erregt und unterhalten, Trost und unschuldige Freude verbreitet werden können.«[1] Ein ausgesprochen pragmatisches Autoren-Ideal ist es, das Knigge im Jahr 1793 formulierte. Es entsprang dem Literaturverständnis eines Mannes, der sich in den unterschiedlichsten Metiers versucht hat: als Romancier und politischer Publizist, Übersetzer und Dramatiker, Literaturkritiker, Feuilletonist, Reiseschriftsteller und Moralphilosoph. Eine Vielseitigkeit, die dem weitgespannten Horizont seiner Neigungen ebenso entsprach wie dem vielsträhnigen Erkenntnis-Interesse der Aufklärungsepoche, zu deren späten Repräsentanten er zählt. Sie kennzeichnet aber zugleich die Schreibzwänge eines Intellektuellen, der als einer der ersten in Deutschland eine freie Schriftstellerexistenz führte. Freimütig bekannte er im Jahr 1789: »Ich habe bis itzt für Geld Bücher geschrieben, um als ein ehrlicher Mann irgend standesmäßig mich und die Meinigen zu ernähren. Ich habe nicht aus elender Autor-Sucht, sondern mit Unlust, *ums Brod*, geschrieben.«[2]

Seine Herkunft bestimmte Knigge keineswegs dafür, aus eigener Kraft seinen Lebensunterhalt zu bestreiten. Geboren wurde er am 16. Oktober 1752 in Schloß Bredenbeck bei Hannover, dem Stammsitz eines Adelsgeschlechts, das sich bis ins 12. Jahrhundert zurückdatieren läßt. Er war der einzige Sohn des hannoverschen Oberhauptmanns und Hofgerichtsrats Philipp Carl Freiherr von Knigge und dessen

1 Adolph Freiherr Knigge: Ueber Schriftsteller und Schriftstellerey. Hannover 1793, S. 62. In: Sämtliche Werke (SW). Hrsg. von Paul Raabe, Bd. 19.

2 Knigge an Christian Luwig August von Arnsswaldt am 5. Oktober 1789. Zit. nach: Ob Baron Knigge auch wirklich todt ist? Eine Ausstellung zum 225. Geburtstag des Adolph Freiherrn Knigge. [Ausstellungskatalog]. Bearb. v. Ernst-Otto Fehn u.a. Wolfenbüttel 1977, S. 33.

Ehefrau Louise Wilhelmine, geb. Freiin von Knigge aus der Linie Thale. Die fünf Schwestern starben früh; vier bereits im Kindesalter, die älteste, Juliane Charlotte, mit 22 Jahren.

Als Alleinerbe der Familiengüter schien Knigge eine glänzende Zukunft sicher. Der Vater ließ ihn standesgemäß von Hauslehrern erziehen. Einer von ihnen war Johann Adolf Schlegel, der Vater der beiden Romantiker Friedrich und August Wilhelm Schlegel. Doch nach dem frühen Tod der Eltern – die Mutter starb 1763, der Vater 1766 – zeigte sich, daß die freiherrlichen Finanzen hoffnungslos zerrüttet waren. Der leichtlebige Vater hatte einen gewaltigen Schuldenberg von 130.000 Reichstalern hinterlassen und die Güter kamen unter die Zwangsverwaltung der Gläubiger, die dem Erben lediglich eine schmale Jahresrente von 500 Reichstalern gewährten. Bis zu seinem Tod sollte Knigge am Versuch scheitern, das väterliche Erbe wieder zu entschulden. Ein Leben als wohlsituierter Landedelmann kam fortan nicht mehr in Frage.

Die weitere Erziehung übernahm der Hannoveraner Kammersekretär Augspurg, zu dem Knigge 1766 in Pension kam. Bei ihm lernte der junge Adelssproß nicht nur die Vorzüge bürgerlicher Lebensweise kennen, sondern erwarb auch gründliche Kenntnisse in Fremdsprachen, Naturwissenschaften und Geschichte.

Im Jahr 1769 immatrikulierte sich Knigge an der Universität Göttingen für das Studium der Jurisprudenz. Die 1737 gegründete Alma mater war damals die jüngste in Deutschland und hatte sich rasch zu einem geistigen Zentrum entwickelt. Hier lehrten renommierte Professoren wie der Philosoph Johann Georg Heinrich Feder, der Historiker August Ludwig Schlözer oder die Juristen Georg Ludwig Böhmer und Johann Stephan Pütter, deren Vorlesungen Knigge besuchte. Mit Georg Christoph Lichtenberg wohnte Knigge im Hause des Verlegers Johann Christian Dieterich unter einem Dach. Und unter den Jurastudenten fand sich der später als Dichter berühmte August Gottlieb Bürger.

Noch während seiner Studentenzeit knüpfte Knigge Kontakte zum Hof des hessischen Landgrafen Friedrich II. in Kassel. Der ernannte ihn 1771 zum Hofjunker und Assessor bei der Kriegs- und Domänenkammer, beurlaubte ihn jedoch sogleich wieder zur Fortsetzung des Studiums. Knigges Hofdienst begann daher erst im Jahr 1772. Damit war der Anfang einer standesgemäßen Karriere gemacht, die Knigge zielstrebig fortzusetzen gedachte. Zunächst mit einigem Erfolg. Er avancierte zum Mit-Direktor der hessischen Tabakfabrik und mühte sich um die Intensivierung des Zichorienanbaus, eines Kaffee-Ersatzmittels. In Kassel lernte er auch die Hofdame Henriette von Baumbach kennen, die er 1773 heiratete. Als einziges Kind dieser Ehe wurde 1774 die Tochter Philippine geboren.

Nach so hoffnungsvollen Anfängen war es für ihn umso schmerzlicher, als er erkennen mußte, daß man bei Hofe weniger durch Leistung und Verdienst, sondern vor allem durch Taktik und Intrige reüssierte. Jahre später beschrieb er die mißlichen Erfahrungen seiner Kasseler Zeit in einem Brief so:

*Vryherr van Knigge, ungezeichneter Kupferstich von 1789. Über dieses Bild schreibt Knigge am 2.2.1789 an Großmann: »Mein Buch über den Umgang ist ins Holländische übersetzt und ein schöner Kupferstich von meinem Pavians-Gesicht steht davor.«*

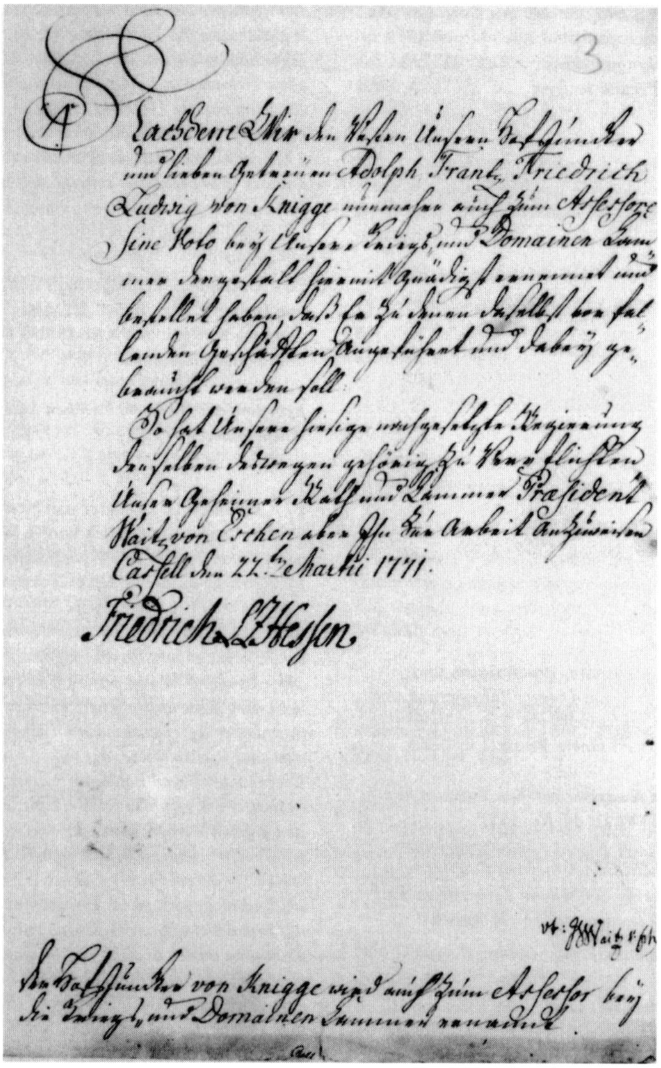

*Ernennungsdekret Knigges zum Assessor bei der Kriegs- und Domänenkammer Kassel, 22.3.1771. Urkunde des Landgrafen Friedrich II. von Hessen-Kassel*

»Sie wissen, daß ich in meinem 19. Jahre in Kassel an einen äußerst intriguanten Hof kam. Die Gunst der Herrschaften, die aber mit einander uneinig lebten; das Heer schlechter Leute, Günstlinge, Neider, Projektmacher, mit denen ich täglich umging, die ich verachtete, die ich Unerfahrener glaubte stürzen zu müssen; Laster, die ich bekämpfte; Thorheiten, über die ich lachte; Dummheit in der Hülle der Weisheit, die ich entlarvte und dann verspottete, – das Alles machte mich zu einem wichtigen Menschen. Weil ich aber fremd, ohne Schutz, ohne List und Erfahrung war, so sah ich mich auf einmal mit Feinden und Verleumdern umgeben, zurückgesetzt und ohne Hoffnung, irgend einen Plan auszuführen. Ich verließ also endlich den Kampfplatz und sah mich nach einem andern Wohnorte um.«[3]

Im Jahr 1775 zog Knigge die Konsequenz aus seiner unhaltbaren Position am Hof des hessischen Landgrafen und demissionierte. Er übersiedelte auf das Gut seiner Schwiegermutter in Nentershausen und versandte eifrig Bewerbungsschreiben für einen neuen Dienst. Diesmal jedoch ohne Fortune. Von Preußens Friedrich dem Großen kam eine glatte Absage mit der Begründung, »daß Ich als Landesvater meiner Untertanen den einheimischen Talenten und Genies den Vorzug gebe, bevor ich auf Ausländer zurückgreife«.[4] Ähnlich reagierte Herzog Carl August von Sachsen-Weimar, bei dem Knigge 1776 vorstellig wurde. Positiv verbuchen konnte er lediglich die Verleihung des Titels eines sächsisch-weimarischen Kammerherrn im Jahr 1777. Dies war allerdings eine reine Ehrenstelle ohne Besoldung.

Keine Stellung, aber ein neues Betätigungsfeld fand Knigge, als er 1777 mit seiner Familie nach Hanau übersiedelte. Er verkehrte am Hof von Erbprinz Wilhelm von Hessen, wo er sozusagen als ›maître de plaisir‹ auftrat. Er gründete ein Hoftheater und begann zu komponieren. Die erhalten gebliebenen Werke – ein Konzert für Fagott und Streicher sowie sechs Cembalosonaten – zeigen ihn als begabten Musik-Dilettanten, der dem galanten Zeitgeschmack seine Reverenz erwies.

Im Mittelpunkt seines Interesses stand jedoch eine ›Liebhaberei‹ ganz anderer Art: die Freimaurerei. Und diese Neigung kam nicht von ungefähr. Hatte er doch bereits im Kindesalter erste Eindrücke darüber sammeln können.

»Von Jugend auf durch einen unruhigen, spät in mäßige, nützliche Grenzen zu ordnenden Thätigkeits-Trieb angespornt, wurde auch ich früh von der Krankheit unsers Zeitalters, von der Begierde nach geheimen Verbindungen und Orden hingerissen. Schon als Kind hörte ich in meines Vaters Hause täglich mit Enthusiasmus von Freymaurerey und geheimen Wissenschaften reden, denn damals fieng diese Wuth an einzureissen, und mein Vater, der es freylich dahin wohl nicht muß gebracht haben, Gold zu machen, war doch vielfältig von Leuten umgeben, die vom Steine der Weisen und dergleichen Sächelchen redeten.«[5]

---

[3] Knigge an Friedrich Joseph Greve und Joachim Nikolaus Richers am 28. September 1779. Zit. nach: Ob Baron Knigge auch wirklich todt ist, S. 20.

[4] Friedrich der Große an Knigge am 17. April 1775. Der französisch geschriebene Brief ist abgedruckt in: Ob Baron Knigge auch wirklich todt ist, S. 21.

[5] Adolph Freiherr Knigge: Philo's endliche Erklärung und Antwort auf verschiedene Anforderungen und Fragen, die an ihn ergangen, seine Verbindungen mit dem Orden der Illuminaten betreffend. Hannover 1788, S. 17 (SW 12).

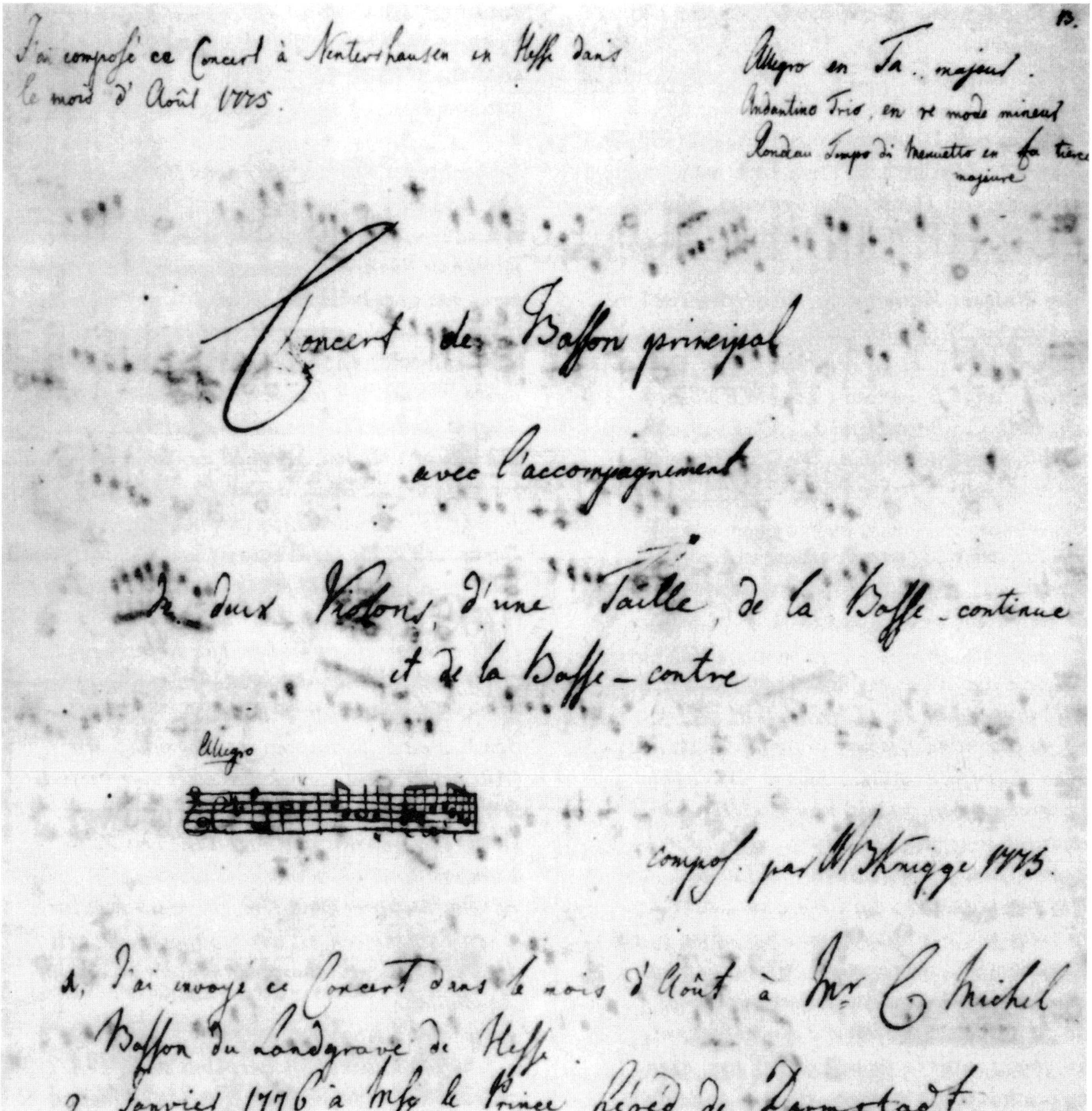
J'ai composé ce Concert à Nentershausen en Hesse dans le mois d'Août 1775.

13.

Allegro en Fa. majeur.
Andantino Trio, en re mode mineur
Rondeau Tempo di Menuetto en fa tierce majeure

Concert de Basson principal
avec l'accompagnement
de deux Violons, d'une Taille, de la Basse-continue
et de la Basse-contre

Allegro

compos. par A. v. Knigge 1775.

1, J'ai envoyé ce Concert dans le mois d'Août à Mr. C. Michel Basson du Landgrave de Hesse.
2, Janvier 1776 à Mgr le Prince héréd de Darmstadt.

*Autograph des Titelblattes von Knigges Konzert für Solo-Fagott mit zwei Violinen, Viola und Basso continuo in F-Dur, komponiert 1775 in Nentershausen, Hessen*

Ein Leben lang sollte Knigge von der Beschäftigung mit Freimaurerei und der »Begierde nach geheimen Verbindungen« nicht mehr loskommen, beides durchzieht gleichsam als roter Faden seinen Werdegang. Als Student in Göttingen war er Mitglied des sogenannten »Concordien-Ordens« gewesen und in Kassel wurde er 1773 förmlich in die Freimaurer-Loge »Zum gekrönten Löwen« aufgenommen. Sein erstes veröffentlichtes Buch »Allgemeines System für das Volk« (1779) entwirft eine Gesellschaftsutopie nach freimaurerischen Prinzipien und mit dem 1786 publizierten »Beytrag zur neuesten Geschichte des Freymaurerordens« erweist er sich als Kenner der maurerischen Interna.

Wie Knigge glaubten viele seiner Zeitgenossen fest an die historische Mission der Freimaurerei. Im Jahr 1717 durch den Zusammenschluß der Londoner Großloge in England erstmals in Erscheinung getreten, war sie bereits Mitte des 18. Jahrhunderts in ganz Europa verbreitet. Der Begriff leitet sich von den Bauhütten der großen Sakralbauten des Mittelalters ab, deren Bruderschaften als idealypisches Modell interpretiert wurden. Analog erstrebten die Freimaurer eine kosmopolitische Vereinigung zur Verbreitung von Brüderlichkeit, Humanität und Toleranz, deren Endzweck die Vervollkommnung der Menschheit ist. Die Freimaurerei des 18. Jahrhunderts ist sozusagen eine symbolische ›Baukunst‹, die den ›unbehauenen Stein‹ Mensch zum vollendeten Kunstwerk umschaffen und das Programm der Aufklärung in die Tat umsetzen will. Sie organisierte sich außerhalb der Institutionen von Staat und Kirche in einem ›Arcanbereich‹, der Nicht-Eingeweihten verschlossen blieb. Und damit bildete sie ein autonomes Forum jenseits von absolutistischem Machtanspruch und kirchlicher Bevormundung.[6] Entsprechend schufen sich die Logen eine nur ihnen eigene Organisationsform, bestehend aus den Graden Lehrling, Geselle und Meister, die die jeweils erreichte Erkenntnis-Stufe repräsentierten. Zugleich entstanden quasi-religiöse Versammlungszeremonielle in eigens eingerichteten Tempeln, in denen die Einweihung in die maurerischen ›Mysterien‹ zelebriert wurde.

Bei einer so eigentümlichen Symbiose von Vernunft und Mysterium verwundert es nicht, daß im Verlauf des 18. Jahrhunderts die Freimaurerlogen vielerorts zum Experimentierfeld für metaphysische Spekulationen und mystische Praktiken aller Art wurden. Beispielsweise verbreitete sich die Legende von der Existenz »geheimer Oberer« als Hüter des ›verborgenen‹ Wissens. Afterwissenschaften wie Alchemie und angebliche Goldmacherkünste machten die Runde und eröffneten Betrügern vom Schlage eines Cagliostro ein ideales Terrain für ihre gewinnträchtigen Scharlatanerien. Um 1780 trat auch der Orden der sog. »Gold- und Rosenkreuzer« auf, der mystisch-theosophische Lehren im freimaurerischen Gewande verbreitete.

Auch ein aufklärerisch geprägter Geist wie Knigge zeigte sich von den grassierenden Geheim-Lehren der Zeit beeindruckt. In seiner Hanauer Zeit stand er zeitweilig unter dem Einfluß des Marburger Professors der Arzneikunde Friedrich Joseph Wilhelm Schröder, eines prominenten Rosenkreuzers, der ihn sogar zu alchemistischen Experimenten anregte. Im Rückblick beschrieb Knigge jene Lebensphase als Zeit krisenhafter Orientierungssuche, die ihn für das Übersinnliche besonders empfänglich machte:

»Ich lernte aber bald den Jargon der Mystiker auswendig; Halb glaubte, halb zweifelte ich; halb wurde ich belogen und verführt, halb belog und verführte ich Andre – nicht, *um zu betrügen*, sondern um meine Schwäche in diesen Kenntnissen nicht zu verrathen und die Meister in der Kunst nicht zu verscheuchen, durch deren Hülfe ich die Ideen vollends zu berichtigen und anzureyhen hoffte, die bis dahin noch als ein Chaos in meinem nebelvollen Kopfe schwebten. – Und diese Existenz gefiel mir; Ich hatte keine andre; Alle übrigen Plane in der Welt waren mir mislungen, und doch glaubte ich etwas Bessers seyn zu müssen als gemeine Menschen. Enthusiastisch für alles, was Mysterien hieß, war mir das Unverständlichste fast immer das Ehrwürdigste.«[7]

Auf die Dauer konnte Knigges Erkenntnis- und Betätigungsdrang weder durch mystisches Schwärmertum noch durch eine Selbstzweck gewordene Freimaurerei befriedigt werden. Die zwiespältigen Erfahrungen, die er in der Hanauer Loge (der er 1779 beigetreten war) und als Teilnehmer des Freimaurer-Konvents in Braunschweig 1778 machte, boten ihm jedenfalls keine Zukunftsperspektive.

In dieser Situation konnte ihm nichts willkommener sein, als eine geheime Verbindung, die ihm glaubhaft versicherte, das maurerische Doppel-Ideal von finaler Welterkenntnis und aufklärerischer Gesellschaftsreform in die Praxis umsetzen zu können. Er fand sie in Gestalt des »Illuminaten-Ordens«, den der Theologie-Professor Adam Weishaupt 1776 im bayerischen Ingolstadt gegründet hatte und seitdem unter dem Decknamen »Spartacus« leitete. Denn in dessen Programm

6 Vgl. Reinhart Koselleck: Kritik und Krise. Eine Studie zur Pathogenese der bürgerlichen Welt. Frankfurt/Main 1973, S. 57: »In den maurerischen Geheimorganisationen gehen religiöse und politische Elemente eine neuartige Verbindung ein. Rationale Erweckungen antiker Mythen und Mysterien und die Entfaltung einer eigenständigen Herrschaftshierarchie prägen die Bünde, die als Ganzes aber weder kirchlich noch staatlich waren, sondern eine der neuen bürgerlichen Gesellschaft eigentümliche Organisationsform darstellten. [...] In den Logen und durch sie gewinnt das Bürgertum eine eigene soziale Form. Ihr Geheimnis tritt – in Nachahmung beider – neben die Mysterien der Kirche und die Arcanpolitik der Staaten. Es ist das Geheimnis einer dritten Gewalt, die nach ihrem eigenen, selbstgeschaffenen Gesetz lebte.«

7 Philo's endliche Erklärung, S. 24.

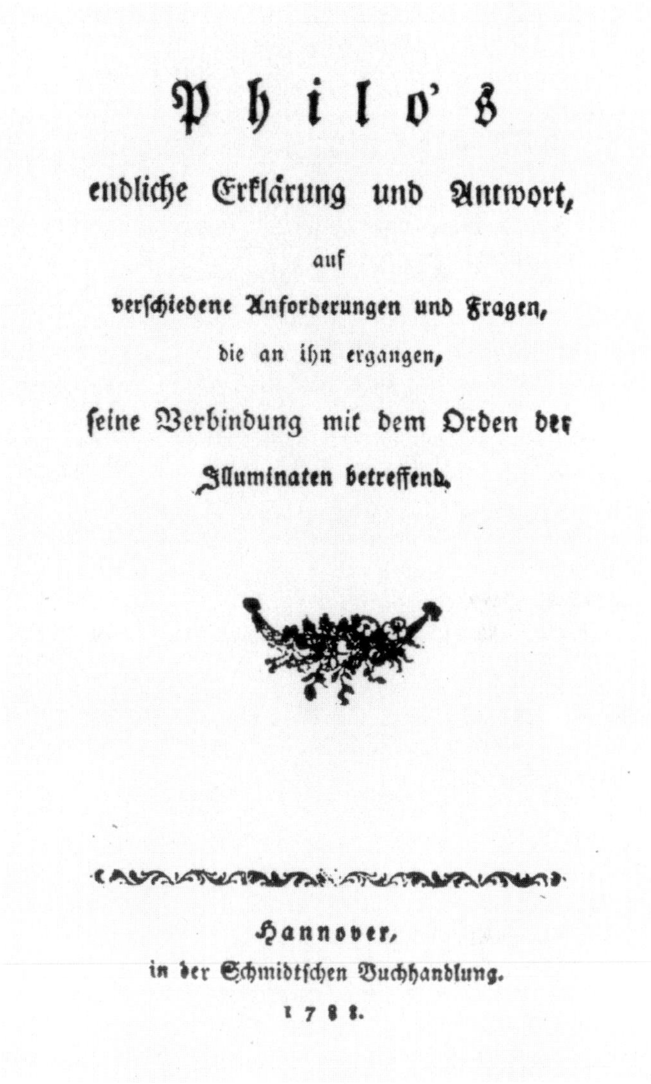
Philo's
endliche Erklärung und Antwort,
auf
verschiedene Anforderungen und Fragen,
die an ihn ergangen,
seine Verbindung mit dem Orden der
Illuminaten betreffend.

Hannover,
in der Schmidtschen Buchhandlung.
1788.

verband sich in vermeintlich kongenialer Weise die Vorstellung von der geistigen Perfektibilität der Menschheit mit einer gesellschaftsverändernden politischen Praxis.

»Der ganze Plan des Ordens beruht darauf, die Menschen zu bilden, aber nicht durch Declamationen, sondern durch Begünstigung und Belohnung der Tugend. Man muß denen Beförderern des Unwesens unmerklich die Hände binden, sie regieren, ohne sie zu beherrschen. Mit einem Wort, man muß ein allgemeines Sittenregiment einführen, eine Regierungsform, die allgemein über die ganze Welt sich erstreckt, ohne die bürgerlichen Bande aufzulösen, in welcher alle übrigen Regierungen ihren Gang fortgehen, und alles thun können, nur nicht den großen Zweck vereiteln, das Gute wieder über das Böse siegend zu machen. [...] Man muß um die Mächtigen der Erde her, eine Legion von Männern versammlen, die unermüdet sind, alles zu dem großen Plan, zum Besten der Menschheit zu leiten, und das ganze Land umzustimmen; dann bedarf es keiner äußern Gewalt.«[8]

Das heißt im Klartext: Mit Mitteln der politischen Konspiration wollte Weishaupt sein »allgemeines Sittenregiment« ins Werk setzen. Die Schlüsselpositionen in Staat und Gesellschaft sollten systematisch ›unterwandert‹ und mit Illuminaten besetzt werden. Endziel war nichts Geringeres als die friedliche Revolutionierung des absolutistischen Staates. Zur Erreichung dieses hochgesteckten Ziels beabsichtigte Weishaupt die Erziehung einer Ordenselite von Aufklärern, die im Besitz des wissenschaftlichen und politischen Wissensmonopols sein sollte. Von den Mitgliedern wurde bedingungslose Unterwerfung unter die Ordenshierarchie und die Akzeptanz rigider sozialer Kontrolle erwartet.

In Frankfurt am Main, wo sich Knigge nach Zerwürfnissen mit den Hanauer Hofkreisen 1780 niedergelassen hatte, kam es zu ersten Kontakten mit Mitgliedern des Illuminaten-Bundes, dem er noch im gleichen Jahr unter dem Ordensnamen »Philo« beitrat. Und sein Organisationstalent und seine Weltgewandtheit ließen ihn bald zu einer führenden Persönlichkeit werden. Voller Begeisterung für die hehren Ordensziele begann er umgehend, neue Mitglieder zu werben. Vor allem in Nord- und Westdeutschland fanden er und sein Mitstreiter Johann Joachim Christoph Bode zahlreiche Interessenten, die sie den Illuminaten zuführten. Darunter berühmte Männer wie Friedrich Nicolai, der Weimarer Herzog Carl August, Johann Wolfgang Goethe, Herzog Ernst von Sachsen-Gotha, der späteren Mainzer Fürstprimas Karl Theodor von Dalberg oder der zukünftige bayerische Staatsminister Maximilian Joseph Graf von Montgelas. Eine illustre, aber zahlenmäßig verschwindend kleine Gesellschaft; denn selbst in seinen besten Zeiten kam der Orden nicht über eine Mitgliederzahl von 600 Personen hinaus, die zumeist wenig oder gar nichts über die weitreichenden Ziele der Vereinigung wußten. Die angestrebte politische Wirksamkeit hielt sich ohnehin in sehr engen Grenzen und bald mußte Knigge erkennen, daß Weishaupts Weltverbesserungs-Unternehmen »eigentlich noch gar nicht, sondern nur in seinem Kopfe existierte«[9], daß das Ganze weit mehr Fiktion als Wirklichkeit war. Und daran änderte sich auch nichts Wesentliches, als Knigge ein neues Ordensstatut entworfen hatte. Die Ausein-

8 Adam Weishaupt: Allgemeine Uebersicht des ganzen Ordenssystems (1782). Zit. nach Richard van Dülmen: Der Geheimbund der Illuminaten. Darstellung, Analyse, Dokumentation. Stuttgart 1975, S. 212 f.

9 Philo's endliche Erklärung, S. 54.

Der Roman meines Lebens

in Briefen herausgegeben.

Erster Theil

zweite revidirte Auflage.

Riga 1781.

andersetzungen in der Führungsspitze um Organisationsstruktur und Personalfragen häuften sich und die wachsende Kritik an seiner Position ließen Knigge schließlich resignieren. 1784 erklärte er seinen Austritt aus dem Bund.

Noch im gleichen Jahr wurden in Bayern alle geheimen Gesellschaften (und damit auch der Illuminaten-Orden) verboten. Viele Mitglieder wurden verhaftet oder flüchteten, wie Weishaupt, ins Ausland. Beschlagnahmte illuminatische Geheimpapiere interpretierten konservative Ideologen als Belege einer gefährlichen Verschwörung gegen die etablierte gesellschaftliche Ordnung. Eine Behauptung, die nach Ausbruch der Französischen Revolution im Jahr 1789 in die These von der »Weltverschwörung« der Freimaurer und Illuminaten einmünden sollte.[10] Und ins Kreuzfeuer der Kritik geriet natürlich auch der ehemalige Ordensstratege Knigge, der sich gegen die Angriffe mit der Rechtfertigungsschrift »Philo's endliche Erklärung und Antwort seine Verbindung mit dem Orden der Illuminaten betreffend« (1788) zur Wehr setzte. Schließlich distanzierte er sich in seinem berühmtesten Buch, dem »Umgang mit Menschen«, grundsätzlich von Geheimgesellschaften aller Art, die er nun für historisch überholt erklärte.

»Man wird heutzutage in allen Ständen wenig Menschen antreffen, die nicht von Wißbegierde, Tätigkeitstrieb, Geselligkeit oder Vorwitz geleitet, wenigstens eine Zeitlang Mitglieder einer solchen geheimen Verbrüderung gewesen wären. Und doch möchte es wohl nun endlich einmal Zeit sein, diese teils zwecklosen, törichten, teils dem gesellschaftlichen Leben gefährlichen Bündnisse aufzugeben. [...] Sie sind alle, freilich nicht im gleichen Grade, aber doch alle ohne Unterschied zugleich unnütz und gefährlich.«[11]

Allerdings hat sich Knigge selbst nie streng an diese Maxime gehalten. Denn in den Jahren 1788/89 beteiligte er sich an Carl Friedrich Bahrdts Geheimbund »Deutsche Union«, der faktisch eine Nachfolgeorganisation des Illuminaten-Ordens war. Ein Projekt, das jedoch durch die Inhaftierung Bahrdts 1789 bereits im Anfangsstadium wieder abgebrochen werden mußte. Und noch kurz vor seinem Tod plante Knigge die Gründung einer neuen Vereinigung, deren Programm er in der Schrift »Manifest einer nicht geheimen, sondern sehr öffentlichen Verbindung« (1795) entwarf.

Blieb dem Freimaurer und Geheimbündler Knigge auch der Erfolg versagt, so machte er als Schriftsteller eine weit bessere Figur. Dabei war es keineswegs die bloße Lust am Schreiben, die ihn dazu anspornte, sondern ebenso der Erwerbszwang des ums Erbe geprellten Privatiers, der für eine Familie zu sorgen hatte. Davon zeugt etwa seine Mitarbeit an der »Allgemeinen Deutschen Bibliothek«, dem führenden deutschen Rezensionsorgan des Berliner Verlegers Friedrich Nicolai, für das er von 1779 bis zu seinem Tod mehr als 1200 Beiträge lieferte. Und die Romane, die er ab 1780 zu schreiben begann, machten ihn nicht nur zu einem der meistgelesenen Belletristen im späten 18. Jahrhundert, sondern sorgten auch für die Grundsicherung des Familienbudgets.[12] Was

[10] Vgl. hierzu: Johannes Rogalla von Bieberstein: Die These von der Verschwörung 1776–1945. Philosophen, Freimaurer, Juden, Liberale und Sozialisten als Verschwörer gegen die Sozialordnung. Bern-Frankfurt/Main 1976.

[11] Adolph Freiherr Knigge: Über den Umgang mit Menschen (nach der 3. Aufl. Hannover 1790). Hrsg. von Gert Ueding. Frankfurt/Main 1977, S. 391.

[12] Knigge selbst hat wiederholt auf den ›Gebrauchscharakter‹ seiner Literatur hingewiesen. Etwa, wenn er schrieb: »Niemand kann

Knigge am Roman besonders reizte, beschrieb er in seiner programmatischen Schrift zur Poetik im Jahr 1793:

»Keine Gattung von Schriften scheint geschickter, das Nützliche mit dem Gefälligen zu verbinden und ernsthafte, wichtige Wahrheiten in ein angenehmes Gewand zu hüllen, wie der *Roman*. Hier werden Bilder aus dem würklichen Leben dargestellt, ohne daß der Maler sich einem so vielfachen Zwange zu unterwerfen braucht, wie der dramatische Schriftsteller.«[13]

Oft sind es »Bilder« des eigenen Lebens, die in die Romane eingewoben sind. Reflexe von Erlebtem und Erfahrenem, die der Autor im literarischen Medium Revue passieren läßt:

»Ich liefere größtentheils Skizzen von dem Gewebe meiner eigenen Empfindungen und herrschenden Leidenschaften, Geschichte meines eigenen, oft irregeführten Herzens – nicht, daß ich in meinem unruhigen Leben in alle diese Labyrinthe des Verstandes und Herzens gerathen wäre, durch welche ich den Held meiner Geschichte führe; aber doch in viele derselben.«[14]

Schon in seinem Debutwerk »Roman meines Lebens« (1781–83) zeichnet Knigge ein negatives Bild des höfischen Lebens, wie es ihm aus seinen Zeit in Kassel und Hanau vertraut war. Und auch im nächsten Werk »Geschichte Peter Clausens« (1783–85), das Knigge für sein gelungenstes hielt, ging er mit den Verhältnissen an deutschen Fürstenhöfen hart ins Gericht:

»Wer einen gesehn hat, der kennt sie, im Größern oder Kleinern, alle. Betteley im Oeconomischen und Intellectuellen, mit der Maske einer armseligen Pracht bedeckt, Neid, Bosheit, Unwissenheit, Selbstgenügsamkeit, bey der entschiedensten Dummheit, Langeweile, Schmeicheley, Ränke, Schlaffigkeit, Verderbniß der Sitten, Frivolität, Inconsequenz, Krankheit der Seele und des Leibes, Vorurtheile aller Art in dem Gewande der Aufklärung, empörender Despotismus – Kurz! hospitalsmäßige Herabwürdigung des Menschengeschlechts – weiter habe ich an ihnen nichts wahrgenommen.«[15]

Ueber

Schriftsteller

und

Schriftstellerey,

von

Adolph, Freyherrn Knigge.

Hannover,

bey Christian Ritscher,

1793.

Zur Zeitkritik gesellen sich literarisch eingekleidete Reflexionen über Grundthemen wie Aufklärung, Politik, Philosophie und Moral zu lehrhaften Zwecken. So entfaltet sich etwa der Bildungsroman »Die Verirrungen des Philosophen oder Geschichte Ludwigs von Seelberg« (1787) zum Diskurs über die Irr- und Abwege zeitgenössischer Weltanschauungs-Systeme. Die Staatssatire »Benjamin Noldmanns Geschichte der Aufklärung in Abyssinien« (1791) zeichnet ein facettenreiches Bild von Aufklärungsentwürfen und Revolutionsstrategien in exotischer Kostümierung. Der heitere Roman »Die Reise nach Braunschweig« (1792) karikiert mit drastischer Situationskomik die Welt kleinbürgerlicher Provinzialität.

Immer sind es die »wichtigen Wahrheiten«, die Knigge im »angenehmen Gewand« der Erzählung zur Geltung brin-

lebhafter als ich selbst fühlen, welcher Ausfeilung meine zuerst herausgegebenen Schriften noch bedurft hätten, um irgendeinen Grad von Vollkommenheit zu erreichen. Indessen wurden sie und werden noch immer häufiger gelesen und öfter aufgelegt, als sie es verdienen. Der Verleger bat um mehr Ware von der Art, machte mir vorteilhafte Bedingungen, und ich wies den Erwerb nicht von mir.« (Knigge, Über den Umgang mit Menschen, S. 13 f.)

13 Ueber Schriftsteller und Schriftstellery, S. 256.

14 Adloph Freiherr Knigge: Die Verirrungen des Philosophen oder Geschichte Ludwigs von Seelberg. Frankfurt am Main 1787. 1. Teil, S. X (SW 12).

15 Adolph Freiherr Knigge: Geschichte Peter Clausens. 1. Theil. Frankfurt am Main 1783, S. 150 f. (SW 3).

Ueber
den
Umgang mit Menschen.

Von
A. Freyherrn von Knigge.

In zwey Theilen.

Mit Churfürstl. Sächsischem Privilegio.

Hannover,
in der Schmidtschen Buchhandlung.
1788.

gen will. Der ästhetische Genuß ist stets gekoppelt an eine didaktische Absicht. Es geht ihm in den Romanen um die Verbreitung von Aufklärung auf unterhaltsame Weise. War ihm doch eines stets gewiß: *»Schriftstellerey ist … öffentliche Mittheilung der Gedanken; gedruckte Unterhaltung; laute Rede, an Jeden im Publico gerichtet, der sie hören will; Gespräch mit der Lesewelt.«*[16]

Im engen Kontakt mit der »Lesewelt« blieb Knigge auch auf seinen weiteren Lebensstationen. 1783 übersiedelte er nach Heidelberg und 1787, nach einem vorübergehenden Aufenthalt in Nentershausen, nach Hannover. Hier traf er auf Gustav Friedrich Wilhelm Großmann, einen alten Freund aus Hanauer Tagen, der jetzt das Hannoveraner Theater leitete. Schon in Hanau hatte Knigge ein Liebhabertheater geleitet und in den Jahren 1779–85 zwei Sammlungen mit Übersetzungen ausländischer Schauspiele herausgegeben. Durch Großmann angeregt, begann er sich wieder mit dem Theater zu beschäftigen. Er betätigte sich als Theaterkritiker und gab 1788/89 die Zeitschrift »Dramaturgische Blätter« heraus, die er hauptsächlich mit Rezensionen Großmannscher Aufführungen füllte. Wie sehr sich Knigge im übrigen bei allem Literatentum auf die Bewältigung des Alltagslebens verstand, das beschrieb anschaulich der dänische Schriftsteller Jens Baggesen, der ihn im Jahr 1789 in Hannover besuchte:

»Freundlichkeit, Aufmerksamkeit, feine Lebensart und vor allem eine wunderbare Gefälligkeit zeichnen Baron Knigge aus. Sein Haus ist ein Muster an Bescheidenheit, Ordnung und Ökonomie. Ich hätte acht Tage darauf verwenden können, die Einrichtung seines Museums zu studieren, so sorgfältig war alles auf Zeitersparnis angelegt. Er arbeitet mit unglaublichem Fleiß und nutzt jede Minute, als wäre es die letzte. Obgleich er Kammerherr ist, versteht er sich, wie ich glaube, auf alle notwendigen Professionen; zumindest kann er seine Bücher selbst einbinden, im entsprechenden Falle seine Strümpfe stricken und seine Schuhe nähen. Wunsch nach Unabhängigkeit und das Unglück haben ihn gelehrt, mit allen Pfunden zu wuchern und aus eigenen Kräften Nutzen zu ziehen.«[17]

Kurze Zeit vor Baggesens Besuch hatte Knigge jenes Buch veröffentlicht, das seinen Namen berühmt, ja sprichwörtlich machen sollte: »Über den Umgang mit Menschen« (1788). Ein Werk, um das sich bis heute zahlreiche Mißverständnisse ranken. Es ist keineswegs jenes belanglose »Benimm-Buch«, für das es viele noch immer halten. Keine Rede ist darin von den vielzitierten Tischsitten, der Handhabung der Eßwerkzeuge und dergleichen. Dies sind Beigaben späterer Umschriften, die bis heute in zahlreichen Varianten kursieren und das Kniggesche Original zur Unkenntlichkeit entstellt haben. Dabei betont Knigge ausdrücklich im Vorwort, daß er »nicht ein Komplimentierbuch schreiben« wollte, sondern beabsichtigte, »einige Resultate aus den Erfahrungen [zu] ziehn, die ich gesammelt habe, während einer nicht kurzen Reihe von Jahren, in welchen ich mich unter Menschen aller Art und Stände umhertreiben lassen und oft in der Stille beobachtet habe«.[18]

Knigges »Umgang mit Menschen« ist ein kritischer Leitfaden zur praktischen Lebensphilosophie, ein Handbuch von Grundregeln aufgeklärter Lebenshaltung, die an zahlreichen

16 Ueber Schriftsteller und Schriftstellerey, S. 9.

17 Jens Baggesen: Das Labyrinth oder Reise durch Deutschland in die Schweiz 1789. Übers. u. hrsg. von Gisela Perlet. München 1986, S. 135.

18 Über den Umgang mit Menschen (Ueding), S. 24.

Einzelbeispielen erläutert werden. Das Spektrum reicht vom Umgang unter Freunden, Eheleuten und Verliebten, dem Betragen gegen »Frauenzimmer«, Hauswirte und Nachbarn über das Verhältnis zwischen Herrn und Diener, den Umgang mit den Großen der Erde, mit Gelehrten, Künstlern und Geistlichen bis zur Behandlung von Gemütsarten, Temperamenten und Stimmungen, die Beziehung zu Tieren und schließlich den Umgang mit sich selbst. Quintessenz ist nicht die Ableitung oder Rechtfertigung eines normativen Verhaltenskodex, sondern die Fixierung von Prinzipien einer moralisch fundierten, vernunftgeleiteten Lebensführung. Oder, wie Knigge es im Vorwort der dritten Auflage 1790 formulierte:

»Wenn die Regeln des Umgangs nicht bloß Vorschriften einer konventionellen Höflichkeit oder gar einer gefährlichen Politik sein sollen, so müssen sie auf Lehren von den Pflichten gegründet sein, die wir allen Arten von Menschen schuldig sind, und wiederum von ihnen fordern können. – Das heißt: ein System, dessen Grundpfeiler Moral und Weltklugheit sind, muß dabei zu Grunde liegen.«[19]

Mit Erziehungsfragen hat sich Knigge immer wieder beschäftigt. Für einen ambitionierten Aufklärer wie ihn fast schon eine Selbstverständlichkeit. Dabei verraten gerade seine Überlegungen zur Pädagogik, bei aller Aufgeklärtheit, einen Hang zu traditionellen Vorstellungs-Mustern. Deutlich wird dies besonders in Knigges Verhältnis zum »Philanthropismus«, der damals modernsten Pädagogik-Bewegung. Er war ein entschiedener Gegner der Praxis spielerischen, zwangfreien Lernens, die Johann Bernhard Basedow entwikkelt hatte. Für Knigge kein taugliches Rezept zur Heranbildung verantwortungsbewußter Erwachsener und ihrer Integrationsfähigkeit in die Gesellschaft. Sein Erziehungs-Ideal orientierte sich dagegen an Tugenden wie: harte Arbeit, Pünktlichkeit, Ordnung und Fleiß.

Seine Ablehnung des Philanthropismus verdeutlichte Knigge in den »Briefen über die neueste Erziehungsart« (1788)[20], von denen sich die führenden Reformpädagogen Joachim Heinrich Campe und Ernst Christian Trapp persönlich angegriffen fühlten. Aus diesen Animositäten entspann sich ein Streit, der erst 1792 wieder beigelegt werden konnte, als die Kontrahenten wegen ihrer gemeinsamen politischen Haltung zur Französischen Revolution wieder zusammenrückten.[21]

In seinem persönlichen »Umgang mit Menschen« hatte Knigge nur allzu oft das Nachsehen. Das galt vor allem für sein Verhältnis zu den Gläubigern seines Vaters, die seit 1766 die ererbten Güter zwangsverwalteten. Immer wieder hatte er vergeblich versucht, sie wieder in Besitz zu nehmen. Gerne hätte er die unsichere Schriftstellerexistenz gegen den Status des wohlhabenden Grundbesitzers eingetauscht. Auch wollte er seine Tochter Philippine für den Fall seines Todes versorgt wissen. In seiner Hannoveraner Zeit mußte er jedoch feststellen, daß die Schuldentilgung nur geringe Fortschritte gemacht hatte. Der Verwalter hatte seine Abwesenheit hauptsächlich dazu genutzt, in die eigene Tasche zu wirtschaften. Zahlreiche Bitten und Eingaben an das Ministerium in Hannover blieben erfolglos, die Mißwirtschaft wurde offensichtlich von den zuständigen Beamten gedeckt. Erbost wandte er sich an den Landesherrn Georg III. in London, der seit 1760 in Personalunion zugleich Kurfürst von Hannover und König von Großbritannien war. Das Ergebnis seines Rechtsstreits schilderte er noch kurz vor seinem Tod in einem Brief an den Wiener Schriftsteller Alois Blumauer:

»Ich fand meine Güter, mein sehr ansehnliches Vermögen, durch eine Rotte von Bösewichtern seit 23 Jahren in der besten Form Rechtens, unter dem Schutze der heiligen Justiz, auf beyspiellose Weise verwaltet, geplündert, unter dem Vorwande, meine väterlichen Schulden durch diese Sequestration zu tilgen, womit man aber noch sehr wenig fortgerückt war. Alle meine Mühe, die Sequestration aufzuheben, war vergebens; man hatte meine lange Abwesenheit nur zu gut benutzt, um sich mächtigen Schutz zu erkaufen. Endlich fieng ich an zu toben, zu drohen, verklagte das Ministerium bey dem Könige; es kamen herbe Verweise und geschärfte Befehle von London, worüber man aber in Hannover lachte. Nun war ich im Begriffe, selbst nach England zu reisen. Schwerlich würde mir das etwas geholfen haben; indessen schien man doch diesen Schritt bedenklich zu finden. Um mich also ein wenig zu beruhigen, gab man mir die Oberhauptmannschaft in Bremen; mit meinen Gütern blieb es beym Alten.«[22]

An eine Rückgabe der Güter war nicht mehr zu denken. Gleichsam als Trostpflaster erhielt Knigge die Stelle eines hannoverschen Oberhauptmanns in Bremen, um die er sich im Februar 1790 beworben hatte. Daraufhin wurde am 10. August des gleichen Jahres seine Bestallungsurkunde in London ausgefertigt.

Die Anwesenheit hannoverscher Beamter in der freien Reichsstadt Bremen hatte eine längere Vorgeschichte. Das Bremer Umland war ursprünglich Territorium des Erzbischofs, der in Bremervörde residierte. Das Erzbistum Bremen fiel nach dem Westfälischen Frieden 1648 als säkularisiertes »Herzogtum Bremen« an Schweden. Die neuen Herren verlegten die Verwaltung nach Stade, wo sie auch blieb, als das

---

19 Über den Umgang mit Menschen (Ueding), S. 10.

20 Veröffentlicht in: Jahrbuch f. d. Menschheit. Bd. 2. Hannover 1788, S. 229–240. Vgl.: Ob Baron Knigge auch wirklich todt ist, S. 67 ff.

21 Vgl. den Brief Knigges an Joachim Heinrich Campe vom 3. Juni 1792 in diesem Band.

22 Knigge an Alois Blumauer am 21. Januar 1796. Siehe Briefe in diesem Band.

Gebiet durch den Frieden von Stockholm 1719 Hoheitsgebiet des Kurfürstentums Hannover wurde.

Während die Stadt Bremen seit 1646 ihre »Reichsfreiheit« bewahren konnte, galt dies nicht für den in der Altstadt gelegenen Dombezirk. Der Dom und einige umliegenden Gebäude, die zu den ehemaligen erzbischöflichen Besitzungen zählten, wurden durch den jeweiligen Landesherrn des Herzogtums Bremen verwaltet. Sowohl Schweden, das den Dombezirk als steuerliche Einnahmequelle betrachtete, wie Hannover, das seit 1714 von London aus regiert wurde, machten ihre Ansprüche geltend.

Die feierliche Übergabe des Dombezirks an Hannover fand am 23. Juli 1720 im Palatium statt. Das Gebäude war als Sitz der Erzbischöfe erbaut worden, nach deren Umzug nach Bremervörde diente es als Wohnung für die Vögte. Später residierten die schwedischen Etatsräte im Palatium, dann die hannoverschen Oberhauptleute. Erst 1803 wurde der Dombezirk stadtbremisches Gebiet.

Nicht immer wohnte der jeweilige Oberhauptmann auch tatsächlich in den Räumen des Palatiums, vielfach hatte er dort nur den Amtssitz, kümmerte sich aber im übrigen herzlich wenig um die mit dem Amt verbundenen Einrichtungen. Knigge jedoch wollte als hannoverscher Oberhauptmann nicht nur ein Amt übernehmen, sondern auch die ihm übertragenen Aufgaben gewissenhaft erfüllen, zu denen vor allem die Aufsicht über die Domschule gehörte.

Knigge ging nicht ungern nach Bremen. Die freie Reichsstadt war für ihn ein Hort der Rechtschaffenheit und bürgerlichen Ordnung, eine Stadt, in der nicht Müßiggang, sondern nützliche Arbeit hoch im Kurs stand. Mit Genugtuung registrierte Knigge in Bremen das Fehlen von übermäßigem Luxus und seinen schädlichen Folgen, er lobte die sozialen Einrichtungen, insbesondere die Armenfürsorge. Die Ausrichtung der Bürger auf praktische Nutzanwendung ihrer Kenntnisse, ihre »Sittlichkeit und ächte teutsche Redlichkeit«, das alles erschien Knigge Inbegriff einer »wahren Aufklärung«. Er schätzte den »Patriotismus« der Bremer und bestaunte die Disziplin, mit der in der Hansestadt Steuern bezahlt wurden:

»Wer aber mehr wie dreytausend Thaler besitzt, taxiert sich selber, nach Gewissen; und, zum Ruhme der hiesigen redlichen Bürger sey es gesagt, [...] aus Patriotismus bezahlt Jeder eine größere Summe, wie ihm auferlegt werden könnte, wenn sein Vermögens-Zustand strenge untersucht würde.«[23]

Die lebhafte Geschäftigkeit einer Handelsstadt, namentlich einer See- und Hafenstadt, beeindruckte Knigge sehr. Der Leser der »Briefe, auf einer Reise aus Lothringen nach Niedersachsen geschrieben« kann sich gut vorstellen, wie der Autor am Weserufer das bunte Treiben im Hafen beobachtete:

»Am liebsten mögte ich hier in der Altstadt an der sogenannten Schlacht wohnen, wo die Ankunft und Abfahrt und das Inn- und Ausladen der Fahrzeuge auf der Weser einen Anblick voll angenehmer Abwechselung gewährt.«[24]

Ähnlich erging es Knigge in Hamburg, eine Stadt, die in seinen Romanen geradezu als Ideal bürgerlichen Lebens geschildert wird. Bremen mag dem Freiherrn wie ein verkleinertes Abbild Hamburgs erschienen sein, dessen großer Hafen bei ihm einen bleibenden Eindruck hinterließ:

»Und dann im Hafen selber das Gewirre dieser Fahrzeuge, der kleinen Nachen; die Beschäftigungen der Matrosen auf den Schiffen, aus allen Himmels-Gegenden; der erste Eintritt in das Getümmel der Stadt, wo niemand müßig zu seyn scheint; die Geschäftigkeit, welche da herrscht; die Menge der Waaren, die, theils in den Kaufmanns-Laden einzeln ausgesetzt, theils in Ballen, da und in den Schiffen und in den Gewölben und Packhäusern und auf den Plätzen stehen und liegen, bereit, alle nur ersinnliche, wahre und eingebildete Bedürfnisse zu befriedigen – Diese Scenen, diese Zeugnisse der rastlosen menschlichen Betriebsamkeit und der Vortheile des gesellschaftlichen Lebens, würken gewaltsam auf ein Herz, das nicht, durch langjährige Gewohnheit, in großen Seestädten dergleichen zu sehn, für diese Eindrücke abgestumpft ist. Diese Art von Empfindung kann man aber auch nur in Seestädten haben.«[25]

Der Verkehr mit Kaufleuten in Bremen machte Knigge jedoch auch die Schattenseiten dieses Berufsstandes deutlich. Er mußte miterleben, wie schnell ein Kaufmann in den Ruin getrieben werden konnte. Exemplarisch bewies ihm das der Fall des Bremer Kaufmanns Arnold Delius, mit dem Knigge sich auseinandersetzte. Delius war als Bevollmächtigter einer in Bremen ansässigen Aktiengesellschaft im Nordamerikahandel tätig, mußte einen Fehlschlag seiner Geschäfte hinnehmen und wurde anschließend von den Direktoren der Gesellschaft durch übertrieben hohe Schadensersatzforderungen noch vor einer gerichtlichen Klärung in den Ruin getrieben.

Knigge verfaßte eine Verteidigungsschrift, in der er ausführlich die Amerikageschäfte des Arnold Delius darlegte. Den eigentlichen Skandal konnte er freilich nur andeuten. Als hannoverschem Oberhauptmann verbot sich eine Einmischung in innerbremische Angelegenheiten. Existenzbedrohend wurde der Prozeß für Delius nämlich durch den Umstand, daß Justiz und Bremer Obrigkeit zusammen mit den alteingesessenen Geschäftspartnern einseitig gegen einen Neubürger Partei nahmen, dem es, wie Knigge schrieb, »an Schutz und mäch-

[23] Adolph Freiherr Knigge: Briefe, auf einer Reise aus Lothringen nach Niedersachsen geschrieben (Hannover 1793). Siehe Abdruck in diesem Band.

[24] Briefe, auf einer Reise aus Lothringen, in diesem Band.

[25] Adolph Freiherr Knigge: Geschichte des armen Herrn von Mildenburg. 3. Theil, S. 10 (SW 6).

*Stadt und Herzogtum Bremen auf einer Karte des Kurfürstentums Hannover (1762)*

tigen Freunden fehlte«.[26] Knigges Urteil über den Stand der Kaufleute fiel daher im Jahre 1796, bei seiner letzten Überarbeitung des »Umgangs mit Menschen«, weniger positiv aus. Er fügte nun einen Abschnitt ein, in dem es heißt:

»Man hüte sich, wenn man nicht selbst den Handel aus dem Grunde versteht, sich von Kaufleuten zu gemeinschaftlichen Unternehmungen und Speculationen verleiten zu lassen. Ist bey der Sache ein sichrer Gewinn wahrscheinlich zu erwarten; so enthält sich der Kaufmann wohl, einem Layen, und wäre er sein bester Freund, davon Eröfnung zu thun, um ihn Theil nehmen zu lassen. Solche Anträge sind also immer verdächtig. Daß man noch ausserdem, wenn auch der Erfolg glücklich ausfällt, bey der Berechnung und Theilung verkürzt wird, versteht sich von selber.«[27]

Im November 1790 nahm Knigge in Bremen seine Amtsgeschäfte auf, eine schwere Krankheit machte ihn jedoch zunächst bettlägerig, so daß er viele Tätigkeiten erst mit Verzögerung in Angriff nehmen konnte. Durch häufige Krankheit sind auch seine übrigen Jahre in Bremen gekennzeichnet. Kaum einen Tag war er ohne Schmerzen, viele Wochen im Jahr mußte er im Bett liegend verbringen. In kaum einem seiner Briefe fehlen Klagen über sein Leiden. Um so erstaunlicher ist, mit welcher Energie er seine Amtsgeschäfte erledigte.

Entsetzt war er bei Dienstbeginn von den Zuständen in Dom und Domschule, wie sein erster Bericht nach Stade erkennen läßt. Im Dom verrichtete man in dunklen Ecken ungeniert seine Notdurft und der Unterrichtsraum der Studenten im Athenäum erwies sich als finsteres feuchtes Loch. Hier mußte schleunigst Abhilfe geschaffen werden, was ihm auch gelang. Doch gab es auch Positives zu berichten: Das Waisenhaus, ein erst 1785 eingeweihter Neubau, war eine vorbildliche Einrichtung, die über die Grenzen Bremens hinaus Beachtung fand. Kenntnisstand und Unterricht der Domschüler fanden Knigges uneingeschränktes Lob.

Knigges Bemühungen der folgenden Jahre galten vor allem der Verbesserung der Domschule. Die Unterrichtsstoffe waren nicht mehr zeitgemäß und die Lehrbücher veraltet, ein Ersatz durch praxisnähere Werke dringend erforderlich. Bis zu seinem Tode mühte sich Knigge hartnäckig um eine Schulreform, oft mühsam ankämpfend gegen die Behörde in Stade wie gegen die Bequemlichkeit von Lehrern und Rektorat.

Einen Schülerschwund verzeichneten die lutherische Domschule und das Paedagogium, die beiden alteingesessenen Bremer Schulen. Mit ihrem veralteten Fächerkanon gerieten sie zunehmend unter den Konkurrenzdruck der Privatschulen. Diese, allen voran die Einrichtung Wilhelm Christian Müllers, waren dagegen an den Erfordernissen der Zeit ausgerichtet und legten das Schwergewicht auf praktische Verwertbarkeit des Unterrichtstoffes, was besonders für den Kaufmannsnachwuchs von Bedeutung war. Bürgermeister Abraham Christian Heineken urteilte über die in Bremen um sich greifende Mode der Privatschulen (von denen er einzig die Anstalt Wilhelm Christian Müllers gelten ließ):

»Zu sehr blendeten die meisten derselben durch philanthropische Kunststückchen und buhlten wetteifernd, Beifall von den lieben Müttern an bis auf die Kindermägde herab zu erhaschen. Je mehr es damit einigen glückte, desto mehr reizte dieses noch mehr andere an, solche Privatinstitute anzulegen, deren Anzahl in Bremen zuletzt alle Vorstellung überstieg. Währenddessen mehrere öffentliche Schulen beinahe leer standen, stieß man fast bei jedem Spaziergang auf zahlreiche Haufen junger Philanthropisten, die, von ihrem Freunde, sonst Lehrer genannt, begleitet, Botanik, Naturgeschichte, gymnastische Künste und wer weiß was sonst noch alles unter freiem Himmel trieben.«[28]

Knigge gelang es nicht, das Privatschulwesen einzuschränken. Sowohl die Erlasse der Behörde in Stade als auch die gemeinsam mit den stadtbremischen Scholarchen Heineken und Lampe angestrebten Maßnahmen blieben ohne greifbares Ergebnis. Doch hatte die Konkurrenz mit den Privatschulen auch einen Vorteil. Knigge konnte den Stader Räten um so dringlicher die Notwendigkeit einer Schulreform vor Augen führen.

Schließlich hatten seine Bemühungen Erfolg: 1794, anläßlich der Geburtstagsfeier für König Georg III., konnte Rektor Johann Ludwig Ummius einen neuen Lehrplan verkünden. Alle Klassen erhielten nun Unterricht in neuen Sprachen, Naturwissenschaften und Geschichte. Insgesamt wurde der Unterricht mehr auf die Bedürfnisse der Kaufleute abgestellt. Statt Griechisch lernten die Schüler nun Erdkunde und Französisch. Im Jahre 1796 lagen die ausgearbeiteten Schulgesetze auch gedruckt vor.[29]

Den Erfolg seiner Bemühungen um die Einrichtung einer neuen Schulbibliothek hat Knigge nicht mehr erlebt. Zwar bereitete er noch gemeinsam mit Subrektor Bredenkamp den Verkauf alter Klassikerausgaben vor, doch konnte die Bibliothek, die vom Verkaufserlös angeschafft wurde, erst nach 1796 eröffnet werden.

---

[26] Adolph Freiherr Knigge: Kurze Darstellung der Schicksale, die den Kaufmann, Herrn Arnold Delius in Bremen, als Folgen seiner nordamerikanischen Handlungs-Unternehmungen betroffen haben. 1795, S. 15 (SW 20).

[27] Ueber den Umgang mit Menschen. 5. Aufl. 1796, S. 152 (SW 10).

[28] Christian Abraham Heineken: Geschichte der Freien Hansestadt Bremen von der Mitte des 18. Jahrhunderts bis zur Franzosenzeit. Bearb. von Wilhelm Lührs. Bremen 1983, S. 200.

[29] Vgl. dazu Ursula Wegener: Die lutherische Lateinschule und das Athenaeum am Dom in Bremen in ihrer politischen und kulturellen Bedeutung. Bremen 1941 (Veröffentlichungen des Archivs der Hansestadt Bremen, Heft 16), insbes. S. 138 ff.

*Georg III., König von Großbritannien und Hannover*

Neben den Berufsgeschäften widmete sich Knigge auch schöngeistigen Dingen wie Musik und Theater. Er gab kleine Konzerte, spielte Flöte oder Fagott und komponierte Klaviersonaten. Das gemeinsame Musikinteresse verband ihn mit dem Domkantor Wilhelm Christian Müller, mit dem Konzertmeister und Virtuosen Johann Heinrich Löwe, aber auch mit Musikliebhabern wie Daniel Schütte oder dem Richter Georg Oelrichs. 1791/92 war Knigge maßgeblich an der Organisation eines Liebhabertheaters beteiligt, das auf Initiative des kaiserlichen Residenten von Vrintz ins Leben gerufen wurde. Die Theaterfreunde leiteten ihre Bühne gemeinschaftlich als »Gesellschaftstheater«, doch wurde Knigge, so lassen verschiedene Quellen erkennen, als eigentlicher Leiter des Theaters angesehen.

Man eröffnete das Theater am 15. Januar 1791 mit Kotzebues Lustspiel »Die Indianer in England« und einem Prolog, den Therese von Vrintz, die Tochter des kaiserlichen Residenten, vortrug. Der Prolog wurde sogar im bekannten Gothaer Theaterkalender des Jahres 1792 abgedruckt. Die Mitspieler, zu denen auch Knigge selbst gehörte, kamen alle aus den besseren Kreisen der Bremer Gesellschaft. Zu ihnen zählten Rechtsgelehrte, Ärzte, Lehrer und Beamte des Dombezirks. Viele der Laiendarsteller standen beruflich mit dem Oberhauptmann oder dem kaiserlichen Residenten in Verbindung. Als Spielort diente das Auditorium der Domschule, das stets gut besucht war, denn erst im Herbst 1792 wurde auf der Ostertorsbastion ein neues Schauspielhaus erbaut. Eine frühere Spielstätte am Wall war 1789 abgebrochen worden.

Nicht zuletzt durch Fürsprache Knigges gelang es, einen bekannten Theatermann nach Bremen zu holen: Gustav Friedrich Wilhelm Großmann. Dieser hatte schon seit einigen Jahren versucht, die Spielerlaubnis für Bremen zu bekommen, war bisher jedoch an Vorbehalten des Senats gescheitert. Es herrschte die Überzeugung vor, daß ein Theater, insbesondere für eine so kleine Stadt wie Bremen, von keinem großen Nutzen sei. Man solle solche Vergnügungen getrost den großen Städten und Residenzen überlassen, wo die Menschen entweder schon so korrumpiert seien oder »durch die bessere, erhöhete Aufklärung« bereits so sehr gegen Verführung gewappnet, daß man nichts mehr zu befürchten brauche.[30] Eine Haltung, der Knigge grundsätzlich zustimmte.

Großmann spielte mit seiner Gesellschaft bis zu seinem Tod (er starb ebenfalls 1796) abwechselnd in Bremen und Hannover. Seine Tätigkeit in Bremen verlief keineswegs ohne Konflikte und bestätigte zunächst einmal die Meinung der Theatergegner. Großmann machte Schulden, die er nicht rechtzeitig begleichen konnte. Außerdem war er einem guten Tropfen nicht abgeneigt, was zur Folge hatte, daß er oft betrunken auf der Bühne stand und den Text vergessen hatte.

Knigge, sonst freundschaftlich mit dem Theaterdirektor verbunden, fand harte Worte für Großmann. Fast niemand habe seine Rolle ordentlich gelernt, weil Großmann den Proben zu wenig Aufmerksamkeit geschenkt habe. Darüber hinaus habe man nicht auf das richtige Kostüm geachtet und die Rollen unpassend besetzt. Die Ballette seien geradezu erbärmlich gewesen.[31] Über das neue Schauspielhaus urteilte Knigge:

30 Briefe, auf einer Reise aus Lothringen, in diesem Band.

31 Neue allgemeine deutsche Bibliothek. Bd. 11., 2. Stück (1794), S. 551 (Rezension Knigges zu Großmanns »Dramaturgischer Zeitschrift«).

*Das »Comödienhaus« auf der Ostertorsbastion, Zeichnung um 1800*

»Solide ist nun wohl, wie der Augenschein lehrt, das Haus nicht gebauet. Die Stadt verschönern kann es nicht, da es eigentlich außer der Stadt auf einer Bastion gelegen ist und fast gar keine Fenster hat. Ganz von geliehenen Gelde ist es gebauet; die Decorationen rühren fast sämmtlich vom Liebhabertheater her und sind noch nicht bezahlt [...]. Die Gipsköpfe und Leuchterchen sind recht artig. Kleinlich im Ganzen aber sind die Verzierungen, besonders die bretternen Musen, – gut genug zu dem Zwecke, aber keines Posaunenlobes werth.«[32]

Knigge fühlte sich zahlreichen Bremern freundschaftlich verbunden. Dazu gehörten zum Beispiel Senator Jakob Breuls, dem Knigge seinen Roman »Die Reise nach Braunschweig« widmete, der Arzt und Astronom Wilhelm Olbers, die Domprediger Vogt und Nicolai, der Syndikus von Eelking und der Lilienthaler Astronom und Amtmann Johann Hieronymus Schröter.

Auch Knigges Frau und Tochter beteiligten sich rege am gesellschaftlichen Leben. Von Tochter Philippine ist zu erfahren, daß sie ebenfalls musizierte und am Liebhabertheater mitspielte. Knigges Frau Henriette, geborene von Baumbach, trat dagegen wenig in Erscheinung. Kaum wird sie in Briefen ihres Mannes einmal erwähnt und oft sind es Bemerkungen, die erkennen lassen, daß es mit der Ehe nicht zum Besten stand, so zum Beispiel, wenn Knigge ihr allzugroßen »Aufwand« vorwirft.

Knigges Briefwechsel mit Freunden und Bekannten zeigt, daß der Oberhauptmann von Bremen aus vielfältige Kontakte pflegte. Nicht zu Unrecht ist das 18. Jahrhundert als das »Jahrhundert des Briefes« bezeichnet worden. »Briefwechsel ist schriftlicher Umgang«, schreibt Knigge im »Umgang mit Menschen« und erteilt den Rat:

»Dehne also Deinen Briefwechsel [...] nicht über Gebühr aus. Das hat keinen Zweck, kostet Geld und ist Zeitverderb. Sei ebenso vorsichtig in der Wahl derer, mit denen Du einen vertrauten Briefwechsel anfängst, als in der Wahl Deines täglichen Umgangs und Deiner Lektüre. Nimm Dir auch vor, nie irgendeinen ganz leeren Brief zu schreiben, in welchem nicht wenigstens etwas stünde, das dem, an welchen er gerichtet ist, Nutzen oder reine Freude gewähren könnte. Vorsichtigkeit ist im Schreiben noch weit dringender als im Reden zu empfehlen, und ebenso wichtig ist es, mit den Briefen, welche man erhält, behutsam umzugehn.«[33]

Knigges briefliche Beziehungen reichten auch nach Berlin, wo Friedrich Nicolai das Rezensionsorgan »Allgemeine Deutsche Bibliothek« herausgab, für das Knigge seit 1779 tätig war. Er wechselte Briefe mit Joachim Heinrich Campe in Braunschweig, für dessen pädagogische Thesen er sich nicht so recht erwärmen konnte, mit dem er sich aber in den Zeiten verschärfter Zensur rasch wieder aussöhnte. Knigge schrieb ins benachbarte Oldenburg an Gerhard Anton von Halem, auch er in den ersten Jahren nach 1789 ein begeisterter Anhänger der Französischen Revolution, der sich wie Campe auf einer Reise nach Paris von der neuen Freiheit und Gleichheit angezogen fühlte.

Viele Briefpartner lebten in Hamburg und dem benachbarten, damals dänischen Altona. Dazu gehörte die Familie Reimarus, »Licht- und Mittelpunkt des geistigen Hamburg«[34], wie Karl August Böttiger schrieb. Knigge korrespondierte mit Johann Albert Heinrich Reimarus und seiner Frau Sophie, deren Bruder August von Hennings Herausgeber der Zeitschriften »Schleswigsches Journal« und »Genius der Zeit« war. Zu erwähnen ist auch Heinrich Christoph Albrecht, der Knigge gegen Angriffe verteidigte und schließlich Friedrich Ludwig Schröder, Theaterdirektor und Schauspieler, den Knigge seit Mitte der siebziger Jahre kannte, als er für ihn Stücke aus dem Französischen übersetzt hatte.

Eine ebenso lange Bekanntschaft verband Knigge mit Gustav Friedrich Wilhelm Großmann, für den er ebenfalls als Übersetzer tätig war. So übertrug er gemeinsam mit seiner Tochter Da Pontes »Le nozze di Figaro« aus dem Italienischen. Die Kniggesche Übersetzung des »Figaro« wurde erstmals am 18. Mai 1789 in Hannover auf die Bühne gebracht und auch in Bremen gespielt, wie ein Theaterzettel vom 18. Oktober 1794 zeigt.

Zu Hannover hatte Knigge ein eher zwiespältiges Verhältnis. Während er sich mit einigen seiner Vorgesetzten in Stade, der übergeordneten Behörde, noch freundschaftlich verbunden fühlte, war von der Regierung in Hannover und

[32] Berichtigung eines Artikels im Novemberstücke des Journals des Luxus und der Moden. In: Der Neue Protheus. Bd. 1 (1793), S. 8.

[33] Über den Umgang mit Menschen (Ueding), S. 55.

[34] Karl August Böttiger: Literarische Zustände und Zeitgenossen. Hrsg. von K.W. Böttiger. Neudruck der Ausg. Leipzig 1838. 2 Bde. Frankfurt/Main 1972. Bd. 2, S. 15.

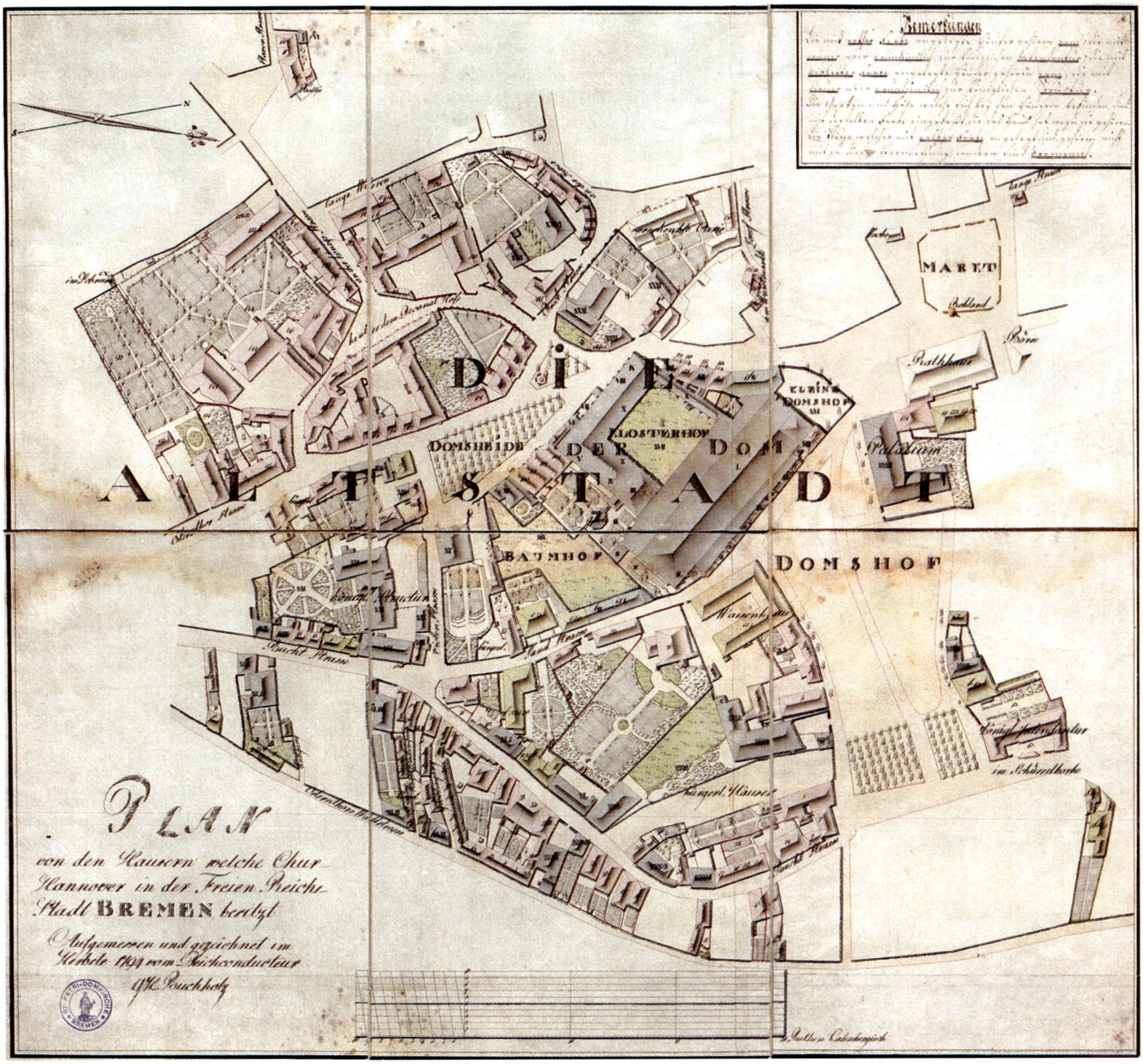


*Die Hannoverschen Besitzungen in Bremen, 1794*

ihren Räten wenig Verständnis zu erwarten. Von ihnen erhielt Oberhauptmann Knigge Befehle und Anordnungen, die er zu befolgen hatte. Vor dem Hintergrund der revolutionären Ereignisse in Frankreich waren dies vor allem Maßnahmen, mit denen Überwachung und Zensur verschärft wurden. Aus Hannover kamen auch die meisten Angriffe und Kritiken an Knigges Schriften, die ihm das Leben schwer machten und ihn als »Volksaufwiegler« anprangerten.

Als 1791 bei Dieterich in Göttingen »Benjamin Noldmann's Geschichte der Aufklärung in Abyssinien« erschien, ein politischer Roman, in dem Knigge zur Französischen Revolution Stellung bezog und den Verhältnissen in Deutschland den Spiegel vorhielt, erreichten die Angriffe einen ersten Höhepunkt. Gleichwohl war Knigge von der Bedeutung des Werkes so überzeugt, daß er einen Teil davon als Anregung für die geplante neue Staatsverfassung nach Paris schikken wollte. Gleich im Anschluß an den Roman schrieb er »Josephs von Wurmbrand [...] politisches Glaubensbekenntniß, mit Hinsicht auf die französische Revolution und ihre Folgen«, eine Schrift, die Knigges politische Ansichten noch mehr verdeutlichte und die der Verfasser für »das beste Werkchen« hielt, das er je geschrieben habe (in einem Brief an Großmann vom 10.6.1792).

Das Buch wurde tatsächlich gut verkauft und viel gelesen, rief aber auch Knigges Gegner auf den Plan, allen voran den hannoverschen Arzt und Schriftsteller Johann Georg Zimmermann. Der von der Zarin Katharina II. zum Ritter »von Zimmermann« geadelte königliche Leibarzt war ein erbitterter Gegner der Revolution. Einen Geistesverwandten hatte er in dem Wiener Publizisten Leopold Alois Hoffmann gefunden, der die konservative, gegenrevolutionäre »Wiener Zeitschrift« herausgab.

In der »Wiener Zeitschrift« veröffentlichte Zimmermann zwei Artikel mit kommentierten Auszügen aus Knigges Schriften: aus der Satire »Des seligen Herrn Etatsraths von Schaafskopf hinterlassene Papiere« und aus Knigges »Politischem Glaubensbekenntniß«. Zimmermanns Absicht war, Knigge als »Volksaufwiegler« zu denunzieren:

»Man beklatschet den Volksaufwiegler Knigge wegen der unzählbaren Pasquillen, die er um des lieben Brodes willen schrieb. Alle deutschen Demokratennester sind der Wiederhall Kniggischer Grundsätze, und Knigge ist der Wiederhall des amerikanischen Schwärmers Paine und der ganzen deutschen Aufklärer-Propaganda. Durch Hauslehrer und Hofmeister, auf Philantropinen und Universitäten verwirrt man jezt mit dieser großen Völkerpädagogik der deutschen Jugend die Köpfe; durch eine große Menge deutscher Journale, gelehrter und politischer Zeitungen und Zeitschriften, erbittert und vergiftet man jezt das ganze deutsche Volk, und suchet dasselbe unabläßig und unbestraft gegen seine Monarchen, Fürsten und Obrigkeiten aufzuhetzen [...].«[35]

Ritter Zimmermann hatte auch ein persönliches Motiv, gegen Knigge vorzugehen. Dieser hatte nämlich 1788 eine Schrift veröffentlicht, die die Eitelkeit des königlichen Leibarztes aufs Korn nahm. »Ueber Friedrich Wilhelm den Liebreichen und meine Unterredung mit Ihm von J.C. Meywerk, Churf. Hannöverschen Hosenmacher« war eine Parodie auf Zimmermanns Buch »Über Friedrich den Großen und meine Unterredungen mit ihm kurz vor seinem Tode«.

Die denunziatorischen Bemerkungen in der »Wiener Zeitschrift« hatten einen langjährigen Prozeß zur Folge, den Knigge beim Oberhofmarschallamt in Hannover gegen Zimmermann führte. Vordergründig ging es in diesem Prozeß, den Knigge schließlich gewann, um die Frage, ob er als hannoverscher Oberhauptmann öffentlich verleumdet worden sei. Die Akten dokumentieren jedoch zugleich, daß Zimmermanns Anschuldigungen gegen alle Anhänger der Französischen Revolution gerichtet waren, denen im Namen Knigges hier der Prozeß gemacht werden sollte.

Über Knigges »Politischem Glaubensbekenntniß« spaltete sich die öffentliche Meinung. Eine Kritik August Wilhelm Rehbergs in der »Allgemeinen Literatur-Zeitung« fand sogleich ihre Antwort in der Schrift »Gerechtigkeit über die Ungerechtigkeiten gegen Knigge«, die J.H. Meyer in Kiel erscheinen ließ. Auch der Hamburger Schriftsteller Heinrich Christoph Albrecht stand Knigge bei, indem er eine »Rettung der Ehre, Adolphs, Freyherrn Knigge« veröffentlichte.[36]

Während die Revolutionsarmee im Herbst 1793 weitere Siege verzeichnen konnte, erreichte die Jakobinerherrschaft in Paris 1793/94 ihren Höhepunkt. Zugleich konstruierten die Revolutionsgegner immer neue Verschwörungstheorien, die auch die Anhänger geheimer Gesellschaften im Bunde mit der Revolution sahen, ja in ihnen sogar die Verursacher der Revolution erkennen wollten.

Auch der ehemalige Illuminat Knigge wurde als revolutionärer Verschwörer denunziert. Zimmermann klagte in einem juristischen Widerspruchsschreiben von 1794 Knigge an, daß er unter dem Ordensnamen Philo

»... eifrig bemühet gewesen sei, in den Jahren 1781, 1782, 83 und 1784, durch den Illuminaten-Orden, worin er eine so große Rolle spielte, den Menschen, unter dem Trugbilde einer allgemeinen Freiheit und Gleichheit, Alles, was ihnen bisher heilig und ehrwürdig war, zu entreißen, die christliche Religion [...] als Werkzeug dieses Plans zu nützen und wenn sie für diesen nicht weiter brauchbar sein werde, als Volksbetrug aus der Welt zu verbannen, alle Regierungen (die der Illuminaten allein ausgenommen) zur Herstellung angeblich verlorener Menschenrechte zu vernichten, die Fürsten, als conventionelle und bundbrüchige Herren abzuschaffen und alle menschliche Ordnung, Ruhe und Glück zu zerstören, kurz, diejenige Theorie zuerst zu lehren und zu gründen, von welcher nachher die französische Revolution und die ganze, seitdem projectirte Weltumwälzung die Praxis ist.«[37]

Knigge empörten solche angeblichen »Enthüllungen«, die über die Illuminaten in Umlauf gebracht wurden. Trotz al-

[35] J.G. Zimmermann: Adolph Freiherr Knigge dargestellt als deutscher Revolutionsprediger und Demokrat. In: Wiener Zeitschrift. Bd. 2 (1792), S. 328.

[36] Vgl. dazu: Ob Baron Knigge auch wirklich todt ist, S. 14 ff.

[37] Quadruplik von Seiten des Hofrathes Zimmermann wider den Oberhauptmann von Knigge (4. Jan. 1794). Zit. nach: [Friedrich Hermann Klencke, Hrsg.]: Aus einer alten Kiste. Originalbriefe, Handschriften und Documente aus dem Nachlasse eines berühmten Mannes. Leipzig 1853, S. 284 f.

lem versuchte er die Auseinandersetzung nicht weiter zuzuspitzen und hielt sich mit politischen Stellungnahmen eine Zeitlang auffallend zurück. In jenen Jahren erschien einzig eine anonyme Schrift im Schleswigschen Journal, die Betrachtung »Ueber die Ursachen, warum wir vorerst in Teutschland wohl keine gefährliche politische Haupt-Revolution zu erwarten haben«.[38]

Die Anfeindungen ließen jedoch nicht nach. Knigge wurde von Freunden auf neue verleumderische Schriften hingewiesen, die den Illuminaten die Störung von Ruhe und Ordnung, ja das Streben nach Weltherrschaft unterstellten. Auf Drängen seiner Freunde griff Knigge schließlich doch zur Feder und ließ durch den Hofrat Brandis in Braunschweig eine Verteidigungsschrift veröffentlichen, die der verbreiteten »Jacobiner- und Illuminaten-Riecherey« aufklärende Informationen entgegensetzen sollte.[39]

Es ist nicht bekannt, daß von seiten des Bremer Senats irgendwelche Verdächtigungen gegen Knigge geäußert wurden. Zwar stritt man sich mit dem Oberhauptmann über Schulangelegenheiten und Zuständigkeitsfragen der hannoverschen Obrigkeit in Bremen, man hatte jedoch keinen Grund, ihn politisch zu verdächtigen. Knigges Probleme mit der Regierung in Hannover und seine Klage gegen Zimmermann waren auswärtige Angelegenheiten, die den Bremer Senat nichts angingen.

Man beobachtete in Bremen dennoch sehr sorgfältig die Politik, die Hannover verfolgte, besonders im Hinblick auf die weitere Entwicklung des Krieges. Bremen wollte neutral bleiben, das geboten allein schon die Handelsbeziehungen zu Frankreich. Der Senat verfolgte mit Sorge die Neuigkeiten, die aus Frankreich kamen, und war überaus mißtrauisch gegen jede regierungskritische Äußerung. Trotz allem übte man keine allzu strenge Zensur aus. Ein »Republikanischer Katechismus«, der 1794 in Bremen vertrieben wurde, führte zwar zu einer gerichtlichen Untersuchung, es kam jedoch nicht zu Verurteilungen, da die Hintermänner nicht zu fassen waren.[40]

Unruhen unter Handwerkern wurden aber, auch wenn sie nicht politisch motiviert waren, sofort mit den Ereignissen in Frankreich in Verbindung gebracht. 1791 gab es einen Zwischenfall anläßlich der Festnahme einiger Zimmergesellen, über den Bürgermeister Christian Abraham Heineken berichtet:

»Einigen aus dem Pöbel, denen die Phrasen von Freiheit und Gleichheit u. dgl., die vom jenseitigen Rheinufer nach Deutschland damals herüberschallten, den Kopf verdreht haben mochten, wollte diese Art der Ordnungsherstellung nicht gefallen. Sie begleiteten mit einigen Neugierigen den Zug, fielen ihn auf dem halben Wege mit Steinwürfen an, und der sich mit jedem Schritt mehrende Schwarm drang zuletzt so auf das Kommando ein, daß dieses in Gefahr kam, die Verhafteten zu verlieren. Zugleich stürzte bei dem fortwährenden Steinwerfen ein Unteroffizier durch einen solchen Wurf für tot zu Boden. Nun blieb dem anführenden Offizier, der kaum noch einen Schritt vorwärts konnte, nichts übrig als haltzumachen und, da gütliches Zureden nichts mehr half, Feuer geben zu lassen, welches einige Personen sogleich tötete, mehrere aber leichter oder schwerer verwundete, von denen noch etliche starben.«[41]

Es war jedoch nicht nur die Angst vor dem »Pöbel«, die so manchen Senator umtrieb. Auch die Bürgerschaft forderte nach 1789 selbstbewußter als je zuvor Mitspracherechte in Finanz- und Verwaltungsfragen.

Es läßt sich dennoch nicht behaupten, daß in Senatskreisen und innerhalb der einflußreichen Oberschicht der Stadt eine franzosenfeindliche Stimmung herrschte. Zu stark waren die Handelsinteressen Bremens mit Frankreich verknüpft, als daß man sich hätte erlauben können, einseitig gegen Paris Partei zu ergreifen. Andererseits wollte man aber auch die Stellung im Reich nicht gefährden. Das führte zu einer Politik, bei der man Ruhe und Ordnung innerhalb der Stadt – nicht zuletzt durch Einrichtung einer »Sicherheitskommission« – mit allen Mitteln aufrechtzuerhalten suchte, nach außen hin die Neutralität bekundete, insgeheim aber engeren Verbindungen mit Frankreich nicht abgeneigt war. Karl Friedrich Reinhard, der französische Gesandte der Hansestädte, hielt sich im Frühjahr 1796 in Bremen auf. Er wurde von den städtischen Honoratioren gebührend empfangen und traf auch mit Knigge zusammen, dem er einen Brief von Sophie Reimarus überbrachte.

Die Bremer entdeckten in jenen Jahren den jahrhundertealten »Republikanismus« ihres Stadtstaates wieder neu, betonten ihre Abneigung gegen jede Art von »Despotismus« und diskutierten sogar die Loslösung vom Reich.[42] Tatsache war: Der Handel mit Frankreich erwies sich als wahre Goldgrube für die Bremer Kaufleute. Er war neben dem kontinuierlich zunehmenden Amerikahandel Hauptgrund für den wachsenden Wohlstand der Hansestadt. Frankreich, durch die gegnerischen Mächte isoliert, benötigte Getreide und andere lebenswichtige Güter. Es profitierte aber auch vom Export eigener Waren. Berechnungen zeigen, daß Frankreich am Han-

38 Schleswigsches Journal. Bd. 2 (1793), S. 273–290.

39 Auszug eines Briefes, die Illuminaten betreffend, ohne Einwilligung des Schreibers, aber gewiß in der redlichsten Absicht zum Drucke befördert, von seinem Freunde. Leipzig 1794.

40 Heinrich Tidemann: Die Zensur in Bremen von ihren Anfängen bis zu den Karlsbader Beschlüssen 1819. In: Bremisches Jahrbuch 30 (1926), S. 343 f.

41 Heineken, Geschichte der Freien Hansestadt Bremen, S. 212.

42 Vgl. dazu: Hermann Tiemann: Hanseaten im revolutionären Paris (1789–1803). In: Zeitschrift des Vereins für Hamburgische Geschichte. Bd. 49/50 (1964), S. 122 ff.

del mit den drei Hansestädten mehr verdiente, als an dem aller anderen europäischen Handelspartner zusammen.[43]

Die Entwicklung der Revolution, die Entscheidungen von Nationalkonvent und Wohlfahrtsausschuß und der Verlauf des Krieges beherrschten daher das Denken vieler Bremer in jener Zeit. In der »Gesellschaft Museum«, einem gemeinnützigen Klub, waren alle Neuigkeiten aus Frankreich Tagesgespräch. Ab 1790 wurden im »Museum« vermehrt französische Zeitungen, Bücher und Landkarten angeschafft. Das Interesse an den politischen Ereignissen wuchs von Monat zu Monat, und es wird berichtet, daß seit Oktober 1792 (im September hatte sich die Kanonade von Valmy ereignet) die Mitglieder schon vor 11 Uhr im Lesezimmer zusammenkamen, so daß man beschloß, »das kleine Zimmer zum Lesen der am Morgen oder am Abend vorher angekommenen Zeitungen zu heizen.«[44]

Ein Benutzer der Bibliothek, der sich über die Französische Revolution informieren wollte, konnte die profranzösische Zeitschrift »Frankreich im Jahre 1795« lesen oder ein Buch über die Sitzungen der Pariser Jakobiner (herausgegeben von Johann Wilhelm von Archenholz) studieren. Auch eine Schrift über »Mainz im Genusse der durch die Franzosen errungenen Freiheit und Gleichheit« war vorhanden. August von Hennings' Zeitschrift »Der Genius der Zeit« gehörte ebenfalls zum Bestand der Bibliothek. Die liberale Haltung des »Genius« dürfte von den meisten Bremern geteilt worden sein. In einem 1794 veröffentlichten Artikel heißt es zu den Ursachen für den Ausbruch der Französischen Revolution:

»Der Druck, unter welchem die größere Anzahl der Einwohner Frankreichs zu einer Zeit seufzte, in welcher sie die Unrechtmäßigkeit dieses Drucks fühlte, und keine Hoffnung hatte, auf dem gewöhnlichen Wege davon erlöset zu werden, wohl aber die Möglichkeit ahnte, das durch Gewalt erlangen zu können, was man ihr in Güte nicht gewähren wollte.«[45]

Vor derart gewaltsamen Lösungen warnt der Verfasser und rät, nicht die Fehler der Franzosen zu wiederholen. Vielmehr sei das beste Mittel gegen eine Revolution, die Wünsche des Volkes zu erfüllen.

Knigge, der sowohl die Stimmung in Hamburg kannte als auch über die in Bremen geführten Diskussionen gewiß im Bilde war, befand sich mit seiner Meinung wohl nicht allzu entfernt von den Ansichten vieler Hansestädter. In Bremen hat man sicher den Ausführungen beigepflichtet, die Knigge im »Benjamin Noldmann« darlegte:

»Wenn doch nur die Fürsten weise genug seyn wollten, einzusehen, daß sie sichrer und unumschränkter ein Volk regieren können, das sich für frey hält, sich selber zu regieren glaubt, als ein Haufen immer unzufriedner, immer murrender Sclaven, denen man nie Rechenschaft gibt, sie nicht ein Mahl dann, wenn man ihnen Gutes erweiset, genug würdigt, um ihnen die Ursache zu sagen, warum man es ihnen erweiset.«[46]

Die vom Bremer Senat und den Kaufleuten angestrebte Neutralität verband sich vor allem mit dem Wunsch, von jeglichen militärischen Operationen verschont zu bleiben. Gerade dieser Wunsch sollte jedoch nicht in Erfüllung gehen. Mit dem Vorrücken der französischen Truppen – im Januar 1795 befanden sie sich bereits auf dem Territorium der Niederlande – fürchteten die Generäle der englisch-hannoverschen Truppen ein weiteres Vordringen der Franzosen.

Die freie Reichsstadt Bremen galt den Militärstrategen, allen voran Feldmarschall von Freytag, wegen ihrer neutralen Haltung als höchst unsicherer Faktor. Die Überlegungen gingen dahin, die Stadt durch hannoversche Truppen zu besetzen. Das war gegen jede Vereinbarung und nur unter Bruch der Neutralität zu bewerkstelligen. Sorgfältige Planung war vonnöten, denn die Gefahr war groß, daß eine solche Operation nicht ohne Widerstand verlaufen könnte. Zahlreiche französische und niederländische Flüchtlinge hielten sich in Bremen auf. Besonders aber fürchtete man den Oberhauptmann Knigge. Würde er sich still verhalten, wenn man Bremen widerrechtlich besetzte? Wie die Gegner Knigges dachten, enthüllt eine Bemerkung Ludwig Adolf Christian von Grolmanns:

»Er [Knigge] und seine Brüder stehen schon ganz gut bey den Franzosen so, daß er im Fall ihres weitern Eindringens in Deutschland nicht blos auf eine sanftere Behandlung für sich und seine Mitglieder, sondern auch, [...] was [...] seine eigne Person betrift, darauf rechnen kann, bey der Sanscülottisirung Deutschlandes wenigstens Maire in Bremen zu werden.«[47]

Die nun folgenden Geschehnisse waren genau geplant und aufeinander abgestimmt:

Am 7. Februar 1795 wies die Regierung in Hannover ihre Unterbehörde in Stade an, Knigge zu befehlen, sich auf schnellstem Wege in Stade einzufinden. Er solle »in dem gegenwärtigen Augenblick und vor der Hand nicht in Bremen anwesend« sein.[48] Eine Begründung für den Auftrag zu ersinnen, das überließ man den Stader Regierungsräten. Der Befehl wurde Knigge

---

43 Tiemann: Hanseaten im revolutionären Paris, S. 121.

44 150 Jahre Bremer Clubleben. Ein Beitrag zur Kulturgeschichte Bremens. Hrsg. vom Club zu Bremen. Bremen 1933, S. 91.

45 Zit. nach Rolf Schempershofe: August Hennings und sein Journal »Der Genius der Zeit«. Frühliberale Publizistik im Zeitalter der Französischen Revolution. In: Jahrbuch des Instituts für deutsche Geschichte. Bd. 10. Tel-Aviv 1981, S. 158.

46 Adolph Freiherr Knigge: Benjamin Noldmann's Geschichte der Aufklärung in Abyssinien. Göttingen 1791, S. 153 (SW 14).

47 [L.A.C. von Grolmann]: Freyherrn von Knigge Welt- und Menschenkenntniß. Ein Pendant zu dem Buche Umgang mit Menschen. o.O. 1796, S. 156.

48 Gerhard Steiner: Neues vom alten Knigge. In: Marginalien. Heft 58 (1975), S. 41.

am 2. März überbracht, wonach sich der Oberhauptmann, pflichtbewußt wie er nun einmal war, trotz Krankheit sogleich aufmachte und in einem Bettwagen in Richtung Stade abreiste. Er sollte, wie er dort erfuhr, bei der Durchreise der Prinzessin Karoline von Braunschweig anwesend sein.

Zwei Tage später, am 4. März 1795, übergab der hannoversche Generalleutnant Du Plât dem Bremer Senat ein Schreiben, worin um freien Durchzug einiger Truppenteile nachgesucht wurde. Als das bewilligt war, erschien Du Plât mit zwei Regimentern und verlangte plötzlich einen Rasttag in der Stadt, wobei er unter Ehrenwort zusicherte, danach gleich weiterzuziehen. Kaum hatten jedoch die Regimenter ihre Quartiere bezogen, als der General dem Senat ein Schreiben der hannoverschen Regierung übergab, das ihm, wie er bekundete, als verschlossene Order mitgegeben worden sei, mit dem Befehl, diese erst nach dem Einmarsch in Bremen zu öffnen.

In dem vom 28. Februar datierenden Schreiben verlangte das Geheime Kabinett in Hannover zum Schrecken des Bremer Senats die Besetzung der Stadt, »welche Anmutung der General ebenmäßig mit Drohungen unterstützte und besonders die Neustadtstore in Besitz nehmen zu müssen erklärte«, wie Bürgermeister Heineken in seinen Erinnerungen schreibt.[49] Wie weiter berichtet wird, konnte der Unmut unter der Bevölkerung über diesen Handstreich nur mühsam im Zaum gehalten werden. Knigge befand sich unterdessen in Stade, wo ihm allmählich klar wurde, daß das Ganze ein abgekartetes Spiel war, um ihn aus Bremen fernzuhalten. Am 16. März 1795 schrieb er an die Stader Räte:

»Unmöglich kann ich dem Gedanken Raum geben, daß es bey diesen Aufträgen blos darauf abgesehen seyn solte, mich von Bremen entfernt zu halten. Wodurch könnte ich das verdient haben? Auch ist wohl die Abwesenheit oder Gegenwart eines einzelnen, unwichtigen Mannes, bey dem, was jezt dort vorgehet, eine unbedeutende Sache, um so mehr, da ich nicht dafür bekannt bin, und während meinem fünftehalbjährigen dortigen, meinen Pflichten gewidmeten Aufenthalte, durch mein grades, unverstecktes und vorsichtiges Betragen, mir nicht den Ruf erworben habe, mich gern in Sachen zu mischen, die mich nicht angehen.«[50]

Der Gesundheitszustand Knigges verschlechterte sich zusehends. Es folgten weitere Bittbriefe nach Hannover, und auch Knigges Frau Henriette schrieb von Bremen aus an die hannoversche Regierung. Schließlich entschied Knigge, eigenmächtig nach Bremen zurückzukehren. Er teilte seinen Entschluß den Stader Räten am 29. März mit und machte sich sogleich auf den Weg.

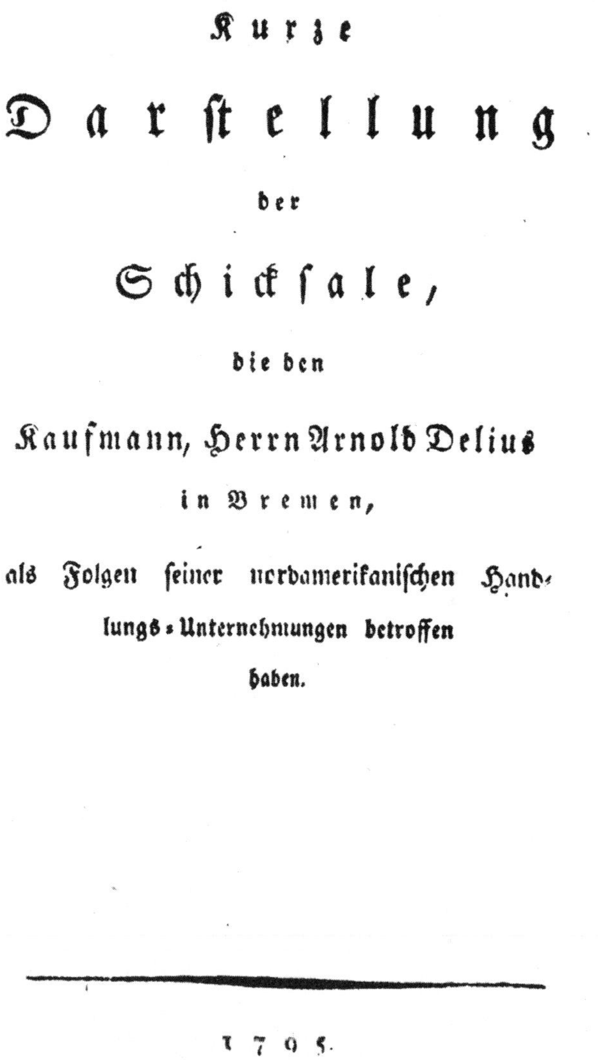
Kurze Darstellung der Schicksale, die den Kaufmann, Herrn Arnold Delius in Bremen, als Folgen seiner nordamerikanischen Handlungs-Unternehmungen betroffen haben.

1795.

Obgleich die Besetzung Bremens im Sinne der hannoverschen Generäle geglückt war, glaubte man den zurückgekehrten Oberhauptmann nochmals streng verwarnen zu müssen. Du Plât erhielt Anweisung, Knigge die Eröffnung zu machen, »daß man sich allhier zu ihm versehe, er würde weder mündlich, noch schriftlich etwas unternehmen, wodurch die dortigen Gemüther gegen die jetzige Ordnung der Dinge eingenommen werden könnten; mithin den Fall vermeiden, daß sein dortiger Aufenthalt mit den Umständen nicht verträglich und seine Entfernung für nothwendig gehalten und verfügt werden müßte.«[51]

In Knigges Antwort an Generalleutnant Du Plât vom 16. April heißt es:

49 Heineken, Geschichte der Freien Hansestadt Bremen, S. 255.

50 Zit. nach Steiner, Neues vom alten Knigge, S. 45 f.

51 Zit. nach: Ob Baron Knigge auch wirklich todt ist, S. 125.

»Des Herrn Feldmarschalls Excellenz argwöhnt, wie es scheint, daß ich geneigt sein möchte, die verabscheuungswürdigen Grundsätze der französischen Ruhestörer auszubreiten; allein ist es wahrscheinlich, daß ich auch nur einmal wünschen könnte, eine Umkehrung der Dinge in Deutschland zu erleben, die mich um Vermögen, Stand und Bedienung bringen, folglich zum Bettler machen würde, ohne daß ich auch nur einmal, da ich beständig bettlägerig bin, bei einer solchen Revolution eine Rolle würde spielen können?

Ich will es nicht leugnen, daß ich ehemals in meinen Schriften einige kühn scheinende politische und andere Grundsätze, vielleicht unvorsichtig vorgetragen habe; allein damals waren die Umstände von den jetzigen sehr verschieden und mit ihnen haben sich auch meine Meinungen und mein Betragen geändert. Von dem Augenblicke an, da Deutschland in den Krieg verwickelt wurde, habe ich keine Zeile über politische Gegenstände geschrieben und Nichts ohne Censur drucken lassen. Ich kann dreist Jeden auffordern, mich eines anderen zu zeugen. Mein Briefwechsel ist so unschädlich, daß ich mich der strengsten Ahndung unterwerfen will, wenn *Ein* beschriebenes Blatt von mir vorgezeigt werden kann, das gefährliche Gesinnungen verriethe.«[52]

Knigge war vorsichtig geworden, seine Meinung hatte er jedoch nicht im Geringsten geändert. Im Gegenteil: die perfiden »Enthüllungen« über den Illuminatenorden hatten seine Überzeugung bestärkt, daß erneut eine Vereinigung aller aufgeklärten, kritisch denkenden Menschen notwendig, und daß es an der Zeit sei, jetzt um so energischer jede Unterdrückung der freien Meinungsäußerung anzuprangern. Knigge verfaßte ein »Manifest einer nicht geheimen, sondern sehr öffentlichen Verbindung«. Ein letztes Mal versuchte er, einen Bund zu organisieren, der für »ächte Erleuchtung, bedingte Freyheit und Gleichheit, Menschenrechte, Republicanismus«[53] und gegen »Einschränkung der Denk- und Preß-Freyheit, Censur-Edikte, [...] Zurücksetzung, Verfolgung, Verleumdung freymüthiger Männer« streiten wollte.[54]

Knigges Plan war, die »Dummheits-Apostel und Despotenknechte« durch allerlei Irreführung »zu ermüden und zur Verzweiflung zu bringen«, unterdessen aber einen »öffentlichen, das Licht nicht scheuenden Bund der entschlossenen festen Wahrheitsfreunde« zu knüpfen. Den Furchtsamen sollte durch ein solch entschiedenes Vorgehen Mut gemacht werden.[55] Knigge entschloß sich, eine Reise durch Deutschland zu unternehmen, um sein »Manifest« an Gleichgesinnte zu verteilen. Handschriftlichen Notizen zufolge sollte diese Reise von Bremen über Braunschweig bis nach Halle und Leipzig führen. Sie kam jedoch nicht mehr zustande. Knigges Gesundheitszustand verschlechterte sich rapide. Am 6. Mai 1796 starb er im Alter von erst 43 Jahren.

»Knigge ist in der Domkirche zu Bremen begraben, wo ihm die Liebe seiner Mitbürger ein einfaches Denkmal errichtet hat«, schrieb seine Tochter Philippine, die 1823 eine »kurze Biographie« ihres Vaters veröffentlichte, und fügte hinzu: »Noch lebt dort die Erinnerung an ihn, in den Herzen treuer Freunde und aller derer, die Gelegenheit fanden, ihn genauer kennen zu lernen; selbst bey den niedern Ständen war er, um seiner Wohlthätigkeit willen, geachtet.«[56]

Nachrufe erschienen, die deutlich machen, daß Knigge vielen Zeitgenossen als politischer Schriftsteller galt, der, ganz besonders in seinen letzte Lebensjahren, unter Verfolgung zu leiden hatte: »Die Thoren und Narren in Deutschland feyern ein Freudenfest, und die Klugen und Rechtschaffenen trauern, denn es starb ein edler deutscher Mann«, schrieb Georg Friedrich Rebmann. Freilich hat Rebmann, der ebenfalls die Französische Revolution verteidigte und nur mit knapper Not einer Verhaftung entging, Knigge persönlich nie kennengelernt.

Eine Mitteilung aus Bremen, veröffentlicht in der Gothaer »National-Zeitung der Teutschen«, klingt ebenso wohlwollend, wenn auch weniger emphatisch. Der unbekannte Verfasser aus Knigges Umkreis bedauert den frühen Tod des hannoverschen Oberhauptmanns und weist auf die »Denkfreyheit« der Hansestadt hin:

»Wer hier seines nähern Umgangs genossen hat, vermißt ihn ungern. Manche mieden ihn: ich kann aber nicht sagen, daß er diese Abneigung durch sein geselliges Betragen irgend verdient hätte. Man mißbilligte entweder seine politischen oder religiösen Grundsätze, oder man scheute seinen Beobachtungsgeist und besorgte seine Schilderungen menschlicher Schwäche auf eigene Kosten zu bereichern. Er hat oft bezeugt, wie ihn dies so empfindlich kränke; indessen machte es ihn mit seinem Aufenthalte nicht unzufrieden: denn, er wußte, daß die unter uns herrschende Denkfreyheit es denen die ihm hier minder gut waren, nicht gestattete, ihn, wie an andern Orten, zu verfolgen und zu befeinden. Als hiesigen Kurhannöverischen ersten Beamten läßt ihm unser Publikum volle Gerechtigkeit widerfahren. Er wußte mit seinen Amtspflichten stets Verträglichkeit zu vereinigen, was seinen Vorgängern nicht immer eigen gewesen ist.«[57]

52 Zit. nach: Ob Baron Knigge auch wirklich todt ist, S. 126.

53 Adolph Freiherr Knigge: Manifest einer nicht geheimen, sondern sehr öffentlichen Verbindung ächter Freunde der Wahrheit, Rechtschaffenheit und bürgerlichen Ordnung an ihre Zeitgenossen. Wien [= Braunschweig?] 1795, S. 28 (SW 15).

54 Manifest einer nicht geheimen, sondern sehr öffentlichen..., S. 37.

55 Vgl. Brief Knigges an Alois Blumauer vom 21.1.1796 in diesem Band

56 [Philippine von Knigge]: Kurze Biographie des Freyherrn Adolph Knigge. Hannover 1823, S. 18.

57 National-Zeitung der Teutschen. Jg. 1796. 20. Stück (19. Mai 1796).

Adolph Freiherr Knigge

# Briefe, auf einer Reise aus Lothringen nach Niedersachsen geschrieben (1793) 17.–19. Brief

*»Es ist weise gehandelt, bevor man ausreist, aus Büchern oder mündlichen Erzählungen sich genau von dem Wege, den man nehmen will, von demjenigen, was unterwegens und in den Örtern, die man besuchen möchte, zu bemerken, zu beobachten und zu vermeiden ist, nicht weniger von den Preisen und den unvermeidlichen Geldausgaben zu unterrichten, damit man weder betrogen werde, noch in Verlegenheit gerate, noch etwas zu sehn versäumte, das der Aufmerksamkeit wert scheint.«*[58]
*So urteilt Knigge über den Nutzen von Reisebüchern im »Umgang mit Menschen«. Er selbst reiste leidenschaftlich gern, sooft sich Zeit und Gelegenheit fanden. In seinen letzten Lebensjahren vereitelte allerdings seine schwere Krankheit die meisten Reisepläne. Und die »Briefe, auf einer Reise aus Lothringen nach Niedersachsen geschrieben«, die zur Ostermesse 1793 im Verlag von Christian Ritscher zu Hannover erschienen, beschreiben keine Reise, die er tatsächlich gemacht hat, sondern fußen auf persönlichen Erinnerungen und Erlebnissen. Denn alle behandelten Orte kannte er durch frühere Aufenthalte. Die Reiseroute führt von Metz über Saarbrücken, Heidelberg, Frankfurt am Main, Hersfeld, Kassel, Hameln, Pyrmont, Meinberg, Detmold, Celle und Hannover nach Bremen. Ein fiktiver Autor unternimmt die Reise, um »noch ein wenig in Teutschland herumzuziehn«, bevor er sich mit einem »americanischen Freund M***« in Hamburg zur Auswanderung nach Nordamerika einschifft.*

*Die letzten Briefe des Buches beschäftigen sich mit Bremen. Neben der Beschreibung von Topographie und Sehenswürdigkeiten finden sich ausführliche Passagen über die politischen und gesellschaftlichen Verhältnisse der damaligen freien Reichsstadt, in der Knigge ja die letzten sechs Jahre seines Lebens verbrachte. Ausdrücklich lobt er die sozialen Einrichtungen und mit unverkennbarer Sympathie beschreibt er die politische Ordnung der Stadtrepublik Bremen, die für Knigge in wohltuendem Gegensatz zur vielfach kritisierten Misere des duodezfürstlichen Deutschland stand.*
*Das Buch wurde noch im Jahr 1793 ins Niederländische übersetzt. Ein Nachdruck der deutschen Erstausgabe ist enthalten in: Sämtliche Werke. Hrsg. von Paul Raabe. Bd. 20. Nendeln/Liechtenstein 1978. Eine leicht modernisierte Neuausgabe findet sich in: Ausgewählte Werke. Hrsg. von Wolfgang Fenner. Bd. 4. Hannover 1992, S. 7–131. Unser Abdruck der Passagen über Bremen gibt den Original-Lautstand der Erstausgabe von 1793 wieder.*

## Siebzehnter Brief.

Bremen, den 30sten Julius.

Nun ergreife ich endlich einmal wieder die Feder, mein theuerster Freund! um Ihnen Nachricht von mir zu geben. Bis hierher haben mich Zerstreuungen und Geschäfte nicht dazu kommen lassen. Meinen americanischen Freund M***[59] fand ich schon hier, und da hatten wir dann mit einander und mit hiesigen Kaufleuten so vielerley zu verabreden und zu verhandeln, daß die Zeit uns äusserst schnell zu verfliegen schien. Die Nachmittage und Abende aber und auch manche Mittage wurden in Gesellschaft der gastfreyen Bremer hingebracht. – Doch ich will den Faden meiner Erzählung da wieder anknüpfen, wo ich ihn zu Ende meines vorigen Briefes abgerissen habe.

Von der Wahl meines Reise-Gesellschafters hatte ich alle Ursache zufrieden zu seyn. Er ist ein verständiger Mann, dessen Gespräche die Lücke ausfüllten, die durch den Mangel an reizenden Gegenständen von Aussen in mir entstand.

58 Über den Umgang mit Menschen (Ueding), S. 266.

59 *Meinen americanischen Freund M***:* Nach Recherchen von Ernst August Freiherr Knigge könnte mit dem »americanischen Freund« der 1744 in Wallerstein bei Nördlingen geborene Albrecht Ulrich Moll gemeint sein, mit dem Knigge bekannt war. Moll war seit 1790 unter dem Namen William Berczy Beauftragter der Londoner Siedlungsgesellschaft »Genesee Association«, die an Landspekulationen im nordamerikanischen »Genesee-Gebiet« beteiligt war. Zur Anwerbung deutscher Siedler für die Gesellschaft hielt sich Berczy von Oktober 1791 bis April 1792 vorwiegend in Hamburg und Bremen auf. Im Briefwechsel Berczys finden sich Hinweise auf Knigges Interesse an dem Auswanderungsprojekt, über das er (laut Berczy) auch ein Buch schreiben wollte.

Briefe, auf einer Reise aus Lothringen nach Niedersachsen geschrieben; herausgegeben von Adolph, Freyherrn Knigge. Hannover, bey Christian Ritscher, 1793.

Der Weg von Nenndorf hierher ist nichts weniger, wie angenehm; wir fuhren über Wunstorf, Nienburg und Hoya. Im letzterm Orte, dem einzigen auf diesem Striche, dessen Lage hübsch ist, brachten wir die Nacht zu und wurden ziemlich gut bewirthet. In den Dorf-Schenken hingegen, in denen wir, um Pferde und Menschen zu erquicken, zuweilen anhalten mussten, eckelte uns der abscheuliche Schmutz und die schlechte Kost so, daß wir lieber, ohne etwas anzurühren, vor der Hausthür sitzen blieben, bis wieder angespannt wurde. – Welch' ein Abstand gegen die freundlichen Dorf-Wirthshäuser in den Rhein-Gegenden, selbst da, wo keine große Landstraße vorbeyführt!

Man fährt auf diesem Wege oft durch Befriedigungen, die gemacht sind, damit das Vieh nicht auf die Felder komme. Da sind dann, wo der Graben, der Straße wegen, unterbrochen ist, Schlagbäume gesetzt, und zwar in so großer Anzahl, daß man jeden Augenblick anhalten muß, um einen derselben öfnen zu lassen. Nun steht immer bey einem solchen Schlagbaume ein ganzer Haufen von Kindern, die sich darum reissen, ein Trinkgeld für dies Geschäfte zu verdienen. Das Geld gäbe man nun wohl ganz gern, damit die Bedienten nicht jedesmal absteigen dürfen; allein da die Kinder vom frühen Morgen an bis in die Nacht hier aufpassen; so ist es ärgerlich, zu denken, daß eine Menge Knaben und Mädchen auf diese Weise sich an Müßiggang und Betteley gewöhnt und daß die Orts-Obrigkeiten diesem Unwesen nicht abhelfen.

Ich habe mich hier in Bremen in einen Gasthof einquartiert, der an einer sehr lebhaften Straße gelegen ist; Sie wissen, daß ich gern viel thätige Menschen durch einander hin und her wandeln sehe.

Die Bevölkerung von Bremen soll in den letztern Zeiten ein wenig abgenommen haben; Man zählt jetzt ungefehr vierzigtausend Einwohner, welches freylich, im Verhältnisse mit dem Umfange, wenig ist; allein die Neustadt hat auch große, unbebauete Plätze.

Der Weser-Strohm fliesst, in zwey Armen, mitten durch die Stadt, wodurch sie in die Alt- und Neustadt getheilt wird. Die Magistratspersonen und die mehrsten der angesehensten Kaufleute wohnen in der Altstadt. Doch haben Viele von ihnen Gärten- und Sommer-Häuser in der Neustadt, und da diese im Winter ganz leer stehen; so herrscht dann in manchen Straßen eine öde Stille, dagegen stecken die kleinen Häuser in andern Gassen gepropft voll von Handwerksleuten, geringen Krämern und Fabricanten, Taglöhnern u.d.gl.

Am liebsten mögte ich hier in der Altstadt an der sogenannten Schlacht[60] wohnen, wo die Ankunft und Abfahrt und das Inn- und Ausladen der Fahrzeuge auf der Weser einen Anblick voll angenehmer Abwechselung gewährt. Größere Schiffe können nicht bis hieher kommen; sie bleiben theils in dem kleinen Hafen bey Vegesack[61], theils noch tiefer unten, bey Brake, Elsfleth etc. liegen und schicken und holen ihre Waaren in kleinern Barken von und nach Bremen. Ich habe vorgestern eine kleine Wasserfahrt da hinunter gemacht;

[60] *Schlacht:* Schlachte: Weserufer-Promenade in der Bremer Altstadt, deren Namen von der Gepflogenheit herrührt, die Ufer mit eingerammten Pfählen zu befestigen (niederdeutsch: »slait«). Bis zum 19. Jahrhundert befand sich hier der Hafen, der aber schon zu Knigges Zeit wegen der zunehmenden Weser-Versandung nicht mehr von größeren Schiffen befahren werden konnte. Im Zuge der großen »Weser-Korrektion« wurden Ende des 19. Jahrhunderts neue Hafenanlagen in den Bremer Stadtteilen Walle und Gröpelingen errichtet.

[61] *Vegesack:* Heute Stadtteil im Bremer Norden. In den Jahren 1619–1623 wurde hier der erste künstliche Seehafen in Deutschland angelegt. Wegen der zunehmenden Versandung der Weser mußten die größeren Schiffe bis zum frühen 19. Jahrhundert in Vegesack bzw. in Brake entladen werden.

*Adolph Freiherr Knigge.*
*Pastellbild von Jacob Fehrmann, 1794*

allein ich finde die Ufer an beyden Seiten nichts weniger wie malerisch, gar nicht zu vergleichen mit denen am Rhein, Mayn, an der Elbe und Donau.

Ueberhaupt ist die Gegend weit um Bremen herum platt und gewährt dem Auge wenig Vergnügen. Auch giebt es vor den Thoren der Stadt keine beträchtlich große und schöne Gärten, besonders keine öffentliche, wie vor Leipzig, Hamburg, Wien, München und andern Städten, wo Leute von verschiednen Classen sich zu gemeinschaftlichen geselligen Freuden versammelten. Zum Ruhme von Bremen aber sey es auch gesagt, daß es hier, nach Verhältniß, weniger müßige Menschen giebt. Die reichsten und angesehensten Einwohner besitzen jedoch, eine oder ein paar Meilen von der Stadt entfernt, schöne Landgüter, Häuser und Vorwerke, wo sie sich im Sommer von ihren Geschäften zu erholen und ihre Freunde zu bewirthen pflegen.

Die Bauart, besonders der ältern Häuser in der Stadt, gefällt mir gar nicht. Von Aussen hohe, unförmliche Façaden, mit einer so ungebührlichen Menge von Fenstern, eines neben dem andern, daß man füglich sagen könnte, es seyen gläserne Häuser. Inwendig große Haus-Fluhren, wodurch sehr viel Platz verlohren geht, der zu Wohnungen hätte verwendet werden können. Daher kömmt es dann, daß man wenig Reyhen von *Chambres à plein pied*[62] antrifft. Zu den einzeln gelegnen Zimmern muß man noch obendrein mehrentheils auf kleinen, schmalen Treppen hinaufsteigen. Bey manchen Gebäuden kann diese Einrichtung vielleicht Vortheil gewähren, wenn der Bewohner Waaren-Handlung treibt, bey den mehrsten hingegen ist sie, nach der Lebensweise der jetzigen Zeiten, besonders für Die, welche große Gesellschaften bey sich bewirthen, nicht bequem. Die neuerlich erbaueten Häuser haben diese Fehler nicht und verrathen einen bessern Geschmack; doch vermisse ich an den mehrsten derselben einen reinen Styl der Bauart, sehe da gewölbte Fenster, durchgeschnittene Giebel, unförmliche Gesimse, Misstand in den Verhältnissen u.d.gl. Die Börse[63], das neue lutherische Waisenhaus[64] und einige Privathäuser machen davon eine angenehme Ausnahme.

Die Policey ist vorzüglich gut; Kein Bettler ist in und um Bremen zu sehn, besonders seit der neuerlichen Verbesserung der Armen-Anstalten. Und zwar werden diese Bettler nicht, wie wohl in andern Städten, mit leerem Magen, über die Grenze, dem lieben Nachbar zugeführt, sondern es wird dafür gesorgt, daß sie hier arbeiten und essen können. Wenn ich Ihnen in der Folge etwas von der ganz ausserordentlichen Wohlthätigkeit der Bremer sagen werde, wovon ich täglich neue Thatsachen erfahre; so werden Sie diesen guten, menschenliebenden Bürgern ihre Hochachtung nicht versagen können. Das alles aber geschieht ohne großen Lerm und Sie sehen hier nicht beständig ein Heer von laurenden Policey-Dienern und Bettel-Vögten durch die Gassen schleichen, die den um Almosen Flehenden mishandeln, wenn er sich nicht mit ihnen abfindet, und die oft ärgere Gauner sind, wie die Menschen, gegen welche sie ausgeschickt werden. Juden sind hier gar nicht als Einwohner geduldet und auch fremde Juden dürfen nur in der Zeit des Freymarkts, unter gewissen Bedingungen, ihr Verkehr treiben.[65] Die Feuer-Anstalten sind vortreflich; Von der Erleuchtung der Stadt kann ich nicht urtheilen, weil es Sommer ist. Das große Wasserrad, an der ersten Brücke, versieht eine beträchtliche Anzahl von Häusern beständig mit Weser-Wasser, welches zu manchen häuslichen Bedürfnissen besser, wie das Brunnen-Wasser ist. Der Mechanismus ist sehr einfach; Der Strohm treibt das Rad, an welchem Rinnen befestigt sind, die das Wasser beym Herumdrehen schöpfen und dann oben in ein großes steinernes Behältniß ausgiessen. Von daher wird es durch Röhren unter der Erde hin in die Häuser geleitet; Wer eine gewisse Abgabe zur Unterhaltung des Werks bezahlt, kann sich in seiner Wohnung diese Bequemlichkeit verschaffen. Das Gebäude, worinn das Rad sich befindet, hat die Inschrift:

*Volue pater, ciui tradam tua dona, Visurgis!*[66]

Den Preis der Lebensmittel finde ich, nach den Erkundigungen, die ich eingezogen habe, bey Weitem nicht so hoch, wie in Hamburg und selbst geringer, wie in Hannover. Specerey-Waaren und Weine sind wohlfeil, weil man sie zu Schiffe aus der ersten Hand haben kann.

Es ist keinem Zweifel unterworfen, daß es hier eine, nach Verhältniß der Größe der Städte gegen einander, eben so beträchtliche Anzahl reicher Handelshäuser giebt und die eben so wichtige Geschäfte nach allen Handelsplätzen von Europa hin treiben, wie in den übrigen Hanse-Städten; aber der Luxus ist um vieles geringer, selbst was die Besetzung der Tafel bey großen Gastmahlen betrifft; die Sitten sind einfacher und das Familien-Band enger. Sehr viel trägt hierzu mit der Umstand bey, daß weniger müßige Fremde Veranlassung haben, hierher oder hier durch zu reisen. Doch von den Sit-

---

62 *Chambre à plein pied (frz.):* Räume auf gleicher Höhe.

63 *Börse:* Die ehemalige Börse am Liebfrauenkirchhof wurde 1686–1695 erbaut und 1733–1738 um ein Stockwerk erhöht. 1888 wurde das Gebäude bei einem Brand schwer beschädigt und danach abgebrochen.

64 *lutherisches Waisenhaus:* Das St.-Petri-Waisenhaus am Domshof wurde 1783–1785 erbaut. Im Jahre 1902 wurde es für den Bau der Bremer Bank abgerissen. Knigge war als hannoverscher Oberhauptmann für die Verwaltung des Waisenhauses zuständig.

65 *Juden:* Seit dem 14. Jahrhundert ist die Anwesenheit von jüdischen Familien in Bremen nachweisbar. Jedoch wurde ihnen jahrhundertelang nur in Ausnahmefällen das Niederlassungsrecht gewährt. Erst ab dem Jahr 1803 konnte sich eine eigenständige Gemeinde entwickeln.

66 *Volue Pater (lat):* Dreh mich Vater, damit ich der Weser Geschenke dem Bürger geben kann.

*Ansicht Bremens von der Süd-Ostseite.*
*Kupferstich nach Anton Radl, 1822*

ten der hiesigen Einwohner werde ich Ihnen mehr sagen, wenn ich erst längere Zeit hier werde zugebracht haben. Vier Wochen würden wohl über meinen Aufenthalt überhaupt hingehn, allein ich bin schon öfter hier gewesen. Jetzt noch etwas von andern Dingen!

Es giebt kaum zwey oder drey Miethkutscher hier; Dagegen aber sehr viel eigne Equipagen, unter denen einige geschmackvoll und schön sind. Nun ist es aber zur Gewohnheit geworden, daß Diejenigen, welche keine Kutschen und Pferde halten, ihre Bekannten um Herleyhung der ihrigen bitten, welches sich nicht wohl abschlagen lässt, um so weniger, da hierauf die Kutscher, wie auf eine sichre Einnahme, zu rechnen pflegen. Der, welchem diese Wohlthtat erzeigt wird, gewinnt nichts dabey; Für das Geld, was er dem fremden Kutscher geben muß, würde er einen Miethwagen haben können, wenn es eine hinlängliche Anzahl derselben hier gäbe. Ueber diesen wäre er, was Zeit und Ort betrifft, Meister, ohne jemand Verbindlichkeit zu haben. Der Verleyher hingegen muß dafür, daß sein Kutscher ein Trinkgeld bekömmt, seinen schönen Wagen, seine Livree, seine Pferde und sein Geschirr dem Wetter preisgeben; und die Beybehaltung dieser Gewohnheit verursacht, daß keine größere Anzahl von Miethkutschern sich hier festsetzt. In Hamburg (das aber freylich auch sehr viel größer, wo die Bevölkerung stärker ist und wo sich das ganze Jahr hindurch, eine so große Menge von Fremden aufhält) ist es ganz anders; Da zählt man über zweyhundert eigne Equipagen und eine sehr beträchtliche Anzahl von Miethkutschern, deren einer oft vierzehn und mehr Fuhrwerke zugleich im Gange hat; Und dazu kommen noch die sogenannten Stühl-Wagen, deren immer einige, so lange die Thore geöfnet sind, vor demselben halten, um, auf den ersten Wink, jedermann, für eine Kleinigkeit, nach Altona, und jenseits Altona, auch nach Wansbeck, Ham, Horn u.s.f. zu bringen.

Ich erfahre so eben, daß ich diesen Brief heute fortschikken kann; gestern war der eigentliche Posttag; aber ich wusste das nicht. Länger mögte ich nicht gern warten, damit Sie doch wissen, daß ich hier bin. Ich empfehle mich, mein Lieber! Ihrer mir über alles theuren Freundschaft und bleibe von ganzem Herzen Ihr etc.

**Achtzehnter Brief.**

Den 4ten August.

Daß es hier sehr guten alten Rheinwein giebt, wissen Sie vermuthlich; aber daß ich gestern mit M*** und einigen hiesigen Freunden im Rathskeller[67] (welcher allein das Privilegium hat, Rheinwein zu verkaufen) diese Panacäe[68] gekostet und überaus heilsam gefunden; das habe ich die Ehre Ihnen hiermit zu melden. Der erste Grund zu diesem Schatze wurde gelegt, durch die ziemlich wohlfeile Ankaufung eines ganzen Weinlagers, das in den Rhein-Gegenden verhandelt wurde. Andre ausländische Weine waren aber längst vorher schon im Keller, zum Vortheil des Stadt-Aerariums[69], ausgeschenkt worden. Nach jenem guten Kaufe hat man von Jahren zu Jahren den Vorrath, durch Anschaffung alter und junger Rheinweine, vermehrt. Es giebt hier, in der sogenannten Rose[70] (einer besonderen Abtheilung im Keller) so alten Wein, daß man berechnet hat, es komme, wenn man den Ankaufspreis, die verlohrnen Zinsen, dann wieder die Zinsen von den Zinsen, endlich den Auffüll-Wein und andre Unkosten in Anschlag bringt, jede Quartier-Flasche[71] voll über tausend Thaler zu stehn. Dieser Wein aber wird auch gar nicht verkauft, sondern nur bey Feyerlichkeiten und, auf Befehl des Präsidenten, für Kranke hergegeben. Man trägt sich mit der Anecdote, daß, bey der Wahl und Krönung des Kaisers Joseph[72], man von Frankfurth aus nach Bremen um alten Rheinwein geschrieben habe. Jeder von den Herrn des Raths erhält jährlich ein bestimmtes Maaß von der mittlern Gattung, als einen Theil der Besoldung; auch wird fremden Fürsten und Ministern Ehrenwein geschenkt und bey Gastmahlen, die der Magistrat auf der Börse giebt, wird Rheinwein von allerley Güte gereicht. Dennoch ist der Ueberschuß, welcher der Stadt aus den Raths-Keller-Rechnungen zufließt, nicht unbeträchtlich. Einige kleine und große Zimmer, die in diesem unterirdischen Bachus-Tempel befindlich sind, dienen theils Einheimischen und Fremden, die hier zechen und etwa ein Gericht frisch gebratner Neunaugen essen wollen, (welches mir aber, im Vorbeygehn zu sagen, eine ungesunde und nicht einmal so wohlschmekkende Kost zu seyn scheint, wie die eingemachten) zum Aufenthalte, theils an gewissen Tagen in der Woche den Herrn des Raths zu einem freundschaftlichen Versammlungs-Orte.

Unter dem Chor der Domkirche ist der Bley-Keller[73]; eine Benennung, die daher rühren soll, weil darinn wäre das Bley gegossen worden, womit vormals das Dach der Kirche bedeckt gewesen. Dieser Keller hat die Eigenschaft, daß darinn todte Cörper nicht verwesen, sondern, wie Mumien, eintrocknen. Indessen gewähren doch die wenigen Cörper, welche da in Särgen stehen, einen wiedrigen Anblick, weil, besonders durch das Einfallen der Nasen-Knorpel, die Gesichter sehr verunstaltet sind.

Den 5ten.

Ich habe diesen Mittag ein Getränk, oder vielmehr eine Art Creme genossen, die in England unter dem Namen Sillabub bekannt ist, aber, so viel ich weiß, in Teutschland wenig verfertigt wird. Die Zubereitung ist indessen sehr einfach: Man vermischt eine halbe Flasche voll Rhein- oder Franzwein mit einer viertel Flasche voll Sect und eben so viel süßen Milch-Rahm, thut dazu den Saft von einigen Citronen und nach Belieben Zucker, der auf diesen Citronen ist abgerieben worden. Dies alles wird zu Schaum geschlagen und in Gläser gefüllt. Versuchen Sie das, lieber Freund! es wird Ihnen wohlschmecken.

So wenig ich übrigens, zu meiner Freude, eigentlich ausländische Sitten im Ganzen hier herrschen sehe; so finde ich doch einige holländische und englische Gewohnheiten eingeführt. Dahin gehört, ausser dem Trinkgeldgeben, in den Häusern, wo man gespeist hat, noch der sehr ungesunde häufige Gebrauch der Feuer-Kästchen für die Frauenzimmer, bey irgend kühlem Wetter; (jedoch freylich nicht in der jetzigen Jahreszeit) und das nicht nur etwa bloß in der Kirche, sondern auch in den Häusern, wo zuweilen in einer Gesellschaft an alle anwesenden Frauenzimmer, durch die aufwartende Magd, dergleichen Feuer-Stübchen herumgereicht werden. Auch rechne ich dahin die stillschweigende Verabredung, daß niemand vor Ablauf des Jahrs den Weinhändlern, Krämern, Handwerksleuten etc. seine Schulden bezahlt, ja! daß man Mühe hat, vor dem Neujahrstage eine Rechnung zu erhalten. Dies gewährt freylich den Nutzen, daß der eine Theil das ganze Jahr hindurch sein baares Geld nützen kann, und der andre gewiß ist, daß er am Ende desselben eine große,

[67] *Ratskeller:* Kellergewölbe des Bremer Rathauses, errichtet 1405–1410, später öfter umgebaut und erweitert. Weinkeller des Rates, der das Monopol für den Verkauf deutscher Weine in Bremen besaß (»Weingerechtigkeit«).

[68] *Panacäe:* Panacea (lat.): Allheilmittel.

[69] *Stadt-Aerarium:* Stadt-Etat.

[70] *Rose:* Name des ältesten deutschen Faßweins, der im »Rosekeller« des Ratskellers aufbewahrt wird. Der Name stammt von der Abbildung einer Rose in der Decke. Bis zum 19. Jahrhundert war es üblich, bestimmte Mengen des »Roseweins« herausragenden Persönlichkeiten zum Geschenk zu machen. Dazu zählten u.a. Goethe und Kaiser Wilhelm I.

[71] *Quartierflasche:* Quartier: Bremer Maßeinheit; 1 Quartier = 1/4 Stübchen = 0,805 Liter.

[72] *Wahl und Krönung des Kaisers Joseph:* Joseph II., deutscher Kaiser, regierte 1765–1790.

[73] *Bley-Keller:* Der sog. »Bleikeller« neben der Ost-Krypta des St.-Petri-Domes. Berühmt wegen der hier ausgestellten mumifizierten Leichen, um deren Herkunft und Identifizierung sich im Lauf der Jahrhunderte zahlreiche Legenden bildeten.

*Bremen. Ansicht von Schlachte und Teerhof. Kolorierter Kupferstich von E.R. Schilling, 1767*

unversplitterte Summe in die Hände bekömmt, ungerechnet, daß ihm auch viel Zeit erspart wird, weil er nicht jeden Augenblick einzelne Posten aus den Büchern auszuziehn und darinn durchzustreichen braucht; allein es hat auch den Nachtheil, daß es zu unvorsichtigem Creditgeben und Schuldenmachen verleitet, um so mehr, da der Bremer gutmüthig ist und leicht, selbst unbekannten Leuten, auf's Wort hingiebt.

Die einzige Silber-Münze, welche man, ausser seinen Drittel- und Zweydrittel-Stücken, hier im täglichen Umlaufe sieht, sind die Grote[74], deren zwey und siebenzig auf einen Thaler gehen; allein man giebt sie auch in Thalers-Rollen aus, und auf guten Glauben hin läuft oft eine solche Rolle ungezählt durch so viel Hände, bis endlich das Papier durchgeschabt ist; Selten findet sich dann, daß einmal ein Grot an der Summe fehlt. Die Stadt lässt dies Geld nicht hier, sondern auswärts, wenn ich nicht irre, in Hamburg münzen.

Das Militair besteht aus einem Bataillon Infanterie und trägt rothe Röcke mit weissen Aufschlägen. Zum Commandanten pflegt die Stadt einen Officier zu wählen, der schon in einem andern Corps mit Ehre gedient hat.

Nicht nur die Herrn des Raths, sondern auch die Elterleute, (Vorsteher der Kaufmannschaft) Advocaten, Procuratoren und überhaupt Alle, die ein bürgerliches oder kirchliches Amt verwalten, tragen, in Geschäften und bey Feyerlichkeiten, schwarze Kleider und Mäntel nebst weissen Kläppchen am Halse. Das finde ich anständig und ehrwürdig; allein sie müssen auch dazu große Knoten-Perücken aufsetzen; und das ist, besonders für jüngere Personen, die ihr dickes Haar mit diesem Gebäude bedecken, vor allem im Sommer, äusserst drückend. Durch eine gemeinschaftliche Verabredung liesse sich, wie ich glaube, dieser beschwerliche Ueberrest der alten Sitten abschaffen. Wenigstens sollte es erlaubt seyn, sein eignes Haar rund, in Locken frisirt, zu tragen; denn das ist auch wahr, daß ein Zopf oder Haarbeutel zu einem Mantel nicht wohl passt.

Die herrschende Religion (ein Ausdruck, den ich so ungern brauche, weil er mir dem Geiste des Christenthums so ganz entgegen zu seyn scheint) ist hier die reformirte. Aus diesen Glaubens-Verwandten besteht auch der Magistrat; Doch ist kein Gesetz vorhanden, welches einen Lutheraner von dem Vorzuge, in den Rath zu kommen, ausschlösse. Ehemals ist dies auch öfter der Fall gewesen; Daß aber jetzt, da die reformirten Familien einmal im Besitze sind, diese lieber auf ihre Glaubens-Verwandten bey den Wahlen Rücksicht

[74] *Grote:* Bremer Währungseinheit.

nehmen; wer kann ihnen das verdenken? Uebrigens haben die Lutheraner in Bremen den Genuß aller Vortheile und Rechte, wie die übrigen Bürger; nur weigern ihren Kindern einige Handwerker den Eintritt in die Zunft. So unbillig dies ist; so wenig wird man hieraus Veranlassung nehmen können, der Regierung einen Vorwurf zu machen, wenn man bedenkt, mit welchen Schwierigkeiten in Teutschland die Abschaffung der Misbräuche in den Zünften verknüpft ist; besonders in Reichsstädten, wo diese steif und fest auf ihre alten Privilegien und sogenannten Rollen, mögten diese auch aus den finstersten Zeiten herrühren, zu halten pflegen und, bey der geringsten Reform, unangenehme tumultuarische Scenen von den Handwerks-Gesellen zu besorgen sind.

Es ist bekannt, daß der König von England[75], als Herzog von Bremen, hier alle Rechte des ehemaligen Erzbischofs und des Capitels durch seine in der Stadt eingesetzten Beamte verwalten lässt. Der hannöversche Stadtvogt muß den Stab brechen, wenn ein Verbrecher zum Tode verurtheilt werden soll. Das erzbischöfliche Palatium[76], die ehemaligen geistlichen Curien und andre hannöversche Gebäude und Plätze geniessen, nebst den Bewohnern derselben, gewisse Rechte und Befreyungen, die durch Vergleiche bestimmt und festgesetzt sind. Das Personale des hannöverschen Etats ist ansehnlich und es gehören dazu auch die Prediger an der königlichen Dom-Kirche, unter denen Einer Superintendent und Consistorialrath in Stade ist, die Lehrer an der Domschule und einige Schulmeister. Es steht also das lutherische Kirchen- Schul- und Armenwesen unmittelbar unter hannöverschem Schutze und alle Stadt-Einwohner dieses Bekenntnisses, so wie die in den benachbarten Dörfern, machen die Dom-Gemeine aus, welche vormals aus mehr wie funfzehnbis zwanzigtausend Seelen bestand, jetzt aber nicht völlig so stark ist. Der Dom ist ein altes, ehrwürdiges gothisches Gebäude; Die königliche Regierung hat von jeher dafür gesorgt, daß die Prediger- und Schullehrer-Stellen mit würdigen und geschickten Subjecten sind besetzt worden; auch hat eine Menge verdienstvoller, verstorbner und noch lebender Geschäftsmänner und Gelehrter in allen Fächern, der hiesigen Domschule und dem damit verbundnen Athenäo[77] ihre erste Bildung zu danken. Ich nenne unter Diesen nur allein den Doctor Olbers[78], einen Mann, der schon als Student sich durch seine großen astronomischen Kenntnisse berühmt gemacht hat. Jetzt lebt er als Arzt hier und ist, seiner großen Geschicklichkeit in diesem Fache und seines edeln, menschenliebenden und bescheidnen, sanften Charakters wegen, von seinen Mitbürgern allgemein verehrt und geliebt. Er hat als Arzt einen seltnen Scharfblick und eine gleich unermüdete Thätigkeit in seinem Berufe, bey Reichen wie bey Armen. Der Kranke glaubt seine Leiden schon zur Hälfte gehoben, wenn er die freundliche, tröstende Stimme dieses theilnehmenden Retters hört. Das Studium der Astronomie füllt jetzt nur seine Erholungsstunden aus, und er hilft zuweilen seinem berühmten Freunde, dem in der Nähe, in Lilienthale wohnenden Oberamtmann, Schröter[79], in den Beobachtungen der Himmelscörper, besonders des Mondes, über dessen Oberfläche dieser wahrhaftig große Mann uns noch kürzlich mit einem vortreflichen Werke beschenkt hat.

Die catholischen Glaubensgenossen halten ihren Gottesdienst in des kaiserlichen Residenten, Reichshofraths, Freyherrn von Vrints[80] Hause – einem Hause, wo Menschenliebe, Wohlthätigkeit und ächte Gastfreundschaft einheimisch sind. Dieser Geist der Liebe und Duldung scheint dann auch auf den beyden Geistlichen zu ruhn; wenigstens sind die jetzigen seltene Beyspiele unter ihren Amtsbrüdern und tragen keine Spur von Pfafferey. Auch leben die Prediger der drey Bekenntnisse hier in Bremen in der brüderlichsten Eintracht und nehmen gemeinschaftlich an erlaubten und anständigen gesellschaftlichen Vergnügungen Theil.

Den 7ten.

Zum Lobe der hiesigen städtischen Regierungs-Verfassung glaube ich nichts bessers sagen zu können, als daß seit 1428, da sie also ist gegründet worden, nicht die geringste Gährung unter den Bürgern gewesen, welche dahin abgezielt hätte,

[75] *König von England:* Zu Knigges Amtszeit: Georg III. (1738–1820), Kurfürst von Hannover, Herzog von Bremen-Verden und König von Großbritannien.

[76] *Palatium:* Ursprünglich die Residenz der Bremer Erzbischöfe am Domshof; zu Knigges Zeit Amtssitz und Dienstwohnung des hannoverschen Oberhauptmanns. Anfang des 19. Jahrhunderts wurde das Gebäude abgerissen und an seiner Stelle 1817–1819 das »Stadthaus« errichtet, das seinerseits dem Erweiterungsbau des Rathauses (1909–1913) weichen mußte.

[77] *Athenäo:* Athenäum: Bezeichnung für die seit 1681 der Domschule angegliederte Akademie (höhere Schule), vergleichbar mit dem stadtbremischen Gymnasium illustre.

[78] *Doctor Olbers:* Wilhelm Olbers (1758–1840), namhafter Astronom und Arzt in Bremen, zu dessen Patienten Knigge zählte (siehe auch Briefe in diesem Band).

[79] *Oberamtmann Schröter:* Johann Hieronymus Schröter (1745–1816), war hannoverscher Oberamtmann in Lilienthal bei Bremen und genoß, wie sein Freund Wihelm Olbers, einen guten Ruf als Astronom. Er besaß eines der größten Observatorien Europas und gilt als einer der Pioniere der modernen Astronomie. Nach ihm ist ein Mondtal und die sog. »Schroeterbrücke« im Orionnebel benannt.

[80] *Freyherrn von Vrints:* Reichshofrat Theobald Joseph von Vrintz zu Treuenfeld, war seit 1790 kaiserlicher Resident in Bremen; ein Amt, das bereits sein Vater innehatte.

*Ansicht des Bremer Marktplatzes.*
*Kupferstich nach Anton Radl, 1822*

eine Veränderung darinn zu bewürken. Im Jahre 1533 sind freylich einige Unruhen[81] vorgefallen; allein diese betrafen doch nur kirchliche Angelegenheiten; und was man nachher von dieser Art erlebt hat, waren unbedeutende, leicht zu stillende Zunft-Händel.

Der Rath besteht aus vier Bürgermeistern, wovon Einer halbjährig das Präsidium führt, zwey Syndicis und aus vier und zwanzig Senatoren, die theils Gelehrte, theils Personen aus der Kaufmannschaft sind. Dieser Rath ist in vier Quartiere oder Collegia getheilt; zu jedem derselben gehört ein Bürgermeister und sechs Senatoren. Ist der ganze Magistrat versammelt; so heisst das die Wittheit, wozu nicht, wie Büsching in seiner Erdbeschreibung[82] sagt, Mitglieder aus der übrigen Bürgerschaft gezogen werden; denn wenn dies geschieht; so nennt man das einen Bürger-Convent. Ausserdem theilt sich wieder der ganze Rath in besondre Committees, indem theils zwey und zwey, theils einzelne Glieder desselben gewissen Departements vorstehen, z.B. bey dem Schulwesen, dem Militair, den Unter-Gerichten, dem Ober-Gerichte, dem Wasserbaue u.s.f. Diese Vertheilung der Geschäfte wird theils durch die Anciennität[83] bestimmt, theils geschieht sie durch jeden Bürgermeister in seinem Quartiere, nach den besondern Neigungen und Fähigkeiten der einzelnen Rathsglieder in diesem oder jenem Fache. Nicht alle Departements sind gleich einträglich; Ueberhaupt aber sind die Einnahmen, auch der ältern Senatoren und derer, welche am mehrsten besondre Departements haben, nicht so beschaffen, daß ein Mann aus bloßem Eigennutze eine solche Stelle suchen kann, um so weniger, da er, gleich bey Antritt seiner Stelle, mit Inbegriff des Schmauses, den er der ganzen Bürgerschaft geben muß, ein Paar tausend Thaler Unkosten hat; Die Bürgermeister stehen, wie das billig ist, höher. Die Stadt hat von jeher sehr gelehrte und würdige Männer unter den Herrn ihres Raths gezählt; Auch geschickten Fremden ist, wenn sie sich hier Verbindungen zu verschaffen wissen, der Weg zur Wahl nicht versperrt.

81 *einige Unruhen:* Knigge bezieht sich auf den sog. »Aufstand der 104« (1530–1532).

82 *Büsching in seiner Erdbeschreibung:* Anton Friedrich Büsching (1724–1793): Neue Erdbeschreibung (9 Bde., Hamburg 1754–1771), neu bearbeitet u.d.T.: Erdbeschreibung (11 Bde., Hamburg 1787–1792). Büsching gilt als Begründer der historisch-politisch orientierten Erdbeschreibung.

83 *Anciennität:* Alters-Rangfolge.

Der Magistrat wählt freylich seine neuen Mitglieder nur unter sich, ohne Zuziehung der Bürgerschaft; allein es ist dafür gesorgt, daß dies Vorrecht in keinen Misbrauch ausarten könne. Gewisse bestimmte Grade der Verwandtschaft, in denen ein Candidat mit Einem der Senatoren oder Bürgermeistern steht, schliessen ihn von der Möglichkeit aus, in den Rath zu kommen. Ist nun eine Stelle erledigt; so werden die vier Wahlherrn durch das Loos ernannt. Diese werden dann, wie im Conclave, eingeschlossen und berathschlagen sich mit einander. Können sie binnen vier und zwanzig Stunden, in welcher Zeit sie sonst niemand sprechen, noch das Zimmer verlassen dürfen, nicht über ein Subject einig werden; (indem nämlich die Stimmen unter zwey Competenten getheilt sind;) so gesellt ihnen die indeß versammelte Wittheit, abermals durch das Loos, einen Fünften zu, welcher entscheidet.

Auch über die Grenzen der Gewalt des Raths ist Büsching fälschlich berichtet worden. Kein neues Fundamental-Gesetz darf gemacht, nicht das Geringste in der Constitution verändert und keine neue Auflage darf ausgeschrieben werden, ohne Zusammenberufung und Beystimmung des Bürger-Convents; Policey-Verordnungen giebt der Magistrat für sich. In diesem Convente hat jeder dazu berufene Bürger eine Stimme. Aber eben so wenig entscheidet die allgemeine Entschliessung der Bürgerschaft, wenn der Rath nicht einwilligt, und in beyden Fällen bleibt die vorgeschlagne Neuerung ausgesetzt, bis man sich gegenseitig überzeugt hat. Bey allen Cassen, (einige unbedeutende ausgenommen) sind Deputirte von der Bürgerschaft angesetzt; Der dabey die Direction führende Rath rührt kein Geld an, sondern hat nur die Oberaufsicht und die sämtlichen Rechnungen werden den Ausschüssen der Bürgerschaft vorgelegt. Manche Einnahmen laufen grade in die Casse der Elterleute, welche ein besonders Collegium ausmachen, das sich auf dem Schüttinge, einem alten Gebäude, dem Rathhause gegenüber, versammelt.

Wer unter dreytausend Thalern im Vermögen hat, bezahlt kein Geschoß[84], sondern wird, nach Verhältniß seines Gewerbes und nach billigen Grundsätzen, mit einer andern Abgabe belegt. Wer aber mehr wie dreytausend Thaler besitzt, taxirt sich selber, nach Gewissen; und, zum Ruhme der hiesigen redlichen Bürger sey es gesagt, (in Hamburg ist es grade eben so) aus Patriotismus bezahlt Jeder eine größere Summe, wie ihm auferlegt werden könnte, wenn sein Vermögens-Zustand strenge untersucht würde. Der geringste Geschoß ist ein Achtzehntheil Procent; Allein die Bedürfnisse des Staats erfordern immer eine stärkere Auflage. Ein Achttheil Procent pflegt ungefehr vier und zwanzig tausend Thaler einzutragen. Ausserdem sind noch die Häuser mit einigen Abgaben belegt; Auch wird eine Consumtions-Steuer erhoben.

Den 8ten.

Ich sprach gestern von dem Patriotismus der hiesigen Einwohner, bey Angabe und Verzinsung ihres Vermögens. In der That sieht man davon in einigen teutschen Freystaaten, wo die Bürger gewiß sind, daß die Gelder nur zum allgemeinen Besten verwendet werden, Beyspiele, die man vergebens in Residenzen und in solchen Reichsstädten suchen würde, wo die Herrn Patricier nach Gutdünken schalten und walten. Ein gewisser Kaufmann in Hamburg ließ ein neues Haus bauen und auf dasselbe einen kleinen Thurm (ein Belvedere) setzen. Indem nun das Gebäude aufgeführt wurde, deutete ihm der Magistrat an: daß die Errichtung eines solchen Thurms gegen die Gesetze sey und daß, wenn er seinen Vorsatz ausführte, er Strafe werde geben müssen. Der Mann war reich, wollte sich die Freude nicht versagen, das Belvedere hinzustellen, und vollendete also den Bau. Nun kündigte ihm der Magistrat an: er müsse zehntausend Mark Strafe bezahlen. Ohne lange über die Summe zu zanken, von welcher man ihm gewiß, wenn er gebeten hätte, den größten Theil würde erlassen haben; überzeugt, daß er unrecht gehandelt hatte, und daß jene Summe zum gemeinen Besten verwendet würde, ließ er antworten: man solle nur die zehntausend Mark in der Bank auf seinem Namen abschreiben lassen. Um diesen letztern Ausdruck zu verstehn, müssen Sie wissen, daß die Kaufleute in Hamburg ihr baares Geld in die Bank niederzulegen pflegen. Die Summen werden dann in den Büchern, wo Jedem von ihnen gewisse Blätter gewidmet sind, auf seinen Namen notirt. Hat nun der Kaufmann A. an den Kaufmann B. ein Paar tausend Mark zu bezahlen; so lässt er auf dem Blatte, wo sein Eigenthum notirt steht, so viel wegstreichen, welches dagegen auf das Blatt des Herrn B. geschrieben wird.

Man segnet noch hier in Bremen das Andenken eines gewissen unlängst verstorbnen Bürgermeisters Schmidt[85], den man als einen sehr edeldenkenden, patriotischen Mann schildert. Er soll bey einer gewissen Gelegenheit, zum Nutzen des Staats, zwanzigtausend Thaler von seinem eignen Vermögen aufgeopfert haben, ohne daß dies je öffentlich zur Sprache gekommen ist. Noch erzählt man, daß er, bey einer andern Gelegenheit, seiner Vaterstadt durch seine Klugheit vierzigtausend Thaler erspart habe. Im siebenjährigen Kriege nämlich hatte der Befehlshaber der französischen Kriegsvölker der Stadt Bremen jene Summe als Contribution zu bezahlen auferlegt. Es war zur Zeit, da die Convention in Kloster Zeven[86] geschlossen war, die nachher aber für ungül-

[84] *Geschoß:* Abgabe, Steuer.

[85] *Bürgermeister Schmidt:* Diedrich Smidt (1711–1787), Bremer Bürgermeister ab 1767.

[86] *Convention in Kloster Zeven:* Abgeschlossen am 8. September 1757 in Kloster Zeven.

*Ansicht der Schlachte mit Weserbrücke und der Kirche St.Martini.*
*Kolorierte Radierung von J. Raabe*
*nach einem Gemälde von Batty, um 1830*

tig erklärt wurde. Die französischen Commissarien waren in der Stadt, um das Geld einzutreiben und nachdem man vergebens allerley Mittel versucht hatte, wenigstens Aufschub zu erhalten, musste endlich Anstalt zur Zahlung gemacht werden; Schon saß auf dem Rathhause der Bürgermeister Schmidt an einem Tische, den Commissarien gegenüber und hatte die Beutel mit Gelde neben sich liegen. Indessen hatte der edle Mann zuverläßige Nachricht, daß binnen einem Paar Stunden ein Courier ankommen und Nachrichten bringen sollte, welche die Franzosen bewegen würden, schleunig abzuziehn und ihre Forderung im Stiche zu lassen. Er fühlte keinen Beruf, ihnen noch vierzigtausend Thaler mit auf den Weg zu geben; es kam aber darauf an, Zeit zu gewinnen. Der Bürgermeister begann also, das Geld mit äusserster Langsamkeit zu zählen und zwischendurch die Commissarien in weitläuftige Gespräche zu verwickeln, indeß er von Zeit zu Zeit ängstlich durch das Fenster auf die Gasse blickte, um zu sehn, ob der Courier noch nicht bald ankäme; Allein Dieser blieb aus, als schon die letzten hundert Thaler gezählt wurden. Nun wurde ein Meisterstreich erfordert, wenn das Geld gerettet werden sollte. Schmidt fand auch hierzu Mittel; Er entspann abermals eine Unterredung, die er so zu lenken verstand, daß sie immer lebhafter werden musste. Dabey gerieth er in verstellte Hitze und wurde endlich so ungestüm, daß er, im Feuer der Gesticulation, den Tisch mit dem Gelde umwarf. Jetzt gieng das Zählen von Neuem an und indeß erschien der Courier. – Auf einmal änderte der Bürgermeister den Ton, strich das Geld wieder ein und schickte die Commissarien mit leeren Händen fort.

Sollten diese Anecdoten auch nicht ganz wahr seyn, (wie denn verschiedne Personen, die ich darum gefragt habe und denen die Sache eigentlich nicht hätte unbekannt bleiben müssen, nichts davon wussten) Sollten sie, sage ich, auch nicht ganz wahr seyn; so beweisen sie doch, wie mich dünkt, daß Schmidt ein Mann gewesen, der einer solchen Handlung fähig war, weil man sie von ihm erzählen durfte; und es macht wahrlich einer Stadt Ehre, wenn darinn, wie ich es hier oft bemerke, auf den Namen guter Menschen edle Handlungen erlogen werden, statt daß man sonst in der Welt so geneigt ist, durch ärgerliche Märchen dem Rufe auch der vortreflichsten Männer aus Neid und Schadenfreude Flekken anzuhängen. Ueberhaupt finde ich hier das Publicum sehr willig, dem wahren Verdienste Gerechtigkeit wiederfahren zu lassen und kleine Schwachheiten zu übersehn – Doch, was den Character der Bremer betrifft, darüber will ich Ihnen in meinem nächsten Briefe manches sagen, was Ihrem guten Herzen Freude machen wird.

Jetzt werde ich diese ziemlich lange Epistel auf die Post geben; denn ich denke, daß Sie Sich vielleicht schon zu Ihrer Reise nach Braunschweig anschicken. Früher, wie in etwa vierzehn Tagen, kann ich nicht darauf rechnen, Sie dort zu umarmen. Vorher sende ich noch dahin ein Paquet an Sie ab und erwarte eines von Ihnen. Bereiten Sie, mein Bester! mir indeß eine liebreiche Aufnahme bey unsern edeln Freunden Campe und Trapp[87] und reden mit diesen würdigen, biedern Männern zuweilen ein gutes Wort von Ihrem etc.

## Neunzehnter Brief

Bremen, den 10ten August.

Es ist eine Zeitlang würklich Ton gewesen, in manchen Journalen von der Reichsstadt Bremen, wie von einem Orte zu reden, wohin die Aufklärung noch gar nicht gedrungen wäre und wo die Menschen für nichts wie Geld-Gewinn, Essen und Trinken und alten, reichsstädtischen Bocksbeutel[88] Sinn hätten. Ich weiß nicht, ob irgend ein Paar schöne Geister, deren großen Verdiensten man vielleicht hier nicht volle Gerechtigkeit hat wiederfahren lassen wollen, sich durch dergleichen Schmähungen an dem Publico zu rächen gesucht haben; aber das weiß ich, daß die guten Bremer, theils aus Bescheidenheit, theils weil sie es nicht für der Mühe werth gehalten, auf jene Beschuldigungen nicht viel geachtet haben und ihren stillen Gang fort gegangen sind.

Wenn wahre Aufklärung darinn besteht, daß die Menschen bey Ausbildung ihres Verstandes vorzüglich die Anwendung ihrer Kenntnisse auf ihren Beruf im bürgerlichen Leben vor Augen haben; Wenn man einer Stadt nicht den Vorwurf von Barbarey und Verfinsterung machen darf, wo es eine Menge wahrhaftig gelehrter und in allen Zweigen nützlicher Wissenschaften erfahrner Männer giebt; Wenn derjenige Grad von Cultur der wünschenswertheste ist, welcher nicht auf Unkosten der Sittlichkeit und ächter teutscher Redlichkeit erkauft wird; so gehört Bremen gewiß unter die aufgeklärten Städte. Allein durchreisende Fremde haben oft gesagt, daß sie hier in Gesellschaften einen gewissen leichten Ton im Umgange, Lebhaftigkeit und Witz in der Unterhaltung, vermissen – und sie haben Recht gehabt. Indessen ist diese Erscheinung nicht schwer zu erklären. Ein geschärfter Witz und eine gewisse angenehme Geschwätzigkeit sind Kinder des Müßiggangs, des vervielfältigten Studiums der schönen Wissenschaften und des häufigen Umgangs mit Fremden, die bloß aus Vergnügen reisen. Nun giebt es hier wenig unthätige Menschen; Wenige, welche Schöngeisterey und Mode-Lectur zu einem Haupt-Gegenstande ihres Bestrebens machen; Endlich liegt Bremen so ausser dem Striche, den die durch Europa kutschirenden müßigen Zugvögel zu nehmen pflegen, daß mehrentheils nur solche Fremde hierherkommen, die Handlungs-Geschäfte führen. Folglich werden die Köpfe der hiesigen Einwohner nicht häufig mit jenen angenehmen Kleinigkeiten und lustigen Schwänken angefüllt, sondern sind mehr auf ihre Berufs-Geschäfte und auf ernsthafte Gegenstände gerichtet. Kömmt es Ihnen aber darauf an, unter vier Augen, oder in einem kleinen Cirkel verständiger Männer, ein socratisches Gespräch über philosophische Materien, oder über solche, die in ein einzelnes wissenschaftliches Fach schlagen, über Politic, Handel und Manufacturen zu führen; so finden Sie dazu vielleicht mehr Gelegenheit hier, wie in manchen Städten, wo jenes oberflächliche Geschwätz und eine gewisse Polyhistorey für Zeichen der feinsten Cultur gelten.

Dennoch aber haben die Bremer Sinn für die Freuden einer, mit muntrer Laune, feinem Witze und Scharfsinne gewürzten Unterhaltung, und was das Lesen neuerer Bücher betrifft; so wenden einige Lese-Gesellschaften und Leyh-Bibliotheken allen Fleiß an, auch hier die Köpfe, die Phantasie und die Herzen der jungen Leute durch den Geist unsrer tausend und abermal tausend Romanen, Commödien, Ritter- und andrer Märchen zu verschrauben.

Eine Stiftung, wie man sie vielleicht in keiner einzigen teutschen Stadt findet, ist das schon seit einer Reyhe von Jahren bestehende Musäum[89], oder die physicalische Gesellschaft;

[87] *Campe und Trapp:* Joachim Heinrich Campe (1746–1818) und Ernst Christian Trapp (1745–1818), zwei führende Reform-Pädagogen des 18. Jahrhunderts, die Knigge in seiner Schrift »Briefe über die neuere Erziehungsart« (1788) kritisierte. Das Zerwürfnis mit Campe endete, als beide nach 1789 die gemeinsame politische Überzeugung in Hinsicht auf die Französische Revolution wieder einte.

[88] *Bocksbeutel:* Eigentlich eine besondere Weinflaschen-Form, hier soviel wie: Eigenheit, Absonderlichkeit.

[89] *Musäum:* Gesellschaft Museum, 1774 als Lesegesellschaft von wohlhabenden Bremer Bürgern gegründet, die 1783 eine Satzung und 1785 als Klubhaus eine ehemalige Domkurie am Domshof erhielt; die Gesellschaft verfügte u.a. über ein Naturalien- und Physikalien-Kabinett sowie eine naturwissenschaftliche Bibliothek; bedeutendstes Mitglied war Wilhelm Olbers. Im Jahr 1931 wurde als Nachfolgeorganisation der »Club zu Bremen« gegründet, der bis heute existiert.

Eine Anzahl von Personen, theils Gelehrte, theils Kaufleute, die jetzt schon über hundert und siebenzig stark ist und ihre neuen Mitglieder durch Ballottiren[90] wählt, bezahlt nämlich jeder von ihnen jährlich zehn Thaler, wofür ein großes Versammlungs-Haus mit einem daran stoßenden Garten gemiethet worden und in demselben eine täglich sich mehrende Bibliothek, ein Naturalien-Cabinet, eine Sammlung von Instrumenten, Modellen u.d.gl. aufgestellt ist. Täglich vom Morgen bis zum Abend sind einige Zimmer bereit und im Winter geheizt, um jedes Mitglied zu empfangen, das Lust hat, hier zu lesen oder andre Unterhaltung sucht. Alle bedeutende in- und ausländische, politische und gelehrte Zeitungen und Journale liegen dann bereit und Jeder bringt interessante Nachrichten, die er durch Privat-Correspondenz erfahren hat, mit in die Gesellschaft. Des Montags wird, abwechselnd von zwölf Mitgliedern, die sich dazu verbindlich gemacht haben, eine Vorlesung über irgend einen wissenschaftlichen Gegenstand gehalten, aus der Naturgeschichte, Historie, Astronomie etc. Der Vortrag wird so eingerichtet, daß er auch für die unstudierten Zuhörer interessant seyn kann.

So sehr nun die Bremer wahrhaftig nützliche Kenntnisse schätzen und ihre Ausbreitung zu befördern suchen; so wenig macht hier ein Windbeutel oder Abentheurer mit brodlosen Künsten sein Glück. Blanchard[91] wollte hier eine Luftfahrt halten; man antwortete ihm: man verlange den theuren Spaß nicht zu sehn.

Schauspieler-Gesellschaften sind wohl ehemals auf kurze Zeit hier gewesen; allein seit einer Reyhe von Jahren hat man Bedenken gefunden, einem Directeur zu erlauben, hier Vorstellungen zu geben. Diejenigen im Magistrate und der Bürgerschaft, welche dagegen waren, führten folgende Gründe an: »In einer Stadt, die so groß ist, wie Hamburg, und wo immer eine Menge von müßigen Fremden sich aufhält, scheinen solche öffentliche Belustigungen nothwendige Uebel; Hier hingegen ist das nicht der Fall. Freylich nehmen die Schauspieler selten Geld mit aus der Stadt; allein es wird aus den Händen der ärmern Classe arbeitender Bürger in die der Gastwirthe, Schneider, Putzhändler, Friseurs, Maler u.s.f. gespielt. Doch der ehrliche Handwerksmann und der Dienstbothe tragen nicht nur ihr Geld dahin, sondern auch ihre kostbare Zeit. Um auf den unbequemen Gallerien einen leidlich guten Platz zu bekommen, drängen sie sich schon um drey Uhr in das Haus und bleiben sechs Stunden lang dort, statt daß sonst diese Menschen, nach vollbrachter Arbeit, höchstens auf ein Paar Abend-Stunden in das Wirthshaus gehen. Was die Würkung unsrer teutschen Theater auf die Sittlichkeit betrifft; so wird man wohl nicht leicht beweisen können, daß jemand durch ein Schauspiel moralisch gebessert worden wäre. Unglücklich für das folgende Leben aber ist gewiß schon mancher gute Jüngling und manches junge Mädchen, durch den Aventüren-Geist und die romanhaften Begriffe geworden, wovon fast alle unsre Schauspiele voll sind. Welche Unanständigkeiten ferner auf den Gallerien und auf den dunkeln Plätzen vor den Schauspielhäusern vorzugehn pflegen; das weiß Der, welcher die Menschen aller Stände zu beobachten Gelegenheit gehabt hat; wie ausschweifend endlich die mehrsten Schauspieler und Schauspielerinnen leben – wer weiß das nicht? Wir waren bis jetzt froh, daß unsre Söhne und Töchter noch nicht den Grad von Aufklärung erlangt hatten, dessen Mangel man uns vorwarf. Wir sind froh, daß wir grobe Coketterie noch nicht unter unsern Frauenzimmern eingerissen finden; daß selbst der Pöbel nicht öffentlich Ausschweifungen treibt, und daß es hier wenig allgemeine Versammlungs-Oerter giebt, die dazu Gelegenheit darreichen könnten. Also lasse man den Residenzen, wo die Menschen entweder schon so corrumpirt, oder durch die bessere, erhöhete Aufklärung schon so gegen Verführung von der Art gewafnet sind, daß für sie nichts mehr zu befürchten ist – Diesen Residenzen und den sehr großen Städten lasse man ihre, ihnen zum Bedürfnisse gewordenen Schauspiele, Mummereyen, Fastnachtsspiele und Meß-Vergnügungen aller Art, wodurch auch viel Fremde hingezogen werden! Unsre Bürger und Hausmütter sind noch nicht so weit, daß sie fünf bis sechs Stunden täglich ihren Geschäften entziehn könnten.«

So sprach man, wie ich höre, noch vor Kurzem hier und, offenherzig gesagt, ich kann diese Bemerkungen nicht unrichtig finden;*) Indessen scheint sich jetzt die Stimmung verän-

*) Daß öffentliche Schauspiele in Städten, die keine Residenzen, nicht sehr groß, und weniger mit Fremden, mit Garnisonen und mit müßigen Leuten angefüllt sind, billig nicht geduldet werden sollten, hat der Herausgeber dieser Briefe von je her behauptet, und würde es behaupten, wenn auch sein Bruder Schauspiel-Director wäre; denn Wahrheit bleibt Wahrheit. Allein er dringt seine Meinung niemand auf, würde auch, wenn er in dem Falle wäre, etwas zu Ertheilung einer solchen Concession beytragen zu können, und seine Pflicht ihn nicht aufriefe, nicht entgegen arbeiten, wie es denn immer sein Grundsatz bleibt: über jeden Gegenstand freymüthig seine Meinung zu sagen; die einmal eingeführte Ordnung der Dinge aber, wenn der größere und stärkere Theil sie einmal nicht anders haben will; ungestöhrt zu lassen und selbst mit in das Glied zu treten, wohin man ihn zu stellen gut findet, wenn durch seine unbedeutende Absonderung nichts gewonnen würde. *[Anmerkung Knigges]*

[90] *Ballotiren:* Ballotieren: geheimes Wahlverfahren mit Kugeln.

[91] *Blanchard:* Jean-Pierre Blanchard (1753–1809), Pionier der Ballonfahrt, gastierte mit seinen Vorführungen in ganz Europa; im August 1788 auch in Braunschweig. Ein Ereignis, das Knigge in seinem komischen Roman »Die Reise nach Braunschweig« (1792) verarbeitete.

dert zu haben und man sagt, daß nächstens ein Schauspielhaus[92] erbauet und eine Gesellschaft herkommen werde.

Seit einem Paar Jahren war ein Gesellschafts-Theater[93] hier errichtet, welches aber nun eingehn wird. Da auf demselben nur Personen von feiner Erziehung und guten Sitten spielten; da man in der Auswahl der Stücke vorsichtig zu Werke gieng; da man selten spielte; da man nur solche Zuschauer zuließ, die, ihrer Lage nach, weniger ängstlich mit Zeit und Geld zu geizen brauchten; da endlich, nach Abzug der Unkosten, der Ueberschuß zu wohlthätigen Zwecken verwendet wurde; so konnte man diesem kleinen Institute jene Vorwürfe wohl nicht machen. Ob aber auch die Vervielfältigung solcher Privat-Theater eine sehr nützliche Sache sey; mag ich doch nicht entscheiden. Wenigstens würde ich unter den jungen Leuten, denen, welchen ich keinen sehr bestimmten Character zutrauen könnte, nur selten erlauben, eine Rolle zu übernehmen.

Music ist hier sehr beliebt; es giebt öffentliche und Privat-Concerte, in welchen man Musiker vom Handwerke und Liebhaber mit Fertigkeit und Geschmack die Meisterstücke der neuesten Tonsetzer vortragen hört.

Die hiesigen Schulen haben immer in sehr gutem Rufe gestanden, sowohl das reformirte Gymnasium[94], wie die königliche Domschule[95]; allein auch hier fängt man an, kleine Privat-Erziehungs-Institute, Philantropinlein[96] und After-Schulen[97] anzulegen, zum Schaden der öffentlichen, die nothwendig sinken müssen, wenn dieser Modewuth nicht durch patriotische Vorkehrungen gesteuert wird. Freylich ist es sehr bequem, wenn so ein Candidat,*) statt sein Brod unbequem und mühsam, als Hauslehrer oder durch Ertheilung von Privat-Unterricht in fremden Häusern, zu erwerben, eine Anzahl Knaben in seinem Hause versammeln und ihnen da, aus seinen Bilder-Büchern und Elementar-Werken, die Quintessenz aller menschlichen Wissenschaften *in nuce* reichen kann. Zwar wird da auf die Vorbereitungs-Wissenschaften und auf das Studium der Alten wenig Rücksicht genommen; allein die Eltern staunen doch und segnen den großen Mann, der ihre achtjährigen Kinder dahin bringt, daß sie zu Hause über die Begattung der Fische, über den großen Mogol, den Colibri, die Unsterblichkeit der Seele, über Papiermühlen, über die Himmelscörper u.d.gl. plaudern können. Man meint auch, daß sie mehr beschäftigt und genauer beobachtet werden, wenn sie ihre Unarten in den umschlossenen kleinen Höfen hinter den Wohnungen ihres Pädagogen treiben. Fällt es nun aber endlich einem Vater ein, den Knaben, damit er auf die Universität ziehn könne, noch eine Zeitlang in die höhern Classen der Schule zu schicken, so zeigt sich's, daß er im Grunde noch nichts gelernt hat und man ist verlegen, wie man ihn mit den andern Schülern in die Reyhe bringen will.

Die hiesigen Aerzte geben ein seltnes Beyspiel von Verträglichkeit und Entfernung alles Brod-Neides. Die Angesehensten unter ihnen fragen einander in wichtigen Fällen um Rath, und wenn Einer, zu seiner Erholung, auf ein Paar Wochen verreisen will, übernehmen die Andern indeß die Sorgfalt für seine Kranken.

Ich habe mich genau nach den unangenehmen Auftritten erkundigt, die vorgegangen seyn sollten, als man kürzlich die allgemeine Beichte[98] in der königlichen Domkirche einführte, wovon in einem Journale, zur Verkleinerung eines sehr rechtschaffenen Mannes, so viel Lerm gemacht wurde und habe erfahren, daß – nicht Ein wahres Wort daran ist, daß folglich der Redacteur keinen sehr sichern Correspondenten haben muß. Nachdem die Herrn Prediger, mit derjenigen Vorsichtigkeit, die eine solche Haupt-Veränderung erfordert, ihre Zweifel, Einwürfe und Einschränkung der königlichen Regierungen vorgetragen haben, und diese die Sache untersucht und die Hindernisse gehoben hat, ist die neue Einrichtung sehr bald, ohne Fehde und Zwist, zu Stande gekommen.

*) Man wird doch verstehn, daß hier nicht die Rede von allen Instituten dieser Art ist. Selbst hier soll es, wie ich höre, würdige junge Gelehrte geben, denen die Eltern ihre Kinder, wenn sie Bedenken tragen, dieselben in die öffentlichen Schulen zu schicken, sicher anvertrauen können. *[Anmerkung Knigges]*

92 *Schauspielhaus:* Schauspielhaus auf der Junkernbastion am Wall in Bremen, 1792 errichtet.

93 *Gesellschafts-Theater:* Im Jahr 1791 auf Initiative Knigges eingerichtetes Liebhaber-Theater, das im Hörsaal des Athenäums eingerichtet wurde. Die Einnahmen dienten gemeinnützigen Zwecken.

94 *Reformiertes Gymnasium:* Das reformierte Paedagogium wurde 1528 errichtet, 1584 zum Gymnasium erweitert und 1610 zu einer Akademie mit vier Fakultäten ausgebaut, die jedoch nicht das Recht hatte, akademische Grade zu verleihen.

95 *Domschule:* Die lutherische Domschule wurde 1642 von den Schweden begründet. Sie besaß seit 1681 einen akademischen Oberbau, das sogenannte Athenäum.

96 *Philantropinlein:* Die pädagogische Reformbewegung des Philanthropismus wurde von Johann Bernhard Basedow (1724–1790) begründet. Stark beeinflußt durch Rousseaus Roman »Émile« erstrebte sie eine ›natürliche‹ Erziehung der Kinder, die auf ihre Bedürfnisse Rücksicht nahm und auf spielerische Wissens-Aneignung setzte.

97 *After-Schulen:* Neben den Kirchspiel-Schulen gab es noch zahlreiche private Nebenschulen (auch »Klipp-« oder »Heckschulen« genannt), die in der Mehrzahl nicht über eine erforderliche Konzession verfügten. 1793 zählte man in Bremen 73 derartige Einrichtungen, die die Kinder in Grundkenntnissen wie Lesen, Schreiben und Rechnen unterrichteten.

98 *Beichte:* In einem Artikel der »Rintelschen Annalen« war den Dompredigern unterstellt worden, sich der Einführung der allgemeinen Beichte nur deshalb zu widersetzen, weil sie bei Wegfall der Privatbeichte um ihre Nebeneinkünfte fürchten müßten. Vgl. dazu die »Berichtigung«, die im Intelligenzblatt der Allgemeinen Literatur-Zeitung Nr. 134 (10. Nov. 1791, Sp. 1097 f.) erschien.

*Theaterzettel zu einer Aufführung der »Ariadne auf Naxos« im Gesellschaftstheater, 16. April 1794*

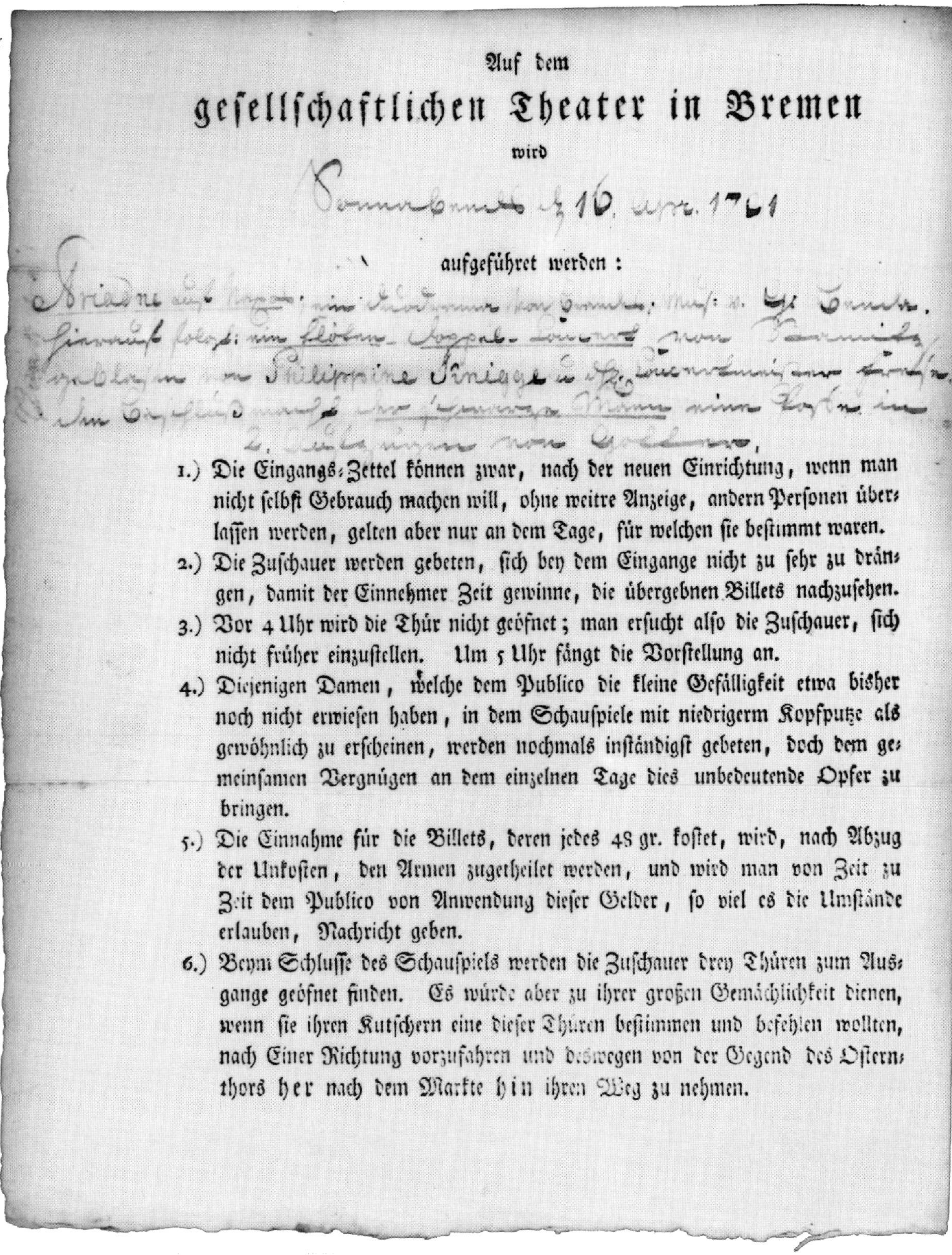

Auf dem

**gesellschaftlichen Theater in Bremen**

wird

aufgeführet werden :

1.) Die Eingangs-Zettel können zwar, nach der neuen Einrichtung, wenn man nicht selbst Gebrauch machen will, ohne weitre Anzeige, andern Personen überlassen werden, gelten aber nur an dem Tage, für welchen sie bestimmt waren.

2.) Die Zuschauer werden gebeten, sich bey dem Eingange nicht zu sehr zu drängen, damit der Einnehmer Zeit gewinne, die übergebnen Billets nachzusehen.

3.) Vor 4 Uhr wird die Thür nicht geöfnet; man ersucht also die Zuschauer, sich nicht früher einzustellen. Um 5 Uhr fängt die Vorstellung an.

4.) Diejenigen Damen, welche dem Publico die kleine Gefälligkeit etwa bisher noch nicht erwiesen haben, in dem Schauspiele mit niedrigerm Kopfputze als gewöhnlich zu erscheinen, werden nochmals inständigst gebeten, doch dem gemeinsamen Vergnügen an dem einzelnen Tage dies unbedeutende Opfer zu bringen.

5.) Die Einnahme für die Billets, deren jedes 48 gr. kostet, wird, nach Abzug der Unkosten, den Armen zugetheilet werden, und wird man von Zeit zu Zeit dem Publico von Anwendung dieser Gelder, so viel es die Umstände erlauben, Nachricht geben.

6.) Beym Schlusse des Schauspiels werden die Zuschauer drey Thüren zum Ausgange geöfnet finden. Es würde aber zu ihrer großen Gemächlichkeit dienen, wenn sie ihren Kutschern eine dieser Thüren bestimmen und befehlen wollten, nach Einer Richtung vorzufahren und deswegen von der Gegend des Osternthors her nach dem Markte hin ihren Weg zu nehmen.

Den 11ten.

Ich glaube Ihnen, lieber Freund! gestern genug gesagt zu haben, um zu beweisen, daß es hier in Bremen mit der Aufklärung nicht so schlimm aussieht, wie man zuweilen dem Publico vorgespiegelt hat; jetzt will ich noch etwas von der Gutmüthigkeit und Wohlthätigkeit der hiesigen Einwohner reden.

Daß hier eine seltene Bonhonomie, Treuherzigkeit, Dienstfertigkeit und Gastfreundschaft herrschen; daß Reinigkeit und Einfalt der Sitten in allen Ständen, Häuslichkeit und Familien-Band noch sehr respectirt und gehegt werden; daß der Luxus, in Verhältniß des würklich hier anzutreffenden Reichthums, keine zu große Fortschritte gemacht hat – das alles glaube ich Ihnen schon erzählt zu haben. Die Gutherzigkeit der Einwohner äussert sich aber vorzüglich auch in wohlthätigen Handlungen. Es hält gar nicht schwer, wenn die Rede davon ist, einen armen Studierenden zu unterstützen, in wenig Stunden unter einigen Kaufleuten eine Unterzeichnung zu Stande zu bringen, die ihn drey Jahre hindurch auf Universitäten gegen Mangel schützt. Ein einheimischer junger Portrait-Maler hat große Talente, erwirbt aber nicht so viel, daß er mit frohem Muthe arbeiten und Fortschritte in seiner Kunst machen kann; ein guter Mann erfährt das und lässt nun, ohne eben ein warmer Liebhaber von Schildereyen zu seyn, dreyssig von seinen Bekannten durch diesen Künstler malen. Ein Mechanicus hat eine vortreffliche Maschine erfunden; Er hofft damit den von einer Academie ausgesetzten Preis zu erringen: Nach vieljähriger Anstrengung und großen Kosten, windet ihm die Cabale den verdienten Preis aus den Händen; Ein bremischer Bürger kauft ihm die Maschine ab und setzt das Ding auf den Boden seines Hauses.

Vor kurzem wurde einigen Mitgliedern der lutherischen Gemeine der Vorschlag gethan, durch Unterzeichnung, einen kleinen Fond zu Errichtung einer Witwencasse[99] für die Lehrer bey der Domschule zusammenzubringen. Mit großer Bereitwilligkeit wurde dieser Antrag aufgenommen; der edle N***[100], der alles Gute mit Wärme betreibt, war hierbey nicht nur thätig, sondern machte selbst, aus seinem eignen Vermögen, sich zu einem Legate verbindlich; Ein menschenliebender Kaufmann folgte seinem Beyspiele; Ein, seiner prunklosen Wohlthätigkeit wegen bekannter reformirter Glaubensgenosse, both, unaufgefordert, einen Beytrag an; Die königliche Regierung vollendete das Werk durch Verwilligung einer ansehnlichen Summe; und die Sache kam schnell zu Stande.

Am thätigsten zeigt sich der Geist der hiesigen Wohlthätigkeit, bey Versorgung und Verpflegung der Armen und Waisen. Das Armenwesen in den einzelnen Kirchsprengeln wird von den gewählten Diaconis der Gemeinen verwaltet. Angesehene und reiche Kaufleute machen sich eine Ehre daraus, unentgeldlich einen großen Theil ihrer Zeit und ihrer Kräfte diesem edeln Geschäfte zu widmen; Auch sammeln sie in den Kirchen, indem sie mit dem Klingebeutel herumgehen. Das allgemeine Armen-Institut, woran Reformirte und Lutheraner Theil haben, konnte vormals seine jährlichen Ausgaben nie mit den einlaufenden Beyträgen bestreiten. Es wurden daher Schulden gemacht, welche nach einiger Zeit durch die Auflage eines neuen Geschosses getilgt werden mussten. Jetzt ist ein neuer Etat formirt; Man hofft auszukommen, wenn die Sammlung, welche wöchentlich in allen Häusern angestellt wird, jährlich die Summe von 20,000 Rthlr. vollzählig macht. Jeder Bürger hat sich daher um so williger zu einem bestimmten wöchentlichen Beytrage unterzeichnet, da er hierdurch von allen Haus- und Straßen-Betteleyen ist befreyet worden.

Das neue lutherische Waisenhaus[101] ist von den drey hier befindlichen, der äusserlichen Bauart nach, das schönste. Dieser Bau ist gleichfalls zum Theil durch eine Unterzeichnung zu Stande gekommen, die in kurzer Zeit 30,000 Rthlr. herbeyschaffte. Für die Gesundheit, Zufriedenheit, Reinlichkeit, für die zweckmäßige Bildung und einen vernünftigen Unterricht der Kinder wird hier so väterlich gesorgt, daß wahrlich die Einrichtung zum Muster dienen kann und man mit Freuden hier 150 Menschen, mit Inbegriff der Aufseher, Lehrer etc. aus der Hand der Mildthätigkeit versorgt und sie Alle froh und gesund sieht. Man rechnet, wenn ich nicht irre, den jährlichen Unterhalt eines Kindes auf 30 Rthlr. Die lutherischen Diaconi, welche sich dieser Anstalt mit unverdrossenem Eifer annehmen und von denen jährlich Einer die Verwaltung hat, halten, mit Hülfe ihrer Gattinnen, die genaueste Aufsicht darüber. Sind die Kinder so weit geführt, daß sie in den Dienst, oder zu einem Handwerker in die Lehre gehn können; so werden sie, mit Rücksicht auf ihre Fähigkeiten und Neigungen, untergebracht und mit einer kleinen Ausstattung entlassen. Ausser den Summen, welche durch freywillige Geschenke und Vermächtnisse eingehen, werden zweymal im Jahre in der Domkirche Becken ausgestellt, auf welche Jeder unbemerkt seine Gabe legt; und sollten Sie es denken? Da kömmt an einem solchen einzelnen Sonntage nie unter 1000 Rthlr., oft über 1100 Rthlr. ein. In dies Haus werden nur die Kinder verstorbner

[99] *Witwencasse*: Eingerichtet durch Knigges Initiative; die Grundfinanzierung wurde aus den Einnahmen von Knigges Liebhaber-Theater bestritten.

[100] *der edle N****: Johann David Nicolai (1742–1826), seit 1781 vierter Dompastor in Bremen.

[101] *lutherisches Waisenhaus:* Das lutherische St.-Petri-Waisenhaus bestand seit 1692. In den Jahren 1783–85 wurde am Domshof ein neues Gebäude errichtet, das als vorbildliche Einrichtung galt. Neben dem St.-Petri-Waisenhaus existierten zwei reformierte Waisenhäuser: das sogenannte »rote Waisenhaus« (gegr. 1599) und das »blaue Waisenhaus« (gegr. 1684).

Bürger aufgenommen. Die lutherischen Freyschulen unterhält der Klingebeutel der Dom-Kirche.

Ich muß abbrechen; ein angenehmer Abend erwartet mich in dem Cirkel der liebenswürdigen Familie des biedern, thätigen, dienstfertigen, menschenliebenden O.P.M. A***, der mir so viel treuherzige, ächte teutsche Gastfreundschaft und Güte beweist, daß ich dessen gewiß lebenslang eingedenk bleiben werde – Morgen ein Mehreres!

Am 12ten.

Das hiesige Hospital oder Krankenhaus[102] wurde 1689 errichtet, ohne daß demselben der geringste Fond angewiesen wurde, 150 Rthlr. jährlich ausgenommen, die von einer andern Stiftung dieser Art herrührten. Es scheint, daß man sich im Voraus versichert gehalten, Bremens Bürger würden ein so unentbehrliches und nützliches Institut nicht untergehn lassen; Und hierinn hat man auch nicht geirrt; denn im Jahre 1774, als soweit die mir mitgetheilten Nachrichten reichen, waren in dem Zeitraume von 85 Jahren, an Vermächtnissen und andern Einflüssen, dem Hause zugegangen: 109, 910 $^{1}/_{3}$ Rthlr., und zwar an Beyträgen der Reformirten 85,296 Rthlr. 70½ Gr. und von Lutheranern 24, 613 Rthlr. 25½ Gr. Die Zinsen dieser ersparten 109,910 Rthlr. 24 Gr. also wurden zum Unterhalte des Hauses verwandt; Das übrige noch Erforderliche ist aus andern Quellen herbeygeschafft worden. Die aufgenommenen Kranken verhalten sich in den letzten 5 Jahren, wovon ich Nachricht habe, von beyden Bekenntnissen also, daß die Anzahl der Reformirten $3^{3}/_{8}$ gegen $9^{1}/_{8}$ Lutheraner war.

Das Armenhaus[103] wurde 1696 zu bauen angefangen, ohne einigen Fond dazu zu haben, und also bestimmen zu können, woher die Ausgaben zu dem Baue, noch weniger zu der Unterhaltung der aufzunehmenden Armen sollten hergenommen werden. Aber auch hier half die Wohlthätigkeit der bremischen Bürger, so daß beyde Zwecke erreicht werden konnten; und im Jahre 1775 hatte man ein Capital von 73, 671 Rthlr. 2 Gr. auf Zinsen ausstehn. Der angefangne Bau wurde 1710 mit Erbauung der Kirche geendigt und hat gekostet 33,623 Rthlr. 13½ Gr., welche sämtlich durch milde Gaben zusammengebracht worden – eine Summe, die nach dem damaligen Werthe des Geldes und des Vermögens der Einwohner, um so viel mehr wie ansehnlich kann betrachtet werden, weil schon 1698, noch vor vollendetem Baue, das Haus mit Armen besetzt war, welche 1714 bereits bis auf eine Anzahl von 500 gestiegen, einen jährlichen Aufwand von 13 bis 14,000 Rthlr. erforderten, wofür auch musste gesorgt werden. In unsern Tagen, wo die Willfährigkeit zu Geld-Ausgaben eine andre Richtung genommen, wo man es in den mehrsten Städten lieber dem Luxus und den Zerstreuungen opfert, als der Wohlthätigkeit darbringt, würde man wohl fast aller Orten Den für einen Phantasten halten, der nur den Gedanken äusserte, eine solche wichtige Unternehmung ohne allen Fond anzufangen. Ja! selbst hier in Bremen, so sehr sich auch die Stadt noch von dieser Seite auszeichnet, würde wohl jetzt ein solcher Plan nicht durchzusetzen seyn. Zu den in spätern Zeiten errichteten Freyschulen,

*Das Zucht- und Armenhaus an der Großenstraße*

[102] *Hospital oder Krankenhaus:* Das erste Krankenhaus Bremens lag in der Neustadt an der Südseite des Neuen Marktes, wo die Straßenbezeichnung »Große Krankenstraße« noch heute auf die 1689 gegründete Einrichtung hinweist.

[103] *Armenhaus:* Ein 1696–1698 errichtetes Haus an der Großenstraße. Nachdem das Armenhaus im Jahr 1912 nach Tenever verlegt worden war, diente das Gebäude bis zu seiner Zerstörung im Zweiten Weltkrieg als Domizil des »Focke-Museums«.

wovon ich hernach reden werde, ist zwar auch ein Beträchtliches zusammengebracht worden und die neuerlich veranstaltete Unterzeichnung zu Aufrechterhaltung des Armen-Instituts, macht der Wohlthätigkeit der Bremer Ehre; (obgleich freylich, da nunmehro alle Betteley aufhört, der größte Theil der Einwohner im Grunde weniger giebt, wie er ehemals an einzelnen Almosen ausspendete,) allein im Ganzen hat doch auch hier der Eifer, die Noth der Mitbrüder zu mildern, besonders was die Testamente betrifft, gegen vorige Zeiten sehr abgenommen – Doch ich kehre zu dem Baue des Armenhauses zurück. Um zu zeigen, wie das Geld dazu in so kurzer Zeit hat herbeygeschafft werden können, gebe ich hier nur die drey Sammlungen an, die von den Diaconis in der Stadt vorgenommen werden. Die im Jahre 1696 brachte 11,812 Rthlr. 9 Gr. ein; die, zwey Jahre nachher angestellte, 4,738 Rthlr. 36 Gr. und im Jahre 1710 die dritte 716 Rthlr. 5 Gr.

Wenn ich nun das, was der Bau und die aufgenommenen Armen bis 1775 gekostet, zusammenziehe; so kömmt schon eine ansehnliche Summe heraus; aber sie wird noch vergrössert, wenn man die 18 bis 1900 Rthlr. die jährlich von dem Hause an Arme ausser demselben ausgetheilt wurden, wie billig, in Rechnung bringt – Hier ist eine kurze Uebersicht davon.

Der Bau des Hauses hat gekostet: 33,623 Rthlr. Zu Bewohnern des Hauses kann man im Durchschnitte 225 Personen annehmen; Diese zu 45 Rthlr. gerechnet, macht jährlich 10,225 Rthlr. aus; und in einem Zeitraume von 77 Jahren, nämlich bis 1775, eine Summe von 787,325 Rthlr. Die Austheilungen an Arme schlage ich nur jährlich an zu 1,800 Rthlr.; dieses in 77 Jahren beträgt 138,600 Rthlr. Hierzu das oben durch Ersparung gesammelte Capital von 73,671 Rthlr.; beläuft sich das Ganze auf 1,033,219 Rthlr., oder im Durchschnitte jährlich auf 13,418 Rthlr. Freylich sind die Zinsen von dem ersparten Capitale nach und nach mit eingeflossen; allein dagegen sind auch manche Unkosten und Abgaben, besonders die Baukosten, gar nicht gerechnet, welche letztere allein im Jahre 1763, als die Engländer das Haus, durch Verlegung ihres Hospitals in dasselbe, sehr verwüstet hatten, 6100 Rthlr. betrugen.

Bey Weitem der größte Theil dieser Gaben wurde im Verborgnen gereicht, ohne daß man davon Ruhm zu erhalten hoffen konnte. Nur bey den Vermächtnissen war die öffentliche Bekanntmachung nicht zu vermeiden.

Ungefehr zwey oder drey Jahre vorher war auch ein löbliches Institut, nämlich das sogenannte Mannhaus errichtet worden, worinn für den Unterhalt von zwölf Männern gesorgt wird. Es scheint aber, als wenn man dieses bey Errichtung des Armenhauses aus den Augen verlohren hätte; obgleich es Anfangs reichlich begabt worden; so kann es sich doch jetzt aus seinen Einkünften nicht erhalten, sondern die Eintretenden müssen eine gewisse Summe von 5, 6, bis 800 Rthlr. nach dem Unterschiede der Jahre, erlegen, doch sind 24,000 Rthlr. erspart, wovon die Zinsen zum Haushalte verwendet werden. Die Männer bewohnen das erste Geschoß im rechten Flügel des Armenhauses. Dies schien einem guten Bürger vor etwa zwölf Jahren nicht ehrenwerth genug für dies Institut; Er setzte es also zu seinem Erben ein und verlangte, daß mit dem Gelde ein Haus gekauft werden sollte. Die Erbschaft betrug etwa 5,000 Rthlr.; allein das Haus ist nicht gekauft worden; ich weiß nicht warum? Vermuthlich kann man es für den Preis nicht groß genug haben.

Die neuen reformirten Freyschulen[104] sind im Jahre 1770 errichtet worden. Am 27sten März desselben wurden die ersten 300 Rthlr. dazu gegeben, im Junius 1790 betrug schon das auf Zinsen und in gekauften Häusern angelegte Capital 13, 676 Rthlr. 63½ Gr., ohne was noch sonst eingegangen und zur Unterhaltung verwendet worden war.

Von den drey Waisenhäusern habe ich schon geredet; Ausserdem aber giebt es hier auch noch eine Menge andrer milder, zum Theil reichlich versorgter Stiftungen.

Und das sey denn genug über die Reichsstadt Bremen, die ich nun bald verlassen werde, und in welcher ich, wie ich mich schmeicheln darf, Freunde zurücklasse! Gern hätte ich noch einen kleinen Saitensprung nach Oldenburg gemacht, um, da meine Augen doch wohl nie wieder in meinem Leben einen Fürsten sehn werden, den Eindruck mit nach Amerika zu nehmen, den der Anblick eines so weisen und guten Fürsten, wie der Herzog von Oldenburg[105] ist, auf mich machen würde; aber meine Zeit ist zu kurz abgemessen, da ich den 3ten des künftigen Monats unfehlbar in Hamburg seyn muß, weil ich an diesem Tage mit M*** und unsern Leuten eingeschifft werden soll; Ich eile also, so viel möglich, zu Ihnen nach Braunschweig, wohin dieser Brief heute vorauslaufen soll. Uebermorgen reise ich ab; Mein vieljähriger, redlicher Freund, der Doctor B***, begleitet mich bis Verden, wo wir vom Mittage bis zum andern Morgen bleiben werden, um die kleine Gesellschaft zu besuchen, die jetzt eine halbe Stunde Weges von der Stadt, bey einer mineralischen Quelle in kleinen Häusern, die seit einigen Jahren erbauet sind, sich aufhält und dort die Bade-Cur braucht. In Hannover halte ich mich gar nicht auf; Also hoffe ich schon am 16ten Abends das Glück zu haben, Sie zu umarmen und Ihnen zu sagen etc.

[104] *reformirte Freyschulen:* Für Kinder, deren Eltern kein Schulgeld bezahlen konnten, wurden im Verlauf des 18. Jahrhunderts Freischulen eingerichtet. Die erste lutherische Freischule konnte 1705 in der Buchtstraße eröffnet werden; bis 1791 folgten zwei weitere. Die Einrichtung reformierter Freischulen folgte später, da der Senat die Kosten nicht übernehmen wollte. Finanziert durch Spenden wurden erst zwischen 1771 und 1794 fünf reformierte Freischulen eröffnet.

[105] *Herzog von Oldenburg:* Peter Friedrich Ludwig (1755–1829), den Knigge persönlich kannte.

# Tagebuch

## über meine Amts-Verrichtungen als Oberhauptmann in Bremen, angefangen bey Antritt meines Dienstes, im September 1790

## Adolph Freyherr Knigge.

*Adolph Freiherr Knigge übte seine Tätigkeit als hannoverscher Oberhauptmann gründlich und gewissenhaft aus. Kurz vor seinem Tod hatte er noch begonnen, die »Dienst-Registratur« in Ordnung zu bringen und in die neuen Schränke einzuräumen« (Eintragung vom 14. August 1795). Heute befinden sich die Akten teils im Staatsarchiv Bremen, teils im Niedersächsischen Staatsarchiv in Stade. Zu den dort archivierten Materialien, die die Oberhauptmannschaft in Bremen betreffen, gehört auch Knigges »Tagebuch über meine Amts-Verrichtungen« (Rep. 5 f. Fach 9 W. 2 Fasz. 5). Es besteht aus 42 Folioblättern, von denen 28 beschrieben sind. Es ist bislang ungedruckt und wird hier erstmals der Öffentlichkeit zugänglich gemacht.*

*Das Tagebuch, das Knigge seit seiner Vereidigung zum Oberhauptmann führte, gibt ausschließlich über dienstliche Belange Auskunft. Knigges persönliche Tagebücher, die zwanzig Bände umfaßt haben sollen, sind dagegen verloren. Der Leser erfährt also kaum etwas über persönliche Angelegenheiten, nicht, mit welchen Schriften sich Knigge beschäftigte, welche Freunde ihn in Bremen besuchten oder welche Gespräche er führte. Dagegen ist in knappen Worten viel die Rede vom amtlichen Schriftverkehr mit Stade und den Einrichtungen, für die der Oberhauptmann Knigge zuständig war: Dom, Domschule und Waisenhaus.*

*Der Abdruck folgt Knigges Tagebuch originalgetreu. Nur einige wenige Einträge wurden vereinheitlicht, wie die Datumsangaben und die häufig wiederkehrende Abkürzung für »betreffend«.*

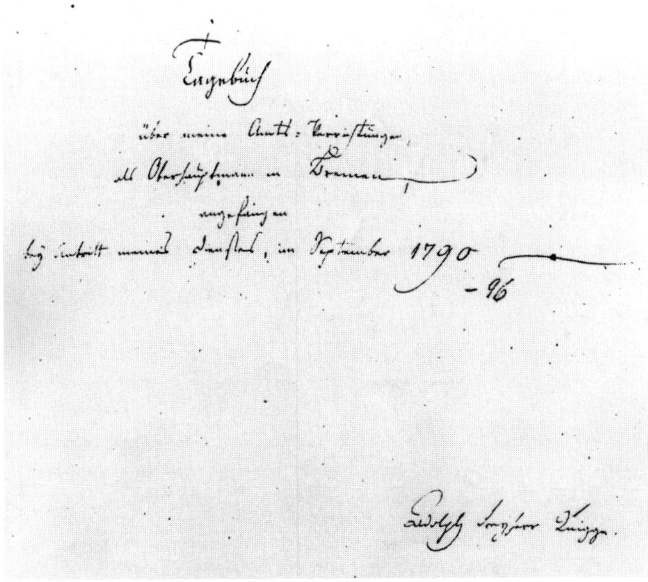


*Titelblatt des Bremer Diensttagebuches, Autograph (Ausschnitt)*

### September 1790

Meine Bestallung ist ausgefertigt St. James[106], den 10. August 1790. Der Rang eines Oberhauptmanns ist wie der eines Landdrosten. Sie stehen in der zehnten Classe mit Brigadiers, adelichen Ober-Appellationsräthen pp.

Für die Bestallung habe ich an Gebühren etc. zu entrichten gehabt $125\frac{1}{2}$ Rthl. Cassen-Münze, für die Beeydigung 5 Rthl. dem Pedellen in Stade $1\frac{1}{3}$ Rthl., dem Regierungs-Bothen $\frac{2}{3}$ Rthl. Meine schriftlichen Danksagungen (außer einigen Privat-Briefen desselben Inhalts) habe ich abgehn lassen an das Ministerium in Hannover und an die Regierung in Stade.

Das Ministerium hat festgesetzt, daß meine Besoldung mit dem Tage meiner Beeydigung angehn sollte.

[106] *St. James*: Die Bestallung des Oberhauptmanns wurde von Georg III. (1738–1820) vollzogen, der Kurfürst von Hannover und König von England war. Er residierte seit 1760 im Londoner St. James Palace. Georg III. war in England geboren und hat Hannover nie besucht. Die für das ehemalige Herzogtum Bremen-Verden zuständige Behörde befand sich in Stade, wo Knigges unmittelbare Vorgesetzte amtierten.

den 2. bin ich nach Stade gereist und den 3. dort beeydigt. Ausser dem gewöhnlichen Dienst-Eyde habe ich noch den Huldigungs-Eyd wegen Bremen (den so genannten Prinzessinnen-Eid[107]) schwören müssen.
Der König hat mir ankündigen lassen, daß ich nun meine Verbindung mit dem Weimarschen Hofe aufgeben müßte (nämlich den Cammerherrn-Schlüssel[108] abgeben). Man hat mir erlaubt, noch bis Ende October mich auswärts aufzuhalten.

den 9. September habe ich dem Intendanten von Dankwerth[109] und dem Stadtvogt Renner[110] in Bremen geschrieben, und mich ihnen angekündigt.

den 14. Antwort von dem Stadt-Vogt bekommen.

den 15. von den vier Dom-Predigern[111] Glückwunschschreiben erhalten.

den 15. Rescript von Königl. Regierung in Stade, wegen der mir aufgetragnen Mitaufsicht über das Convictorium.[112]

den 15. zwey Communicata 1) an den Stadtvogt, dem Magistrate[113] meine Existenz bekannt zu machen, 2) dito, mir die Registratur auszuliefern und den Gehalt auszuzahlen, auch die Wohnung einzuräumen.

den 16. habe ich den 4 Dompredigern geantwortet.

den 18. Antwort von dem Intendanten v. Dankwerth erhalten.

den 24. kam ich nach Bremen, besuchte die Personen, die zum hannöverschen Etat gehören, sodann die Bürgermeister[114] und Syndici, auch einige andre angesehene Einwohner, und wurde von den Untergebenen zuerst, von den Uebrigen aber, nachdem ich bey ihnen gewesen, wiederbesucht. Die Magistrats-Personen erwiederten einzeln meinen Besuch und liessen mich durch einen Syndicum im Namen des ganzen Raths complimentiren.

den 25. erhielt ich einen Brief von der Oberhofmeisterinn von Ompteda, darinn sie mich bat, ihr ferner die Wohnung im Pallatio[115] zu gestatten, welches Gesuch ich aber in meiner Antwort auf höfliche Weise ablehnte.

den 26. bat der Landdrost von dem Bussche in Haarburg mich schriftlich, seinem Gärtner zu erlauben, Obst am Pallatio verkaufen zu dürfen. Ich antwortete beyfällig, jedoch so, daß er diesen Handel ausser dem Gebäude selbst treiben sollte.

den 27. bekam ich vom Magistrate zwölf Stübchen[116] Rheinwein und schenkte dagegen dem Diener, welcher das Zettel brachte, einen Ducaten.[117]

[107] *Prinzessinnen-Eid:* Das Gebiet der Herzogtümer Bremen und Verden, das 1719 von Schweden Hannover übereignet wurde, gehörte nach den Reichsgesetzen nicht zum Kurfürstentum, sondern unterstand dem Herzogtum Braunschweig-Lüneburg.
Herzogin von Braunschweig war Augusta Friderica, Prinzessin von Großbritannien, eine Schwester Georgs III.

[108] *Cammerherrn-Schlüssel:* 1777 war Knigge von Carl-August zum Sachsen-Weimarschen Kammerherrn ernannt worden. Eine feste Anstellung oder Besoldung war mit diesem Amt nicht verbunden.

[109] *Intendant von Dankwerth:* Rechte, Besitzungen und Einkünfte des Erzbischofs und des Domkapitels in Bremen fielen mit dem Erzbistum 1648 an Schweden und 1720 an Hannover. Man unterschied zwei Vermögensmassen: den Kirchenfonds des Doms, dessen Administration der »Struktur« bzw. einem »Struktuar« oblag (das Amt hatte 1772 bis 1798 Johann Christoph Renner), und die dem Königshaus privatrechtlich zustehenden Staatsgüter, die von der »Intendantur« bzw. einem »Intendanten« verwaltet wurden, der seinen Dienstsitz in dem Gebäude Ecke Domshof/ Schüsselkorb hatte. Intendant war 1792 bis 1803 Johann Caspar Theodor Olbers, ein Bruder des Arztes und Astronomen Wilhelm Olbers. Sein Vorgänger war Johann Christian Dankwerth, der 1791 starb. Der Intendant war zugleich Oberamtmann in Achim.

[110] *Stadtvogt Renner:* Die Stadtvogtei war ebenfalls ein Relikt aus der erzbischöflichen Zeit. Der Vogt übte eine beschränkte Jurisdiktion über die Bewohner des Hannoverschen Grundbesitzes aus und war für die Hals- und Blutgerichtsbarkeit zuständig, die jedoch 1787 zum letzten Mal nach bereits 30jähriger Unterbrechung von einem Stadtvogt ausgeübt wurde. Stadtvogt war 1772–1798 Johann Georg Christoph Renner, er war zeitweilig zugleich Intendant.

[111] *Dom-Prediger:* Die vier Domprediger waren Hermann Andreas Rieffestahl (amtierte 1773–1805), Johann Christoph Vogt (1775–1798), Heinrich Erhard Heeren (1775–1810) und Johann David Nicolai (1781–1826).

[112] *Convictorium:* Von der Domschule unterhaltenes Konvikt, in dem für 12 Schüler Freitisch-Stipendien vorgesehen waren. Die Freitischstellen wurden zu Knigges Amtszeit in reine Geldstipendien umgewandelt (Siehe 20. März 1791).

[113] *Magistrate:* Gemeint ist der Bremer Senat, der diese Titulierung gewiß nicht korrekt gefunden hätte, da man sich in der freien Reichsstadt Bremen nicht als gewöhnlicher Stadtmagistrat empfand.

[114] *Bürgermeister:* Zur Zeit von Knigges Amtsantritt amtierten als Bürgermeister: Daniel Tidemann (präsidierte ab dem Dreikönigstag, 6. Januar 1791), Gerhard von dem Busch (präs. ab dem Dreikönigstag 1790), Heinrich Köhnen (präs. bis zum Dreikönigstag 1790), und Justin Friedrich Wilhelm Iken (präs. ab dem Johannistag, 24. Juni 1790).

[115] *Pallatio:* Das Palatium genannte Gebäude befand sich an der Stelle des heutigen Neuen Rathauses. Es diente ehedem den Erzbischöfen als Wohnsitz, später wohnten darin deren Vögte. 1681 bis 1803 diente es als Sitz des schwedischen bzw. hannoverschen höchsten Beamten in Bremen. Knigge bat nach seinem Amtsantritt die Regierung in Stade um Genehmigung, einige Zimmer im Palatium ausbauen zu lassen. Die Wohnung war ihm zu klein (siehe Brief nach Stade, 30. Nov. 1790).

[116] *Stübchen:* Das Hohlmaß für Wein betrug in Bremen 3,22 l. Es war üblich, den jeweiligen Oberhauptmann nach seiner Ankunft in Bremen mit dem erwähnten Weingeschenk zu komplimentieren.

[117] *Dukaten:* Goldmünze im Wert von 2 Talern Gold.

... der Marktvogt übergab mir das Verzeichniß der Freymarkts-Verkäufer[118], welche im vorigen Jahre auf den zum Dom gehörigen Plätzen ausgestanden. Von den davon dem Oberhauptmann zukommenden Geldern, hatte mein Vorgänger die Hälfte (etwas über 10 Rthl.) dem alten Reitvogt[119] überlassen. Ich that ein Gleiches für dies Jahr.

den 27. schickte mir die Stadt einen Consumtions-Frey-Zettel[120] für dies Jahr. Ich gab dem Diener einen Gulden[121] Trinkgeld.

... Drey Personen, denen mein Vorgänger die Erlaubniß ertheilt hatte, mit auf meinen Kirchenstand zu gehn, baten um Fortdauer dieser Erlaubniß, die ich ihnen ertheilte.

... Bisher waren einige Buden zum Freymarkte, auseinandergeschlagen, in meinem Pferdestalle verwahrt worden. Die Miethe für diesen Platz (etwas über 5 Rthl.) hatte mein Vorgänger seiner Haushälterinn geschenkt. Ich überließ ihr dies Geld noch für diesmal.

den 28. bat mich meine Nachbarin, die Secretairin Koch, um die Erlaubnis, Wasser aus dem Domhof-Brunnen zu holen, welches ich ihr ad tempus erlaubt habe.

den 29. reiste ich zurück nach Hamburg.

## October

*Kein Eintrag*

## November

den 8. kam ich wieder in Bremen an.

den 13. empfieng ich aus Stade vier Befehle, an mich und den Consistorialrath[122] gerichtet, wegen ertheilter Freitisch-Stellen.[123] Bey meiner Ankunft in Bremen befiel ich von einer schweren Krankheit, die mich einige Wochen lang unthätig machte.

den 30. schrieb ich an die Regierung in Stade und bat, daß noch einige Zimmer für mich im Pallatio ausgebauet werden mögten, welches bewilligt wurde.

... Für die den Kaufleuten, welche mit Eymern handeln, ertheilte Erlaubniß, binnen dem Freymarkte ihre Eymer im Pallatio niederzusetzen, habe ich 13 Rthl. eingenommen.

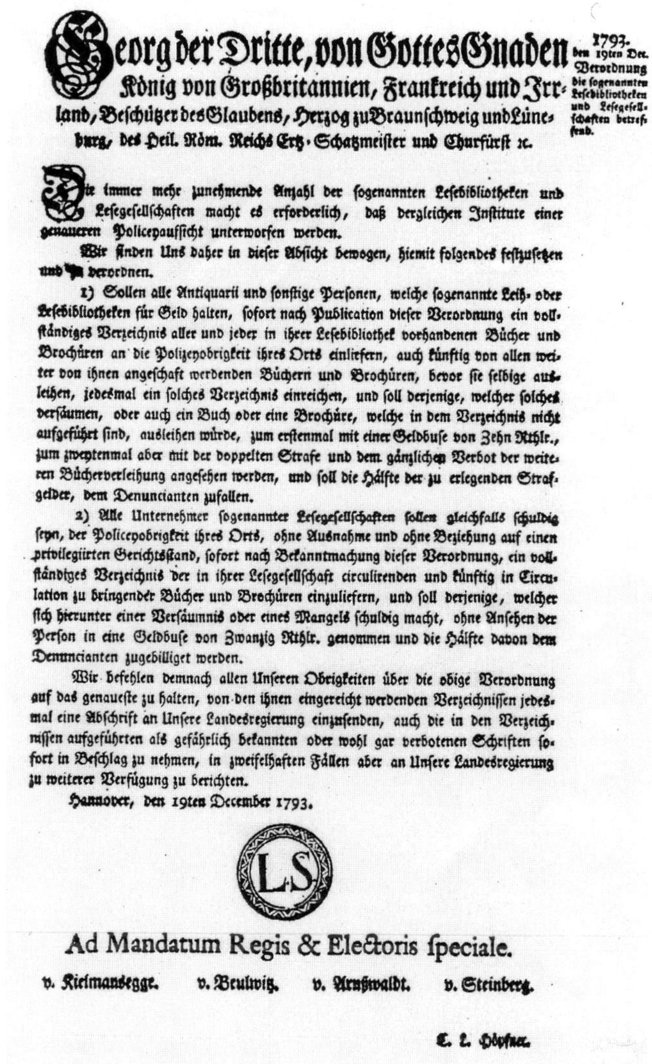

Georg der Dritte, von Gottes Gnaden König von Großbritannien, Frankreich und Irrland, Beschützer des Glaubens, Herzog zu Braunschweig und Lüneburg, des Heil. Röm. Reichs Ertz-Schatzmeister und Churfürst ꝛc.

1793. den 19ten Dec. Verordnung die sogenannten Lesebibliotheken und Lesegesellschaften betreffend.

Die immer mehr zunehmende Anzahl der sogenannten Lesebibliotheken und Lesegesellschaften macht es erforderlich, daß dergleichen Institute einer genaueren Policeyaufsicht unterworfen werden.

Wir finden Uns daher in dieser Absicht bewogen, hiemit folgendes festzusetzen und zu verordnen.

1) Sollen alle Antiquarii und sonstige Personen, welche sogenannte Leih- oder Lesebibliotheken für Geld halten, sofort nach Publication dieser Verordnung ein vollständiges Verzeichnis aller und jeder in ihrer Lesebibliothek vorhandenen Bücher und Brochüren an die Polizeyobrigkeit ihres Orts einliefern, auch künftig von allen weiter von ihnen angeschaft werdenden Büchern und Brochüren, bevor sie selbige ausleihen, jedesmal ein solches Verzeichnis einreichen, und soll derjenige, welcher solches versäumen, oder auch ein Buch oder eine Brochüre, welche in dem Verzeichnis nicht aufgeführt sind, ausleihen würde, zum erstenmal mit einer Geldbuße von Zehn Rthlr., zum zweytenmal aber mit der doppelten Strafe und dem gänzlichen Verbot der weiteren Bücherverleihung angesehen werden, und soll die Hälfte der zu erlegenden Strafgelder, dem Denuncianten zufallen.

2) Alle Unternehmer sogenannter Lesegesellschaften sollen gleichfalls schuldig seyn, der Policeyobrigkeit ihres Orts, ohne Ausnahme und ohne Beziehung auf einen privilegiirten Gerichtsstand, sofort nach Bekanntmachung dieser Verordnung, ein vollständiges Verzeichnis der in ihrer Lesegesellschaft circulirenden und künftig in Circulation zu bringender Bücher und Brochüren einzuliefern, und soll derjenige, welcher sich hierunter einer Versäumnis oder eines Mangels schuldig macht, ohne Ansehen der Person in eine Geldbuße von Zwanzig Rthlr. genommen und die Hälfte davon dem Denuncianten zugebilliget werden.

Wir befehlen demnach allen Unseren Obrigkeiten über die obige Verordnung auf das genaueste zu halten, von den ihnen eingereicht werdenden Verzeichnissen jedesmal eine Abschrift an Unsere Landesregierung einzusenden, auch die in den Verzeichnissen aufgeführten als gefährlich bekannten oder wohl gar verbotenen Schriften sofort in Beschlag zu nehmen, in zweifelhaften Fällen aber an Unsere Landesregierung zu weiterer Verfügung zu berichten.

Hannover, den 19ten December 1793.

L.S.

Ad Mandatum Regis & Electoris speciale.

v. Kielmansegge. v. Beulwitz. v. Arnswaldt. v. Steinberg.

C. L. Höpfner.

*Zensuredikt Georgs III., 1793*

[118] *Freimarkt:* Dieser fand auf dem Bremer Marktplatz vor dem Rathaus statt. Doch auch auf dem Domshof stellten einige Händler ihre Buden auf, was die Genehmigung des Oberhauptmannes erforderlich machte. Er hatte somit auch das Recht, von den Freimarktshändlern in diesem Bereich Standgelder zu erheben.

[119] *Reitvogt:* Bei der Struktur wie bei der Intendantur waren (berittene) Vögte angestellt, die untergeordnete Aufgaben wahrnahmen.

[120] *Consumtions-Frey-Zettel:* Die Geistlichen wie die Beamten des Dombezirks waren von der in Bremen erhobenen Konsumtionssteuer befreit, die auf verschiedene Waren erhoben wurde. Zwecks Vereinfachung des Verfahrens erhielt jeder von der Konsumtionssteuer Befreite zu Jahresbeginn einen sogenannten Freizettel, gegen dessen Vorzeigen die gewünschten Waren bei den zuständigen Stellen durchgelassen wurden.

[121] *Gulden:* 1 Gulden = 0,5 Reichstaler.

[122] *Consistorialrath:* Hermann Andreas Rieffestahl.

[123] *Freitischstellen:* Siehe Convictorium. Es waren für die Domschule insgesamt 12 Freitischstellen vorgesehen.

## December

den 3. Der Abt Vogler[124] hielt bey mir um die Erlaubniß an, im Dom sich auf der Orgel hören zu lassen, welche Erlaubniß er erhielt, mit Einwilligung des Stadtvogts.

den 13. habe ich in einem Privat-Briefe den Herrn Geheimrath von Ende[125] über manche zweifelhafte Puncte um Erläuterung gebeten, z.B. 1) ob bey entstehendem Todesfalle des Oberamtmanns mir oder dem Stadtvoigte die Obsignation obliege, 2) ob die hiesigen städtischen Soldaten verbunden seyn, vor mir das Gewehr zu präsentiren, 3) wegen einiger Vorschläge zu zweckmäßiger Einrichtung der Kirchen-Music, 4) wegen Ertheilung der Erlaubniß auf der Dom-Orgel zu spielen: ob diese allein von mir abhänge? Die Regierung in Stade hat mein Gesuch, um Ausbauung einiger Zimmer bewilligt und mir erlaubt, ein Gesellschafts-Theater[126] in der Domschule zu errichten.

den 17. wohnte ich nebst dem Herrn Consistorialrath Rieffestahl dem Unterrichte in dem Athenäo und in allen Schul-Classen bey.

den 21. ließ ich mir von der Secretairen [!] Koch einen Revers, wegen der Vergünstigung, in meinem Hofe Wasser zu holen, geben. (Man sehe was darüber im May 1791 vorgefallen.)

den 24. Empfieng ich auf jenen Brief vom 13. nach Stade eine befriedigende Antwort.

den 30. reisete ich zu dem Herzoge von Oldenburg.[127]

[124] *Abt Vogler:* Abt Georg Joseph Vogler (1749–1814), Kapellmeister in Mannheim, seit 1786 in Stockholm. Unternahm längere Konzertreisen durch Europa. Knigge hatte ihn bereits in Hannover kennengelernt.

[125] *Geheimrath von Ende:* Gotthelf Dietrich von Ende gehörte zu Knigges Vorgesetzten in der Stader Behörde. Sein Sohn, Ferdinand Adolph Freiherr von Ende, war mit Knigge befreundet.

[126] *Gesellschafts-Theater:* Die Initiative zur Gründung ging von der Familie des kaiserlichen Residenten von Vrintz aus. Nach der Genehmigung aus Stade fand die erste Vorstellung am 15. Januar 1791 statt. Es handelte sich um Kotzebues Lustspiel »Die Indianer in England«. Bis Ende März 1792 wurden 30 verschiedene Stücke in insgesamt 58 Aufführungen gegeben, mit großem Erfolg beim Bremer Publikum, das wie die Schauspieler (zu denen auch Knigge zählte) ausschließlich aus »Honoratioren« bestand. Überschüssige Einnahmen kamen den Armen der Stadt, insbesondere der Domschullehrer-Witwenkasse zugute.

[127] *Herzog von Oldenburg:* Peter Friedrich Ludwig (1755–1829), Herzog von Oldenburg, aufgeklärter Fürst. Die Einrichtung des dortigen Gymnasiums galt Knigge als vorbildlich (Wegener, S. 143). Enge Beziehungen zu der benachbarten Stadt hatte Knigge über Gerhard Anton von Halem (siehe den Abschnitt Briefe in diesem Band).

## Januar 1791

den 2. kam ich von Oldenburg zurück.

den 1. bekam ich den neuen Consumtions-Freyzettel vom Magistrate und gab einen Gulden Trinkgeld.

den 2. wurde mir von Stade ein Steckbrief[128] communiciret

den 3. meldeten mir und den 4 Dom-Predigern (die wir in der Sacristey versammelt waren) die Diaconi[129] die Wahl eines neuen Mitglieds ihres Collegiums (Hrn. Schröders). Sie pflegen dies mit einer Art zu thun, die nicht gradezu sagt, daß sie von uns Bestättigung erbitten müssen; doch ist gewiß, daß, wenn man wichtige Einwürfe gegen die Wahl hätte, diese nicht würde Statt haben können.

den 7. wohnte ich der Ueberlieferung des Waisenhauses[130] nebst dem Inventarium an einen andern Diaconus bey. Sonst geht die Wahl immer nur im Sommer vor sich; hier trat ein, übrigens unbedeutender Umstand ein. Es finden sich in den Acten Spuren, daß die Diaconi ihr Ansehn ungebührlich zu erweitern gesucht hätten. – Ich habe bey dieser Gelegenheit alle Rechte des Königl. Dienstes gewahrt; aber – das gestehe ich, Männer, die das Geld hergeben und ihre Kräfte verwenden, sollte man schonen und ihnen auch einigen freyen Willen, einige Ehre, zum Preis ihrer Arbeit lassen.

den 9. war der Convent der Diaconorum. Ich wurde durch Krankheit abgehalten, dabey zu präsidiren.

den 13. schickte ich einen Bericht[131] ab, in welchem ich im Allgemeinen Rechenschaft von dem Anfange meiner Dienst-Verrichtungen gab und einige Vorschläge in Rücksicht auf Schul und Kirchenwesen that.

den 16. überraschte ich unerwartet die Convictoristen[132] am Tische, um zu sehen, theils ob sie gut gespeist werden, theils ob sie sich anständig betragen.

... Communication eines Steckbriefs aus Stade.

[128] *Steckbrief:* Knigge erhielt aus Stade regelmäßig Steckbriefe, mit denen flüchtige Missetäter gesucht wurden.

[129] *Diaconi:* Zu den Aufgaben der Diakone von St. Petri gehörten u.a. die Verwaltung des Waisenhauses, die Verwaltung und Aufsicht der Armen- und Freischulen sowie die Versorgung und Unterstützung der Armen und Bedürftigen. Bei dem neuen Mitglied der Diakonie handelte es sich um den Bankier und Kaufmann Peter Daniel Schröder, Kompagnon von Johann Schröder, Langenstr. (Adreßbuch 1794).

[130] *Waisenhaus:* Zu Knigges Aufgaben gehörte auch die Aufsicht über die Verwaltung des Waisenhauses. Das neue Gebäude, das allgemein als vorbildlich galt, wurde 1783–85 unmittelbar neben dem Dom am Domshof erbaut. Es wurde 1902 für den Bau der Bremer Bank abgerissen. Das Sandsteinportal ist erhalten geblieben und befindet sich heute am Eingang der Stader Str. 35.

[131] *Bericht:* Siehe dazu den Brief Knigges nach Stade vom 13. Jan. 1791.

[132] *Convictoristen:* Mitglieder des Konvikts der Domschule.

*Die erste Seite des Bremer Diensttagebuches, 1790*

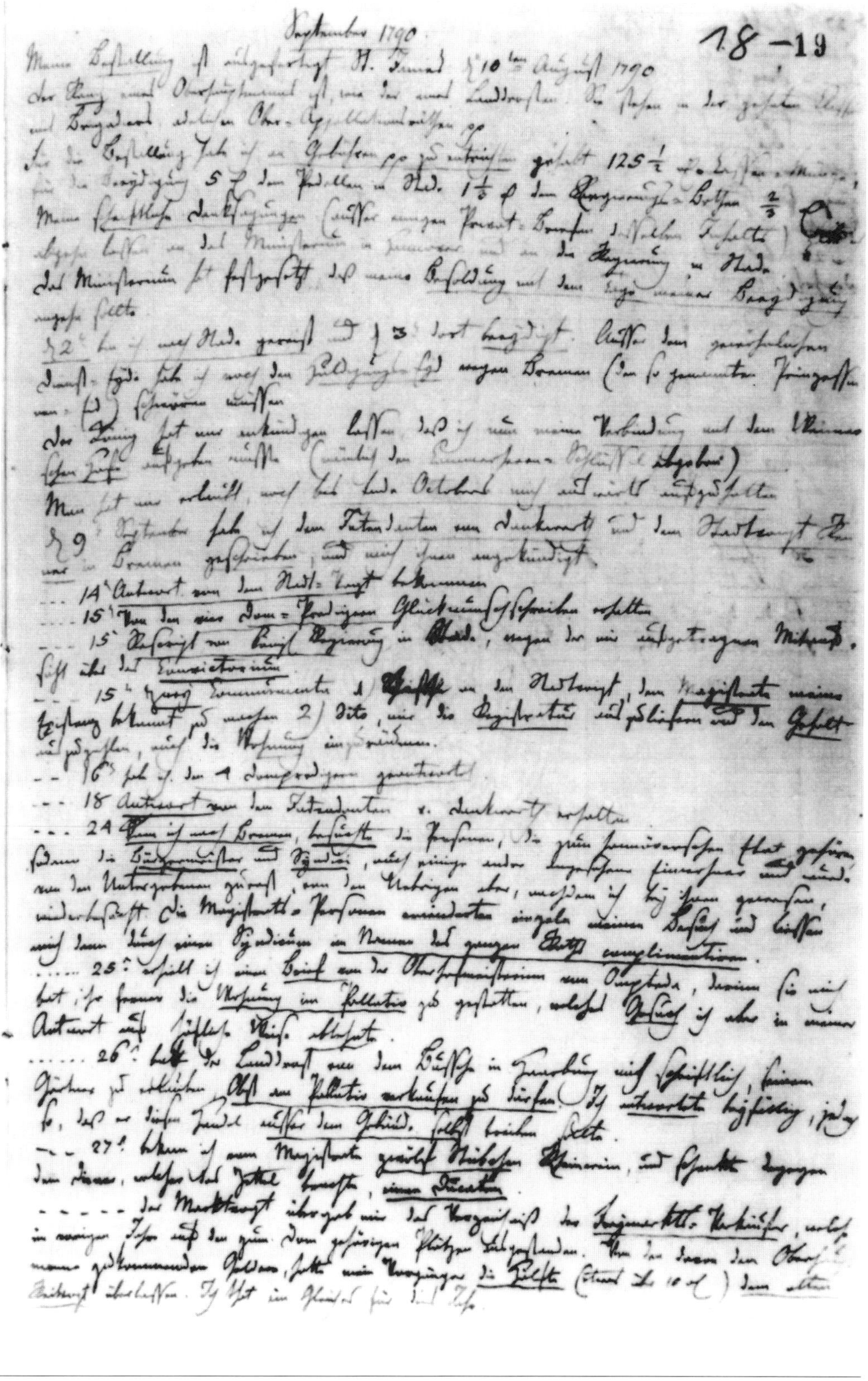

den 20. Bey dem Ministerio in Hannover um die Briefpost-Freyheit angehalten.
den 22. Eine lutherische Privat-Schule visitirt.
den 23. Befehl aus Stade, dem Cantor Magister Müller[133] einen Verweis wegen der letzten Weihnachtskirchen-Music zu geben und ihn künftig an die Censur zu verweisen.
... dito. Mein Vorschlag wegen des Athenäi[134] genehmigt.
... dito. Genehmigung wegen Verschliessung der Kirche ausser dem Gottesdienste.
... dito. Genehmigung wegen der Bibliothek.
... dito. Genehmigung wegen Reinhaltung des Dom-Umgangs.
den 24. ließ ich ein Circular an die Dom-Prediger herumlaufen, in welchem ich sie bat, nunmehro für Ausübung dessen, was die Regierung gutgefunden, zu sorgen.
... Auf Befehl der Regierung den Magister Müller gemeinschaftlich mit dem Herrn Consistorialrathe den Verweis und die Weisung gegeben.

## Februar

den 1. Theilte mir der Stadtvoigt, auf Befehl der Regierung, die Acten: die Reinhaltung des Dom-Umgangs betreffend, mit.
den 2. gab ich mein Gutachten darüber.
den 6. ließ ich ein Placat wegen künftiger Einrichtungen in der Dom-Kirche an den Kirch-Thüren anschlagen.
... empfieng ich den Trauerbrief wegen Absterbens des General-Superint[endenten] Pratje.[135]
den 13. Bericht an die Regierung in Ansehung der Verlegung des Athenäi.
... dito einiger Gegenstände, die Dom-Schule betreffend.
... dito der Nothwendigkeit, den Schulmeister Buschmann abzusetzen.
... dito ... der Verfügungen wegen Reinhaltung pp. des Doms.
... dito ... eines vom Ministerio dem Oberamtmanne gegebenen Auftrags, der eigentlich für mich gehört.
den 22. gab mir der Magistrat den großen Ehrenschmaus auf der Börse.[136] Die dabey üblichen Cäremonien erfährt man leicht von einem Mitgliede des Magistrats. Trinkgeld habe ich gegeben: den Mägden 1 Rthl. 24 Grote[137], und dem, welcher mir beym Weggehn leuchtete, 36 Grote.
den 24. gemeinschaftlich mit dem Consistorialrathe Rieffestahl Bericht an die Regierung, daß der SchulMeister Buschmann gestorben wäre und wir nun Rautenberg zu dieser Stelle vorschlügen.
... Ein Rescript von der Regierung empfangen, in eben dieser Angelegenheit Antwort auf meinen Antrag vom 13.

## März

den 3. Bericht an die Regierung in Stade, wegen Verwandlung des Convictorii in ein Geld-Stipendium.
dito ... wegen der Unordnung, in welcher ich meine Registratur gefunden habe.
den 7. wurde mir ein mir dedicirtes Buch: Ueber die Beichte der Lutheraner[138] überreicht, und ich aufgefordert, die Privat-Beichte in Bremen abschaffen zu helfen. Was für Schritte ich darauf gethan habe, weist die Folge dieses Tagebuchs aus.
den 10. habe ich darüber den ersten Bericht an die Regierung in Stade erstattet.
... vom Ministerio in Hannover Befehl erhalten, über die oben erwähnten, dem Ober-Amtmann aufgegebnen Puncte zu berichten.
den 12. abschlägige Antwort vom Ministerio, wegen gesuchter Post-Freyheit.
... Befehl aus Stade in Ansehung des Convictorii.
... dito in Ansehung des Dom-Umgangs.

---

133 *Magister Müller:* Wilhelm Christian Müller (1752–1831) war seit 1784 Domkantor und leitete außerdem ein privates Erziehungsinstitut, dessen Lerninhalte sich an der fortschrittlichsten Pädagogik jener Zeit orientierten (Basedow) und vor allem die Grundlagen für den Kaufmannsberuf legten. Müller machte sich – wie ja auch Knigge – besonders um das Musikleben Bremens verdient. Mit dem Domorganisten Rauschelbach jedoch war Müller regelrecht verfeindet, was mehrere Male zu heftigen Auseinandersetzungen führte, die Knigge immer wieder schlichten mußte (Dazu Wellmann, Brem. Jb. 25, S. 55 ff).

134 *Athenäum:* Bezeichnung für die seit 1681 der Domschule angegliederte Akademie (höhere Schule), vergleichbar mit dem stadtbremischen Gymnasium illustre. Rektor war seit 1781 Johann Ludwig Ummius.

135 *Pratje:* Johann Hinrich Pratje (1710–1791) war seit 1749 General-Superintendent in Stade. Er hinterließ ein umfangreiches literarisches Werk. Pratje war zuständig für den Konsistorialbezirk Bremen-Verden.

136 *Börse:* Das Gebäude der Börse befand sich neben dem Rathaus auf dem Platz südlich der Kirche Unser Lieben Frauen, der heute unbebaut ist. Die Börse wurde 1685–1695 errichtet, 1733–1738 um ein Stockwerk erhöht, nach einem Brand 1888 stark beschädigt und danach abgebrochen. Die Räumlichkeiten dienten vielerlei Zwecken, sie wurden unter anderem, wie dem Tagebuch zu entnehmen ist, für Festessen genutzt.

137 1 Reichstaler = 72 Grote.

138 *Beichte der Lutheraner:* »Die Beichte der Lutheraner. Eine Erörterung, über deren unzulässigen Gebrauch in der protestantischen Kirche. Mit Gründen der Vernunft und Stellen verschiedener Gottesgelehrten bewiesen. Bey Veranlassung der bis jetzt in Bremen gemachten Versuche: stat oder neben der Privat- auch die allgemeine Beichte einzuführen. Dem Freyherrn Knigge königlichen und churfürstl. Oberhauptmann in Bremen, zugeeignet. 1791.« Diese Erörterung wurde Knigge nebst einer Petition von Kaufmann Grovermann übergeben (StA Bremen: 6,27-III.a.11.).

... Abgang meines ausführlichen Bericht nebst Anlagen: die Einführung der allgemeinen Beichte im Dom betreffend.
... Bewilligung meines Vorschlags von Stade, daß Rautenberg die Doms-Neben-Schulmeisters-Stelle erhalten sollte.
den 18. eröfnete ich eine Subscription zu Errichtung einer Witwen-Casse[139] für die Schullehrer.
den 20. Bericht an die Regierung in Stade über diesen Punct.
... dito über Verwandlung des Freytisches im Convictorio in ein Stipendium.
den 22. folgte ich zu Fuße der Leiche eines unsrer Waisenknaben.
den 24. Antwort von Stade erhalten wegen vorläufiger Verfügungen in Ansehung der Beicht-Angelegenheit.
... einen Steckbrief vom Hofgerichte in Stade.
den 31. den erforderten Bericht nach Hannover (wegen Commerz-Sachen pp.) erstattet.
... Copia davon nach Stade geschickt.
... Bericht nach Stade wegen des Dom-Umgangs.
... Empfangen Antwort von Stade wegen des Convictoriums.
... wegen der Schullehrer-Witwencasse.

## Aprill

den 10. empfangen eine gedruckte Verordnung.
den 12. dem Convente der Diacon. ... im Waisenhause beygewohnt.
den 18. der Schiffer Berend Meyerdirks war wegen Holz-Zoll-Defraudation in große Strafe condemnirt worden.[140] Er bat um ein Vorwort in Hannover, zu Erlassung der Strafe. Ich schrieb, um genauer unterrichtet zu werden, an den Amtmann Scharf in Osterholz.
den 23. erhielt ich Antwort von daher.

## May

den 2. Ein Rescript von Stade: die Verwilligung einer Stelle im Convictorio betreffend.
Da ich die Erlaubniß zu haben wünschte, das von meinem Brunnen ablaufende Wasser, welches bis dahin in den Garten geflossen war, durch den Hof des Neben-Gebäudes, welches unter der Intendantur steht, zu leiten; so wendete ich mich desfalls an den Oberamtmann, welcher nichts dagegen hatte, dem ich aber versprechen musste, den ehemals von der Witwe Koch genommenen Revers[141] wegen Mitgebrauch des Brunnens zurückzugeben. Der Oberamtmann behauptet, das Haus sey in einer länger als 50jährigen Possession, das Wasser aus dem Hofe des Pallatiums zu holen, welches ich dahin gestellt seyn lasse, jedoch den Revers zurückgegeben habe. (Siehe Dezember voriges Jahrs)
den 21. nach Dungen gereist, um dort die Niederbührer Weiden-Bricken[142] auszutheilen. Ich bekam dafür 20 Rthl. ⅔ St. mein Bedienter aber 2 Bricken, die er für 4⅔ Rthl. an Gelde verkaufte. Die Bauern müssen den Oberhauptmann mit ihren Pferden abholen.
den 28. meldete sich ein Schulmeister, aus Braunschweig empfohlen, zu der, durch Rautenbergs Beförderung erledigten Stelle.
den 30. bat mich der Schreibmeister Furchert inständigst, ihn doch an der Schullehrer-Witwen-Cassa mit Antheil nehmen zu lassen. Ich wagte es nicht, für mich darüber etwas zu bestimmen, wies ihn aber an Königl. Regierung.

## Junius

den 1. kamen abermals Deputirte von der Dom-Gemeine, um ihr Gesuch wegen der Beichte in Erinnerung zu bringen. Ich verwies sie an Königl. Regierung, woselbst die Sache liegt.
den 2. erhielt ich eine Bittschrift von eben diesen Leuten.
... schrieb ich wegen dieser Angelegenheit und wegen Furchert an d Hrn. GHR [Geheimrat] von Ende.
den 4. erhielt ich von Furchert eine schriftliche Supplic wegen der Witwencasse.

---

139 *Witwen-Casse:* Die Gründung der Lehrer-Witwenkasse ging auf eine Initiative Knigges zurück. Die Einrichtung wurde u.a. auch mit den Einnahmen aus dem Gesellschaftstheater finanziert. Knigge berichtete am 2. Nov. 1793 nach Stade: »...daß es mir endlich gelungen ist, die Mitglieder des ehemaligen Gesellschafts-Theaters zu bewegen, den ganzen Ueberrest ihrer ersparten Gelder der Schullehrer-Witwenkasse zu schenken. Es beträgt dieser Beytrag [...] über 530 Rtl.« (StA Bremen: 6,27-VI.q.13.).

140 *Defraudation ... condemnirt:* Wegen Unterschlagung bestraft worden. Der Schiffer hatte also versucht, die in Bremen erhobene Konsumtionssteuer zu umgehen.

141 *Revers:* Verpflichtung.

142 *Niederbührer Weiden-Bricken:* Die Benutzung der Weideflächen war so geregelt, daß den Bewohnern der dortigen Dorfschaften je nach Größe des Grundbesitzes eine Weide (Flächenmaß) oder ein »Bricken«, d.h. ein kleines viereckiges Brett mit eingebranntem Bremer Schlüssel und der betreffenden Jahreszahl, zugeteilt wurde. Diese »Bricken« wurden den Rindern zur Kennzeichnung um den Hals gehängt. Die Verteilung fand alljährlich im Frühjahr in Dunge bei einem Festessen, der sog. »Brickenmahlzeit« statt. (Vgl. Heinrich Hoops: Geschichte der Gemeinden Gramke und Büren im Gebiet Bremen. Bremen 1905 [Nachdruck 1986], S. 26 f.).

den 21. Befehl von der Regierung, wegen Umschaffung des Convictoriums.
den 25. Zwey Befehle wegen Verwilligung zweyer Stellen im Convictorio.
... Justiz-Canzelley in Stade Steckbrief.
den 26. der Einführung eines Diaconi[143] in der Sacristey der Domkirche beygewohnt. Während der Anwesenheit d Hn. Geheimraths von Ende viel Dienst-Geschäfte mündlich abgethan.

## Julius

den 12. Convent im Waisenhause.
den 23. Befehl von der Regierung wegen Besetzung der Marktvogts-Stelle pp.
den 24. Privat-Schreiben vom HGh Rath von Ende, darinn einige Anfragen und Gesuche beantwortet und mit Bescheid versehn wurden, als: des Richters Schöne unstatthaftes Gesuch wegen Besitz der Insel[144] bey der Pauliner Marsch; des Notars v. Einem[145] unbillige Forderung eines Gehalts, dessen er sich selbst ohnlängst begeben hatte, und der Pastorinn Minder Bitte um ein Stipendium für ihren Sohn und eine Pension für sie, womit es noch Anstand haben muß.
... dem Magister Müller Urlaub gegeben; noch acht Tage, nach Endigung der Ferien, auszubleiben.

## August

den 2. der Leiche eines Waisenkindes gefolgt.
den 7. Befehl von der Regierung, daß nunmehro die allgemeine Beichte eingeführt werden soll.
den 8. Schrieb ich desfalls ein Circular an die Dom-Prediger und ließ, dem Befehle gemäß, die Deputirten der Gemeine zu mir kommen.
den 10. Brief vom Magister Müller, darinn er um Verlängrung seines Urlaubs auf einige Tage bat.
deb 13. Antwort von den Predigern wegen der Beichte erhalten.
den 14. Einen Privat-Bericht an den Hrn. Gh.Rath von Ende über die Einführung der allgemeinen Beichte abgeschickt.
... Zweytes Circular an die Prediger in dieser Angelegenheit.
... Circular und Einladung an die von mir ernannten Abgeordneten der Gemeine.
den 15. Antwort erhalten von den Dom-Predigern.
den 16. dito von den Deputirten.
den 19. An die Prediger
den 19. An die Deputirten.
den 20. versammelte ich bey mir die 4 Dom-Prediger und 5 angesehene Männer der Gemeine, mit welchen gemeinschaftlich ich den Entwurf zu dem Regulative wegen Einführung der allgemeinen Beichte machte.
den 21. meinen Bericht darüber nach Stade fortgeschickt.
den 22. Die Nachricht an die Gemeine wegen Einführung pp. aufgesetzt und den Deputirten zugeschickt.
... kam abermals ein Abgeordneter der Gemeine an mich, mit dem in den Acten zu lesenden Antrage.
den 23. kam der Pastor Nicolai, mit der Nachricht, die gleichfalls in den Acten sich befindet.
den 29. kamen 6 Deputirte der Gemeine, um zu melden, daß nun alles so abgeschlossen wäre mit den Herrn Predigern, wie die gedruckte Nachricht besagt und mir zugleich ihren Dank abzustatten.
den 31. Bericht hierüber an Königl. Regierung in Stade.

## September

den 4. Bericht nach Stade in Ansehung der Dienst-Verrichtungen des Organisten, Küsters p. bey der allgemeinen Vorbereitung.
den 7. Antwort von der Regierung auf meinen Bericht vom 31.
den 14. dito auf meinen Bericht vom 4.
den 22. Bericht an die Regierung wegen 2 Suppliquen und Freytisch-Stipendien
... wohnte ich der gewöhnlichen halbjährigen Censur im Athenäo bey.
den 24. Einen Steckbrief aus Stade mitgetheilt erhalten.

## October

den 2. Rescript von der Regierung Ertheilung 3er Freytisch-Stipendien-Stellen.
... Bericht an die Regierung, Fischerey in Mittelbühren betreffend.
den 10., 11. und 12. Morgens und Nachmittags dem Schul-Examen beygewohnt.
den 11. Antwort von der Regierung auf meinen Bericht vom 2. die Fischerey betreffend.

---

143 *Einführung eines Diaconi:* Johann Abraham Runge wohnte in der Langenstraße, war Kaufmann und handelte mit Laken.

144 *Insel:* Über die in der Weser gelegenen Inseln und Sandbänke gab es häufig Streit zwischen Hannover und Bremen wegen ungeklärter Zuständigkeit (Vgl. Heineken, S. 54 f.).

145 *Notars v. Einem:* Die Notarii oder Sekretäre führten das Protokoll in Angelegenheiten, die die gutsherrlichen Befugnisse betrafen. Johann Heinrich Christian von Einem übte das Amt von 1783 bis 1803 aus, danach verwaltete er das Kirchengut der Domkirche unter Aufsicht der Bauherren.

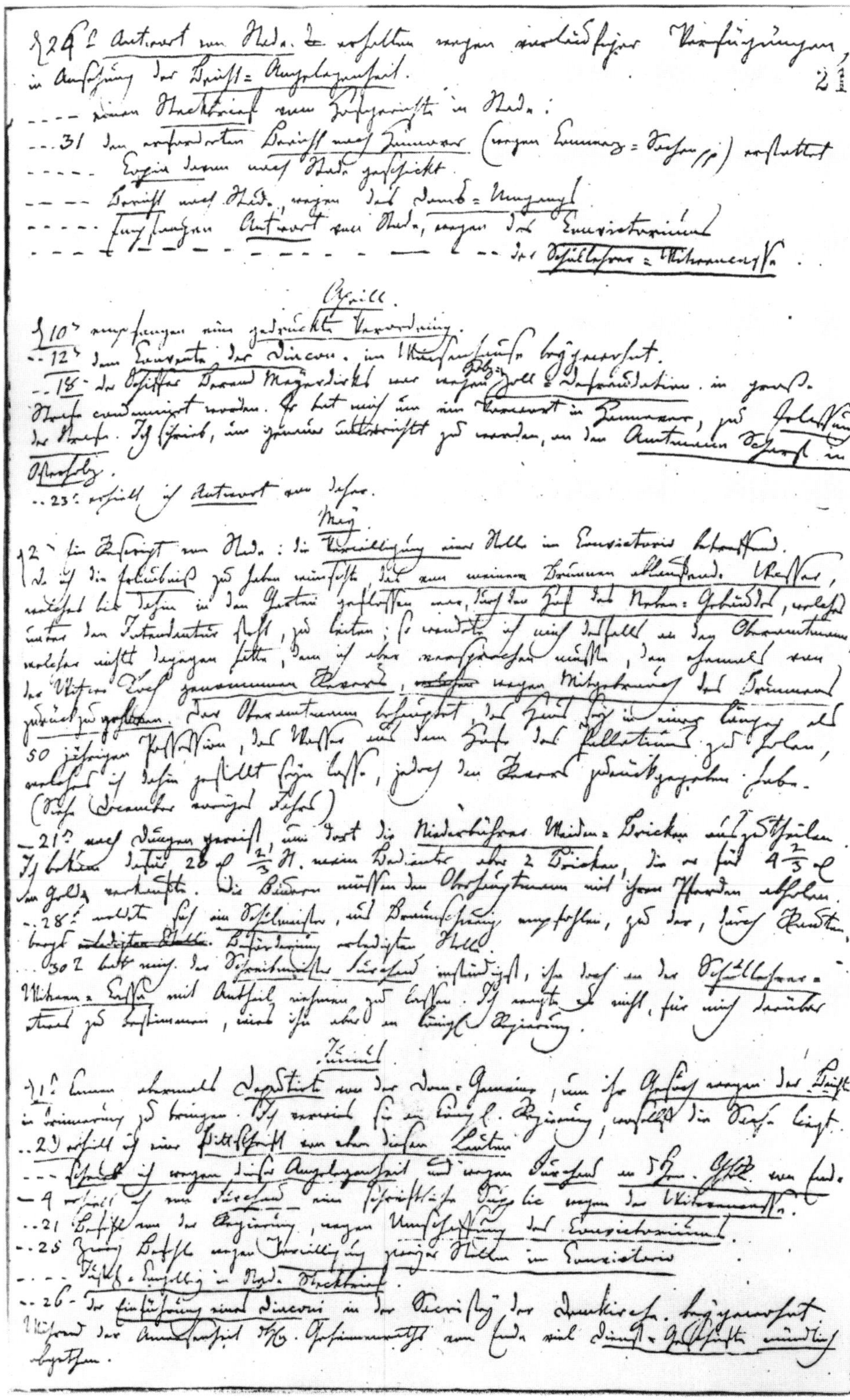

*Seite aus dem Bremer Diensttagebuch mit den Einträgen ab 24. März 1791*

den 14. Lief bei mir die Klage ein, darüber: daß der Sohn eines von den Kirchendienern Schneider-Böhnhaserey[146] triebe. Ich ließ dem Vater andeuten, sich dessen zu enthalten.

den 19. Während des Freymarkts nahm ich Miethe für die jährige Beherbergung der Buden im Pallatio (à Bude 48 Gr.) 4⅔ Rthl. ein.

den 19. Ein Seiltänzer bat mich um die Erlaubniß, seine Bude auf dem Domshofe aufschlagen zu dürfen, und erhielt sie. Er verschwieg mir, daß der Präsident ihm die Erlaubniß, seine Künste zu zeigen, verweigert habe. Als ich dies erfuhr, fuhr ich zu dem Präsidenten und bat um Entschuldigung, daß ich durch den eingeräumten Platz Gelegenheit zu Mishelligkeiten hätte geben können, und nahm meine Verwilligung zurück, um so mehr, da, den Vergleichen nach, der Domshof ein befriedeter Platz sein muß.

... Da nach der neuen Einrichtung des Armen-Instituts[147] keine Kinder über 8 Jahre alt in den Freyschulen aufgenommen werden sollen; so baten mich die Mitglieder der Doms-Gemeine per deputatos, mich dahin für sie zu verwenden, daß ihnen erlaubt würde, noch mehr lutherische Freyschulen anzulegen, weswegen ich denn den Präsidenten Köhne[148] angieng, welcher die Sache der Witheit[149] vorzutragen versprach.

... Der Jude Gans aus Zelle bat mich um Schutz, damit ihm nicht zu viel Abgaben für das Ausstehn auf dem Freymarkte abgefordert würden. Ich verwendete mich für ihn, und er wurde zufriedengestellt.

den 27. war Promotion und Preis-Austheilung auf der Schule.

den 28. Für die auf dem Domshofe zum Freymarkte vermiethete Plätze habe ich eingenommen 19 Rthl. 48 Gr., wovon ich abermals dem Reitvogte die Hälfte geschenkt habe.

... Bey Gelegenheit der Promotion auf der Schule weigerte sich der Organist[150], auf Anweisung des Magisters und Cantors Müller, die Violine mitzuspielen. Schuldigkeit ist es freylich nicht, aber vieljährige Gewohnheit. Sie hatten sich grade gezankt. Ich that nicht, als wüsste ich etwas davon. In künftigem Jahre sind sie vielleicht einiger.

... Der Oberamtmann v. Dankwerth[151] starb. Die Versieglung besorgte der Amtschreiber aus Achim.

## November

den 4. Die Regierung in Oldenburg bediente sich unter der Hand meiner Intercession, um zu bewürken, daß der hiesige Magistrat den hier veranstalteten Nachdruck des oldenburgischen Gesangbuchs hinderte.

den 10. Bericht an die Regierung in St[ade] wegen Bezahlung der Music-Unkosten bey der Schul-Promotion.

den 16. Beyfällige Antwort von der Regierung auf diesen Bericht.

den 27. An die Regierung in St[ade] wegen des Schullehrers Rautenberg, um Erlaß der Hausmiethe p.

... Steckbrief von Stade.

## December

den 1. Dem Convente im Waisenhause beygewohnt, wo von Anlegung neuer Armen-Schulen gehandelt wurde.

den 7. Antwort von der Regierung auf meinen Bericht vom 27. wegen Rautenberg.

den 25. ... vom 2. October wegen Fischerey.
Streit unter den Schullehrern; Klage von Dienstbothen gegen Schullehrer – das mehrste gütlich beygelegt.

den 29. Bericht nach Stade, wegen eines Streits zwischen dem Doms-Organisten und Cantor.

## Januar 1792

den 1. Befehl von der Regierung in Stade wegen Ertheilung eines Freytisch-Stipendiums. Der Magistrat schickte den Consumtions-Freyzettel für dies Jahr; ich gab 48 Grote Trinkgeld.

den 3. Einführung eines neuen Diaconi Bredenkamp[152] an des verstorbnen Karsten Stelle.

---

146 *Böhnhaserey:* Betreiben eines Handwerks, ohne es zünftig erlernt und das Meisterrecht erlangt zu haben.

147 *Armen-Institut:* Bezeichnung für die 1778 begründete Organisation des Armenwesens in Bremen, die in den folgenden Jahren mehrfach verbessert wurde, zuletzt 1791.

148 *Präsident Köhne:* Der präsidierende Bürgermeister Heinrich Köhnen.

149 *Wittheit:* Bezeichnung für das Plenum des Rats, der in vier »Quartiere« eingeteilt war, zu denen je ein Bürgermeister und sechs Ratsherren zählten.

150 *Organist:* Der Organist Theodor Justus Rauschelbach (1755–1813) weigerte sich trotz Aufforderung des Domkantors Müller mitzuspielen und beklagte sich über dessen Herrschsucht (Wellmann, Brem. Jb. 25, S. 55.).

151 *Oberamtmann von Dankwerth:* Johann Christian von Dankwerth (geb. 1717) war 1747–1791 hannoverscher Intendant und zugleich Oberamtmann zu Achim. Sein Nachfolger wurde Johann Caspar Theodor Olbers, ein Bruder des Arztes und Astronomen Wilhelm Olbers.

152 *Diacon Bredenkamp:* Conrad Justus Bredenkamp (er führte eine Linnenhandlung in der Langenstraße) wurde Nachfolger des verstorbenen Diakons Friedrich Carstens.

den 5. Bericht an die Regierung wegen Errichtung neuer Armenschulen
... der Fischerey in Mittelbühren.
... über die Dom-Gemeine von vorigem Jahr (Extract aus den Kirchenbüchern).
den 8. Befehl von der Regierung, die Streitigkeit zwischen Cantor und Organist betreffend.
den 19. An die Regierung, den Notarius von Einem betreffend.
den 22. Von derselben Antwort auf meinen Bericht wegen der Freyschulen.
den 27. Circular an die Domprediger wegen der Collecte für den Organisten.
den 29. Steckbrief von der Justitz-Canzelley in Stade.

**Februar**

den 13. Die Sammlung für die Witwencasse der Schullehrer kam ein und betrug 425 Rthl.
den 15. Steckbrief aus Stade mitgetheilt erhalten.
den 16. Bericht an die Regierung wegen der Schulwitwencasse.
den 25. Convent im Waisenhause.
den 26. Dem englischen Consul erlaubt, in meinen Kirchstuhl zu gehn.

**März**

den 4. Bericht an die Regierung Schul-Witwencasse betreffend.
den 9. Censur im Athenäo gehalten.
den 14. Befehl von der Regierung wegen Witwencasse.
den 18. kam in der halbjährigen Waisenhaus-Collecte ein: 1067 Rthl. 41 Grote.
den 21. Streit zwischen dem Cantor und Concertmeister gütlich beygelegt.
... Steckbrief von Stade.
... Der Magistrat ließ mich unter der Hand bitten, wegen der Trauer um den Kaiser[153] das Comödien-Spielen in der Dom-Schule einzustellen, welches ich abschlug, da wir keine tiefe Trauer haben und uns die Einrichtung der Reichsstadt Bremen darüber nichts angeht. Allein darin gab ich nach, daß ich die Comödie nicht in der öffentlichen Zeitung[154] anzukündigen versprach.
den 28. Von der Regierung Ertheilung eines Freitisch-Stipendiums.

**April**

Den 5. Der Verordnung der Regierung in Ansehung des Freytisch-Stipendiums gemäß, einen Convent der 3 obersten Lehrer der Domschule veranstaltet, zu Untersuchung der halbjährigen Aufführung der bisherigen Stipendirten, um darnach das bey der Structur[155] einzureichende Attestat einzurichten.
... Neue Verdrießlichkeiten zwischen den Dompredigern und dem Küster, welcher den Geldkasten nach der allgemeinen Vorbereitung nicht in die Sacristey tragen wollte.
den 8. Befehl von der Regierung, Ertheilung eines Freytisch-Stipendiums
den 18. dito ... von drey ...
... Bericht ... über den Ungehorsam der Kirchenknechte.
den 27. Convent im Waisenhause.
den 29. Bericht an die Regierung; Witwencasse betreffend.
... Befehl wegen des Domküsters Weigerung, den Kasten in die Sacristey zu tragen.
... dito wegen Ungehorsam der Kirchenknechte.

**May**

den 3. An die Regierung Vorsprache zum Besten des Custos Hofmann, wegen eines Geschenks.
... dito wegen des Dom-Küsters und der Kirchenknechte.
... Ein Mädchen, welches in Hamburg einen Proceß hatte und von welcher war verlangt worden, daß sie ein Beystand stellen sollte, forderte durch ihren Advocaten, Dr. Willmanns, und erhielt von mir ein Attestat, daß sie als hannöversche Unterthaninn dessen nicht bedürfte.
den 9. wurden eilf Waisenkinder aufgenommen.
den 13. Befehl aus Stade wegen des Dom-Küsters.
... Confirmation der Schul-Lehrer-Witwen-Cassen Gesetze.
den 21. Bey der Regierung um Urlaub zu meiner Bad-Reise[156] angehalten.
den 22. Convent im Waisenhause.
den 26. Meine höchst schmerzhafte Krankheit hielt mich ab der Zusammenkunft zu Betreibung der Niederbührer Weide beyzuwohnen. Ich bat daher den Herrn Stadtvogt, meine Stelle zu vertreten, bekam aber die bestimmten 20 Rthl. ⅔ Stücke und mein Cammerdiener zwey Bricken, welche er für eine Pistole[157] verkaufte.
den 30. Verwilligung des Urlaubs von der Regierung erhalten.

[153] *Trauer um den Kaiser:* Leopold II. war am 1. März 1792 gestorben, sein Nachfolger wurde Franz II.

[154] *Öffentliche Zeitung:* Die »Bremer Wöchentlichen Nachrichten«.

[155] *Structur:* Verwaltung der Kirchengüter. Siehe Intendant.

[156] *Bad-Reise:* Knigge reiste vom 18. Juni bis 3. August 1792 nach Bad Nenndorf.

[157] *Pistole:* Nach dem Muster des französischen Louisdor geprägte deutsche Goldmünze im Wert von 5 Talern.

**Junius**

den 13. Wahl eines neuen Diaconus (Herr Meyer).[158]
den 17. desselben Einführung; in der Domkirche.
den 18. trat ich die Reise an, wozu ich mir Urlaub erbeten; da ich kränker zurückkam, wie ich ausgereist war, musste ich meinen Urlaub um 3 Tage überschreiten und kam erst, tödlich krank,

**August**

den 3. August nach Bremen zurück.
den 4. Verordnung und Ausschreiben, wegen aufrührerischer Schriften.[159]

**September**

den 2. Steckbrief von der Justitz-Canzelley.
... Befehl von der Regierung, wegen Ertheilung einiger Freytisch-Stipendien.
den 5. dito die von dem Magister Cantor Müller gegen Verordnung fortgesetzte Schul-Anstalt betreffend.[160]
den 14. Censur der Convictoristen in meinem Hause (halbjährige).
den 16. eine gedruckte Verordnung aus dem Ministerio erhalten.
den 27. Convent im Waisenhause.
den 30. Mein Gutachten zu Veränderung der Instruction für den Lehrer am Waisenhause gegeben.

**October**

den 1. Befehl von der Regierung an die Scholarchen, wegen Verbesserungen bey der Domschule und wegen des Magisters Institut.
den 2. diesen Befehl den Dom-Predigern mitgetheilt.
... Circular an die Dom-Schullehrer desfalls erlassen und Bericht von ihnen erfordert.[161]
den 4. besuchte ich das Waisenhaus und nachher die Dom-Schule
den 5. wurde der neue Schullehrer am Waisenhause daselbst von mir in Eid und Pflicht genommen.
den 7. Befehl von Königl. Regierung wegen Ertheilung eines Freytisch-Stipendiums.
den 15. und 16. dem Schul-Examen beygewohnt.
den 17. Kinder in das Waisenhaus aufgenommen.
den 29. Ein Steckbrief aus Stade.

**November**

den 1. Promotion auf der Schule.
... Für die auf dem Domplatze gestandenen Boutiken im Freymarkte habe ich erhalten 26 Rthl. 60 Gr., aber davon die Hälfte dem Reitvogte geschenkt. Für das an Madam Traub vermiethete untere Zimmer 30 Rthl., davon dem Reitvogt geschenkt 5 Rthl.
den 9. Convent im Waisenhause.
den 11. In der heutigen Waisenhaus-Collecte betrug die Einnahme 1125 Rthl. 16 Gr.
den 16. Der hundertjährigen Stiftungs-Feyer im Waisenhause beygewohnt.[162]

**December**

den 2. Bericht nach Stade, nebst Beylagen (Vorschläge der Schullehrer, um die Domschule wieder in Aufnahme zu bringen).
den 9. Befehl von der Regierung, wegen Ertheilung eines Freytisch-Stipendiums.
den 13. dito wegen Verbesserung der Domschule. Berichts-Erforderung.
... dito wegen Streits zwischen dem Cantor und Organisten.
den 17. schickte die Regierung die von den Schullehrern eingeschickten Aufsätze an die Scholarchen[163], zum Bericht.

---

158 *Diaconus:* Johann Matthias Meyer war Kaufmann und wohnte in der Langenstraße.

159 *Aufrührerische Schriften:* Der Erlaß erging von Hannover am 30. Mai 1792.

160 *Schul-Anstalt betreffend:* Da die Privatschulen für den Niedergang der Domschule verantwortlich gemacht wurden, mußte Müller 1790 sein Lehrinstitut aufgeben. Er tat dies allerdings nur der Form nach und verlegte seinen Unterricht in ein stadtbremisches Haus, wo die hannoversche Regierung keinen Zugriff hatte. Auch weitere Versuche, das Privatschulwesen einzudämmen, blieben erfolglos und veranlaßten Knigge, stattdessen den Unterricht der Domschule attraktiver zu gestalten. (Vgl. Wellmann, Brem. Jb. 23, S. 172–196).

161 *Circular an die Dom-Schullehrer:* Knigge richtete eine Rundfrage an die Lehrer mit der Aufforderung, ihre Ansichten über die Gründe der geringen Schülerzahl von 60 Schülern zu äußern. Er fragte, ob der Grund vielleicht in der Vermehrung der Privatschulen zu sehen sei. Außerdem sollten die Lehrer Verbesserungsvorschläge einbringen (Wegener, S. 141 f.). Anstoß dafür gab der »Befehl von der Regierung« am 1. Okt. 1792.

162 *Hundertjährige Stiftungs-Feyer:* Das genaue Datum war der 10. Nov. 1792.

163 *Scholarchen:* Knigge war Scholarch der ihm unterstehenden Schulen, zweiter Scholarch war Rieffestahl.

*Ansicht des Doms St. Petri. Kupferstich von Daniel Albrecht Ernsting, 1784. Links im Vordergrund das Palatium, der Dienstsitz Knigges, zwischen diesem und dem Dom ist das St.-Petri-Waisenhaus sichtbar*

... Erließ ich ein Monitorium an den Rector, wegen noch nicht eingesendeten Aufsatzes.[164] Er versprach, binnen 8 Tagen zu liefern.

den 21. war Convent im Waisenhause. Krankheit verhinderte mich, gegenwärtig zu seyn.

... Des Magisters und Cantors Müller Text zur Kirchenmusic für das Fest censirt.

den 23. An die Regierung. Vorsprache um ein Geschenk für den Custos Hoffmann.

den 30. Von der Regierung. Verwilligung eines Geschenks von 30 Rtlr. für den Custos Hoffmann.

den 31. Den Consumtions-Freyzettel erhalten. 48 Grote Trinkgeld gegeben.

## Januar 1793

den 2. Wahl eines neuen Diaconi Polmann.[165]

den 3. An die Regierung den Extract aus den Kirchenbüchern eingeschickt.

... Bericht wegen Streit des Cantors mit dem Organisten.

den 6. Einführung des neuen Diaconus Polemann.

den 13. Resolution von der Regierung wegen des Streits zwischen Cantor und Organisten.

den 20. Ausführlicher Bericht an die Regierung, Verbesserungen des hiesigen Schulwesens betreffend.

den 29. Zwey Bescheinigungen ausgefertigt; für den Pförtner am Waisenhause Flentje [?] und den Kirchenknecht Rullmann am Dom, daß sie Krankheits halber nicht dem Befehle gemäß, der an alle Invaliden ergangen, erscheinen können.

den 30. Befehl von der Regierung, Schul-Verbesserung betreffend.

---

164 *Monitorium an den Rector:* Knigge ermahnte Rector Ummius, seinen Bericht betr. Verbesserungsvorschläge abzuliefern.

165 *Diacon Polmann:* Wilhelm Gottfried Pol(e)mann war Kaufmann und wohnte bei St. Martini.

**Februar**

den 11. Bericht an die Regierung, Schul-Verbesserungen betreffend.
den 15. Convent im Waisenhause, dem ich, wegen Kränklichkeit, nicht beygewohnt.

**März**

den 7. Censur über die Convictoristen und Ausfertigung des halbjährigen Attestats von den Scholarchen.
den 10. in der Waisenhaus-Collecte kam heute ein 1093 Rthl. 12 Grote.
den 14. Censur über die Studenten im Athenäo.

**April**

den 7. Steckbrief aus Stade.
den 9. Wurde Gutsherrn-Convent auf der Klocke[166] gehalten, wobey ich präsidirte. Ueber das Vorgefallne spricht das abgehaltene Protocoll.
den 20. Befehl vom Ministerio an mich, den Stadtvogt und Intendanten, auf den verbothenen Handel nach Frankreich Acht zu geben.[167]
... Ein Steckbrief aus Stade.
den 23. Bey Beerdigung eines Waisenkindes der Leiche gefolgt.
den 25. Bericht an das Ministerium, Handel nach Frankreich betreffend und Titulatur.
... an die Regierung in Stade Abschrift davon.
... lief eine Klage bey mir ein: die Stadt-Accise von durchgeführten Leinsamen betreffend, worüber ich ein Protocoll aufgenommen.

**May**

den 1. Promemoria vom Notarius von Einem, die Aufstellung besserer Deichrollen betreffend.
den 8. Antwort vom Ministerio; Titulatur betreffend.
den 14. Convent im Waisenhause, dem ich nicht beywohnen konnte.
den 25. nach Dungen, um die Geschäfte wegen Betreibung der Niederbührer Weide zu besorgen. Den Bauern, welche mich hinfahren, und denen, welche mich zurückführen, pflege ich jedesmal, 18 bis 24, auch wohl 30 Grote Trinkgeld zu geben.
den 28. Einen reisenden Kaufmann einen Paß nach Hannover gegeben.
den 31. war Convent im Waisenhause, dem ich Krankheits halber nicht beywohnen konnte.

**Junius**

den 10. Zur Feyer des Geburtstags Seiner Majest[ät] den Rede-Uebungen in der Dom-Schule beygewohnt.[168]
den 12. Rescript von der Regierung in St[ade] an mich und die Inspektorn pp. des Waisenhauses (Ist dahin abgegeben).
den 16. An die Regierung. Bitte um Urlaub nach Hamburg.
den 18. Beerdigung zweyer Waisenkinder.
den 19. Wahl eines Diaconus.[169]
den 25. Zusammenkunft im Waisenhause, wegen Zehnt-Verpachtung, der ich Krankheits wegen nicht beywohnen konnte.
den 26. Von der Regierung den verlangten Urlaub.
den 28. Im Waisenhause der Ablieferung des Administrators Schröder an den H[errn] Pagenstecher beygewohnt.
den 30. Ein Waisenkind begraben.
... Abwesenheit. Reise nach Hamburg.

**Julius**

Viel Pässe ausgefertigt für Reisende, besonders für Kaufleute, die auf die Messe gehen. Ich habe nichts dafür bezahlt genommen, obgleich das nicht unbillig gewesen wäre.

**August**

den 1. Die Gemeinden Leeste und Wachendorf[170] baten um Nachrichten über den Zehnten daselbst. In meiner Registratur befand sich nichts davon, welches ich ihnen schriftlich zum Bescheid gab (siehe Acten).
den 10. ein Steckbrief aus Stade.
... Briefwechsel, meine Vorsprache bey dem hiesigen Magistrat, zu Besetzung der Agenten-Stelle in Han-

---

166 *Klocke:* Glocke: Wegen seiner achteckigen Form so genanntes Gebäude am St.-Petri-Dom.

167 *Verbotener Handel nach Frankreich:* Im Reichskrieg gegen das revolutionäre Frankreich forderten der Kaiser und die Fürsten des Niedersächsischen Kreises von den Hansestädten die Beachtung des Handelsverbots mit Frankreich. Bremen hatte daran wenig Interesse, entwickelte sich doch der Frankreichhandel jener Jahre zu einem äußerst lukrativen Geschäft.

168 *Rede-Uebungen beygewohnt:* Die Schülerreden waren diesmal sämtlich auf ein Lob des Handels abgestellt. Zugleich wurde von Ummius erstmals auf die bevorstehende Schulreform hingewiesen.

169 *Diaconus:* Gewählt wurde der Kaufmann Carl Hinrich Valentin Christiani. Er war Kompagnon von Schrage & Christiani, »Materialwaaren«, bei St. Martini (Adreßbuch 1794).

170 *Leeste und Wachendorf:* Südlich von Bremen gelegene Dörfer, die zum Amt Syke gehörten.

Ansicht des Domshofes. Kupferstich nach Anton Radl, 1822. Rechts im Bild das Stadthaus an der Stelle des früheren Palatiums

nover betreffend, findet sich bey den Acten.[171] Bey solchen Gelegenheiten ist Vorsicht nöthig, bis man weiß, welchen Mann das Ministerium gern haben mögte. Auch, um sich keiner abschlägigen Antwort auszusetzen.

den 19. Convent im Waisenhause.

... Der Prinz Ernst von Mecklenburg schickte mir seinen Adjutanten und ließ mich bitten, ihm von der Stadt Satisfaction wegen eines in das Zuchthaus gesetzten Soldaten von seinem Regimente zu verschaffen. Meine Antwort: ich könne mich ohne höheren Befehl nicht da hinein mischen.

[171] *Agenten-Stelle in Hannover:* Johann Carl Alberti, der als bremischer Agent (diplomatischer Vertreter) die Bremer Belange in Hannover vertrat, war am 31. Juli 1793 gestorben. Als sein Nachfolger wurde Johann Heinrich Anton Schär (Scheer) bestimmt, der sein Amt am 28. Okt. 1793 antrat.

[172] *Präsidenten:* Präsidierender Bürgermeister war Christian Abraham Heineken. Auch der Versuch, gemeinsam mit den Bremer Scholarchen gegen die Privatschulen vorzugehen, verlief schließlich erfolglos.

[173] *Regierungsrat v.d. Decken:* Claus von der Decken (1742–1826) stand an der Spitze der Regierung in Stade und war ab 1796 Staatsminister in Hannover.

## September

den 10. Befehl von der Regierung, die Abschaffung der Privat-Schul-Institute betreffend.

den 11. Billet desfalls an den Präsidenten[172] geschrieben.

den 17. Steckbrief von Stade.

den 18. Privatim an den Hrn. Reg. Rath v.d. Decken[173] geschrieben, zu Betreibung der Schul-Angelegenheiten.

den 26. Censur der Convictoristen, der ich beyzuwohnen durch Krankheit verhindert wurde.

... der Schullehrer-Witwen-Cassa verschaffte ich einen ansehnlichen Zuwachs durch das bey dem gesellschaftlichen Theater gesammelte Geld.

den 29. Rescript von der Regierung, Ertheilung eines Freytisch-Stipendii.

## October

den 8. Convent im Waisenhause.

den 14., 15. und 16. Examen in der Schule.

den 16. Billet vom Präsidenten, den präsentirten Schulmeister betreffend.
den 17. Mündliche Conferenz darüber mit dem Richter Oelrichs.[174]
den 21. Bericht an die Regierung desfalls; Klage über Ungebührlichkeit des Magistrats.[175]
... Steckbrief von Stade.
den 30. Resolution von der Regierung auf meinen Bericht vom 21.
den 31. Promotion auf der Schule.
... Das Budengeld im Freymarkte betrug 20 Rthl. 14 Gr., wovon ich 10 Rthl. 7 Gr. dem Reitvogte schenkte. Für das Hinstellen der Eymer im Palatio erhielt ich 9 Rthl. und für ein vermiethetes Zimmer 30 Rthl.

### November

den 4. Bericht an die Regierung wegen der neuen Frey-Schule von dem Stephens-Thore.
... der Privat-Schul-Institute.
... der Schullehrer-Witwencasse.
den 14. Von der Regierung, Witwencasse betreffend.
den 17. Die halbjährige Collecte für das Waisenhaus betrug diesmal 1060 Rthl. 58 Gr.
den 29. Convent im Waisenhause.
den 30. Steckbrief aus Stade.

### December

den 4. Von der Regierung General-Pardon für die Deserteurs mit Befehl, solchen affigiren zu lassen.
den 8. Steckbrief von Stade.
den 13. Convent im Waisenhause.
den 14. Steckbrief aus Stade.
... Billet an den D. und Senator Lampe[176], die Einschränkung der Privat-Schul-Institute betreffend.
den 15. Bericht an die Regierung in derselben Sache.
den 24. Rescript von der Regierung an das Waisenhaus. Liegt dort bey den Acten.
... Steckbrief von Stade.
den 28. Billet vom Richter Lampe, Privat-Schul-Instit[ute] betreffend.
... demselben geantwortet.
den 29. Bericht darüber an die Regierung erstattet.

### Januar 1794

den 12. Einen Taufschein attestirt.
den 13. Dem Kirchenknechte Rullmann ein Attestat ausgefertigt, zu Hebung seiner Invaliden-Pension.
... Bericht an die Regierung, einen Färber betreffend.
den 14. Befehl von der Regierung, die Beförderung einiger Lehrer bey der Domschule betreffend.
... dito.
den 17. Convent im Waisenhause.
den 19. Verordnung von Stade.
den 23. Bericht an die Regierung: Bitte um Resolution wegen des Neben-Schulmeisters (siehe oben, am 4. November).
... der Witwe Ratje abschlägige Antwort nach Wetzlar geschickt, weil sie verlangte, ich sollte ihren Proceß bey dem Magistrate durchsetzen und für ihren Bruder die Curatel übernehmen.
den 27. Bericht an die Regierung, Verordnung wegen der Lese-Gesellschaften, Censur pp. betreffend.[177]
den 28. Intercession für den jungen Willmanns, zu einem Stipendio.
den 30. Etat von der Schul-Witwen Casse eingeschikt, nachdem ich vorher die Rechnungen durchgesehn hatte.

### Februar

den 1. Von der Regierung wegen Besetzung des Neben-SchulMeister-Dienstes.
den 15./16./17. An die Regierungsräthe, Intercessionen für den Oberst Willmanns, der ein Stipendium für seinen Sohn verlangte, für Candidaten, die gern ihre Privat-

[174] *Richter Oelrichs:* Georg Oelrichs (1754–1809), Ratsherr und Richter in Bremen.

[175] *Ungebührlichkeit des Magistrats:* Nach dem Wittheitsprotokoll vom 16. Oktober 1793 weigerte sich der Bremer Senat, einen Schulmeister einer lutherischen »Heckschule« (Nebenschule für Kinder bis zu acht Jahren) auf bloßen Vorschlag des Oberhauptmanns zu akzeptieren.

[176] *Senator Lampe:* Heinrich Lampe (1746–1817) gehörte ebenfalls dem Rat an und war Richter in Bremen. Lampe war 1794 gemeinsam mit Bürgermeister Heineken für die Bremer Schulangelegenheiten zuständig.

[177] *Verordnung wegen der Lesegesellschaften (vom 19. Dezember 1793):* Knigge meldete am 27. Januar an die Regierung in Stade: »Der mir gnädig zugefertigten gedruckte Verordnung, die Lese-Gesellschaften und Bibliotheken betreffend, gemäß, habe ich sogleich von denjenigen Personen des königl. Etats, welche dergleichen Gesellschaften hatten, ein Verzeichniß der circulirenden Bücher eingefordert, worauf der Subrector [Bredenkamp] berichtet, daß er, sobald er diese Verordnung in der Zeitung gelesen, seine Lese-Gesellschaft an einen hiesigen Bürger, den Buchhändler Willmanns abgetreten habe, der Magister Müller hingegen das Verzeichniß eingereicht hat, welches ich hier unterthänig zu überweisen die Ehre habe und in welchem, so viel ich es einsehe, keine gefährliche Bücher enthalten sind. Mit dem vollkommensten Respect habe ich das Glück zu verharren pp.« (Zit. nach dem Konzept im StA Bremen: 6,23-XIV.b.)

Schul-Institute fortsetzen wollten, und für einen Fabricanten.

den 20. Von der Regierung, Verwilligung eines Freytisch-Stipendiums.

den 23. dito.

... Antwort auf den Bericht vom 13. Januar, Fabric-Sachen betreffend.

den 27. Bericht an die Regierung wegen des künftigen Neben-Schulmeisters.

**März**

den 2. Steckbrief von Stade.

den 4. Convent im Waisenhause.

den 7. Beerdigung eines Waisenkindes, der ich Krankheits halber nicht beywohnte.

den 10. Von der Regierung, den Neben-Schulmeister Cordes betreffend.

den 12. Aufnahme eines Kindes in das Waisenhaus.

den 12. Von der Regierung Antwort auf meine Intercession für den Färber Hagelsieb.

den 16. dito Ertheilung eines Freytisch-Stipendiums.

den 17. Convent im Waisenhause.

den 25. Durch Privat-Briefe nach Stade mich für den Doctor Fedden intercedirt, um ihm die Stelle als Richter in Lee [Leeste?] zu verschaffen.

den 30. Die halbjährige Waisenhaus-Collecte trug diesmal 1052 Rthl. 64 Gr.

... Brief vom Oberdeichgräfen Martens, die Anlegung einer Schleuse betreffend.

den 31. Circular desfalls an die Gutsherrn des Blocklandes umhergeschickt.

**Aprill**

den 2. Intercession in Stade für die Candidaten, wegen Fortsetzung ihrer Privat-Schulen, nachdem eine Deputation von zwey Bürgern bey mir gewesen war.

... Antwort an den Oberdeichgräfen Martens.

den 5. Abermaliger Brief von demselben.

den 6. An die Regierung einen Plan des Notarius von Einem, eine neue Deich-Vermessung betreffend, eingeschickt.

... Steckbrief von Stade.

den 9. Von der Regierung, Privat-Schul-Institute betreffend.

den 10. Censur der Stipendiaten und darüber ein Attestat ausgefertigt.

den 12. Steckbrief von Stade.

den 25. An den Oberdeichgräfen Martens geschrieben, wegen der Zusammenkunft auf der Glocke.

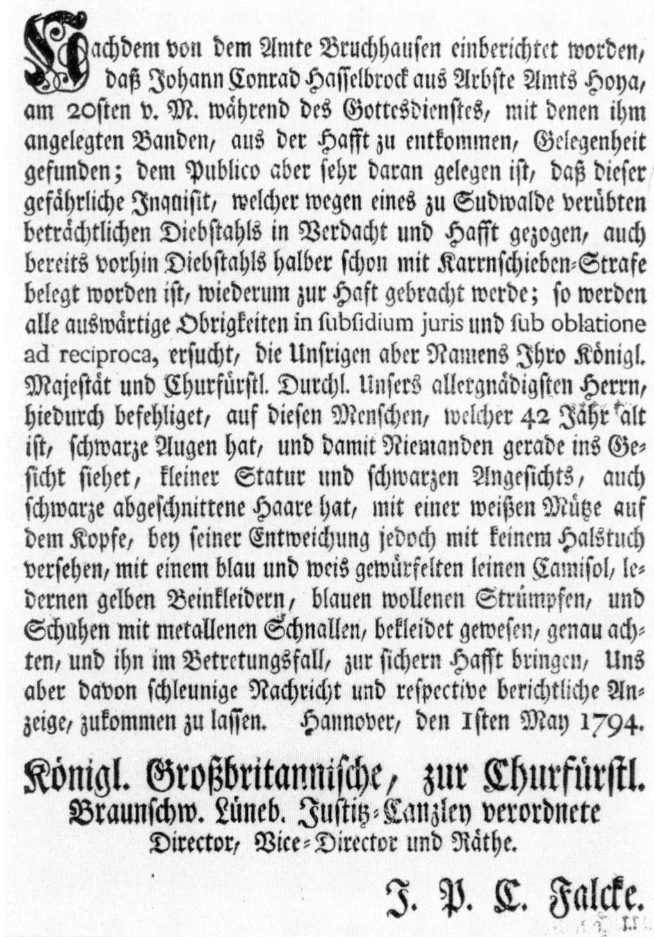

Nachdem von dem Amte Bruchhausen einberichtet worden, daß Johann Conrad Hasselbrock aus Arbste Amts Hoya, am 20sten v. M. während des Gottesdienstes, mit denen ihm angelegten Banden, aus der Hafft zu entkommen, Gelegenheit gefunden; dem Publico aber sehr daran gelegen ist, daß dieser gefährliche Inquisit, welcher wegen eines zu Sudwalde verübten beträchtlichen Diebstahls in Verdacht und Hafft gezogen, auch bereits vorhin Diebstahls halber schon mit Karrnschieben-Strafe belegt worden ist, wiederum zur Haft gebracht werde; so werden alle auswärtige Obrigkeiten in subsidium juris und sub oblatione ad reciproca, ersucht, die Unsrigen aber Namens Ihro Königl. Majestät und Churfürstl. Durchl. Unsers allergnädigsten Herrn, hiedurch befehliget, auf diesen Menschen, welcher 42 Jähr alt ist, schwarze Augen hat, und damit Niemanden gerade ins Gesicht siehet, kleiner Statur und schwarzen Angesichts, auch schwarze abgeschnittene Haare hat, mit einer weißen Mütze auf dem Kopfe, bey seiner Entweichung jedoch mit keinem Halstuch versehen, mit einem blau und weis gewürfelten leinen Camisol, ledernen gelben Beinkleidern, blauen wollenen Strümpfen, und Schuhen mit metallenen Schnallen, bekleidet gewesen, genau achten, und ihn im Betretungsfall, zur sichern Hafft bringen, Uns aber davon schleunige Nachricht und respective berichtliche Anzeige, zukommen zu lassen. Hannover, den 1sten May 1794.

Königl. Großbritannische, zur Churfürstl.
Braunschw. Lüneb. Justitz-Canzley verordnete
Director, Vice-Director und Räthe.

J. P. C. Falcke.

den 27. An die Regierung Intercession für den Custos Hoffmann.

... Von der Regierung, Schulsachen und wegen des Magisters Müller Privat-Schul-Instituts.

den 29. Convent der Blockländer Gutsherrn auf der Glocke unter meinem Präsidio.

**May**

den 4. Von der Regierung wegen Ablegung der alten Deichgräfen-Rechnungen.

den 11. an dieselbe eben dieser Sache wegen.

... wegen Privat-Schul-Institute.

... Steckbrief von Stade.

den 14. Reisete ich nach Dungen, um der Vertheilung der Bricken zur Niederbührer Weide beyzuwohnen.

*St.-Petri-Waisenhaus auf dem Domshof, 1836*

den 16. Billet an den präsidirenden Bürgermeister, wegen Besetzung einer kleinen Schule in der Neustadt.
den 21. wurden sechs Waisenkinder vorgestellt.
den 26. An die Regierung Bitte um Urlaub.[178]

**Junius**

den 2. Convent im Waisenhause, zur Rechnungs-Ablage.
den 5. Von der Regierung, Verwilligung meines Urlaubs.
den 8. An die Regierung, Domschul-Verbesserungen betreffend.[179]
... Von der Regierung, Freytisch-Stipendium betreffend.
den 10. Steckbrief von Stade.
den 13. Beerdigung eines Waisenkindes.
den 15. Von der Regierung, Schulverbesserungen betreffend.
den 18. Wahl eines neuen Diaconus.[180]
den 22. Einführung desselben.
den 23. Rede-Uebung auf der Schule, zur Feyer des Königl. Geburthstages.

**Julius**

Während meiner Abwesenheit zwei Verwilligungen zu Freytisch-Stipendien von der Regierung und Steckbriefe von der Justitz-Canzley.

**August**

den 17. An die Regierung, Intercession für den Custos Hoffmann.
den 30. Antwort und günstiger Bescheid darauf.

**September**

*kein Eintrag*

**October**

den 1. Aufnahme von drey Waisenkindern beygewohnt.
den 4. Intercession für den Notarius von Einem bey dem Magistrate und nachher bey der Regierung.
den 8. Censur der Convictoristen zur Ausfertigung ihres Testimoniums.[181]
den 13.–15. Examen auf der Schule.
am 29. und 30. Promotionen auf der Schule und Vorstellung der neuen Lehrer.
den 31. Convent im Waisenhause, worinn die, durch Steinkamps Tod erledigte Schulmeister-Stelle dem ehemaligen Waisenhaus-Unterlehrer Bode ertheilt wurde.

**November**

den 1.–8. Bitten um Intercession bey erledigter bremischer Agentie in Hannover.[182]
den 9. dito, einen Fabricanten betreffend.
den 11. Da der Rector behauptete, von der Verordnung der Regierung in Stade vom 14. Nov[ember] 1791 wegen der Music bey den Schul-Feyerlichkeiten nichts zu wissen, so theilte ich ihm abermals eine Abschrift jener Verordnung mit.
den 11. Convent im Waisenhause.
... Der Waisenvater Landre starb und es meldeten viel Competenten.
den 20. Bericht an die Regierung wegen Schul-Bibliothek.
... Witwencasse.
den 30. Antwort von der Regierung auf diesen letztern Bericht.

[178] *Urlaub:* Knigge begab sich Ende Juni 1794 für sechs Wochen auf eine Kur nach Bad Driburg (bei Paderborn).

[179] *Domschul-Verbesserungen:* In dem Schreiben hieß es unter anderem: »Da nach diesem Plane der Unterricht im Englischen, Französischen und Teutschen zu den bisherigen Studien hinzukömmt, ohne darüber irgend eine, den todten Sprachen gewidmete Stunde abzukürzen: so werden nunmehro die Eltern bey uns alles finden, weswegen sie bis jetzt die Privat-Schul-Institute vorgezogen haben.« (StA Bremen: 6, 27 – IV.a.18.) Bereits in der Einladung zur »Rede-Uebung« anläßlich der Geburtstagsfeier des Königs am 23. Juni 1794 konnte Ummius die »Neuen Gesetze für die Schüler in den obern und untern Classen der königl. Domschule zu Bremen« vorstellen (Wegener, S. 146 f.).

[180] *Diaconus:* Johann Isern (Kaufmann), wohnte in der Nähe der St.-Martini-Kirche.

[181] *Testimonium:* Zeugnis.

[182] *Bremische Agentie:* Am 26. Okt. 1794 war der bremische Agent in Hannover, Johann Heinrich Anton Schär, gestorben. Am 19. Jan. 1795 übernahm sein Nachfolger Georg Friedrich Wehrs das Amt.

*Das Domkapitel an der Domsheide, 1836*

## December

den 1. Die Gesellschaft im Musäo[183] bat um die Erlaubniß, auf ihre Kosten eine Laterne auf einen Pfahl an die Ecke des Palatiums setzen und unterhalten zu dürfen, wobey ich kein Bedenken fand.

den 10. Von der Regierung an die Waisenhaus-Inspection. Confirmation für den Schullehrer Bode (liegt bey den Acten des Waisenhauses).

den 12. Billet vom Grammaticus Heeren, Witwencasse betreffend.

den 13. Mein Bericht an die Regierung darüber.

[183] *Gesellschaft im Musäo:* Die 1783 zur Förderung und Verbreitung vor allem der Naturwissenschaften gegründete »Gesellschaft Museum«, deren Mitglieder es sich zum Ziel gesetzt hatten, gemeinnützig zu wirken, befand sich seit 1786 im Gebäude der alten Kurie (Domshof 12). Am 2. Januar 1786 hielt die Gesellschaft ihre erste Sitzung in dem Haus, dessen Einrichtung als sehr behaglich geschildert wird. Ein großer Saal war für die Konversation bestimmt, wo sich die Mitglieder täglich versammelten, Tee tranken oder bei einer Pfeife ihre Zeitung lasen. Alle inländischen und die wichtigsten ausländischen Zeitungen lagen dort aus. Neben dem Saal war das Naturalienkabinett und im oberen Stockwerk die Bibliothek, wo Tische standen, an denen man sitzen und schreiben konnte. Gegenüber befand sich ein einfach ausgestatteter Saal, in dem die montäglichen Vorlesungen gehalten wurden (150 Jahre Bremer Clubleben, S. 82). 1808 zog die Gesellschaft Museum in das dann viel größere Haus, das sich Domshof / Ecke Schüsselkorb befand.

den 17. Rescript von der Regierung auf meinen Bericht vom 20. Nov[ember], Schul-Bibliothek betreffend.
... Verordnung daher wegen Duldung der Emigrirten.[184]
... dito wegen Stimmung des Volks in Ansehung der franz[ösischen] Revolution.[185]
den 24. Steckbrief aus Stade.
den 31. dito.

## Januar 1795

den 12. Befehl vom Ministerio, Militaria betreffend.
den 15. Extract aus den Schul-Witwencassen-Rechnungen an die Regierung eingeschickt.
den 22. An das Ministerium. Antwort auf den Befehl vom 12., Militaria betreffend.
den 23. Convent im Waisenhause

## Februar

den 10. Einem Invaliden ein Attestat ausgefertigt.

## März

den 2. durch eine Stafette Befehl, schleunig nach Stade zu kommen[186]
... geantwortet, und krank, im Bettwagen hingereist.
den 11. an die Regierung.
den 14. von derselben
den 16. an dieselbe
... von derselben.
den 20. an das Ministerium
den 25. an die Regierung
den 29. dito.
Da die Acten über dies Geschäft und meinen vierwöchigen Aufenthalt in Stade nur mich persönlich betreffen; so finden sie sich nicht in meiner Dienst-Registratur.
den 22. die Waisenhaus-Collecte betrug diesmal nur 958 Rthl.
den 29. Censur auf der Schule.

## April

den 2. Der Kirchenknecht Rullmann starb. Die Stelle wird durch den Oberhauptmann besetzt. Ich berichtete desfalls an die Königliche Regierung, indem ich diese Stelle einem gewissen Stünkel versprochen hatte.
den 9. Bericht an die Regierung nebst Ueberreichung meiner Reise-Kosten-Rechnung.
den 12. Beyfälliges Rescript von der Regierung auf meinen Bericht vom 2.
den 15. Den Kirchenknecht Stünkel in Eid und Pflicht genommen (Protocoll).
... Von der Regierung Ertheilung eines Freytisch-Stipendiums.
... dito ... dito.
den 19. Steckbrief von Stade.

## May

den 3. Von der Regierung die Diäten für meine Reise, oder vielmehr, auf Befehl des Ministeriums, eine Summe eins vor alles erhalten.
den 11. An die Regierung Bericht, die Schul-Bibliothek betreffend.
den 15. Wahl eines Waisen-Vaters.
den 20. Bericht hierüber nach Stade.
den 23. In Dungen Austheilung der Bricken für die Niederbührer Weide.
den 31. Von der Regierung. Bestätigung der Wahl eines Waisenvaters.

---

184 *Duldung der Emigrirten:* Am 4. Nov. 1794 erließ das Ministerium in Hannover ein Aufenthaltsverbot für die französischen Emigranten. Bereits am 29. Oktober 1792 war ein Aufenthaltsverbot für alle reisenden Franzosen erlassen worden, die keine geschäftlichen Absichten verfolgten.

185 *Stimmung des Volks:* Eine weitere Verordnung war von der Regierung in Hannover bereits am 4. Aug. 1794 ergangen, die von den betreffenden Obrigkeiten verlangte, auf das Strengste auf »Urheber, Anstifter, Beförderer und Verbreiter [...] aufrührerischer Gesinnungen« zu achten und notfalls »zur sofortigen Anzeige zu bringen«.

186 *Stade:* Am 2. März 1795 erhielt Knigge den Befehl, sich sofort in Stade einzufinden, um die dort durchreisende zukünftige Prinzessin von Wales (Karoline von Braunschweig) zu betreuen. Eigentlicher Grund für den Befehl an den schwerkranken Knigge war dies indes nicht. Aus Furcht, daß das französische Revolutionsheer bis nach Hannover vordringen könnte, plante die hannoversche Regierung, Bremen durch eigene Truppen zu besetzen; was eindeutig gegen die Rechte der freien Reichsstadt verstieß. Weil man argwöhnte, Knigge könne zum Wortführer des Protests gegen diese Maßnahme werden, wollte man den unliebsamen Oberhauptmann aus Bremen entfernen. Knigge, der zunächst nicht an der Ernsthaftigkeit seiner Mission gezweifelt hatte, wurden die eigentlichen Gründe bald klar und er reiste nach vier Wochen Aufenthalt in Stade wieder nach Bremen zurück. Inzwischen hatte das Gerücht von Knigges angeblicher Verhaftung die Runde gemacht. (Vgl. dazu den Brief Knigges an Schröder vom 13. April 1795). Die zwischen dem 11. und 29. März 1795 erwähnten Schreiben sind abgedruckt in: Aus einer alten Kiste, S. 293–304.

**Junius**

den 5. Convent im Waisenhause.
den 7. Bitte um Urlaub, von der Regierung.
den 11. Rede-Uebungen in der Schule zur Feyer des Geburtstags des Königs.
den 14. Urlaub von der Regierung.[187]

**Julius**

*kein Eintrag*

**August**

den 9. Verordnung von der Regierung.
den 14. Convent im Waisenhause
... Von der Regierung. Ertheilung eines Freytisch-Stipendiums.
... In diesem Monate fieng ich an meine Dienst-Registratur in Ordnung zu bringen und in die neuen Schränke einzuräumen.
den 22. Verdrießliche Vorfälle über Unfug, den einige Studenten (Ratsherrn-Söhne) im Athenäo und in der Nachbarschaft getrieben hatten.
den 24. Convent im Waisenhause.
den 30. Rescript von der Regierung, Ertheilung eines Freytisch-Stipendiums betreffend.
In diesem und dem folgendem Monate habe ich mich beschäftigt, meine Dienst-Registratur in die genaueste Ordnung zu bringen.

**September**

den 6. Steckbrief aus Stade.
den 8. Convent im Waisenhause.
den 11. Convent im Waisenhause.
den 26. Steckbrief aus Stade.
den 28. Censur im Athenäo.
den 28. Censur der Convictoristen.

[187] *Urlaub:* Knigge hielt sich von Mitte Juni bis Ende Juli 1795 zur Kur in Bad Driburg auf.

**October**

den 12., 13. und 14. Examen in der Domschule.
den 16. Convent im Waisenhause.
den 25. Steckbrief aus Stade.
... Das [!] Freymarkt hat an Buden- und Stellgeld eingebracht 28 Rthl., davon habe ich dem Reitvogt geschenkt 8 Rthl. 54 Gr.
den 29. Promotion pp. in der Dom-Schule.

**November**

den 15. Die Martini halbjährige Waisenhaus-Collecte betrug 1178 Rthl. 24 Gr. Für den Bau am Waisenhause (Ausbesserung) war bey der in der Gemeine angestellten Sammlung eine Summe von mehr als 6000 Rthl. herausgekommen.

**December**

den 4. Convent im Waisenhause.
... Gedruckte Verordnung von der Regierung.
den 6. Ein Schuster aus Wildeshausen Ahlert Hülsemann klagte bey mir: Er hatte Schuhe nach Harstädt bringen wollen, sich aber verleiten lassen, hier ein Paar davon zu verkaufen. Desfalls war er vom Camerarius um 1 Rthl. gestraft worden. Ausserdem hätten ihm aber die Cammerarien-Diener noch 6 Paar Schuhe aus seinem Sacke gestohlen. Als ich drohete, mich der Sache anzunehmen, wurde ihm 1 Louisd'or geschenkt, mit der Bitte, die Klage ruhn zu lassen.

**Januar 1796**

den 1. Für das Consumtions-Accise-Freyzettel Trinkgeld gegeben 48 Grt.
den 6. Steckbrief von Stade.
den 17. An die Regierung den Extract aus der Schullehrer-Witwen-Cassen-Rechnung geschickt.
den 18. Convent im Waisenhause.
den. 27. Verordnung von Hannover.

**Februar**

den 7. Von der Regierung, Verwilligung eines Freytisch-Stipendiums.
... Gesuch des dänischen Stadt-Magistrats in Segeberg, um Kirchenbuch-Nachrichten.
... Antwort an denselben (siehe Registratur Miscellanea 5).

**März**

den 6. Die Waisenhaus-Collecte betrug diesmal 1097 Rthl. 65 Gr.
den 10. Convent im Waisenhause, dem ich Krankheitswegen nicht beywohnen konnte.
den 16. An die Regierung in Stade Bitte um einen Paß, um Bücher nach Göttingen aus der hiesigen Schulbibl[-iothek] zu schicken.[188]
den 17. Censur im Athenäo und dem Convictorio, denen ich Krankheits wegen nicht beywohnte.
den 31. Bericht an die Regier[ung], Besetzung von Dom-Musicanten-Stellen betreffend.[189]
... von derselben; Antwort auf die Bitte (am 16.) um den Paß.

**April**

den 10. Bitte an die Regierung, um Vergütung der Unkosten bey dem Transporte der Bücher nach Göttingen.
... Von der Regierung ... Freytisch-Stipendium.
... Steckbrief.
... Verordnung.
... Befehl wegen Dom-Musicanten-Stellen.
den 11. Convent im Waisenhause.
den 17. An die Regierung. Bericht über Dom-Music.
den 24. Von der Regierung. Freytisch-Stipendien.

Versuch
einer
Logic für Frauenzimmer,
herausgegeben
von
Philippine, Freyinn Knigge.

Hannover,
im Verlage bey Christian Ritscher.
1789.

*»Allein das Geringste von dem, was in diesen Blättern steht, gehört mir eigen. Es ist größtentheils nachgeschrieben, nach dem mündlichen Vortrage meines lieben Vaters, in den Stunden des Unterrrichts, den er mir widmete.«*

*Aus der Vorrede Philippine Knigges*

[188] *Bücher nach Göttingen:* Bereits 1791 wollte Knigge wertvolle Klassiker-Ausgaben der Schulbibliothek nach Holland verkaufen (siehe Bericht nach Stade vom 13. Januar 1791), um vom Erlös »wichtige und nützliche Werke« anzuschaffen. Der Verkauf kam jedoch nicht zustande. Erst 1796 gelang es, die Bücher in Göttingen auf einer Auktion zu veräußern. Die Eröffnung der neuen Bibliothek, die nicht nur für Schüler der Domschule gegen Leihzettel zu benutzen war, hat Knigge nicht mehr erlebt (Wegener, S. 144, Anm.).

[189] *Dom-Musikanten-Stellen:* Nach dem Tod des Dommusikanten Würfelmann, der sich ohnehin mehr durch Trunksucht denn durch musikalische Fähigkeiten ausgezeichnet hatte, legte Knigge der Regierung in Stade die Frage vor, ob man die Dommusik nicht lieber ganz auflösen solle. Dort hatte man auch schon daran gedacht, das Geld für die Stelle einzusparen, so daß in den folgenden Jahren die Kirchenmusik in geringerer Besetzung stattfinden mußte, was die Domgemeinde offenbar ohne Widerspruch hinnahm. (Vgl. Wellmann, Brem. Jb. 25, S. 59 f.).

# Briefe von und an Adolph Freiherr Knigge

## An Philippine von Knigge

Hamburg, den 15. Juli 1790.

***Philippine Freiin von Knigge** wurde am 25. November 1774 in Kassel geboren. Sie war das einzige Kind aus der Ehe Knigges mit Henriette von Baumbach (1749–1808), einer Hofdame der Kasseler Landgräfin. Bis zum Tode ihres Vaters lebte Philippine bei ihren Eltern, nur die Jahre 1789 und 1790 verbrachte sie zusammen mit ihrer Freundin Franziska Zollikofer in Detmold. Philippine Knigge betätigte sich als Schriftstellerin und Übersetzerin. So übertrug sie zum Beispiel Lorenzo da Pontes »Le nozze di Figaro« zusammen mit ihrem Vater aus dem Italienischen. Auch spielte sie am Bremer Gesellschaftstheater zahlreiche Hauptrollen. 1798 heiratete sie in Bremen den Offizier Klaus Friedrich Wilhelm Karl von Reden. Philippine starb am 10. Dezember 1841 in Hameln.*

Gestern, meine liebe Philippine, habe ich Deinen Brief erhalten, als ich eben von einem herrlichen, schönen Feste nach Hause kam. Es war ein Freiheitsfest zu Ehren der französischen Revolution. Es wurde außer der Stadt gefeiert; Alles, was von rechtlichen, für Freiheit warmen Leuten in Hamburg lebt, war zugegen, kein Edelmann, außer mir, dem Grafen Dohna[190] und Ramdohr aus Celle[191] – kein Fürstenknecht war dazu eingeladen. Alle Frauenzimmer waren weiß gekleidet und trugen weiße Strohhüte mit dem Nationalbande, wovon ich Dir hier eine Probe schicke – auch Schärpen und Ordensbänder davon. Die Damen gaben dann auch den Herren Stücke von diesem Bande. Als ich mein Stückchen erhielt, machte ich meinen Orden los und heftete statt dessen dies Band an, welches allgemeinen Beifall fand. Wir hatten auch Musik. Ein Chor von Jungfrauen, die musikalisch waren, sang ein dazu verfertigtes Lied, dessen Refrain von uns Allen wiederholt wurde. Wir blieben von zehn Uhr des Morgens an den ganzen Tag zusammen. Die drei schönsten jungen Weiber sammelten für die Armen. *Klopstock*[192] las zwei neue Oden. Bei Abfeuerung der Kanonen, Musik und lautem Jubel wurden Gesundheiten getrunken, unter anderen: auf baldige Nachfolge in Deutschland, Abschaffung des Despotismus etc. Vor und nach Tische wurde getanzt. – Es war ein herrlicher Tag und es wurde manche Thräne der Rührung vergossen. Alle Amerikaner, Engländer, Franzosen und Schweizer, die hier sind, wurden dazu eingeladen. Ein gewisser Kaufmann *Sieveking*[193] hatte das Lied gemacht, welches abgesungen worden ist. Du wirst nun wol wissen, mein bestes Kind, daß ich sehr große Hoffnung habe, die Stelle in Bremen zu erhalten. Es scheint also, als wenn mir doch endlich etwas gelingen soll.

*(Aus einer alten Kiste, S. 220–222.)*

---

[190] *Graf Dohna*: Alexander Graf von Dohna (1771–1832).

[191] *Ramdohr aus Celle*: Friedrich Wilhelm Basilius von Ramdohr (1757–1822), Jurist und Schriftsteller, Richter in Celle.

[192] *Klopstock*: Der Dichter Friedrich Gottlob Klopstock (1724–1803).

[193] *Kaufmann Sieveking*: Georg Heinrich Sieveking (1751–1799). Sein Landsitz in Harvestehude war gesellschaftlicher Treffpunkt aufgeklärter, mit der französischen Revolution sympathisierender Kreise.

Friedrich Nicolai. Kupferstich von C.G. Geyser nach einer Zeichnung von Daniel Chodowiecki, 1774

## An Friedrich Nicolai

***Christoph Friedrich Nicolai** (1733–1811), Schriftsteller, Buchhändler und Verleger in Berlin, war einer der zentralen Persönlichkeiten der Aufklärung. Er war mit Lessing und Moses Mendelssohn bekannt, mit denen er zusammen die periodische Schrift »Briefe, die neueste Literatur betreffend« herausgab. Nicolai war ferner Herausgeber der »Allgemeinen deutschen Bibliothek«, dem bedeutendsten Rezensionsorgan des 18. Jahrhunderts. Knigge veröffentlichte dort zwischen 1779 und 1796 mehr als 1200 Rezensionen und gehörte damit zu den fleißigsten Mitarbeitern Nicolais, mit dem er auch freundschaftlich verbunden war.*

Hamburg d 22t October 1790.

Verehrungswürdiger Herr und Freund!

Ich weiß es, Sie nehmen einen gütigen Antheil an dem, was mir Gutes und Schlimmes begegnet; und so hoffe ich denn, es wird Ihnen einige Freude machen, von mir zu hören, daß mir endlich einmal ein Wunsch gelungen ist. Der König von England hat mir nämlich die Oberhauptmannschaft in der Stadt Bremen übertragen; in acht Tagen ziehe ich auf immer dahin. Die Stelle ist nicht ausserordentlich einträglich, doch meinen nicht unbescheidenen Wünschen angemessen. Neben der freyen Wohnung im Pallatio (dem ehemaligen, erzbischöfflichen Pallaste) und einigen kleinen Accidenzien[194], habe ich ohngefehr 1000 Rtl festen Gehalts und bekomme bey auswärtigen Commissionen[195], die wohl oft vorfallen werden, Diäten. Die Stelle ist ehrenvoll, denn der Oberhauptmann ist der Cheff des dortigen hannöverischen Etats und hat die Rechte des Königs gegen die Stadt, auch Grenz-Zoll-Sachen pp zu wahren. Sie ist angenehm, denn ich habe zugleich die Aufsicht über die Dom-Kirche, Dom-Schule, das Convictorium pp. Sie ist ziemlich unabhängig, denn ich habe nur mit der Regierung in Stade zu thun, die aus sehr edeln und thätigen Männern besteht. Dabey ist in Bremen wohlfeil, nicht ganz ungesellig zu leben; ich muß einigen Aufwand machen, kann aber auch ziemlich den Ton angeben und habe die doppelte Freude, diese Stelle, ohne alle schiefe Wege, auf eine mich zur Dankbarkeit auffordernde Weise erhalten zu haben und dabey zu sehn, daß man in Stade gute Erwartungen von mir hegt und mich in Bremen gern sieht. Endlich wird diese Art von Auszeichnung von Seiten des Königs auf das hannoversche Publicum gute Eindrücke machen und mir vielleicht die ökonomischen Einrichtungen in Ansehung meiner Güter[196] eher durchsetzen helfen.

Seit 14 Tagen bin ich wieder hier, um allerley einzukaufen und meine lieben Freunde zu besuchen. Darf ich gehorsamst bitten, von jetzt an mir Briefe und Paquete nach Bremen zu addressiren? Da mir's der König zur Bedingung gemacht hat, den sächsischen CammerH[errn] Schlüssel[197]

---

[194] *Accidenzien*: Nebeneinkünfte.

[195] *Commissionen*: Aufträge.

[196] *Güter*: Knigge versuchte 1789 vergeblich, über die Regierung in Hannover und schließlich über den König in London ein Darlehen zu erhalten, um mit dessen Hilfe die Verfügungsrechte seiner Güter wiederzuerlangen, die ihm sein Vater 1766 hoch verschuldet hinterlassen hatte.

[197] *CammerH[errn] Schlüssel*: 1777 war Knigge von Carl-August von Sachsen-Weimar zum Kammerherrn ernannt worden. Dieses Amt, das mit keinerlei Einkommen verbunden war, mußte Knigge bei Dienstantritt in Bremen aufgeben. Siehe Diensttagebuch, 2. Sept. 1790.

abzulegen; so ersuche ich Sie ergebenst, wenn Sie, ausser meinem Namen, etwas auf die Addresse schreiben wollen, mich Oberhauptmann zu nennen.

In höchstens 14 Tagen schicke ich Bücher und Rezensionen von der O[ster] M[esse] 1790 ab und empfehle mich zu ferneren gütigen Aufträgen.

So weit hatte ich geschrieben, als man mir Ihren Brief nebst des Hrn. Mauvillon[198] ProMemoria hierherschickte. Ist es vorsetzlich geschehn, daß Sie mich mit so fremden Titulaturen beehren; so verzeyhen Sie, daß ich in diesem Briefe nicht ein Gleiches gethan habe!

Hr. Mauvillon schreibt hier, wie gewöhnlich, sehr derbe; ich wünschte, er mögte nicht vergessen, daß auch Bescheidenheit und Mäßiggung [sic] zu Ausbildung eines vollkommenen Mannes gehören; dann würde ich um so lieber Ihr Urtheil von ihm: »daß er ein braver Mann wäre« unterschreiben. Ich habe nicht gewusst, daß er der Verfasser der dramat[ischen] Sprüchw[örter][199] ist; Erst bey der neuen Ausgabe (oder vielmehr dem neuen Titelblatte) hat er sich genannt. Hätte ich's aber auch gewusst! – Diese kleinen Spielereyen kommen mir eines Mannes unwürdig vor, der, wie es gewiß bey ihm der Fall ist, bessere Dinge schreiben kann und nicht um's Brod zu schreiben braucht. Ich habe mir gestern die neue Ausgabe in einem Buchladen zeigen lassen. Hr. Dyk[200] beklagt sich in der Vorrede über meine Rezens[ion] und über die in der all[gemeinen] Lit[eratur] Zeit[ung] aber er thut es in einem bescheidnern Tone, als Hr. M[auvillon]. Er gesteht, daß eines von den Stücken *viel Aenlichkeit* mit einem französischen Proverbe habe. Mein Irthum war also verzeyhlich, um so verzeyhlicher, da des Hr. M[auvillon] Styl voll französischer Wendungen ist. Wenn man sagt: man erinnere sich *dunkel*; so *behauptet* man wohl nichts, und wenn man beyläufig sagt: man habe einige französische Proverbes gelesen; so *brüstet man sich nicht mit einer erlogenen Lectüre* – Wer kann denn auch stolz darauf seyn, viel solcher Possen gelesen zu haben? – Mögte nie ein ärgrer *Rezensenten-Unfug* getrieben werden! Aus des Hrn. M[auvillon] und des jüngern Unzers Briefen: *über den Werth einiger deutschen Dichter*[201] lernt man wenigstes gewiß keinen bessern Ton von Critic – Doch, die Sache ist zu unwichtig; Ich bin sehr bereit, wenn ich die neue Ausgabe seiner kleinen Spielereyen zum Rezens[ieren] bekomme, meinen Irthum zu bekennen.

Ich hoffe Ihre Gesundheit, verehrungswürdiger lieber Herr! wird durch Ihre letztre Reise neue Stärke bekommen haben. Daß ich bald die Bestättigung dieser Hofnung erhalten mögte, wünsche ich von ganzem Herzen

Knigge.

*(Staatsbibliothek zu Berlin – Preußischer Kulturbesitz: Nachlaß Nicolai, Bd. 41, Knigge)*

## An die Regierung in Stade

*Die **Regierung in Stade** war die für das Territorium des ehemaligen Bistums Bremen-Verden zuständige Behörde, die bereits von den Schweden dort eingerichtet worden war. In Stade befanden sich Knigges unmittelbare Vorgesetzte, an die er sich mit Bitten und Eingaben wenden mußte und nach deren Entscheidungen oder Anordnungen er sich zu richten hatte. Wie das Tagebuch seiner »Amts-Verrichtungen« zeigt, erstattete Knigge regelmäßig Bericht über seine Tätigkeit als Oberhauptmann, bei der er sich vor allem eine Verbesserung des Schulwesens zum Ziel gesetzt hatte.*

[30. Nov. 1790]

Hoch- und Hochwohlgebohrne,
Hochgebiethender Hochzuverehrende Herrn!

Ew. Excellenz und Hochwohlgebohren muß ich ganz gehorsamst um gewogene Verzeyhung meiner bisherigen Unthätigkeit bitten. Ich bin, gleich nach meiner Ankunft in Bremen, von einer sehr gefährlichen Krankheit befallen und muß noch jetzt den größten Theil des Tags im Bette zubringen. Indessen hoffe ich in acht bis zehn Tagen wieder ausgehn zu können, und dann wird mein erstes Geschäfte seyn, den Herrn Stadtvoigt um Ablieferung der Registratur zu bitten, in welcher ich mich bald zu orientiren suchen werde, um nicht länger fremd in den mir obliegenden Geschäften zu seyn.

Der Zweck meiner heutigen ehrerbiethigen Vorstellung ist Ew. Excellenz und Hochwohlgebohren ein Gesuch gehorsamst vorzutragen, welches Hochdieselben, wie ich mich schmeichle, nicht unbescheiden finden werden. Ich sehe nämlich, bey genauerer Betrachtung des mir zur Wohnung gnädigst angewiesenen Gebäudes, daß es mir in demselben, so groß es auch von Aussen scheint, dennoch ein wenig an Platz fehlt. Meine Haushaltung ist größer als die meines Herrn Vorgängers. Der Herr v. Hake[202] war nur wenige Wochen im

[198] *Mauvillon*: Jakob Mauvillon (1743–1794), mit Knigge befreundeter Schriftsteller, Lehrer für Militärwesen und Offizier in braunschweigischen Diensten.

[199] *Dramat[ische] Sprüchw[örter]*: Dramatische Sprüchwörter; ein Beytrag zum gesellschaftlichen Vergnügen in Teutschland, von einem Freunde der Freude, Leipzig 1785. 2. Aufl. unter dem Titel: Gesellschaftstheater des Hrn. v. M[auvillon], Leipzig 1790.

[200] *Dyk*: Johann Gottfried Dyck (1750–1815), der Verleger der erwähnten »Sprüchwörter«.

[201] *Über den Werth...*: [Jakob Mauvillon und Ludwig August Unzer:] Ueber den Werth einiger Deutschen Dichter und ueber andere Gegenstände den Geschmack und die schöne Literatur betreffend. Ein Briefwechsel, 2 Stücke, Frankfurt und Leipzig 1771/72.

[202] *Herr v. Hake*: Christoph Achatius von Haake, Oberhauptmann von 1748–1790.

Jahre hier, da ich hingegen beständig mit meiner Familie hier wohnen werde. Doch wäre dieser Ungemächlichkeit sehr leicht abzuhelfen, wenn Ew. Excellenz und Hochwohlgebohren den gnädigen Befehl ertheilen wollten, daß aus demjenigen wüsten Theile des Pallatii, welchen mein Herr Vorgänger zu einem Tanz-Saale bestimmt hatte, eine Stube und eine Cammer zubereitet würde. Wenn man ferner auf dem Boden ein Paar kleine Cammern bloß mit Brettern abschlüge, in deren einer ich meinen kleinen Hafer-Vorrath unter Schloß halten, in der andern aber einigen Hausrath aufbewahren könnte; Endlich wenn die sehr schmutzigen Thüren, Tafelwerke, Treppen-Geländer pp ein wenig neu angestrichen würden; so wären meine Wünsche vollkommen erfüllt, und die Unkosten dieser kleinen Verbesserungen würden sich nicht hoch belaufen.

In der Hofnung, daß Ew. Excellenz und Hochwohlgebohren meine gehorsamste Bitte nicht übeldeuten, sondern sie gnädig zu gewähren geruhen werden, habe ich die Ehre mit dem vollkommensten Respecte zu verharren,

Ew. Excellenz und Hochwohlgebohren, ganz gehorsamster Diener

Adolph FrH Knigge
Bremen d. 30sten November 1790.

Ich muß unterthänig um Verzeyhung bitten, weilen ich schlecht und unzusammenhängend schreibe; Mein Kopf ist noch sehr schwach.

*(Staatsarchiv Bremen: 6,27-I.u.17.)*

## An die Regierung in Stade

[13. Januar 1791]

Hoch- und Hochwohlgebohrne
Hochgebiethender und Hochzuverehrende
Herrn!

Ew. Excellenz und Hochwohlgebohren habe ich die Ehre ganz gehorsamst zu berichten, daß ich, sobald ich mich von meiner schweren Krankheit hergestellt fühlte und mich ein wenig in meiner neuen Wohnung eingerichtet hatte, nicht verfehlt habe, mich nach und nach mit den mir gnädigst aufgetragenen Dienst-Verrichtungen bekannter zu machen. Zugleich wage ich es, Hochdenenselben von einigen Bemerkungen und Vorkehrungen Rechenschaft zu geben, die ich bey dieser Gelegenheit über das hiesige Schul- und Kirchenwesen gemacht habe.

Zuerst habe ich einigemal dem Unterrichte in den verschiednen Classen der Domschule beygewohnt und bin mit unbeschreiblicher Freude und Zufriedenheit Zeuge von dem Eifer und der guten Methode der Lehrer, so wie von den Fortschritten, Kenntnissen und Fertigkeiten der Schüler gewesen. Man wird jetzt schwerlich in Teutschland irgend eine öffentliche Anstalt von der Art finden, in welcher die jungen Leute in den so nöthigen, leider! heut zu Tage fast allgemein vernachlässigten Vorbereitungs-Wissenschaften so gründlich und doch zugleich mit so viel Geschmack unterwiesen werden, als hier.

Unangenehme Eindrücke aber hat auf mich der Anblick des Zimmers gemacht, in welchem die Studenten des Athenäi unterwiesen werden. Es ist ein im Winter, und noch mehr im Sommer ungesundes, kühles, finstres, feuchtes halb unterirdisches Gemach, in welchem der Lehrer vor der Thür des Carcers sitzen muß. Ich würde es für Vernachlässigung meiner Pflicht halten, wenn ich mich nicht erdreistete, Ew. Excellenz und Hochwohlgebohren ganz gehorsamst und angelegentlichst vorzustellen, ob es Hochdenenselben nicht gnädig gefällig seyn mögte, die Verfügung zu treffen, daß dem Athenäo ein anständigrer und gesunderer Platz angewiesen werde. Es befindet sich in dem ersten Stockwerke des Schulgebäudes, der sogenannten Glocke grade gegenüber ein Zimmer, das, so viel ich weiß, unter dem Namen des Secretarien-Zimmers bekannt ist. Würde dies zu diesem Endzwecke hergegeben; so wäre den in der That gegründeten Klagen abgeholfen, und da dies Zimmer bis jetzt nur dann ist gebraucht worden, wenn das Hofgericht hier gehalten wird; so könnten während dieser Zeit (da dies immer im Sommer fällt) die Lehrstunden im großen Auditorio gehalten werden. Sollten Ew. Excellenz und Hochwohlgebohren diesen Vorschlag zu genehmigen nicht geruhn; so liesse sich auch wohl, da der Vorplatz sehr groß ist, vor dem großen Auditorio ein Zimmer mit geringen Kosten einrichten.

Die Bibliothek der Schule besteht größtentheils aus alten, zum Theil kostbaren Ausgaben classischer Schriftsteller; da kein Fond zu Vermehrung der Büchersammlung ausgesetzt ist; so können keine neuern Werke angeschafft werden; folglich ist die Bibliothek für die Schule von geringem Nutzen. Es hat aber der Subrector Bredenkamp einen Plan, der mir sehr ausführbar und nützlich scheint. Es werden nämlich in Holland dergleichen alte und seltene Editionen zuweilen mit tausend und mehr Gulden in Auctionen bezahlt. Da er nun dort sichre Bekanntschaft hat; so erbiethet er sich, im Fall Ew. Excellenz und Hochwohlgebohren diesen seinen Vorschlag gnädig billigen sollten, einen Transport solcher seltenen Ausgaben nach Holland zu schicken und daselbst verkaufen zu lassen. Für die daraus gelöste Summe liessen sich dann sehr wichtige und nützliche Werke anschaffen.

Was das Kirchenwesen betrifft; so werde ich von allerley Leuten mit einer Menge von Anliegen, Vorschlägen und Klagen behelligt, mit welchen sämtlich Ew. Excellenz und Hochwohlgebohren zu belästigen, ich billig Anstand nehme, indem ich manche derselben für gänzlich unstatthaft und unnütz halte. Einige hingegen muß ich Hochdenenselben, meiner Schuldigkeit gemäß, vortragen.

Es ist allgemein anstößig, daß oft während des Gottesdienstes im Dom so wenig Ruhe herrscht. An den Tagen, wenn gebeichtet wird hauptsächlich, werden die Beichtenden durch den immerwährenden Durchmarsch aller Arten von Leuten in ihrer Andacht gestöhrt. Ich habe deswegen mit den Herrn Predigern Rücksprache gehalten, wie dieser Unschicklichkeit abgeholfen werden könnte und wir sind dahin einig geworden, daß wir nächstens eine Thür der Kirche auswählen und daß sie dann von der Kanzel bekanntmachen wollten, daß künftig während der Beichte nur diese Eine Thür geöfnet werden würde.

Es treiben aber auch die Knaben zwischen der Zeit der Morgen- und Nachmittags-Beichte (weil indeß einige Stunden hindurch die Kirche offen zu stehn pflegt) allerley Unfug. Um diesem zu steuren, habe ich dem Küster den Rath gegeben, die Kirche gleich nach geendigter Morgen-Beichte zu verschliessen, und sie dann um 1 Uhr wieder zu öfnen.

Ueberhaupt ist es nicht zu beschreiben, wie wenig der hiesige Pöbel Rücksicht auf die Heiligkeit des Orts nimt. Während des Gottesdienstes im Dom wird nicht nur der Platz zwischen den Thüren benässt und beschmutzt; sondern dieselbe doppelte Unfläterey in den verborgenen Winkeln der Kirche getrieben. Ich habe den Kirchenknechten sehr ernstlich eingeschärft, darauf Achtung zu geben, habe die Entschuldigungen, welche sie vorbrachten, nicht hinlänglich gefunden und werde, in der Hofnung, daß Ew. Excellenz und Hochwohlgebohren dies gnädig approbieren werden, nicht ruhn, bis allen diesen Unanständigkeiten wird gesteuert seyn; und sollte mein Ansehn dazu nicht hinreichen; so werde ich es wagen, Hochdieselben ganz gehorsamst zu bitten, uns sämtlich Dero zurechtweisenden Befehl zugehen zu lassen.

Der Dom-Umgang endlich ist, besonders in der Dämmerung, ein Schauplatz aller möglichen Unanständigkeiten. Diesem abzuhelfen scheint aber vorerst gar kein Mittel dazuseyn. Der Custos der Schule hat keinen Ausgang aus seinem Hause, als durch denselben. Die Vorschläge, die ehemals geschehn sind, um ihm nach einer andern Seite hin einen Ausgang zu verschaffen, sind nicht ausführbar gefunden worden. Gewiß ist es aber daß, solange der Custos den Durchgang behalten muß, jene Unordnung nicht abgestellt werden kann.

Der Domküster führt die bittersten Klagen über die schlechte Verfassung der Uhr. Es ist wahr, daß sie oft stehn bleibt, unrichtig schlägt, und daß vor einigen Jahren der Zeiger herunter gefallen ist.

*Seinem Freunde, dem Bremer Senator Breuls, widmete Knigge den Roman »Die Reise nach Braunschweig«*

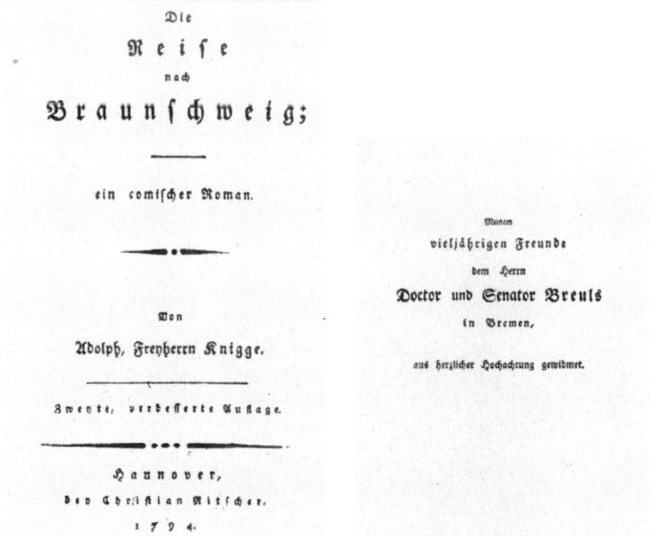

Die
Reise
nach
Braunschweig;

ein comischer Roman.

Von
Adolph, Freyherrn Knigge.

Zweyte, verbesserte Auflage.

Hannover,
bey Christian Ritscher,
1794.

Meinem
vieljährigen Freunde
dem Herrn
Doctor und Senator Breuls
in Bremen,
aus herzlicher Hochachtung gewidmet.

Vor einiger Zeit wurde ein neuer Kirchen-Diaconus gewählt und Tags darauf das Weisenhaus einem neuen Aufseher übergeben. Bey beyden Vorgängen bin ich nebst den Herrn Predigern gegenwärtig gewesen und vor wenig Tagen ist auch der Convent gehalten worden. Die Einrichtung des Weisenhauses ist jetzt gewiß so vortreflich, daß diese Anstalt mit jeder ähnlichen in andern Städten wetteifern kann. Was hingegen das Armenwesen betrifft, worüber aber auf diesem Convente noch wenig gesprochen worden; so habe ich unter der Hand gehört, daß seit einiger Zeit, in Ansehung der mit den Reformirten zu gemeinschaftlichen Zwecken verwendeten Armengeldern allerley Zwistigkeiten entstehen wollen, worüber ich, sobald ich genauer davon unterichtet bin, meinen schuldigen Bericht zu erstatten nicht verfehlen werde.

Ew. Excellenz und Hochwohlgebohren wage ich es um gnädige Verhaltungs-Befehle in Ansehung der vorgeschlagenen Verlegung des Athenäi und wegen der Bibliothek ganz gehorsamst zu bitten und mich mit den ehrerbiethigsten Gesinnungen zu nennen,

Ew. Excellenz und Hochwohlgebohren
ganz gehorsamster Diener

Adolph FH Knigge
Bremen d 13 Januar 1791.

*(Staatsarchiv Bremen: 6,27-IV.a.18.)*

## Gustav Friedrich Wilhelm Großmann an Adolph Freiherr Knigge

***Gustav Friedrich Wilhelm Großmann** (1743–1796), Schauspieler und Dramatiker, gelangte erst spät zum Theater. Nach einem Jurastudium brachte er es zunächst bis zum Legationssekretär im polnischen Danzig. 1774 lernte er dann in Gotha die Theatergesellschaft Abel Seylers kennen und spielte bei ihr seine ersten Bühnenrollen. Seit 1778 hatte Großmann eine eigene Gesellschaft, mit der er Bonn, Mainz und Frankfurt am Main besuchte. Durch die Uraufführungen von »Fiesko« und »Kabale und Liebe« gewann er die Wertschätzung Schillers. Von 1787 spielte Großmann in Hannover und auch in Kassel, wo er jedoch wenig Glück hatte, da der sparsame Landgraf Wilhelm IX. kein Theaterfreund war. Nach mehreren vergeblichen Bewerbungsversuchen gelang es Großmann 1792 endlich in Bremen für Kassel Ersatz zu finden. Das Bremer Liebhabertheater spielte dabei keine unwichtige Rolle: Knigge lud Großmann zu einem Gastspiel ein, das ihn den Bremern bekannt machte. Der Briefwechsel zwischen Knigge und Großmann, die sich seit Ende der siebziger Jahre kannten, zeigt die enge Freundschaft der beiden. Dennoch hatte Knigge gewisse Vorbehalte gegenüber dem impulsiven, manchmal etwas exzentrischen Theaterdirektor.*

Cassel, den 8. October 1790.

Ich weiß nicht einmal, wohin ich Ihnen schreiben soll. Ich wage, diesen Brief nach Bremen laufen zu lassen, um Ihnen meine Glückwünsche zu überbringen. Gott weiß, ich habe mich innig gefreuet, daß Sie endlich für Ihre Thätigkeit in einen, wie ich hoffe, angenehmen Wirkungskreis gekommen sind. Ich bin es leider nicht. Cassel ist nicht mehr Cassel, ich glaube schwerlich, daß ich den Contract erneuere, wenn der Landgraf[203] nicht ein Beträchtliches zulegt. Nach Bremen habe ich schon lange getrachtet. Melden Sie mir doch, wie jetzt der Theaterbarometer steht. Ist's wahr, daß ein neues Schauspielhaus gebauet wird? Der Bürgermeister *Ike[n]*[204] ist gut für mich gesinnt, von Doktor *Schütte*[205] könnten Sie die Stimmung des Magistrats erfahren. Herr von *Vrints*[206] wird auch gern mitwirken und Sie, mein Bester, spannen gewiß Alles an.

Ich habe mit *Kotzebue*[207] eine recht angenehme Reise nach Baiern gemacht. Eine Schwester von ihm ist in Bremen an den Doctor *Gildemeister*[208] verheirathet. Es ist eine treffliche Frau.

Herzlich umarmt Sie Ihr

*Großmann.*

*(Aus einer alten Kiste, a.a.O., S. 174 f./ Nr. 59.)*

---

203 *Landgraf*: Wilhelm IX. von Hessen-Kassel regierte 1785–1806. Er war bedeutend sparsamer als sein prunkliebender Vorgänger Friedrich II.

204 *Bürgermeister Iken*: Justin Friedrich Wilhelm Iken (1726–1805) war seit 1787 Bürgermeister und galt als Freund der schönen Künste.

205 *Doktor Schütte*: Daniel Schütte (1763–1850) promovierte in Göttingen zum Dr. jur. Auf einer Bildungsreise, die ihn bis nach Wien führte, knüpfte Schütte in Frankfurt am Main erste Kontakte zu Großmann. Der theaterbegeisterte Schütte lernte darüberhinaus Schiller kennen sowie die Schauspielerin Sophie Albrecht, deren Mann, der Arzt Johann Friedrich Ernst Albrecht, später das Altonaer Theater leitete. Auch Schütte widmete sich in Bremen nur kurz seinem Beruf, bevor er sich ausschließlich dem Theater zuwandte, für dessen Entfaltung er ganz wesentlich beitrug.

206 *Herr von Vrints*: Reichshofrat Theobald Joseph von Vrintz zu Treuenfeld war seit 1790 kaiserlicher Resident in Bremen.

207 *Kotzebue*: August von Kotzebue (1761–1819), Schriftsteller und Beamter in russischen Diensten, dessen Theaterstücke auf allen deutschen Bühnen zu den meistgespielten gehörten. Kotzebue war 1790 gerade durch sein Schauspiel »Menschenhaß und Reue« (1789) berühmt geworden. Das antiaufklärerische Pamphlet »Doctor Bahrdt mit der eisernen Stirn«, das kurz darauf erschien und ihn viel Sympathie kostete, war Großmann damals noch unbekannt.

208 *Gildemeister*: Der Bremer Syndikus Johann Friedrich Gildemeister (1750–1812) war mit Augst von Kotzebues Schwester Amalie verheiratet.

*Gustav Friedrich Wilhelm Großmann.*
*Kupferstich von Br. Goepffert (1784)*
*mit falschem Geburtsdatum, richtig ist 1743.*

## An Gustav Friedrich Wilhelm Großmann

Bremen 20. Jan. 91 [eingefügt:] d. 27t bereits

Meine Frau und Tochter haben mich hier besucht und werden Ihnen, mein Bester! nun mündlich sagen, wie es mir geht – Von allen Seiten gut – aber, damit der Teufel sein Recht behalte, sechs Tage in der Woche krank. Das schändliche Wetter ist freylich daran Schuld. Der liebe Gott wird alt und man sieht, daß er den Geschäften nicht mehr so recht vorstehen kann. Dabey hat er den Eigensinn, alles allein thun zu wollen und sich nicht auf die Subalternen zu verlassen. Ihre Sachen in Cassell hat er auch nicht zum Besten geführt; Das thut mir herzlich weh; Indessen muß man Geduld haben; Bey einer Revolution kömmt auch nichts heraus; also muß man schweigen.

Unser Liebhaber-Theater[209] wird Ihnen, mein Lieber! eher Vortheil als Schaden bringen. Der Entwurf dazu rührt nicht von mir her; Ich bin nicht einmal auf andre Weise thätig dabey, als daß ich bey der Wahl der Stücke, bey den Proben und bey Austheilung der Rollen (Ich übernehme ja zuweilen auch eine Rolle) ein wenig Rath gebe, und daß ich das große Dom-Schul-Auditorium dazu hergegeben habe. Vorerst war gar nicht daran zu denken, eine Gesellschaft hierher zu berufen – das wird Ihnen jedermann sagen, der die hiesige Verfassung kennt. Unsre Unternehmung (die ohnehin im Sommer aufhören muß, weil ich dann das Auditorium zu den Schul-Acten und Prüfungen brauche) erweckt hier die Lust zu Schauspielen und ist es möglich, Ihnen den Weg zu bahnen, hierherzukommen; so thun wir es.

Wir spielen für Geld. Nach Abzug der Unkosten wird der Rest den Armen gegeben. Wir lassen nur die Honoratiores zu. Die Person bezahlt 1 Gulden. Jedes Mitglied hat ein Freyzettel und 14 Kaufzettel auszutheilen. Wir haben für 230 bis 240 Personen Platz (das Orchester mitgerechnet, welches vortreflich besetzt ist und aus Liebhabern besteht) Mit *den Indianern in England*[210] haben wir angefangen; Den dazu verfertigten Epilog wird Ihnen meine Frau geben. In einigen Tagen wiederholen wir dies Stück und geben dabey: *die beyden Hüte*[211]. Einstudiert wird jetzt: *der Strich durch die Rechnung*[212] und *die verstellte Kranke*[213], in welcher die Rollen der Aerzte durch Doctorn gespielt werden. Der Zulauf ist groß. Hätten wir Raum; so könnten die Armen reich dabey werden.

Ich will Ihnen den Epilog lieber selbst schicken; Meine Frau mögte es vergessen; Hier ist er!

So viel ich kann will ich das neue Intelligenzblatt empfehlen.

Das Circular der gothaischen Logen habe ich hier gesehn. Es geht auf eine allgemeine Vereinigung aller Systeme hin-

[209] *Liebhaber-Theater*: Das Bremer Gesellschaftstheater, das Knigge gemeinsam mit anderen Theaterfreunden in Bremen leitete, bestand zwischen Januar 1791 und März 1792. Vgl. Diensttagebuch (13. Dez. 1790).

[210] *Die Indianer in England*: Lustspiel August von Kotzebues.

[211] *Die beyden Hüte*: Lustspiel in einem Akt von Johann Gottfried Dyck.

[212] *Der Strich durch die Rechnung*: Lustspiel von Johann Friedrich Jünger.

[213] *Die verstellte Kranke*: Lustspiel von Carlo Goldoni. Die Aufführung dieses Stücks fand jedoch nicht statt.

aus. Sie wissen, mein Bester! daß ich von dieser zeitverderbenden Hieroglyphen-Kramerey gar nichts mehr halte und überhaupt allen geheimen Verbindungen herzlich gram bin. Ich bin daher seit mehr als 5 Jahren ausser allen Verhältnissen mit der edlen FrMry [Freimaurerey]. Von den Zinnendorffschen Logen aber können Sie die zuverlässigste Nachricht durch den Doctor J. Mumßen[214] in Altona bekommen.

Leben Sie wohl und glücklich;
ich bin mit Herz und Mund
der Ihrige

Knigge

Weber[215] hat mir mit Rührung von der edeln Behandlung geredet, die Sie ihn haben erfahren lassen.

*(Universitätsbibliothek Leipzig, Sammlung Kestner)*

## An Gustav Friedrich Wilhelm Großmann

Bremen, am 23sten März, 1794.

Ich leide noch immer unbeschreiblich viel und bin wieder seit 4 Wochen nicht aus dem Bette gekommen.

Von mir allein würde die Einräumung des großen Dom-Schul-Auditoriums[216] nicht abhängen; der Stadtvogt, als Structuarius (Baumeister) müsste seine Einwilligung geben; allein wir Beyde haben Befehl von der Regierung, den Saal nie wieder zu anderm Endzwecke als zu den Schul-Festen herzugeben. Es thut mir also Leid, mein Lieber! daß wir Ihnen diese kleine Gefälligkeit nicht erweisen können. Allein ich fürchte auch fast, Ihre Subscription wird nicht so ansehnlich seyn, daß Sie die großen Unkosten der Reise daran wenden können. Das geschmackvolle hiesige Publicum hat mit großer Begierde die Kunstreuter des Herrn Lion[217] besucht. Solche schändliche, unnütze Gaukler sollte man auspeitschen; aber sie haben hier schweres Geld verdient.

Herr Walter[218] hält sein Versprechen nicht, mir mein, von ihm verbessertes Duo mitzutheilen; Eben so geht es mit der Capellmeisters-Arie.

Der König von Polen hat mir einen sehr schmeichelhaften Brief geschrieben und mir eine schöne goldene Medaille geschenkt.

Das Büchlein: Wahrheit ohne Schminke[219] kenne ich nicht.

Ich glaube, die Düchesse[220] wird nun wohl zu ihrer Mutter zurückkehren, sobald diese erst bestimmt hat, wo sie künftig wohnen will. Im Grunde wird mir das recht angenehm seyn; Mein Haushalt wird dann ruhiger und ich bedarf Ruhe – Mögte ich doch erst seyn, wo ewige Ruhe herrscht!

Anfangs Jul. schleppe ich mich nach Driburg, Vielleicht sehen wir uns dort – Es gehe Ihnen und den lieben Ihrigen wohl! Wir Alle grüßen Sie sehr herzlich

Knigge.

*(Universitätsbibliothek Leipzig, Sammlung Kestner)*

---

214 *Doctor J. Mumßen*: Jakob Mumssen (1737–1821), seit 1789 Arzt in Altona, war 1777–1780 Landesgroßmeister der Großen Landesloge von Deutschland (Zinnendorfsches System).

215 *Weber*: Bernhard Anselm Weber (1766–1821), Komponist, Schüler von Abt Vogler. Studierte in Heidelberg, 1787 Musikdirektor bei Großmann. Ab 1790 bei Vogler, 1792 zweiter Kapellmeister am Nationaltheater in Berlin.

216 *Einräumung des… Auditoriums*: Weil das Theater in Hannover wegen der angespannten politischen Lage schlecht besucht war, hatte Großmann beim Bremer Senat bereits im Mai 1793 um Verlängerung der Spielzeit gebeten, die ihm jedoch nur in geringem Umfang gewährt wurde. Deshalb hatte er offenbar bei Knigge angefragt, ob dieser ihm das Domschul-Auditorium zur Verfügung stellen könne.

217 *Kunstreuter des Herrn Lion*: Januar/Februar 1794 gab die Kunstreitertruppe der »Lionschen gymnastischen Gesellschaft« zwanzig Vorstellungen in der zwischen Ansgari- und Herdentor gelegenen Reitbahn am Wall.

218 *Herr Walter*: Ignaz Walter (1755–1822) war Operntenor bei der Großmannschen Gesellschaft.

219 *Wahrheit ohne Schminke*: »Wahrheiten ohne Schminke, bey Gelegenheit des Werks von Arthur Young: Die französische Revolution, ein warnendes Beispiel für andre Reiche. Teutschland 1794«. Verfasser dieser Schrift war Georg Friedrich Rebmann.

220 *Düchesse*: Louise von Dillingen, Gräfin von Ottweiler (1778–1855), war eine Tochter des Herzogs von Saarbrücken. Sie wohnte bei der Familie Knigge und erhielt dort ihre Ausbildung. 1802 heiratete sie den Schauspieler und Opernsänger Joseph Fischer.

# An Wilhelm Olbers

***Heinrich Wilhelm Matthias Olbers*** *(1758–1840) studierte in Göttingen Medizin, wo er 1780 zum Dr. med. promovierte. Nach einer Bildungsreise nach Wien eröffnete er 1781 seine medizinische Praxis in Bremen. Bereits während seines Studiums interessierte er sich für die Astronomie, der er sich bis zu seinem Tod neben seiner ärztlichen Tätigkeit mit großer Ausdauer widmete. Zu seinen Entdeckungen gehörten unter anderem die Planeten Pallas und Vesta. In der »Gesellschaft Museum« hielt Olbers eine große Anzahl Vorträge über verschiedene Gegenstände der Naturwissenschaften. Er war Mitglied der Bremer Freimaurerloge »Zum silbernen Schlüssel«.*

*Rechts: Heinrich Wilhelm Matthias Olbers, Kupferstich*
*Unten: Brief Knigges an Olbers*

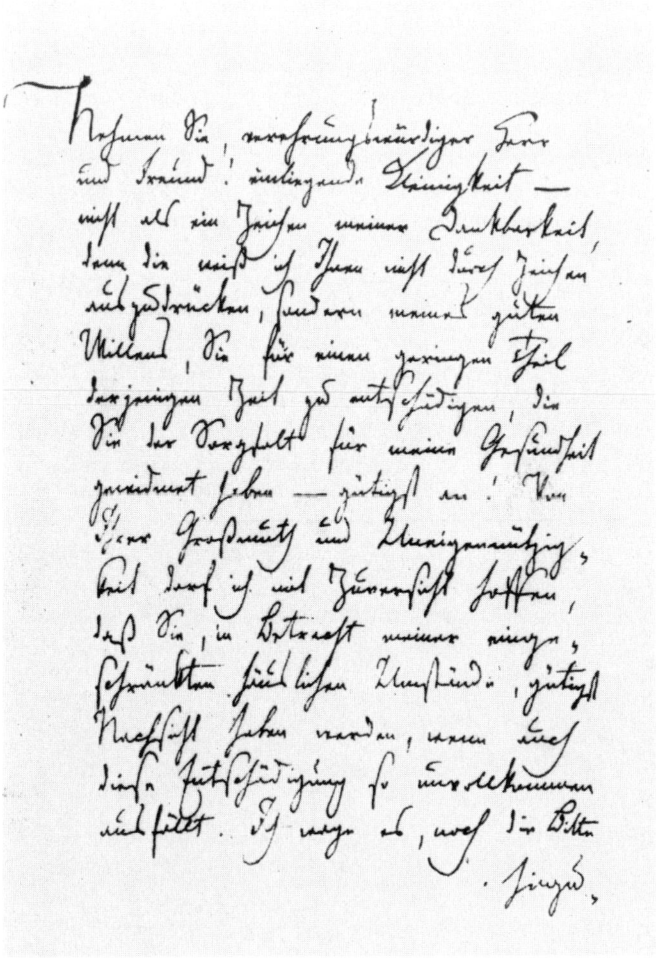
Nehmen Sie, verehrungswürdiger Herr und Freund! einliegende Kleinigkeit – nicht als Zeichen meiner Dankbarkeit, denn die weiß ich Ihnen nicht durch Zeichen auszudrücken, sondern meines guten Willens, Sie für einen geringen Theil derjenigen Zeit zu entschädigen, die Sie der Sorgfalt für meine Gesundheit gewidmet haben – gütigst an! Von Ihrer Großmuth und Uneigennützigkeit darf ich mit Zuversicht hoffen, daß Sie, in Betracht meiner eingeschränkten häuslichen Umstände, gütigst Nachsicht haben werden, wenn auch diese Entschädigung so unvollkommen ausfällt. Ich wage es, noch die Bitte hinzu-

Sr. Wohlgebohren
dem Herrn Doctor Med. Olbers

Nehmen Sie, verehrungswürdiger Herr und Freund! einliegende Kleinigkeit – nicht als Zeichen meiner Dankbarkeit, denn die weiß ich Ihnen nicht durch Zeichen auszudrücken, sondern meines guten Willens, Sie für einen geringen Theil derjenigen Zeit zu entschädigen, die Sie der Sorgfalt für meine Gesundheit gewidmet haben – gütigst an! Von Ihrer Großmuth und Uneigennützigkeit darf ich mit Zuversicht hoffen, daß Sie, in Betracht meiner eingeschränkten häuslichen Umstände, gütigst Nachsicht haben werden, wenn auch diese Entschädigung so unvollkommen ausfällt. Ich wage es, noch die Bitte hinzuzufügen, daß Sie mir doch ferner Ihre mir so tröstliche Hülfe nicht versagen und von meinem unbegrenzten Vertraun eben so überzeugt seyn mögen, als von der zärtlichsten Hochachtung, mit welcher ich die Ehre habe zu seyn,

Ew. Wohlgebohren,
treuer Diener

Adolph FH Knigge
Bremen d 24st Dec. 1791.

*(Staats- und Universitätsbibliothek Bremen, Olbers-Nachlaß)*

## Christian Ludwig August von Arnßwaldt an Adolph Freiherr Knigge

***Christian Ludwig August von Arnßwaldt** (1733–1815) gehörte als geheimer Rat und Konsistorialpräsident der obersten Regierungsbehörde in Hannover an. Knigge hatte sich 1789 an ihn gewandt und ihn vergeblich um Unterstützung im Streit um die Rückgabe seiner unter Zwangsverwaltung stehenden Güter gebeten. Erst Knigges Drohung, sich direkt nach London zu begeben, zeigte Wirkung und bescherte ihm zwar nicht die Rückgabe der Güter, aber doch die Oberhauptmannschaft in Bremen. In Hannover hatte man weiterhin ein wachsames Auge auf den Bremer Oberhauptmann, doch brachte erst eine denunzierende Schrift Johann Georg Zimmermanns (»Politisches Glaubensbekenntniß ... Adolphs Freiherrn Knigges im Auszuge mitgetheilt«, veröffentlicht in der »Wiener Zeitschrift«), die eine Auswahl politisch anstößiger Stellen aufführte, die Hannoversche Behörde dazu, Maßnahmen gegen Knigge zu ergreifen.*

Hannover, den 2. Julius 1792.

An den Oberhauptmann von Knigge in Bremen.

Unsere freundlichen Dienste zuvor,
Edler, Bester, günstiger, guter Freund!

Wir haben mit dem größten Befremden wahrgenommen, daß von euch, unter dem Titel: *»Joseph von Wurmbrand's politisches Glaubensbekenntniß mit Hinsicht auf die französische Revolution«* eine äußerst anstößige Schrift herausgegeben worden, in welcher die bürgerliche Ordnung und Verfassung sowol, als auch die Religion angegriffen und Empörung vertheidigt und gepredigt wird. So offenbar die darin von euch zu erkennen gegebene verkehrte Denkungsart und Grundsätze mit eurem Dienst- und Huldigungseide streiten, so viel mehr ist es von euch pflichtwidrig und anstößig, daß ihr, als ein in einem obrigkeitlichen Amte stehender Diener Sr. Königlichen Majestät, euch nicht entsehen möget, solche öffentlich an den Tag zu legen. Es ist dieses euer Benehmen entweder die ärgerlichste Unbesonnenheit, oder eine strafbare Vermessenheit und kann in beiden Betracht von Seiner Königlichen Majestät nicht anders, als mit dem höchsten Mißfallen bemerkt werden. Wir finden für jetzt nöthig, euch auf das im Jahre 1731 erneuerte Edict wegen der Censur der Bücher zu verweisen und befehlen nach dessen Inhalt euch hierdurch namentlich: hinführo, weder in- noch außerhalb Landes, irgend etwas, mithin auch nicht ohne Namen oder unter einem andern Namen, drucken zu lassen, was nicht vorher gehörigen Ortes zur Censur eingereicht worden und selbige passiret ist, bei der in dem Edict ausgedrückten Strafe und nach Befinden weiterer Ahndung. –

Wir sind euch zu freundlichen Diensten geneigt.

Königlich Großbritannische, zur churfürstlich
Braunschweig-Lüneburgischen Regierung verordnete
Geheimräthe.

(gezeichnet) *v. Arnßwaldt.*

*(Aus einer alten Kiste, S. 195–197 / Nr. 81.)*

*Zu diesem Schreiben vermerkte Knigge:*

Diese Schurken von Aristocraten erwiedern mir also den Verweis, den sie, ihrer Nachlässigkeit wegen, einige Jahre vorher auf meine Klage aus London erhalten haben. Sie wollen mich muthlos machen, damit ich meinen Abschied nehmen soll und sie nachher sagen können: ich sey ein unruhiger Kopf. Ueber ein Buch, das mir die Achtung der weisesten Männer in und ausser Teutschland erworben hat, fertigen sie mich ab, wie einen Schulknaben. Sie wollen mich glauben machen, dies geschehe auf Befehl von London aus, indeß der beyliegende gleichzeitige Brief von Hinüber[221] das Gegentheil darthut. Doch sind die Minister nicht die Haupt-Triebfedern dabey, sondern der elende Rutlof[222] und die Furcht vor dem General Freytag[223], der sich ein Verdienst zu machen glaubt, wenn er in seinem Briefwechsel mit dem Cammermädchen pp der Königinn das Ministerium beschuldigt, es sey zu sorglos gegen die Volks-Aufrührer. Da wollen sie denn an mir ein Exempel zeigen, weil ich von niemand, wie mir selbst, geschützt bin.

NB. daß sie auch ein andermal nicht *Ihr* nennen, da der König befohlen hat, dem Oberhauptmann in Bremen *Denselben* zu geben.

*(Ob Baron Knigge auch wirklich todt ist?*
*Ausstellungskatalog, Wolfenbüttel 1977, S. 113)*

221 *Hinüber*: Carl Heinrich von Hinüber, Geheimer Justizrat in London.

222 *Rutlof*: Wilhelm August Rudloff, Geheimer Justizrat in Hannover.

223 *Freytag*: Heinrich Wilhelm von Freytag (1720–1798), kurfürstlich-braunschweig-lüneburgischer Feldmarschall und Oberbefehlshaber der hannoverschen Truppen.

## An Wilhelm Christan Müller

***Wilhelm Christian Müller** (1752–1831) lebte seit 1778 in Bremen, wo er ein privates Erziehungsinstitut leitete. Von 1784 an arbeitete er darüberhinaus als Domkantor und Lehrer an der Domschule (siehe Knigges Diensttagebuch). Besondere Verdienste erwarb sich Müller auf musikalischem Gebiet. Er war mit Knigge über die beruflichen Kontakte hinaus freundschaftlich verbunden. Nach Knigges Tod verfaßte Müller einen enthusiastischen Nachruf, in dem er den Freiherrn als »Bürgerfreund, Aufklärer, Völkerlehrer« pries.*

Nenndorf d 15t Jul. 1792.

Verzeyhen Sie mir's gütigst, mein werthester Freund! daß ich so spät auf Ihren lieben Brief antworte! Ich muß leider! hier ein sehr unthätiges Leben führen und habe denn auch der Schmerzens-Stunden nicht weniger, wie in Bremen. Noch spüre ich wenig Würkung vom Bade; vielleicht kömmt sie hintennach – Man muß Geduld haben.

Meinen innigsten Dank für Ihr freundschaftliches Andenken, für Ihre Aufmerksamkeit! Bald (nämlich in etwa 14 Tagen) hoffe ich Sie wieder in Bremen zu umarmen. Sorgenlos habe ich hier gelebt, bin sogar ein wenig verzogen worden; nur wenn ich an den herannahenden Herbst denke und mich noch immer so elend fühle, trübt sich mein Blick ein wenig. Gute Leute sprechen mir dann wieder Muth ein; und so kömmt die Hofnung wieder.

*Wilhelm Christian Müller, Portrait von 1790*

Von London aus habe ich einen Wink bekommen; Man schreibt mir: der König misbillige sehr Zimmermanns[224] Betragen und erwarte von mir, ich werde mich großmüthig finden lassen, nicht *aussergerichtlich* noch mehr Aufsehn öffentlich erregen pp Das Wort *aussergerichtlich* scheint mich zu einem Schritte zu berechtigen, den ich nun vermuthlich thun werde, nämlich Z. bey der Justitz-Canzelley zu belangen, wozu mich jedermann aufmuntert.

Die Dinge gehen immer anders in der Welt, wie man voraussieht. Ich ahndete halb und halb Verdruß vom Landgrafen[225] und – er hat Befehl gegeben, hier vorzüglich für meine Gemächlichkeit und Pflege zu sorgen.

Die Geschichte mit Campe[226] ist wohl gewiß ohne Grund. Es sind Braunschweiger hier, die mir, das Gegentheil versichern. Das ist aber wahr, daß ihn der Herzog, auf Verlangen des Sultans in Berlin[227], *gebeten* hat, vorsichtiger zu schreiben. Ich habe eine gleiche Weisung von unserm Ministerio bekommen und finde das ganz consequent.

Die Meinigen grüßen Sie hochachtungsvoll und herzlich. Erneuern Sie doch mein Andenken bey allen guten Menschen, die sich meiner erinnern! Es befremdet mich, daß Breuls[228] mir gar nicht antwortet. Ich habe ihm geschrieben und hier einen Brief zu schreiben; das ist Arbeit und muß für etwas gerechnet werden. Leben Sie wohl, mein Lieber und gedenken zuweilen, Ihres treuen Dieners Knigge.

*(Biblioteka Jagiellónska Kraków, Sammlung Varnhagen)*

[224] *Zimmermann*: Johann Georg Zimmermann (1728–1795), königlicher Leibarzt und Schriftsteller. Am 18. Juli 1792 beauftragte Knigge den hannoverschen Advokaten Heise, gegen Zimmermann Klage einzureichen. Dieser hatte Knigge in der »Wiener Zeitschrift« als einen der »schlauesten Volksaufwiegler in Deutschland« bezeichnet und behauptet, » daß jezt niemand mehr unter uns das Rebellionssistem emsiger und mit größerer Arglist predigt, als der edle Freiherr Knigge«. (Haase, Knigge contra Zimmermann). Vgl. dazu auch den Brief an Heinrich Christoph Albrecht.

[225] *Landgrafen*: Bad Nenndorf gehörte zu Hessen-Kassel, wo seit 1785 Landgraf Wilhelm IX. regierte, der selbst häufig Bad Nenndorf zur Kur aufsuchte. Unter seinem Vorgänger, dem Landgrafen Friedrich II., war Knigge 1774/75 in Hofintrigen verwickelt worden.

[226] *Geschichte mit Campe*: Das preußische Ministerium in Berlin hatte auf Herzog Karl Wilhelm Ferdinand von Braunschweig Druck ausgeübt, gegen Joachim Heinrich Campe einzuschreiten. Campe mußte daraufhin das Versprechen geben, sich in seinen Schriften jeder Kritik, besonders gegenüber Preußen zu enthalten. Die Maßnahme stand im Zusammenhang mit der bevorstehenden militärischen Invasion in Frankreich, deren Oberbefehlshaber der Herzog von Braunschweig war.

[227] *Sultan in Berlin*: Friedrich Wilhelm II., König von Preußen.

[228] *Breuls*: Der Bremer Senator Jakob Breuls war mit Knigge befreundet. Knigge widmete ihm seinen Roman »Die Reise nach Braunschweig« (1792).

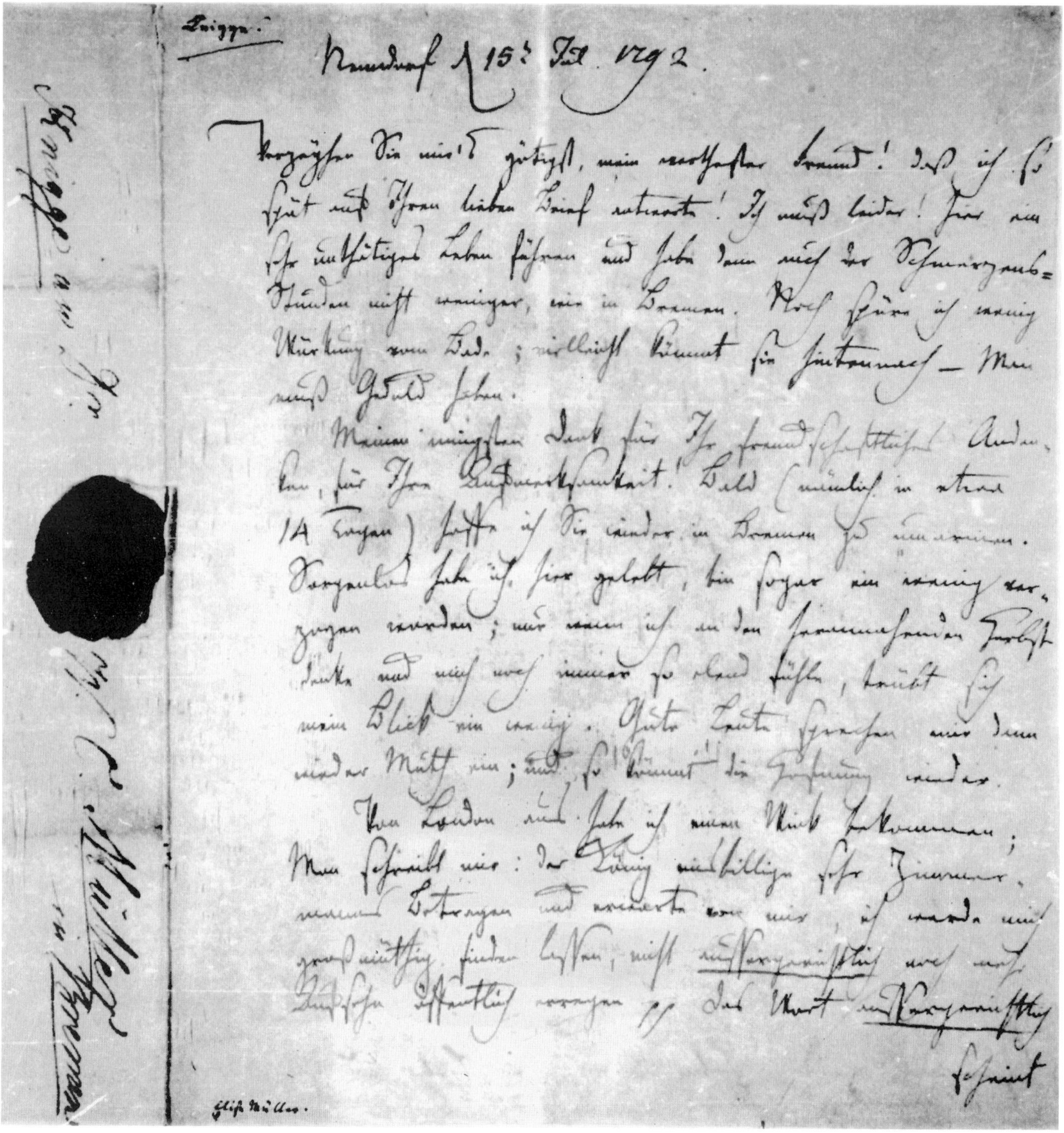

Knigge.

Neundorf d 15t Jul. 1792.

Vergeben Sie mir's gütigst, mein werthester Freund! daß ich so spät auf Ihren lieben Brief antworte! Ich muß leider! hier ein sehr unthätiges Leben führen und habe dann auch der Schmerzens-Stunden nicht weniger, wie in Bremen. Noch spüre ich wenig Würkung vom Bade; vielleicht kommt sie hinten nach – Man muß Geduld haben.

Meinen innigsten Dank für Ihr freundschaftliches Andenken, für Ihre Aufmerksamkeit! Bald (nämlich in etwa 14 Tagen) hoffe ich Sie wieder in Bremen zu umarmen. Vorgestern habe ich hier gebadet, bin sogar ein wenig ver-zogen worden; nur wenn ich an den kommenden Herbst denke und mich noch immer so elend fühle, trübt sich mein Blick ein wenig. Gute Leute sprechen mir dann wieder Muth ein; und so kommt die Hoffnung wieder.

Von London aus habe ich [illegible] Nachricht bekommen; Man schreibt mir: der König mißbillige sehr Zimmermann's Betragen und erwarte von mir, ich werde mich großmüthig finden lassen, nicht außergerichtlich [illegible] öffentlich [illegible] das Wort außergerichtlich scheint

Elise Müller.

*Knigges Brief an Wilhelm Christian Müller vom 15. Juli 1792*

## An Joachim Heinrich Campe

***Joachim Heinrich Campe** (1746–1818), einer der bekanntesten deutschen Pädagogen, hatte sich nach seiner Ausbildung als Theologe schon bald mit Fragen der Erziehung beschäftigt. Von Basedow übernahm er die Leitung des Dessauer Philanthropins, siedelte dann aber 1777 nach Hamburg um, wo er als Erzieher und Schriftsteller tätig war. Hier entstand sein bekanntestes Buch »Robinson der Jüngere« (1779), eine Bearbeitung von Defoes »Robinson Crusoe«. Seit 1786 lebte Campe als Schulrat in Braunschweig, gleichzeitig war er Verleger an der »Braunschweigischen Schulbuchhandlung« und Mitherausgeber des »Braunschweigischen Journals«. Die französische Revolution begrüßte er, wie viele seiner Zeitgenossen, zunächst mit großem Enthusiasmus und unternahm 1789 gemeinsam mit Wilhelm von Humboldt eine Reise nach Paris. Die »Briefe aus Paris, zur Zeit der Revolution geschrieben«, fanden ein starkes Echo in Deutschland, waren aber auch Grund für die heftigen Angriffe, denen Campe in den folgenden Jahren ausgesetzt war.*

Bremen d 3ten Junius 92.

Verehrungswürdiger, lieber Herr!

Wenn jeder Verdruß, den mir Despoten und Despoten-Knechte machten, durch eine so süße Stunde aufgewogen würde, wie die war, die mir Ihr lieber Brief[229], so voll Herzlichkeit und Edelmuth, bereitete; so mögten sie immerhin ihren ganzen Grimm gegen mich auslassen. Mir fehlen im eigentlichen Verstande Worte, um Ihnen, lieber, würdiger Mann! nur auf irgend eine Weise die Empfindungen zu schildern, von denen mein Herz durchströhmt wurde, als ich den Brief las. Meine Frau saß vor meinem Bette; ich wollte ihr meine Freude mittheilen; aber ich konnte nichts wie Thränen hervorbringen – Es waren Thränen, wie ich sie leider! nicht oft zu weinen Gelegenheit habe – Lassen Sie mich nichts über das Vergangne sagen! Bey allem, was guten Menschen theuer seyn kann, ich habe nie aufgehört, einen hohen Grad von Liebe und Verehrung für Sie zu empfinden und ich habe an Sie nie anders denken können, als wie ein armer Vetter an einen Verwandten denkt, mit dem er einen Proceß führen muß – »Gott weiß! ich gehöre doch auch zur Familie – Kennte mich der gute Mann; so würde er mich gewiß nicht von sich stoßen« Und es ahndete mich immer, es würde noch eine Zeit kommen, wo Sie wieder freundlich: Herr Vetter zu mir sprechen würden und Sich Meiner nicht mehr schämen und mich mit in den Rath nehmen, wenn von den juribus der Familie die Rede wäre. Als ich die Stelle, die Sie betrifft[230], hinschrieb; da fiel mir's nicht ein, daß *ich* Verdruß über mein Buch haben könnte. Ich kann seit 9 Monaten keinen Tag über vier Stunden ausser Bette seyn und leide fürchterliche Pein. Wenn man denn so einsam lebt, vergisst man fast, wie es in der Welt hergeht und was man da sprechen und nicht sprechen darf. Meine Dienst-Geschäfte verrichte ich, trotz meiner Leiden, sehr fleissig, und zeige mich unterwürfig gegen meine Vorgesetzten. Auch hüte ich mich, etwas gegen die hannöversche Regierung zu sagen; und so hielt ich mich denn sehr sicher. Aber man hat den König kürzlich seinem Ministerio befehlen lassen, auf dergleichen Schriften ein wachsames Auge zu haben. Als nun Kielmannsegge[231] (der erste Minister) kürzlich hier war, ließ er mir sagen: »mein Glaubens-Bekenntniß habe große Sensation gemacht, und er stehe mir für nichts, wenn der König etwas davon erführe.« Das ist alles, was bis jetzt geschehn ist und daß die Officiere sich durch ein Paar Ausdrücke beleidigt glauben. Allein ich habe freylich wohl zu erwarten, daß man von Hannover aus die Sache nach London berichtet. Ich kann mich nicht herablassen, zu bitten, sondern will es ruhig erwarten. *Absetzen* können sie mich doch wohl nicht; aber wenigstens können sie mich 300 Rtl. Strafe, der Verordnung gemäß, dafür bezahlen lassen, daß ich mein Buch nicht habe censiren lassen. (Denn die Verordnung erstreckt sich auch auf das, was man auswärts drucken lässt) Indessen, da die Menschen in Hannover immer nur Andern nachdenken und nachlallen, würde es mir wohl großen Vortheil bringen, wenn in irgend einem beliebten Journale mein Buch nicht warm gelobt, sondern etwa davon gesagt würde: »der Zweck desselben sey hauptsächlich: zu zeigen, daß so weise Regierungen, wie die mehrsten teutschen wären, keine gewaltsame Umkehrungen zu befürchten hätten, in so fern sie nur dem Genius des Zeital-

[229] *Ihr lieber Brief*: 1788/89 hatte es eine heftige Kontroverse zwischen Knigge und den Braunschweiger Pädagogen Campe bzw. Ernst Christian Trapp gegeben. Knigge hatte den Philanthropismus, besonders die von Basedow propagierte »Spielmethode« kritisiert. Nur harte Arbeit, Pünktlichkeit, Ordnung und ein geregeltes Leben waren nach Meinung des Freiherrn geeignet, Kinder zu brauchbaren Mitgliedern der Gesellschaft zu machen. Erst als Knigge wie auch Campe gemeinsam unter den verschärften Zensurbestimmungen zu leiden hatten, söhnten sich die Kontrahenten wieder miteinander aus. In einem Brief vom 24. Mai 1792 hatte Campe »brüderlich die Hand« zur Versöhnung geboten.

[230] *Stelle, die Sie betrifft*: Vgl. dazu die Anmerkung Knigges in »Josephs von Wurmbrand politisches Glaubensbekenntniß«. Siehe Abdruck im vorliegenden Band.

[231] *Kielmannsegge*: Karl Rudolf August Graf von Kielmannsegge (1731–1810) war 1792–1806 Kammerpräsident in Hannover.

ters, bey der Wahl ihrer Mittel, ein wenig nachgäben.« Ich weiß gewiß, daß ein Paar Leute in Hannover feile Recensenten gegen mich dingen werden; Jenes Urtheil würde die schlimmen Eindrücke mindern. Hätten Sie Gelegenheit mir diese Wohlthat zu erzeigen; warum sollte ich nicht mit Freuden von einem Manne, wie Sie sind, Wohlthaten annehmen? Aber ich sehe doch wohl ein, daß Ihre Verhältnisse das nicht leiden und Mauvillon[232] wird nicht *wollen*, weil er nun einmal keine gute Meinung von mir hat. Auch sind ja leider! fast alle Journale in Beschlag genommen – So wollen wir denn der Sache ihren Lauf lassen, und wenn mir dieser Vorfall nur Ihr Wohlwollen, Ihre Liebe wieder erwirbt; was will ich denn mehr? Sollte ich verabschiedet werden; so wäre es ja doch keines Bubenstücks wegen. Aber es wäre doch hart, denn ich bin mit meiner Lage sehr zufrieden, kann in der Stille Gutes würken und habe hier Freunde. Die Hauptsache ist, keine Furcht blicken zu lassen. Ich habe, comme si rien n'était[233], ein Exemplar meines Buchs an Hinüber[234], nach London geschickt und Kielmannsegge sagen lassen: »Ich dankte für den Wink; aber in London hätte ich nichts zu befürchten. Er mögte nur in Hannover mein Wort reden.«

Aber da habe ich nun fast 4 Seiten bloß von meinen Angelegenheiten vollgeschrieben. Sie sehen, wie groß mein Zutraun zu Ihrer Menschenfreundlichkeit und Nachsicht ist.

Möge Sie Ihr eignes Herz für die Freude und den Trost lohnen, die Sie mir gegeben haben. Wollen Sie mich künftig Ihrer Gewogenheit und, darf ich sagen Freundschaft? würdigen; so sollen Sie sehn, ob ich mich bestreben werde, sie zu verdienen. Ich reise d 16t mit meiner ganzen Familie in's Bad nach Nendorf. (Für mich wird das eine mühsame Farth.) Könnte ich doch hoffen Ihnen und den theuren Ihrigen dort mündlich zu sagen, wie herzlich und hochachtungsvoll ich bin,

Ihr gehorsamst treuer Diener,
Knigge.

*(Herzog August Bibliothek, Wolfenbüttel, Briefsammlung Vieweg, Nr. 935)*

## An Joachim Heinrich Campe

Bremen d 3ten Nov. 1792.

Ihnen, verehrungswürdige, edle Männer! – und, erlauben Sie mir, Sie so zu nennen – zärtlich geliebte Freunde! muß ich einmal mein Herz ausschütten. Längst hätte ich an Einen von Ihnen, an Sie Beyde[235] geschrieben; aber ich befürchtete, Ihnen zudringlich zu scheinen. Jetzt habe ich auf diesem Herzen so viel liegen, dessen ich mich gern entledigen wollte, daß Sie mir's schon verzeyhn müssen, wenn ich Ihnen eine Stunde Zeit raube.

Zuerst die Mittheilung meiner frohen Empfindungen darüber, daß die edle Nation[236], um derentwillen uns die Knaben höhnen, unsre Anhänglichkeit durch ein so großmüthiges und festes Betragen rechtfertigt; Freude und Jubel darüber, daß das Schicksal die gute Sache der Menschheit begünstigt! Grade herausgesagt! mein ganzer Glaube an Gottheit, Vorsehung und Schöpfungsplan hieng daran, ob das große Werk fortrücken, oder sich in ein gemeines Possenspiel auflösen würde. Nun habe ich wieder Lust zu leben und zu würken und zu kämpfen, denn ich weiß, es geht nun gewiß noch einst gut. Allein, wie Gott Pharao's Herz verstockte; so scheint er jetzt die Augen aller teutschen Fürsten und Regierungen zu verblenden. Nur Ein Beyspiel! Die Franzosen stoßen am Rheine auf des hannöv[erschen] Ober-Cammerh[errn] v. Löw Gut. Sogleich befehlen sie, dort nichts anzurühren, weil der Besitzer ein hannöverscher Unterthan sey. Diese Nachricht erhalten die Minister in Hannover, erfahren daß man die Pfalz gleichfalls geschont habe, sehen die Franzosen sich ihren Grenzen nähern und schicken eine Staffette nach Regensburg, um ihrem Vetter und Gesandten zu befehlen, *sich zu dem Reichskriege zu erklären*. Der General Freytag[237], mit der kurzen Stirn, träumt, er wolle die Rolle des Herzogs Ferdinand[238] nach der Convention von Zeewen spielen, will einen Cordon von exerzierten Bauerlümmeln auf der Grenze ziehn, lässt Patronen stopfen, die er den Bengeln in die Tasche steckt, sorgt aber nicht für Magazine.[239] Nun fressen die hungrigen Lohn-Soldaten den armen Landmann auf, vermehren die Unzufriedenheit im Lande, reizen den großmüthigen Feind, wenn er so weit kommen sollte, auch uns zu züchtigen; und so führt das langöhrigte Gespann, das

---

232 *Mauvillon*: Jakob Mauvillon (1743–1794). Siehe Brief an Nicolai.

233 *comme si rien n'était*: als wenn nichts geschehen wäre.

234 *Hinüber*: Karl Heinrich von Hinüber, geheimer Justizrat an der Regierung in London.

235 *Sie Beyde:* Campe und Ernst Christian Trapp.

236 *die edle Nation*: Frankreich. Seit dem 20. September 1792 befand sich die Invasionsarmee auf dem Rückzug, die Franzosen eroberten Belgien, die Kurpfalz, Speyer, Worms und Mainz, wo am 23. Oktober ein Jakobinerklub gegründet wurde. In Paris wurde am 21. September 1792 die Republik proklamiert.

237 *Freytag*: Heinrich Wilhelm von Freytag (1720–1798), kurfürstlich-braunschweig-lüneburgischer Feldmarschall und Oberbefehlshaber der hannoverschen Truppen.

238 *Rolle des Herzogs Ferdinand*: Nach der Konvention von Zeven, die im Siebenjährigen Krieg 1757 praktisch die Kapitulation für Hannover bedeutete, führten Prinz Ferdinand von Braunschweigs militärische Erfolge gegen die Franzosen eine Wende herbei.

239 *Magazine*: Proviant, Vorräte.

*Joachim Heinrich Campe, Kupferstich*

des Königs Staatswagen zieht, uns grade in den Schlamm hinein, vor welchem gutmüthige Schriftsteller warnen, denen man aber zum Danke Nasen und sie den Beschimpfungen preisgiebt.

Ich muß Neckereyen über Neckereyen erdulden; mein Proceß mit Zimmermann[240] (den man vorsetzlich beym Hofmarschall-Amte aufhält, wo nur von Pasteten die Rede seyn sollte, statt ihn an ein respectables Justitz-Collegium abzugeben) wird in die Länge gezogen; er erhält Frist über Frist; man hemmt meine hiesige Thätigkeit in Kirchen- und Schulsachen; und tröstete mich nicht die Freundschaft so vieler guter Menschen hier in Bremen; wären meine unmittelbaren Obern (die Mitglieder der Regierung in Stade) nicht so sehr gute Männer, die immer eifrig sich Meiner annehmen; wäre ich nicht so arm – ich hätte längst meine Stelle verlassen, die mich noch obendrein zum unbezahlten Speisewirthe aller erzdummen Hannoveraner macht, denen es einfällt, aus der Nachbarschaft hierher zu kommen.

Doch kommen denn zwischendurch glückliche, genußvolle Stunden. Eine davon war die, als ich, mit Dankbarkeit, Rührung und Verehrung für den Verfasser, Doctor Martin Luther[241] las; eine andre, als mir Madam Reimarus[242] die ehrenvolle Erlaubniß bekanntmachte, an dem schleswigschen Journale[243] mitarbeiten zu dürfen, worüber ich ihr weitläuftig (übermorgen) schreiben werde, nämlich, wie sich's versteht, daß ich diese Erlaubniß mit beyden Händen annehme, sobald ich mit meiner jetzigen kleinen Arbeit[244] fertig bin, welchen [sic] Ende Januars der Fall seyn wird.

Und nun noch eine Angelegenheit! Der National-Convent fordert die Schriftsteller aller Nationen auf, ihm Materialien zu einem neuen Gesetzbuche zu liefern. Ich habe einmal ein Buch geschrieben – Vielleicht haben Sie es damals Ihrer Aufmerksamkeit nicht werth gehalten, also nicht gelesen. Theure, liebe Freunde! versagen Sie mir die Bitte nicht, es jetzt einmal wieder in die Hand zu nehmen – Es ist die Geschichte der Aufklärung in Abyssinien. Ein großer Fehler daran ist, daß ich im ersten Theile (der Verkäuflichkeit wegen) die ernsthaften Sachen in zu viel Possen und schaalen Witz gehüllt habe – das hat Männer, die Würde im Ausdrukke und Vortrage fordern, verscheucht, denn übrigens hat doch mein armer Kopf nie etwas Besseres geliefert. Im ersten Theile habe ich eine Geschichte der stufenweise entstandenen Verderbnisse der menschlichen und bürgerlichen Gesellschaft entwickelt, welche mit dem Bilde des jetzigen Zustandes unsrer politischen und religiosen Verfassungen schliesst; Vom 13ten Capitel des 2ten Theils an, folgt das System einer ganz neu zu gründenden Staats-Verfassung. Zwey Leute, Einer in Straßburg, der Andre ein Prediger in Hanau, schrieben an mich und kündigten mir an: sie wollten es übersetzen, wenn ich ihnen einen Verleger schaffte, worauf ich zu antworten versäumt habe und also nicht weiß, ob es in das Französische übersetzt ist. Nun glaube ich aber, es stünde doch wohl manches darinn, das einem Gesetzgeber Stoff zum Nachdenken liefern könnte; und so würde ich dann stolz darauf seyn, auch mein Schärflein zu der neuen, großen Pyramide hinzulegen. Also auf Ihr Gewissen, würdige Freunde! sagen Sie mir, wenn Sie das Buch werden gelesen haben, ob Sie glauben, daß ich mich nicht lächerlich machen würde, wenn ich ein Exemplar an den National-Convent einschickte! (Er hat bekannntgemacht, daß er Beyträge in allen Sprachen ge-

240 *Zimmermann*: Johann Georg Zimmermann (1728–1795), gegen den Knigge eine Beleidigungsklage führte. Der Prozeß zog sich bis zum Jahre 1795 hin.

241 *Doctor Martin Luther*: Titel einer von August von Hennings 1792 veröffentlichten Broschüre (»Doctor Martin Luther! Deutsche gesunde Vernunft, von einem Freunde der Fürsten und des Volks und einem Feinde der Betrüger der Einen und Verräther des Andern. Nicht in Berlin, auch leider! nicht in Braunschweig, eher noch in Wien!« [Altona] 1792).

242 *Madam Reimarus*: Sophie Reimarus (1742–1817).

243 *Schleswigsches Journal:* Herausgeber war August von Hennings, der Bruder von Sophie Reimarus. Er setzte damit das »Braunschweigische Journal« fort, das 1792 ins liberale dänische Altona ausweichen mußte.

244 *kleine Arbeit*: »Ueber die Ursachen, warum wir vorerst in Teutschland wohl keine gefährliche politische Haupt-Revolution zu erwarten haben« erschien 1793 im 2. Bd. des »Schleswigschen Journals« ohne Angabe des Verfassers.

schrieben, annehmen würde.) Ich bin so glücklich gewesen durch einen Geschäftsträger des americanischen Congresses in London, Patrik Colquhoun[245] Esqur, sehr schmeichelhaft dieses Buchs wegen begrüßt zu werden.

Und wie leben Sie denn, würdige Männer? Wie gern zauberte ich mich, wäre es auch nur auf ein Paar Stunden, an Ihre Seite hin! Zwar liesse sich das auch ohne Zauberey thun, wenn die Reise nicht so kostbar wäre. Wenn meine alte Tante Hoym[246], die Geld genug hat, aber immer zu verhungern fürchtet, mir die Hin- und Herreise bezahlte – ein Gegenstand von höchstens 100 Rtl – so packte ich mit meiner Tochter auf; aber daran ist nicht zu denken; und so muß ich mich denn begnügen, mich in Gedanken und zuweilen einmal schriftlich mit Ihnen zu unterhalten.

Haben Sie nicht irgend ein franz. engl. ital. oder lateinisches Werk in petto, wovon Sie mir die Uebersetzung anvertraun mögten? Sollte wohl Miltons herrliche Defensio pro populo Anglic. contra Salmasium[247] bey jetzigen Zeiten gern gelesen werden?

Ich bin mit der wärmsten, herzlichen Hochschätzung und Liebe,

Ihr
treuer Diener
Knigge.

*(Herzog August Bibliothek, Wolfenbüttel, Briefsammlung Vieweg, Nr. 937)*

[245] *Patrik Colquhoun*: Colquhoun war nicht nur Repräsentant des amerikanischen Kongresses, sondern auch Teilhaber an einer Siedlungsgesellschaft mit dem Namen »Genessee Association«, die deutsche Siedler anzuwerben suchte. Als Beauftragter der Gesellschaft hielt sich Albrecht U. Moll alias William Berczy 1791/92 in Bremen und Hamburg auf. Er hatte Knigge kennengelernt und diesen für eine aktive Unterstützung seiner Pläne gewinnen können.

[246] *Tante Hoym*: Sophie Dorothea Hoym (1722–1803), eine Schwester von Knigges Vater Philipp Carl. War mit Carl Ludwig Anton von Hoym, Justizkanzleidirektor in Wolfenbüttel, verheiratet.

[247] *Miltons herrliche Defensio*: Der englische Dichter John Milton (1608–1674), berühmt durch sein Epos »Paradise Lost«, setzte sich in vielen seiner Prosaschriften für Meinungsfreiheit und religiöse Toleranz ein. Er war seit 1649 Staatssekretär unter Oliver Cromwell. 1650 erschien »Joannis Miltoni, Angli, pro Populo Anglicano Defensio contra Claudii Salmasii Defensionem Regiam«, eine Schrift Miltons gegen den Gelehrten Claude Saumaise (Salmasius), der Cromwell und seine Parteigänger als »fanatische Schurken« bezeichnet hatte und alle Könige aufrief, »für die Ausrottung dieser Pest zu rüsten«.

## An Heinrich Christoph Albrecht

***Heinrich Christoph Albrecht** (1763–1800) studierte Theologie, war Mitdirektor eines Erziehungsinstituts in Eppendorf und lebte dann als privatisierender Gelehrter in Hamburg. Er stand mit den dortigen Demokratenzirkeln in enger Verbindung, schrieb Gedichte und Theaterstücke. Als aktiver Freimaurer beschäftigte er sich mit der Geschichte der Freimaurerei. In seinem Hauptwerk »Versuch über den Patriotismus« (1793) trat er für ungehinderte Pressefreiheit und die nationale Einheit Deutschlands ein. Albrecht veröffentlichte in Hamburg zwei Schriften zur Verteidigung Knigges: »Rettung der Ehre Adolphs, Freyherrn Knigge, welchen der Hofrath und Ritter von Zimmermann in Hannover als deutschen Revolutionsprediger und Demokraten hinzustellen versucht hat« (1792) und kurz darauf: »Erläuterungen über die Rechte der Menschen. Für Deutsche. Veranlaßt durch die Schrift: De Luc in Windsor an Zimmermann in Hannover« (1793). Jean André Deluc, Vorleser der englischen Königin, hatte in dieser Schrift Knigge mit Thomas Paine (1737–1809) verglichen, einem der bekanntesten Vorkämpfer der republikanischen Bewegung, den Deluc als »Volksaufwiegler« diffamierte.*

Bremen, d 31st Dec. 92.

Verehrungswürdiger, edler Mann! Ich habe mit Dankbarkeit und Rührung erfahren, daß Sie abermals die Feder zu meiner Vertheydigung ergreifen wollen. Wo soll ich je eine Gelegenheit finden, Ihnen meine Erkenntlichkeit thätig durch Gegendienste zu beweisen? Doch, ich wünsche auch nicht, daß Sie in den Fall kommen mögen, dergleichen zu bedürfen; denn trotz aller Philosophie, machen doch die ewigen Neckereyen, denen ich mich jetzt ausgesetzt sehe, mir, der ich, bey meiner hinfälligen Gesundheit, Ruhe bedürfte, manche trübe Stunde. Zimmermann, der wohl einsieht, daß mein Injurien-Proceß gegen ihn am Ende doch zu seinem Nachtheile ausfallen muß; nützt den langsamen Gang der Justitz im Hannöverschen, um die Sache in's Weite zu spielen. Seine Gegenschrift war voll pöbelhafter Schmähungen; Darauf habe ich meine Replic eingereicht; Nun kann er wieder eine dreymal vierwöchige Frist erhalten. Und wird er dann verurtheilt; so appelirt er. Unterdessen setzt er alles in Bewegung, Regierung und Publicum mistrauisch gegen mich zu machen und zieht de Lüc in sein Interesse, damit endlich die Königinn Notitz von der Sache nehmen soll. Er lässt alles ohne Censur drucken und wird nicht bestraft; mir ist bey schwerer Strafe verbothen, irgend Eine Zeile ohne Censur drucken zu lassen und da wird mir dann der kleinste Ausfall gegen Zimm[ermann] gestrichen. Um desto größer ist die Wohlthat, die Sie mir erweisen, wenn Sie ein Wort zu meiner Vertheydigung reden; und wenn es gar möglich wäre, mit Vorsicht etwas von den eben erzählten Umständen mit einfliessen zu lassen; so würde mir das eine große Freude machen.

Nochmals wiederhole ich die Versicherung, daß mein Herz den ganzen Werth Ihrer großmüthigen Verwendung fühlt, und daß Ihnen dafür lebenslang verpflichtet bleiben wird,

Ihr
ergebenster
Knigge.

Zimmerm[ann] hat die Impertinenz gehabt, in seiner gerichtlichen Schrift zu behaupten: er wisse gewiß, daß ich selbst der Verfasser der *Ehrenrettung* sey.

*(Staats- und Universitätsbibliothek Hamburg, Campe-Sammlung 3)*

## An Gerhard Anton von Halem

***Gerhard Anton von Halem** (1752–1819). Der in Oldenburg geborene von Halem promovierte in Kopenhagen zum Dr. jur. und stand seit 1775 im Dienst der oldenburgischen Landesverwaltung. Er verfaßte unter anderem eine »Geschichte des Herzogthums Oldenburg« und einen Bericht über seine Reise ins revolutionäre Paris (»Blicke auf einen Theil Deutschlands, der Schweiz und Frankreich bey einer Reise vom Jahre 1790«, Hamburg 1791, Nachdruck Bremen 1990). Von Halem war 1785–90 Vorsitzender der Oldenburger Freimaurerloge und begründete eine literarische Gesellschaft, die enge Verbindungen zu einer 1797 gegründeten Schwesterorganisation in Bremen pflegte. Knigge vertraute von Halem so offen wie kaum einem anderen Briefpartner seine persönliche Meinung über die politischen Ereignisse jener Zeit an. 1793 übersandte er von Halem eine Abschrift des am 14. Juli 1790 in Harvestehude zur Jahresfeier der Französischen Revolution gesungenen Liedes (Vgl. Knigges Brief an seine Tochter Philippine).*

Bremen d 15t Nov. 92.

Ja wohl, mein Bester! ist es jetzt der Mühe werth, zu leben. Gewiß stehen uns noch große Dinge bevor, von denen der Prophet Schirach[248] nichts schreibt. Es ist aber, als wenn Gott den teutschen Fürsten, wie Pharao, das Herz verstockt hätte, um die verkehrtesten Maßregeln zu nehmen, die sich nur ersinnen lassen, besonders, wenn sie würklich den Reichskrieg beschliessen sollten. In Hannover ist nun auch allen Officieren verbothen, *über Politic zu reden*; In Paderborn ist eine förmliche Rebellion; das Volk will nicht länger von Pfaffen regiert seyn; man hat einen Freyheitsbaum aufgepflanzt und an alle Laternenpfäle Stricke befestigt; In Berlin fordert man den Prinzen Heinrich[249] auf, an die Spitze der Unzufriednen zu treten. Indessen erbittern die wüthenden aristocratischen Schriftsteller, durch ihre unvernünftigen Schmähungen, Manchen, der sich sonst ruhig halten würde. Lesen Sie doch ja das neueste II. Stück der Wiener Zeitschrift![250]

Herr Rehberg[251] hat mich auch in der All[gemeinen] Lit[eratur] Zeit[ung] für einen Aufwiegler erklärt – Mag er doch!

Zimmermann[252] hat nun die letzte vierwöchige Frist erhalten.

Empfehlen Sie mich, mein Lieber! doch allen guten Leuten in O[ldenburg], die mich ihres Andenkens würdigen, besonders dem Hrn. Ass. Cordes.[253] Es thut mir wahrlich

[248] *Schirach*: Gottlob Benedikt von Schirach (1743–1804), deutscher Philologe, Historiker und Publizist. Herausgeber des nach 1789 antirevolutionären »Politischen Journals« (Hamburg 1782 ff.).

[249] *Prinz Heinrich*: Heinrich Friedrich Ludwig (1762–1802), ein Onkel des preußischen Königs Friedrich Wilhelm II. Prinz Heinrich gehörte zu denjenigen, die von einer Beteiligung Preußens am Krieg abrieten, der in weiten Kreisen der Bevölkerung höchst unpopulär war. Als sich die preußisch-österreichische Invasionsarmee vor den siegreichen Franzosen zurückziehen mußte, kam es zu Unruhen in Berlin.

[250] *Wiener Zeitschrift*: Die »Wiener Zeitschrift« erschien 1792/93, ihr Herausgeber war Leopold Alois Hoffmann. Im 2. Heft 1792 wurde von ihm eine »aktenmäßige Warnung für leicht zu täuschende Menschen« veröffentlicht, die vor einer geheimen Verbindung warnte, die von Karl Friedrich Bahrdt (1741–1792) und Adolph Freiherr Knigge gegründet worden sei.

[251] *Rehberg*: August Wilhelm Rehberg (1757–1836), hannoverscher Staatsbeamter und Schriftsteller, veröffentlichte in der »Allgemeinen Literatur-Zeitung« Nr. 261 (3.10.1792) eine Rezension von Knigges »Politischem Glaubensbekenntnis«. Rehberg warnte vor der Schrift, die eine »schlecht maskirte Empfehlung der Revolution« sei.

[252] *Zimmermann*: Johann Georg Zimmermann (1728–1795), gegen den Knigge eine Beleidigungsklage führte.

[253] *Cordes*: Johann Friedrich Cordes (1759–1830), Landgerichtsassessor, später Kanzlei- und Regierungsrat in Oldenburg, begleitete von Halem auf der Reise nach Paris.

*Gerhard Anton von Halem,*
*Kupferstich von J.D. Laurens, 1802*

sehr wehe, daß ich Sie so wenig genossen habe. Wollen Sie uns denn nicht einmal mit Ihrem Besuche erfreun? Mit ofnen Armen wird Sie empfangen,

Ihr
Sie herzlich verehrender
Adolph Knigge

*(Landesbibliothek Oldenburg)*

## An Gerhard Anton von Halem

Bremen, am 13ten Febr. 1796.

Von ganzem Herzen sage ich Ihnen, mein würdiger Freund! Dank für Ihre liebreiche Verwendung zum Besten des Regierungs-Secretairs Behrmann in Rinteln. (denn so heisst der Verfasser des angekündigten Buchs über die Eide.)

Er war Regiments-Auditeur gewesen und wurde nach dem Kriege, zur Belohnung treuer Dienste, mit *Verminderung* des Gehalts, nach Rinteln und dadurch ausser Stande gesetzt, für seine arme Mutter so wohlthätig wie bisher zu sorgen. Gleich nach der Messe, sobald ich die Exemplare erhalte, werde ich damit aufwarten.

Daß auch Sie, mein Lieber! krank gewesen sind, thut mir herzlich leid. Sorgen Sie ja, bey diesem äusserst ungesunden Wetter, für Ihren Cörper, dem Sie, wie ich glaube, überhaupt nicht viel zumuthen dürfen! Ich bin seit dem 23st December nur einmal vor die Thür gekommen und leide sehr viel.

Mit großem Interesse habe ich die Musterungs-Liste der Finsterlinge[254] gelesen. Der Krieg gegen diese Rotte wird indessen immer ernsthafter und nicht ohne Erfolg geführt. Ein bekanntes *Manifest einer nicht geheimen, sondern öffentlichen Verbindung ächter Freunde der Wahrheit*[255] pp fängt an, besonders in catholischen Ländern, Aufsehen zu machen und in guten Menschen den Wunsch zu erregen, einem solchen Bündnisse beyzutreten. Von dem Oppositions-Blatte: *Flüchtlinge*[256], welches mit uneingeschränkter Preß-Freyheit, in Strelitz, unter dem Schutze des Herzogs herauskömmt, wird nun wohl schon das erste Stück abgedruckt seyn. Hr. Rebmann[257] ist glücklich aus Erfurth entflohn, hat einen *Brief an Dalberg*[258] herausgegeben, in einem männlichen, kühnen,

[254] *Musterungs-Liste der Finsterlinge*: Knigge bezieht sich hier auf einen Artikel im »Genius der Zeit« (Jan. 1796) mit dem Titel »Die sich selbst entlarvenden Obscuranten«, in dem antirevolutionäre Schriften kritisiert sind.

[255] *Manifest...*: Knigges Schrift, die man als sein politisches Vermächtnis ansehen kann, erschien anonym mit dem fingierten Druckort »Wien 1795« (richtig wohl: Braunschweig). Sie rief sofort die Wiener Geheimpolizei auf den Plan, die nach dem Verfasser zu fahnden begann. (Vgl. dazu den Brief Knigges an Blumauer).

[256] *Flüchtlinge*: »Die Flüchtlinge«, eine oppositionelle Zeitschrift, wurde 1796 von Salomon Michaelis in Neustrelitz herausgegeben.

[257] *Rebmann*: Georg Friedrich Rebmann (1768–1824) war gezwungen, aufgrund seiner revolutionsfreundlichen Publikationen aus Erfurt zu fliehen. Er hatte dort im Herbst 1795 mit der Herausgabe der Zeitschrift »Das neue graue Ungeheuer« begonnen, eine Tätigkeit, die er dann in Altona fortsetzte.

[258] *Dalberg*: Karl Theodor von Dalberg (1744–1817) war kurmainzischer Statthalter in Erfurt.

aber edeln Style geschrieben, kündigt darinn eine *Regierungs-Geschichte des Churfürsten von Maynz* an und wird nächstens das *neue graue Ungeheuer* fortsetzen. Hr. Würzer[259] giebt in Altona einen *Volksredner* heraus, wovon ich 4 Stücke gelesen habe, die gemäßigte, aber vernünftige, den Finsterlingen nicht angenehme Wahrheiten, in einer den so genannten untren Classen verständlichen Sprache enthalten – Und so wird dann aller Orten das Häuflein der Zions-Wächter verhöhnt und verfolgt – Vergebens bewacht, gleich dem Cerberus, der dreyfache H.[260] (das Ungeheuer mit 3 Esels-Köpfen) die Höhle der Finsterniß und sucht Jeden, der Licht hineintragen will, mit seinem Ya-Geschreye zurückzuschrecken – das arme Thier wird bald alle Vier strecken müssen, und sollte auch ein zweyter Leopold im Capottrocke[261] seinen Rücken besteigen.

Unsers gutes [!] Cordes Verlangen weiß ich nicht besser, als durch Uebersendung der Beylage[262] zu befriedigen. Stoßen Sie sich nicht an den Albernheiten, Sprachfehlern u.d.gl. des Styls! Von dem Instrumente selbst, dessen Würkung in der That groß ist, wird Ihnen diese Beschreibung einen richtigen Begriff geben und ich wünschte, sie mögte so sehr Ihre beyderseitige Neugier erregen, daß Sie, um das Ding mit eigenen Augen zu sehn, nach Bremen kämen und unter meinem Dache hauseten.

In Gedanken umarmt Sie von ganzer Seele,

Ihr treuer

Knigge.

*(Landesbibliothek Oldenburg)*

259 *Würzer*: Heinrich Würzer (1751–1827), Schriftsteller und Publizist, lebte seit 1793 in Altona. Er veröffentlichte dort einen »revolutionären Katechismus« und gab mehrere Zeitschriften heraus, darunter ab 1. Januar 1796 das Journal »Der patriotische Volksredner«.

260 *der dreyfache H.*: Gemeint sind die drei Herausgeber des antirevolutionären »Magazins der Kunst und Literatur« (Wien 1793–97) Franz Hofstätter, Lorenz Haschka und Leopold Alois Hoffmann.

261 *Leopold im Capottrocke*: Knigge bezieht sich auf den oben erwähnten Artikel im »Genius der Zeit« (Jan. 1796), wo aus Hoffmanns Unterredungen mit Kaiser Leopold II. (1747–1792) zitiert wird, der in einem »schlichten Kapotrock« (Regenmantel mit Kapuze) das Zimmer betreten habe.

262 *Beylage*: »Beschreibung des Harmonicons, eines neuen musikalischen Instruments, von der Erfindung des Herrn Mag. Müller, Lehrers an der Königl. Domschule in Bremen«. Knigge veröffentlichte Müllers »Beschreibung« im »Genius der Zeit« (März 1796).

## Friedrich Ludwig Schröder an Adolph Freiherr Knigge

***Friedrich Ludwig Schröder*** *(1744–1816) war einer der bedeutendsten Schauspieler und Bühnendirektoren des 18. Jahrhunderts. Schröder, der bereits als Kind seine ersten Rollen spielte, übernahm 1771 die Leitung der Hamburgischen Gesellschaft. Seine Shakespeare-Bearbeitungen erregten in der Theaterwelt großes Aufsehen. Nach verschiedenen Gastspielen, u.a. in Wien, übernahm Schröder erneut die Direktion in*

*Friedrich Ludwig Schröder,*
*Kupferstich von C. Robert Schindelmayer*

*Hamburg und zog sich 1798 auf sein Landgut Rellingen zurück, wo er nach einer kurzen Rückkehr als Theaterdirektor (1811/12) starb. Schröder war seit 1775 mit Knigge bekannt, als dieser ihm verschiedene Lustspiele aus dem Französischen übersetzte. Das Hamburger Theater galt Knigge als vorbildlich, seinem Leiter, dem »als Künstler, Schriftsteller und Mensch gleich verehrungswürdigen Schröder« brachte Knigge zeitlebens besondere Achtung entgegen. (Vgl. »Ueber Schriftsteller und Schriftstellerey«, S. 238, SW 19)*

Hamburg, den 16. März 1791.

Meinen besten Dank für Ihre Bemühung bei der Oper.[263] Den 4. April wird sie zum erstenmale aufgeführt werden. Daß Sie noch nicht ganz wieder hergestellt sind, kränkt mich. Auch ich hoffe auf den Sommer zu meiner völligen Wiederherstellung, und will mich daher ein paar hundert Meilen herumkutschiren[264] lassen – und hoffe Sie bei meiner Zurückkunft in Bremen zu sehen.

Bei dem ersten flüchtigen Durchlaufen hielt ich *Zimmermann*[265] selbst für den Verfasser des eisernen Pasquills[266]; Mauvillon[267] giebt die höchste Evidenz. Aber, wenn es auch juristisch bewiesen wird, was kann ihm unter dem Reifrocke der Russin[268] geschehen?

Ei, ei! Sie führen Komödie in Bremen ein und untergraben dadurch die christliche Religion! Und wollen noch, daß ich Antheil nehmen soll? Das erlaubt mein Gewissen nicht. Ihr ergebenster

*Schröder.*

*(Aus einer alten Kiste, 179 f. / Nr. 65)*

## Friedrich Ludwig Schröder an Adolph Freiherr Knigge

Hamburg, den 10. April 1795.

Wie höchst angenehm hat mich Ihr lieber Brief überrascht! Der Teufel sitzt in dem großen Haufen der Menschen! Vielleicht hab' ich Unrecht, Ihnen das infame Gerücht zu melden, aber Menschenbosheit ist Ihnen ja nicht fremd. Mit sehr vielen Umständen ist hier ausgesprengt worden, Sie wären auf Befehl der Regierung aus Ihrem Bette geholt und gefänglich nach Stade gebracht worden und zwar – der Großmann'schen Unbesonnenheit[269] wegen; man hätte Briefe von Ihnen bei ihm gefunden etc. Wie sehr wünsche ich, Sie hier zu sehen – aus vielen Gründen! Mein Schwager[270] handelt wie ein Wahnsinniger, vielleicht könnten Sie ihn zur Vernunft bringen!

Daß ich das Theater nach Ostern aufgebe[271], ist Ihnen vielleicht schon bekannt. Ich bedarf nachgerade der Erholung, der Ruhe. Ein Theil des Senats, und zwar eine kleine Minorität, hat einem französischen und englischen Schauspieldirector mit mir gleiche Rechte gegeben, macht aus dem französischen eine Art von Hoftheater etc., das kann ich als Deutscher und als Künstler nicht vertragen; ich trete von dem Schauplatze der Stadt und des Theaters und will auf dem Lande suchen, was mir fehlt. Ewig Ihr ergebenster, treuer

*Schröder.*

*(Aus einer alten Kiste, S. 189 f. / Nr. 74)*

---

263 *Oper*: Am 4. April wurde in Hamburg zum ersten Male die Mozart-Oper »Figaros Hochzeit« aufgeführt, die Knigge zusammen mit seiner Tochter Philippine übersetzt hatte.

264 *herumkutschiren*: Schröder unternahm im Sommer 1791 eine Reise, um neues Schauspielpersonal für seine Bühne anzuwerben. Er kehrte am 13. Juni nach Hamburg zurück.

265 *Zimmermann*: Johann Georg Zimmermann (1728–1795).

266 *des eisernen Pasquills*: »Doctor Bahrdt mit der eisernen Stirn oder Die deutsche Union gegen Zimmermann«. Das Pamphlet, in dem zahlreiche Aufklärer auf derbe Art lächerlich gemacht wurden, erschien Ende 1790 unter dem Namen Knigges. Verfaßt hatte es jedoch August von Kotzebue. Viele, darunter auch Mauvillon, vermuteten zunächst Zimmermann als Verfasser.

267 *Mauvillon*: Jakob Mauvillon (1743–1794), Schriftsteller und Offizier in braunschweigischen Diensten.

268 *Russin*: Zimmermann war von Zarin Katharina II. (1729–1796) in den Ritterstand erhoben worden.

269 *Großmann'sche Unbesonnenheit*: Gustav Friedrich Wilhelm Großmann (1743–1796), Schauspieler und Theaterdirektor in Hannover und Bremen, war am 5. Februar 1795 verhaftet worden, nachdem er während eines Auftritts auf der hannoverschen Bühne unter Mißachtung der strengen Zensurbestimmungen frei extemporierte. Er kritisierte Krieg und Rekrutenaushebungen und erlaubte sich Anspielungen auf bekannte Persönlichkeiten, die in einem Vergleich des Königs von England mit einem Esel gipfelten. Großmann schrieb im Gefängnis weitere regierungskritische Schriften, worauf er bis Mitte April in Haft blieb und noch bis Ende Juni 1795 unter Hausarrest stand. Da Großmanns langjährige Beziehung zu Knigge bekannt war, lag es nahe, Knigges angebliche Gefangennahme mit den Geschehnissen in Hannover in Verbindung zu bringen.

270 *Schwager*: Johann Christoph Unzer (1747–1809), Arzt und Schriftsteller, war mit der Schauspielerin Dorothea Ackermann (1752–1821) verheiratet, einer Halbschwester Friedrich Ludwig Schröders. Die Ehe war jedoch nicht glücklich und wurde bald geschieden.

271 *Theater…aufgebe*: Schröder hatte zu Beginn der Spielzeit 1795/96 erstmalig bekannt gemacht, daß er die Bühne verlassen werde.

## An Friedrich Ludwig Schröder

[Bremen, 13. April 1795].

Freylich vermehren solche Erfahrungen, wie ich nun wieder kürzlich gemacht habe, meine *allgemeine* Menschenliebe und das Vergnügen, mich unter solchem Gesindel umherzutreiben, eben nicht; allein nähme ich auch Flügel der Morgenröthe und flöhe an's äusserste Meer[272]; so würde ich doch aller Orten eine schadenfrohe Teufelsbrut finden. Wenn ich hier, wo ich wissentlich keinen einzigen Feind habe und Manchem gefällige Dienste erweise, wo auch die Menschen zu stumpf sind, um studiert boshaft zu seyn; wenn ich hier nicht sicher bin, daß, sobald ich den Rücken wende, ärgerliche Anecdoten von mir verbreitet werden; was dürfte ich dann an einem Orte erwarten, wo etwa Schirache[273] oder d.gl. lebten?

Nichts kann einfacher und natürlicher seyn, als daß, bey den jetzigen unruhigen und von allen Seiten noch größeres Elend drohenden Zeiten, meine, mir vorgesetzte Regierung mir Instructionen zu geben und von mir Erkundigungen einzuziehn hat? In dem Befehle stand: ich solle *schleunig* kommen. Von je her habe ich viel auf pünctliche Subordination (die Seele aller bürgerlichen Geschäfte) und auf bestimmte Wort-Bedeutung gehalten. Ich beschloß daher, noch an demselben Tage, so krank ich war, abzureisen. Da hätte ich nun aber freylich erst die Sache mit einem Dutzend alten Weibern in Ueberlegung nehmen sollen. Wenig Stunden vorher besuchten mich zwey alte Bekannte, Officiere von der Armee, die auf Urlaub auch nach Stade giengen. Ich bat sie, mir unterwegens die Pferde zu bestellen. Meine Nachbarn hätten für ihr Leben gern gewusst, was diese Männer bey mir zu thun gehabt hatten, und da sie das nicht erfahren konnten, fanden sie es höchst wahrscheinlich, daß ich von ihnen sey arretirt worden, ungeachtet sie 3 Stunden vor mir abreiseten.

Bald war die Stadt voll davon und da man aus meiner unverstellten Art zu handeln keine Ursache zu meiner Gefangenschaft herausfinden konnte, erfand man das für mich so demüthigende Märchen von meinem gefährlichen Briefwechsel mit dem Hrn. Großmann[274] – Als wenn ich an einen so indiscreten und zweydeutigen Mann je etwas würde geschrieben haben, das nicht jedermann sehn dürfte! Der hessische Agent meldete diese wichtige Nachricht an seinen Hof; die Verwandte meiner Frau schrieben ihr die lamentablesten Briefe darüber. Ein Andrer theilte sie einem Reisenden aus Hannover mit; acht Tage nachher stand sie in einer geschriebnen Zeitung, die handschriftlich von dort aus im ganzen Lande umhergeschickt wird. Im schwarzen Adler in Hamburg unterhielt sich die Tisch-Gesellschaft davon. Ein alter Vetter in

*Theaterzettel der Bremer Aufführung*
*von Mozarts »Hochzeit des Figaro«*
*in der Kniggeschen Übersetzung, 18. 10. 1794*

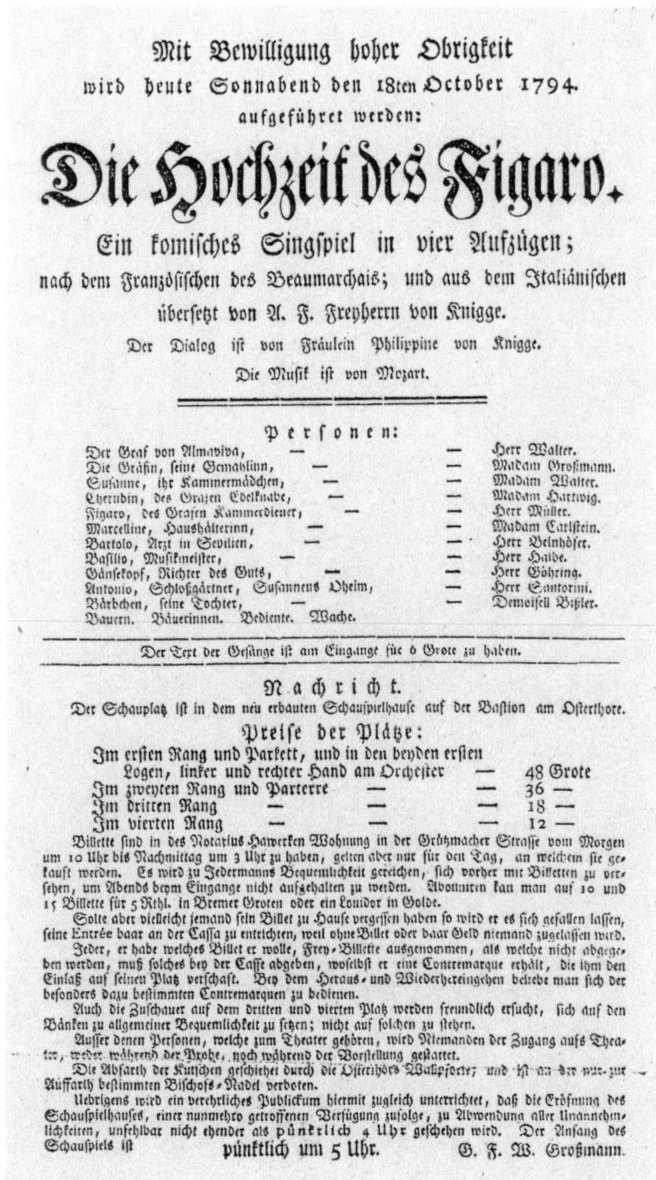

Mit Bewilligung hoher Obrigkeit
wird heute Sonnabend den 18ten October 1794.
aufgeführet werden:

Die Hochzeit des Figaro.

Ein komisches Singspiel in vier Aufzügen;
nach dem Französischen des Beaumarchais; und aus dem Italiänischen
übersetzt von A. F. Freyherrn von Knigge.

Der Dialog ist von Fräulein Philippine von Knigge.

Die Musik ist von Mozart.

Personen:

| | | |
|---|---|---|
| Der Graf von Almaviva, | — | Herr Walter. |
| Die Gräfin, seine Gemahlinn, | — | Madam Großmann. |
| Susanne, ihr Kammermädchen, | — | Madam Walter. |
| Cherubin, des Grafen Edelknabe, | — | Madam Hartwig. |
| Figaro, des Grafen Kammerdiener, | — | Herr Müller. |
| Marcelline, Haushälterinn, | — | Madam Carlstein. |
| Bartolo, Arzt in Sevilien, | — | Herr Belnhöfer. |
| Basilio, Musikmeister, | — | Herr Halbe. |
| Gänsekopf, Richter des Guts, | — | Herr Göhring. |
| Antonio, Schloßgärtner, Susannens Oheim, | — | Herr Santorini. |
| Bärbchen, seine Tochter, | — | Demoisell Bißler. |

Bauern. Bäuerinnen. Bediente. Wache.

Der Text der Gesänge ist am Eingange für 6 Grote zu haben.

Nachricht.

Der Schauplatz ist in dem neu erbauten Schauspielhause auf der Bastion am Osterthore.

Preise der Plätze:

| | |
|---|---|
| Im ersten Rang und Parkett, und in den beyden ersten Logen, linker und rechter Hand am Orchester | 48 Grote |
| Im zweyten Rang und Parterre | 36 — |
| Im dritten Rang | 18 — |
| Im vierten Rang | 12 — |

Billette sind in des Notarius Hawerken Wohnung in der Grützmacher Strasse vom Morgen um 10 Uhr bis Nachmittag um 3 Uhr zu haben, gelten aber nur für den Tag, an welchem sie gekauft werden. Es wird zu Jedermanns Bequemlichkeit gereichen, sich vorher mit Billetten zu versehen, um Abends beym Eingange nicht aufgehalten zu werden. Abonniren kan man auf 10 und 15 Billette für 5 Rthl. in Bremer Groten oder ein Louidor in Golde.

Solte aber vielleicht jemand sein Billet zu Hause vergessen haben so wird er es sich gefallen lassen, seine Entrée baar an der Cassa zu entrichten, weil ohne Billet oder baar Geld niemand zugelassen wird.

Jeder, er habe welches Billet er wolle, Frey-Billette ausgenommen, als welche nicht abgegeben werden, muß solches bey der Casse abgeben, woselbst er eine Contremarque erhält, die ihm den Einlaß auf seinen Platz verschaft. Bey dem Heraus- und Wiederhereingehen beliebe man sich der besonders dazu bestimmten Contremarquen zu bedienen.

Auch die Zuschauer auf dem dritten und vierten Platz werden freundlich ersucht, sich auf den Bänken zu allgemeiner Bequemlichkeit zu setzen; nicht auf solchen zu stehen.

Ausser denen Personen, welche zum Theater gehören, wird Niemanden der Zugang aufs Theater, weder während der Probe, noch während der Vorstellung gestattet.

Die Absarth der Kutschen geschiehet durch die Osterthors Wallpforte; und ist an der nur zur Auffarth bestimmten Bischofs-Nadel verboten.

Uebrigens wird ein verehrliches Publickum hiermit zugleich unterrichtet, daß die Eröfnung des Schauspielhauses, einer nunmehro getroffenen Verfügung zufolge, zu Abwendung aller Unannehmlichkeiten, unfehlbar nicht ehender als pünktlich 4 Uhr geschehen wird. Der Anfang des Schauspiels ist pünktlich um 5 Uhr.

G. F. W. Großmann.

---

[272] *Flügel der Morgenröthe…*: Knigge zitiert hier Psalm 139, 9.

[273] *Schirache*: Gottlob Benedikt von Schirach (1743–1804) war Herausgeber des »Politischen Journals«, das in Hamburg erschien und antirevolutionäre Ziele verfolgte.

[274] *Großmann*: Gustav Friedrich Wilhelm Großmann (1743–1796). Siehe Brief Schröders vom 10. April 1795.

Braunschweig, der seit 6 Jahren sich nicht um mich bekümmert hatte, schrieb mir eine Vermahnungs- und Straf-Epistel und indeß erfuhr ich von dem allen nichts in Stade, wo ich mit Liebe und Achtung von meinen Vorgesetzten behandelt wurde. – So sind die Menschen! Hätte ich die edelste Handlung würklich begangen; so würde niemand sich die Mühe gegeben haben, sie nur seinen Hausgenossen zu erzählen; aber eine Lüge, die mir Schimpf bringen konnte, war der Gegenstand aller Gespräche, sogar in den Dorfschenken um Bremen herum – pfui! und nun kein Wort mehr darüber!

Daß Sie, mein würdiger, edler Freund! die Absicht hätten, das Theater aufzugeben; das war mir wohl gesagt worden. Ich dachte aber noch immer, die hamburgischen Abderiten[275] würden alles anwenden, wenigstens zu verhindern, daß ein Mann, dem sie so viel zu danken haben, diesen Schritt *aus Unzufriedenheit* thäte. Was Teutschland dadurch verliehrt, davon sage ich hier nichts, weil Sie, wie ich hoffe, mir zutraun werden, daß ich das fühlen kann. Damit geht denn nun die in den letzten Zügen liegenden vaterländische Schauspielkunst zu Grabe. Sie waren der einzige Director, der noch dem einreissenden verderbten Geschmacke die Stange zu halten Muth, Kenntnisse und Gewicht genug hatte, dabey auch nicht immer mit dem Strohme zu schwimmen brauchte, um nur die Casse auf's Trockne zu bringen – das alles ist nun dahin. Aber es fragt sich, edler, vortreflicher Mann! ob Ihr Plan, auf dem Lande zu leben, nicht große Lücken in Ihrem Herzen machen wird? In Ihrem gastfreyen Hause haben Sie Andern, aber auch Sich, so manchen genußvollen Abend verschafft. Sie versammeln um Sich her alles, was von interessanten Leuten in die große, volkreiche Stadt kömmt. Sie sind an einen Umgang in Ihren Erholungsstunden und die übrige Zeit hindurch an eine Art von Thätigkeit gewöhnt, die Ihrem Geiste eine Beschäftigung giebt, an deren Platz Sie schwerlich auf dem Lande etwas werden setzen können. In der Stadt so nebenher ein wenig Garten-Wesen, Pflanzen u.d.gl. treiben, das ist sehr angenehm; aber nach so vieljähriger Gewohnheit an geistige Arbeiten, den Landhaushalt zum Haupt-Geschäfte zu machen, (Mögte man auch des Gewühls in der großen Welt noch so müde seyn) sollte das gut thun? Ja! wenn man allen Menschen entlaufen könnte! Aber man trifft ja in den Dörfern eben so ein Pack von Schurken und Thoren an, wie in den Städten, nur daß man doch hier mehr Abwechselung hat und wenn man lange genug so schwach gewesen ist, sich über Einen zu ärgern, man über den Andern einmal herzlich lachen kann – Doch meine Geschwätzigkeit verleitet mich. Was zu Ihrem Frieden dient, das wissen Sie gewiß am Besten.

Es ist noch ungewiß, ob und wie bald man mich nach Hamburg schicken wird. Meine Hochgebiethende Herrn in Hannover verändern oft ihre Plane; Doch ist ihnen das in jetzigen Zeiten, wo jeden Augenblick neue, unerwartete Begebenheiten vorgehen, wohl zu verzeyhn. Würde ich aber auch nicht geschickt; so reiste ich doch gewiß noch in diesem Sommer auf meine eigne Hand nach Hamburg.

Ich glaube nicht, daß mein *Rath* bey Unzern[276] Gewicht haben würde, wenngleich ihm meine Freundschaft angenehm ist. Er weiß es von 25 Jahren her und hat mir's oft gesagt, daß er klüger ist, als ich. Vor 5 Jahren beschwur ich ihn, sein verwünschtes Ottmarschen aufzugeben und eine einfache häusliche Lebensart mit seiner Gattinn in Altona anzufangen; aber er hörte mich nicht. Auch sprach ich ihm, auf Veranlassung Ihrer Frau Schwester[277], über manche Dinge zu; allein vergebens. Von seinen neuern Begebenheiten weiß ich nichts, weder durch ihn, noch meine andre Freunde. Nur von Fremden habe ich gehört, die beyden Eheleute wollten sich auf immer trennen.

Mit Schrecken sehe ich, daß ich Ihnen mit meinem Geplaudere eine lange Stunde geraubt habe. Verzeyhen Sie mir's, würdiger Freund und Br[uder]! Ich bin mit inniger Verehrung

Ihr
treuer
Knigge
Bremen, am 13t April, 1795.

Auch bey unsrer Armee hat sich das schändliche Gerücht meiner Gefangennehmung verbreitet.

*(Österreichische Nationalbibliothek, Autogr. 477/9–1)*

[275] *Abderiten*: Christoph Martin Wieland (1733–1813) hatte mit seinem Roman »Die Abderiten« (1774) eine gesellschaftskritische Satire verfaßt, in der die menschlichen Schwächen und Torheiten der Bewohner von Abdera (einer Art Schildbürger) dargestellt wurden.

[276] *Unzern*: Johann Christoph Unzer (1747–1809), Arzt und Schriftsteller. Vgl. Brief von Schröder, 10. April 1795.

[277] *Ihrer Frau Schwester*: Dorothea Ackermann entstammte der zweiten Ehe Sophie Schröders, der Mutter Friedrich Ludwig Schröders, die 1749 den Schauspieler Konrad Ernst Ackermann geheiratet hatte.

## An Johann Gottwerth Müller

***Johann Gottwerth Müller*** *(1743–1828) lebte zunächst als Buchhändler in Hamburg, später als Schriftsteller in Itzehoe. Sein Roman »Siegfried von Lindenberg« (1779), der die Verirrungen des Helden in eine Welt der Illusionen beschreibt, war seinerzeit ein vielgelesenes Buch. Auch Knigge schätzte Müllers Werke: »Ich mache damit mir und meiner Familie, die dann um mein Bette herum zu sitzen und abwechselnd laut zu lesen pflegt, manche genußvolle Stunde« (an Müller, 26. Dez. 1791).*
*Müllers Schrift »Über den Verlagsraub«, die er Knigge zuschickte, wurde von diesem mit der Publikation »Über den Bücher-Nachdruck« (1791) beantwortet.*

Bremen, am 14ten Sept. 1795.

Wer von uns Beyden, Sie, bester Müller! oder ich, am wenigsten gern Briefe schreibt, selbst an so geliebte und verehrte Freunde, als Sie mir einer sind; das würde wohl schwer auszumachen seyn. Oft, nur zu oft, hier in der guten Reichsstadt Bremen, fühle ich das Bedürfniß, mit abwesenden edeln und weisen Menschen ein Wort aus dem Herzen zu reden; aber wenn ich dann wieder bedenke, daß ich alles, was ich auf diesem Herzen habe, nur zum allergeringsten Theile, auch, bey überhäuften Geschäften vieler Art und einem immer leidenden Körper, nur höchst unvollkommen würde sagen können; so lege ich die schon ergriffene Feder wieder bey Seite. Indessen hat mir vor wenig Tagen der Hr. Delius[278] einen so liebreichen, freundlichen Gruß von Ihnen gebracht daß ich wenigstens der Versuchung nicht widerstehn kann, Ihnen einen Empfang- und Dankschein darüber auszustellen und Ihnen zu sagen, daß ich mich recht oft in Gedanken mit Ihnen beschäftige und mir das Glück wünsche, Sie an meine Brust drücken zu können. Ihr letzter lieber Brief, den ich gelesen und wieder gelesen habe, hat mich in Ihren häuslichen Cirkel eingeführt, mich genau mit Ihrem Wandel bekannt gemacht. Ich danke Ihnen herzlich für die interessanten Nachrichten, die Sie mir darinn geben. Nun möchte ich Ihnen auch wohl so etwas von meinem Thun und Lassen und Leiden schreiben; aber das wird sich kurz fassen lassen, denn ich lebe eigentlich nicht mehr.

Nachdem ich lange Zeit vergebens in Hannover um Gerechtigkeit gebettelt hatte und daß man mich doch endlich wieder in den Besitz meines väterlichen Vermögens setzen mögte, das seit 29 Jahren von den Händen der heiligen Justitz manipulirt und desorganisirt wird; nachdem sogar der König vergebens seinem Ministerio befohlen hatte, sich dieser himmelschreienden Sache anzunehmen und ich eben nach London reisen wollte, um noch das Letzte zu versuchen; warf man, um mir den Mund zu stopfen, vor 5 Jahren mir die Oberhauptmannschaft hier in Bremen an den Hals. (Mit den Gütern blieb es, wie es war, und ich ermüdete endlich). Diese Bedienung[279] (die übrigens manche Annehmlichkeiten hat, besonders da die Inspection des Schul- und Kirchenwesens damit verbunden ist) trägt mir mehr Ehre als Geld ein, und nöthigt mich zu einigem Aufwande, der mir verhaßt, meiner Frau aber sehr angenehm ist. Will ich, besonders bey jetzigen theuren Zeiten, nicht zurückkommen; so muß ich die Schriftstellerei zu Hülfe nehmen. Nun aber bin ich seit 4 Jahren bettlägerig, kann nur wenig Stunden des Tages, und auch das nur bey heiterm Wetter, auf den Beinen seyn, bin keinen Augenblick meines Lebens ohne Schmerzen; und so sieht man es denn freylich meinen Arbeiten oft an, daß sie *invita Minerva*[280] geschrieben sind. In Gesellschaften gehe ich nie, bekomme aber vor meinem Bette viel Besuche. Das hat sein Gutes, aber auch sein Schlimmes. Denn da man weiß, daß ich immer zu Hause bin; kömmt jeder Tagedieb, der nichts Besseres thun mag, um seine Langeweile auf mich abzuschütteln. Ich bin 43 Jahre alt. Ich habe eine Frau von ziemlich sanftem Character und eine zwanzigjährige Tochter, die einige ausgebildete Talente und Kenntnisse, ein gutes Herz, aber leider! noch keinen Mann hat, da ich sie doch so gern vor meiner Abreise in das Paradies versorgt sehn mögte. Uebler Laune bin ich selten; aber dadurch, daß ich so wenig in das Weltgetümmel, in die freye Luft komme und so selten mich an dem Anblicke der Natur-Scenen laben kann, werde ich eintönig, in mich gekehrt, und dadurch, daß mich die Menschen so oft zum Narren gehabt haben, bin ich ein wenig ungeschmeidig, kalt und ungläubig geworden.

So weit hatte ich geschrieben, als mich der Hr. D. Eitzen besuchte, mir auch die Freude machte, recht viel von Ihnen, würdiger Mann! zu erzählen, und mir zu sagen, daß Sie mit ihm von mir in allen Ehren gesprochen hätten. Mögten Sie doch recht gesund, glücklich und sorgenlos leben!

278 *Delius*: Arnold Delius (1742–1819), Bremer Kaufmann, dessen fehlgeschlagene Unternehmungen in Amerika einen Prozeß zur Folge hatten. Knigge setzte sich für ihn ein und schrieb eine »Kurze Darstellung der Schicksale, die den Kaufmann Herrn Arnold Delius in Bremen, als Folgen seiner nordamerikanischen Handlungs-Unternehmungen betroffen haben«, [Bremen] 1795.

279 *Bedienung*: Amt, Stellung.

280 *invita Minerva*: Nicht in der richtigen Schöpferlaune, gezwungenermaßen (wörtl.: Gegen den Willen der Minerva).

Gesänge
aus
dem Singspiele
Figaro's Heyrath,
in vier Aufzügen,
aus dem Italienischen übersetzt
vom
Freyherrn von Knigge.

In Musik gesetzt von Mozart.

Hamburg,
gedruckt bey Joh. Matth. Michaelsen.
1791.

Der junge Schröder[281] zeigt auf unserm Athenäo[282] viel Fleiß, ist ein guter Kopf, macht aber auch zuweilen, in Gesellschaft der übrigen Studenten, kleine Bockssprünge, weswegen ich ihm neulich bald hätte auf die Finger klopfen müssen. Doch ging es noch so glimpflich ab, weil ich mehr auf Ihre Empfehlung, als auf seine Unschuld Rücksicht nahm; denn eigentlich war er der Anführer und Anhetzer gewesen, log sich aber, mit ächter Pfaffenlist, heraus.

Und nun, mein theuerster, liebster Müller! nachdem ich Sie lange genug mit meinem Geschwätze von bessern Geschäften abgehalten habe, ergreife ich meinen Hut und Stock (allein ich trage in *communi vita*[283] keinen Stock, lasse aber auch die Hände nicht bummeln, noch falte ich sie auf dem Bauche zusammen, denn ich habe keinen Bauch; auch stekke ich sie nicht in die Taschen, wenn ich gehe, und finde doch Mittel, sie anständig unterzubringen) ergreife ich, *ut ita dicam*[284], meinen Hut – (weil ich aber im Bette liege, könnte ich wohl füglicher sagen: meine Nachtmütze; allein ich trage auch keine Nachtmütze – also ist das alles mit dem Ergreifen nur figürlich zu verstehen) und empfehle mich der Fortdauer Ihrer mir so theuren Liebe und Freundschaft.

Knigge.

*(Hans Schröder: Johann Gottwerth Müller. Itzehoe 1843, S. 121–123)*

[281] *Schröder*: vermutlich Johann Christian Theodor Schröder, ein Predigersohn aus dem Holsteinischen. War 1801 Rektor in Itzehoe und später Pastor in Rendsburg.

[282] *Athenäum*: Bezeichnung für die der Bremer Domschule angegliederte Akademie (höhere Schule).

[283] *in communi vita*: in der Öffentlichkeit.

[284] *ut ita dicam*: wie ich sagen würde, sozusagen.

# Sophie Reimarus an Adolph Freiherr Knigge

***Sophie Reimarus** (1742–1817) war die Schwester des Publizisten August von Hennings und Ehefrau von Johann Albert Heinrich Reimarus. Ihr Haus war gesellschaftlicher und geistiger Mittelpunkt in Hamburg. Enge Verbindungen bestanden zu Johann Georg Büsch und dem Kaufmann Georg Heinrich Sieveking. Sophie Reimarus' Tochter Christine heiratete 1796 Karl Friedrich Reinhard, den französischen Gesandten der Hansestädte. Sophie Reimarus besaß vielfältige Kontakte zu Herausgebern und Verlegern zahlreicher Zeitschriften, sie war Mitarbeiterin beim »Genius der Zeit«, der von ihrem Bruder herausgegeben wurde. Ihre Briefe lassen ein reges Interesse an den politischen Ereignissen der Zeit erkennen. Sie pflegte in den neunziger Jahren einen kontinuierlichen Briefwechsel mit Knigge, der die Familie Reimarus von Besuchen in Hamburg her gut kannte.*

Hamburg, den 4. März 1796.

Diesen Brief schicke ich mit einem Freunde, mit dem ich ihn lieber nicht schickte, da ich ihn sehr ungern nach Bremen reisen sehe. Reinhard[285] wird Ihnen sagen, warum er zu Ihnen kommt und daß unsere hochweisen Herren den Weg der Thorheit gehen. An den Gedanken, daß er gar nicht wieder nach Hamburg kommt, kann ich mich nicht gewöhnen, und wenn auch Bomben und Kanonen dazwischen kommen, so wollen wir keinen anderen Minister, als Reinhard. Kommt nicht Frieden und macht Gott nicht gut, was der Rath verdorben hat, so wird es uns ziemlich übel gehen.

Ich habe in diesen Tagen der Deductionen aus Regensburg, des Reichsvertrages, der Anhänglichkeit an den Kaiser so viel gehört, daß ich es satt habe und nun begreife, daß nicht eine Spur von Vernunft in dem Allen ist. Hätte man vor einem halben Jahre einen vernünftigen Mann zum Vermittler nach Paris geschickt so würde Alles abgewandt worden sein, man hätte Hamburgs Handel benutzt, ohne ihn zu stören. Reinhard wäre auf dem alten Fuße noch einige Zeit bis zum Frieden geblieben und wir Alle wären glücklich gewesen. Zu dieser Voraussicht kommt aber ein Hamburgischer Rathsherrenkopf nicht, und wenn es einer besser machen könnte, so wird er Etatsrath. – Ist das nicht eine schöne Geschichte mit Voght's Rangerhöhung?[286] Wenn vernünftige Leute mit Titel und Aristocratie in ein Mauseloch kriechen möchten – wie wir ihm darüber nichts schenken, wird Ihnen Reinhard sagen.

Segne Sie der Himmel für das, was Sie für meinen Bruder schreiben wollen[287]; der hat auch in ein aristocratisches Wespennest gestochen, daher noch aller Verdruß, der ihm angethan wird und wovon ich leider das Ende nicht absehe. Er ist neulich sehr krank gewesen von dem moralischen Gifte, was ihm täglich aufgetischt wird. Poel[288] und Reinhard [muß heißen: Reichardt] haben mir auch eine Recension versprochen. Der Gemeingeist der Vernunft ist am Ende auch noch der einzige, der etwas sichtbar ist. An einen andern, der im Blute, mit dem man aufgewachsen, sein sollte, glaube ich in Deutschland gar nicht. Das denke ich täglich, wenn ich sehe, wie die Leute es hier mit den Stadthändeln treiben, man sieht nichts von Patriotismus, Jeder ißt, trinkt keine Minute kürzer, schläft eben so lange, tanzt, läuft den Schauspielerinnen nach, gähnt in Concerten, macht Landparthien, als ob nichts wäre, sagt wol gar: es ist doch schlimm, daß jetzt zwei Partheien werden und Rath und Bürgerschaft, oder

285 *Reinhard*: Karl Friedrich Reinhard (1761–1837) stammte aus Württemberg, lebte seit 1787 als Hauslehrer in Bordeaux, nahm an der Revolution teil und war dann in diplomatischen Diensten Frankreichs. 1795 wurde er zum Gesandten der Hansestädte ernannt. Dort bestand großes Interesse an einer Neutralität: Man wollte sich aus wirtschaftlichen Gründen mit Frankreich gut stellen, ohne jedoch die Position im Reich zu gefährden. Der Hamburger Senat konnte sich daher nicht zu einer offiziellen Anerkennung Reinhards durchringen, der gezwungen war, vorübergehend nach Bremen auszuweichen. Der Bremer Senat stand Frankreich wohlwollender gegenüber, wie einem Brief Reinhards an den französischen Außenminister Delacroix zu entnehmen ist: »Bürger Minister, in der Stadt, in der ich mich gegenwärtig aufhalte, habe ich weniger Luxus und weniger Reichtum angetroffen, aber auch weniger Korruption und mehr Vaterlandsliebe als in Hamburg. Der Patriotismus hier ist selbstverständlich Liebe zu Bremen, aber es ist ein energischer und reiner Patriotismus, und das befähigt die Bewohner der Stadt besser dazu, die Französische Revolution gerecht zu beurteilen und sich unserer Sache anzuschließen.« Zit. nach: Delinière, S. 118 f.

286 *Voght's Rangerhöhung*: 1796 war der Hamburger Kaufmann Caspar Voght, der zu den führenden Aufklärern der Stadt gehörte, zum dänischen Etatsrat ernannt worden.

287 *was Sie für meinen Bruder schreiben wollen*: August von Hennings (1746–1826), Amtmann in Plön und Bruder der Sophie Reimarus, war 1793 durch einen Grafen von Goltz zum Duell gefordert worden. Hennings weigerte sich unter Hinweis auf seine Familie, die Forderung anzunehmen und mußte sich daraufhin allerlei Beleidigungen gefallen lassen. Hennings veröffentlichte im »Genius der Zeit« verschiedene Beiträge, in denen das Duellieren kritisiert wird. 1795 erscheint »Meine Duellgeschichte. Zum Berichte der Wahrheit und zum reifen Nachdenken über Duelle überhaupt, denkenden Männern vorgelegt«. Die Schrift fand breite Beachtung und wurde u.a. auch von Knigge rezensiert.

288 *Poel*: Piter Poel und Johann Friedrich Reichardt waren Herausgeber der Zeitschrift »Frankreich im Jahre 1795. Aus den Briefen deutscher Männer in Paris« (1795–1805).

Rath und Oberalten[289] nicht einerlei Meinung wegen der Anerkennung des französischen Ministers sind.

Mit Herrn von Reden[290] ist Reinhard bei Professor Busch[291] in Gesellschaft gewesen, der kann also von ihm erzählen. Bei uns ist der Schnüffler nicht gewesen, es waren aber noch mehr Hannoveraner hier, auch ein Herr v. d. Wense[292], der hatte Sievecking[293] gefragt, wer eigentlich die »Annalen der leidenden Menschheit«[294] schriebe, auch von dem Majestätsverbrechen der bekannt gemachten Acten gesprochen. Golzen's[295] Bosheit muß doch arg sein, weil sogar die Brüder Freimaurer sie verdammen. Der Schauspieler Schröder[296], der sonst sein partheiischer Anhänger war, sagte, als er die Duellgeschichte gelesen hatte: »der G. ist ein .... Hennings muß das bis auf's Aeußerste durchfechten.« –

Cramer[297] hofft Alles jetzt von der besseren Einrichtung der Finanzen in Paris, scheint aber dabei Heimweh zu fühlen und spricht mit Entzücken von den schönen Elbgegenden und den Leuten, die da wohnen; er druckt, schreibt und übersetzt immerfort. –

Wie ist Affsprung[298] zur Professorstelle gekommen? Zum festen Brote schien er mir keine Anlage zu haben. Dr.

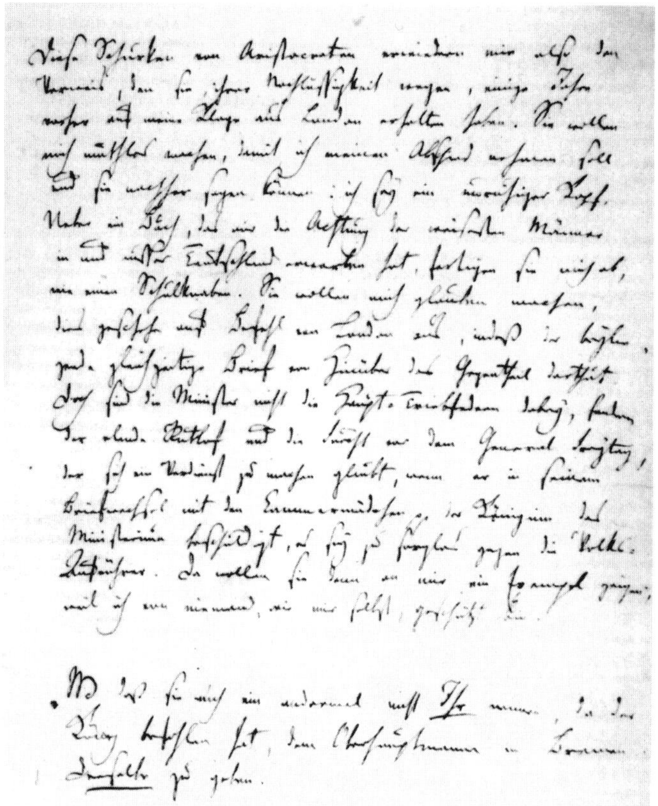

*»Diese Schurken von Aristocraten...« – Knigges handschriftliche Anmerkung zu dem Brief von Arnßwaldt vom 2. Juli 1792*

Deneck's [muß heißen: Beneke][299], der aus Bremen zu uns gekommen ist, scheint ein herzlich guter, sehr überspannter Mann zu sein, hat verlassen, was er hatte, ohne zu berechnen, ob es schlimmer war, als was er kriegen konnte. Er kann nicht bestimmt angeben, warum er nicht in Preußischen Diensten bleiben wollte, klagt nur, daß nicht Alles gerade und recht wäre und er doch gehorchen müsse. Nun will er Jurist sein – Prozesse führen – lieber Gott! ist denn da Alles gerade und recht? Sein Freund in Paris[300], Reinhard's [muß hei-

[289] *Oberalte*: Vertreter der Bürgerschaft vor dem Rat (in Bremen: Elterleute).

[290] *Herr von Reden*: Vermutlich der hannoversche Staatsbeamte Franz Ludwig Wilhelm von Reden, der in diplomatischen Diensten Hannovers stand.

[291] *Professor Busch*: Johann Georg Büsch (1728–1800) war Professor am Hamburger Gymnasium, Vorsteher der Handelsakademie und Mitbegründer der »Patriotischen Gesellschaft«. Er setzte sich u.a. für eine Reform des Armenwesens ein. Sein Haus war ein von weither aufgesuchter Ort für zahlreiche Gäste, die nach Hamburg kamen.

[292] *Herr v. d. Wense*: Georg Friedrich August von der Wense, Präsident der Justizkanzlei in Celle.

[293] *Sievecking*: Georg Heinrich Sieveking (1751–1799). Vgl. Brief an Philippine von Knigge.

[294] *Annalen der leidenden Menschheit*: Zeitschrift, hrsg. von August von Hennings (Altona 1795–1801). Veröffentlichte vor allem Prozeßakten, Verfolgungsberichte, Bittschriften und Verordnungen.

[295] *Golz*: Graf von Goltz, der Urheber der Duellaffäre.

[296] *Schröder*: Friedrich Ludwig Schröder (1744–1816), Theaterdirektor und Schauspieler, war der führende Kopf der Hamburger Freimaurer.

[297] *Cramer*: Der Kieler Professor Carl Friedrich Cramer (1752–1807) war 1794 wegen seiner Sympathien für die Französische Revolution entlassen worden und lebte seit 1795 als Buchhändler und Übersetzer in Paris.

[298] *Affsprung*: Johann Michael Affsprung (1748–1808), Schriftsteller und Pädagoge aus Ulm, hielt sich als Hauslehrer in Wien und in den Niederlanden auf, lebte nach 1791 in der Schweiz und erhielt schließlich eine Anstellung als Professor für griechische Literatur in seiner Heimatstadt.

[299] *Dr. Deneck's [Beneke]*: Gemeint ist Ferdinand Beneke (1774–1848), der in Bremen geboren wurde und dort zur Schule ging, dann mit seinen Eltern nach Minden übersiedelte. Besuchte häufig Bremen und Hamburg, das er 1795 als seinen Wohnsitz zu nehmen beschloß, was für ihn als mitteloser Jurist keine leichte Entscheidung war. Sein Tagebuch ist erhalten und gibt Auskunft, daß Beneke sich Februar/März 1796 in Hamburg aufhielt. (Vgl. dazu Hauschild-Thiessen).

[300] *Freund in Paris*: Gustav Wilhelm Hensler (1774–1835). Seine Mutter, eine geborene Alberti, ehelichte nach dem Tod ihres Mannes Johann Friedrich Reichardt. Hensler stand seit 1796 im französischen Militärdienst.

ßen: Reichard's] Stiefsohn, der ihm wol zuerst den Floh in's Ohr setzte, arbeitet jetzt bei Israel Worms im Comtoir. Cartouche war kein ärgerer Schelm als W…, das habe ich Benecken gesagt und ihm bewiesen, daß die Welt sich allenthalben gleich und der ehrliche Mann wie Gold sein kann, das immer seinen Werth behält. Wüßte ich ein paar junge Leute, die reisen wollten, so müßte man suchen, D. [muß heißen: B.] als Hofmeister zu ihnen zu bringen.

Den 16. März.

Ich habe diesen Brief wieder aufgebrochen, weil Reinhard noch einige Tage bei uns bleiben konnte. Nun muß er fort – Sievecking reiset nach Frankreich, soll Alles vermitteln und gut machen – wird er es können? – Vorige Woche erhielt ich Ihre Recension der Duellgeschichte, wir haben sie so kernhaft brav gefunden, fühlen so sehr, wie wohl sie meinem gekränkten Bruder thun wird. Ungedruckt darf er sie nicht sehen, weil ein despotisches Rescript des Königs[301] ihm (und Golz doch auch) die Niederschlagung der Sache befiehlt und den Druck von Allem, was darüber verhandelt werden könnte. Das ist aber gottlob kein Gesetz für's Ausland. In dem Journal »Deutschland«[302] wird eine derbe Recension kommen, die an Reinhard [muß heißen: Reichardt] eingeschickt ist, – Ihre, denke ich soll in's Archiv der Zeit[303] – oder soll sie in das neue Journal, das unter Freiheitsprivilegien bei dem Juden Michaelis[304] im Mecklenburgischen herauskommt? Gegen das »graue Ungeheuer«[305] habe ich zu erinnern, daß es mehr als eine Sammlung alter Aufsätze ist. Reinhard [Reichardt?] ist auch Mitarbeiter vom Archiv der Zeit.

S. Reimarus,
geb. Hennings.

*(Aus einer alten Kiste, S. 157–161)*

[301] *König*: Holstein unterstand Christian VII. von Dänemark.

[302] *Journal »Deutschland«*: Hrsg. von Johann Friedrich Reichardt (Berlin 1796). »Hennings Duellgeschichte« erschien in Bd. 2, S. 92–119.

[303] *Archiv der Zeit*: »Berlinisches Archiv der Zeit und ihres Geschmacks«, hrsg. von Friedrich Ludwig Wilhelm Meyer, Friedrich Eberhard Rambach und Ignaz Aurelius Feßler (Berlin 1795–1800).

[304] *Michaelis*: Salomon Michaelis gab in Neustrelitz die Zeitschrift »Die Flüchtlinge« heraus.

[305] *Graues Ungeheuer*: Die prorevolutionäre Zeitschrift »Das neue graue Ungeheuer« erschien 1794–1797 in Altona und wurde von Georg Friedrich Rebmann herausgegeben, der auch die meisten Beiträge verfaßte.

[306] *Manifest*: Manifest einer nicht geheimen, sondern sehr öffentlichen Verbindung ächter Freunde der Wahrheit, Rechtschaffenheit und bürgerlichen Ordnung, an ihre Zeitgenossen, Wien [Braunschweig?] 1795.

## An Alois Blumauer

***Alois Blumauer** (1755–1798), österreichischer Schriftsteller und Publizist, war ein begeisterter Anhänger der Reformen Josephs II. Blumauer war Freimaurer und Mitglied des Illuminatenordens. Er veröffentlichte zahlreiche Gedichte, häufig satirischen Inhalts. Als sein Hauptwerk gilt eine Travestie von Vergils »Aeneis«. Mit dem Briefwechsel zwischen Knigge und Blumauer hat es eine besondere Bewandtnis. Die Briefe haben ihren Adressaten nämlich ebensowenig erreicht, wie die Briefe, die Knigge aus Wien erhielt, tatsächlich von Blumauer waren. Es war die Wiener Geheimpolizei, die sich den Namen des Schriftstellers zunutze machte, um Knigge über das »Manifest einer nicht geheimen, sondern sehr öffentlichen Verbindung« auszuhorchen. Man erwartete sich Hinweise auf Mitglieder dieser Verbindung. Obwohl Knigge in dem Brief ausführlich über sein Leben Auskunft gibt, so war der Inhalt für die Wiener Geheimpolizei doch eher enttäuschend. Sie mußte erkennen, daß es diese Vereinigung noch gar nicht gab. Auch ein weiteres Schreiben, das man Knigge am 14. April entlockte, war wenig ergiebig. Eine darin angekündigte Reise kam nicht mehr zustande, da Knigge drei Wochen später starb. Er hat nie erfahren, daß seine Mitteilungen den Adressaten nicht erreichten.*

[Bremen, den 21. Januar 1796].

Ihr Brief, würdiger edler Mann! hat mir eine frohe Stunde gemacht, deren ich jetzt wenige habe. Ich eile, Ihnen dies zu sagen, damit Sie auch bald erfahren mögen, daß er in die rechten Hände gekommen und Ihrer Vorsicht gemäß auch jetzt schon vernichtet ist. Deßwegen also antworte ich sogleich; aber da ich sehr krank bin (seit vier Jahren habe ich keinen Tag ganz außer Bette hinbringen können und bin keinen Augenblick meines Lebens ohne Schmerzen; in den Wintermonaten kommen dann immer noch heftigere Anfälle hinzu, wie das jetzt der Fall ist), so müssen Sie Nachsicht mit meiner Schreyberei haben, die wol etwas verworren ausfallen wird, weil mein Kopf sehr schwach ist. – Doch zur Sache!

Um Ihnen über das bewußte Manifest[306] mit der vollen Freymüthigkeit, die ich einem Manne, wie Sie sind, ohne Rückhalt schuldig zu seyn glaube, die nöthige Auskunft zu geben, muß ich ein wenig weit ausholen und zuerst von mir selber und meiner Lage reden. In meinen jüngeren Jahren habe ich mich an großen und kleinen Höfen und in Civildiensten hudeln lassen. Dann riß ich mich aus dem Strudel heraus und suchte in den schönen Rheingegenden ein Plätzchen, wo ich ruhig ein den Wissenschaften und meinen Hausvaterspflichten gewidmetes Leben führen könnte. Dort wurde aber mein Herz durch die Fürsten- und Pfaffengräuel, die ich von allen Seiten um mich her sah, empört. Ich schrieb eine lange Reyhe von Jahren hindurch gegen Despotismus, Betrug und Dummheit und schloß mich an jede Verbindung an, von der ich glaubte, daß sie der Bosheit und der Thorheit entgegenarbeiten könnte und wollte. Am mehrsten hoffte ich von geheimen Bündnissen; da ich aber hier und dort und aller Orten nur kleinliche, eitle, eigennützige, herrschsüchtige, egoistische Menschen in der Majorität fand, mit meinem Eifer nichts ausrichtete, mit Undank belohnt, verfolgt, geneckt wurde, so wurde ich endlich des zwecklosen Kampfes müde. »Laß die Narren ihren Gang gehen«, sagte ich zu mir selber, »wenn Sie es nicht besser haben wollen. Ich will den Rest meines Lebens genießen und mich um nichts bekümmern, was mich nicht unmittelbar angeht.« Mit diesem Entschlusse gieng ich nebst meiner Familie vor zehn Jahren in mein Vaterland (Hannover) zurück. Allein auch hier war mir kein Frieden beschieden. Ich fand meine Güter, mein sehr ansehnliches Vermögen, durch eine Rotte von Bösewichtern seit 23 Jahren in der besten Form Rechtens, unter dem Schutze der heiligen Justiz, auf beyspiellose Weise verwaltet, geplündert, unter dem Vorwande, meine väterlichen Schulden durch diese Sequestration[307] zu tilgen, womit man aber noch sehr wenig fortgerückt war. Alle meine Mühe, die Sequestration aufzuheben, war vergebens; man hatte meine lange Abwesenheit nur zu gut benutzt, um sich mächtigen Schutz zu erkaufen. Endlich fieng ich an zu toben, zu drohen, verklagte das Ministerium bey dem Könige; es kamen herbe Verweise und geschärfte Befehle von London, worüber man aber in Hannover lachte. Nun war ich im Begriffe, selbst nach England zu reisen. Schwerlich würde mir das etwas geholfen haben; indessen schien man doch diesen Schritt bedenklich zu finden. Um mich also ein wenig zu beruhigen, gab man mir die Oberhauptmannschaft in Bremen; mit meinen Gütern blieb es beym Alten. Was war zu thun? Ich wankte. Meine Frau drang in mich. Ich sehnte mich nach Ruhe, fieng an, schwächlich zu werden – Folgen des vieljährigen Kummers und Streitens – also ließ ich mein Vermögen in Diebeshänden (bis auf eine jährliche Competenz), schwieg über das Vergangene und nahm die Bedienung[308] an. Diese nun ist einträglicher an äußerer Ehre als an Gelde und nötigt mich zu einem Aufwande, der mir schon an sich zuwider ist. Nur die damit verknüpfte Direction des Schul- und Kirchenwesens, des Waisenhauses usw. hat einige Annehmlichkeit für mich, und obgleich ich nun aus einem unabhängigen Zustand in einen Dienst getreten war, so hoffte ich mich in meiner kleinen Statthalterschaft, in einer Reichsstadt, fern von der Residenz, doch noch ziemlich frey fühlen zu dürfen. Wenigstens glaubte ich, die Freyheit zu denken und zu reden, was ich für wahr hielt, nicht vertrödelt zu haben. Als daher die französiche Revolution ausbrach, hielt ich es für die Pflicht eines treuen Staatsbürgers, die deutschen Fürsten zu warnen, daß sie sich doch ja nicht in jene Greuel mischen mögten, hingegen die besten Mittel wählen, um ähnlichen Umkehrungen in ihren Ländern vorzubeugen. Ich that dies hauptsächlich in meinem »politischen Glaubensbekenntnisse«[309], nachdem ich die »Geschichte der Aufklärung in Abyssinien«[310] vorausgeschickt hatte. Daß ich dabey mit warmer Theilnahme von der französischen Revolution redete, von der sich damals so viel wohlthätige Folgen für die gedrückte Menschheit hoffen ließen, das war sehr natürlich. Anfangs machte dies auch bey den Ministern kein Aufsehen; allein der Ritter Zimmermann[311], den ich durch den »Hosenmacher«[312] und durch »Schaafskopfs Papiere«[313] zur Rache gereizt hatte, setzte Alles in Bewegung gegen mich. Ich erhielt einen herben Verweis, und es war nahe daran, daß ich meine Stelle verlohren hätte. Meinen Abschied zu *nehmen*, den Triumph wollte ich meinen Feinden nicht gönnen. Also, und da Weib und Kind und furchtsame Freunde in mich drangen, verschmerzte ich auch diese Demüthigung und betrug mich von der Zeit an, drey Jahre hindurch während dem Kriege, im Reden und Schreiben mit einer fast übertriebenen Vorsicht. Mein Haus war ein Zufluchtsort für das emigrierte Lumpengesindel; ein Haufen Aristokraten war es, der täglich bey meiner Frau Verkehr hatte und gefüttert wur-

---

307 *Sequestration*: Zwangsverwaltung.

308 *Bedienung*: Stelle, Amt.

309 *Politisches Glaubensbekenntniss*: Josephs von Wurmbrand, kaiserlich abyssinischen Ex-Ministers, jezzigen Notarii caesarii publici in der Reichsstadt Bopfingen, politisches Glaubensbekenntniß, mit Hinsicht auf die französische Revolution und deren Folgen, Frankfurt am Main / Leipzig [= Hannover] 1792.

310 *Aufklärung in Abyssinien:* Benjamin Noldmann's Geschichte der Aufklärung in Abyssinien, oder Nachricht von seinem und seines Herrn Vetters Aufenthalte an dem Hofe des großen Negus, oder Priester Johannes, 2 Teile, Göttingen 1791.

311 *Ritter Zimmermann*: Johann Georg Zimmermann (1728–1795), Schriftsteller und königlich hannoverscher Leibarzt.

312 *Hosenmacher*: Ueber Friedrich Wilhelm den Liebreichen und meine Unterredungen mit Ihm von J. C. Meywerk, Churf. Hannöverschen Hosenmacher, Frankfurt am Main / Leipzig 1788. Knigges Schrift war eine Persiflage auf Zimmermanns Buch »Ueber Friedrich den Großen und meine Unterredungen mit ihm kurz vor seinem Tode«.

313 *Schaafskopfs Papiere*: Des seligen Herrn Etatsraths Samuel Conrad von Schaafskopf hinterlassene Papiere, von seinen Erben herausgegeben, Breslau 1792. Die Satire richtete sich gegen die konservativen Kräfte, denen (wie Zimmermann) »Glanz, Titel, äussere Ehre, Orden und Stand« als erstrebeswerteste Ziele galten.

de, und kaum wagte ich es, gegen einen kleinen Cirkel zuverlässiger Freunde, die mich vor meinem Bette besuchten, zuweilen mein Herz zu eröffnen. Nun hoffte ich Ruhe zu haben; allein bald verbreitete sich in allen Ecken von Teutschland der politische Verketzerungs- und Verfolgungsgeist; auch im Hannöverschen war dies der Fall. Ich sahe mit Betrübniß, welche Ränke gespielt wurden, um das Werk von einem Jahrhundert zu zerstöhren, und wie aller Orten die Obscuranten Land gewannen. Doch blieb ich noch stiller Beobachter. Man griff mich wegen meiner längst aufgegebenen, fast vergessenen Verbindung mit den Illuminaten öffentlich an.[314] Ich verachtete das; nur den Ritter Z(immermann) belangte ich gerichtlich. Er wurde zur Abbitte und Ehrenerklärung verurtheilt, die ich ihm schenkte. Die drey H. in Wien[315] (das Ungeheuer mit drey Eselsköpfen, das, gleich dem Cerberus, die Hölle der Finsternis bewacht, und Jeden, der Licht hineintragen will, mit seinem Ya-Geschrey zurückzutreiben sucht) fanden im Ganzen wenig Eingang. Aber dennoch nahm auch in protestantischen Ländern die Unterdrückung der Denk- und Preßfreiheit fürchterlich die Oberhand. Nun wandten sich von allen Seiten her edle, verfolgte, für Wahrheit und Recht eifrige Männer mit ihren Klagen an mich und wollten mich aus meinem Schlummer erwecken. Ich rieth zur Geduld, bis ich endlich im Frühling vorigen Jahres aufs neue eine schändliche Cabale[316] zu bekämpfen hatte, von welcher mich nur ein sehr kühner, männlicher Schritt[317] und das Bewußtsein meiner Unschuld be-

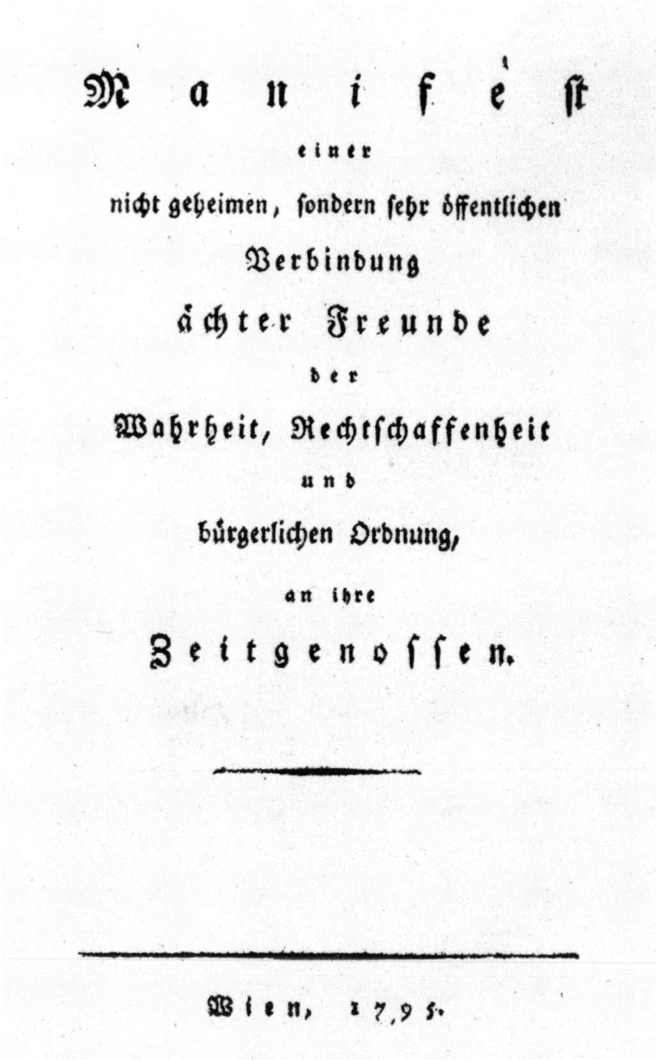
Manifest

einer

nicht geheimen, sondern sehr öffentlichen

Verbindung

ächter Freunde

der

Wahrheit, Rechtschaffenheit

und

bürgerlichen Ordnung,

an ihre

Zeitgenossen.

Wien, 1795.

freyen konnte. Nun weiß ich gewiß, daß man es nicht mehr wagen wird, meine bürgerliche Existenz anzugreifen. Aber dieser Vorfall hat mich dann auch wieder in Thätigkeit gesetzt. »Das muß hinfort keinem redlichen Manne mehr begegnen dürfen, was mir begegnet ist. Es ist Zeit, dem Spiele ein Ende zu machen«. So sprach ich zu mir selbst und beschloß, alle Schonung, alle Vorsicht aufzugeben. (Sollte ich dann auch am Ende meine Bedienung niederlegen müssen.)

Mein Plan war, von nun an die Rotte der Dummheits-Apostel und Despotenknechte, ohne Unterlaß, rastlos, durch den kleinen Krieg zu ermüden und zur Verzweiflung zu bringen und unterdessen einen öffentlichen, das Licht nicht scheuenden Bund der entschlossenen festen Wahrheitsfreunde knüpfen zu helfen. Dies hoffte ich durch das »Mani-

---

314 *Man griff mich... öffentlich an*: Gemeint sind die Artikel in der »Wiener Zeitschrift« (Vgl. den Brief an Halem, 15. Nov. 1792). Die Gegner der Aufklärung suchten einen Zusammenhang zwischen dem längst aufgelösten Illuminatenorden, dem Knigge bis 1784 angehörte, und der Revolution in Frankreich zu konstruieren.

315 *drey H. in Wien*: Siehe Brief an Halem, 13. Febr. 1796.

316 *schändliche Cabale*: 1794/95 verstärkte sich die Agitation gegen die Befürworter der Französischen Revolution. In einer »Rede über den Illuminaten-Orden, verfaßt von Ludwig Adolf Christian von Grolmann, war zu lesen: »Die Absicht der Illuminaten gieng unstreitig auf eine Weltreformation oder den sogenannten Cosmopolitismus, nach welchem Weishaupt und Knigge den Leuten alles was ihnen bisher ehrwürdig war, die positive Religion, die Staatsverfassung, die bürgerliche Ruhe und Ordnung unter dem Vorwand einer allgemeinen Freyheit und Gleichheit entreissen, die Fürsten ihrer wohlhergebrachten Rechte berauben, und sich die Herrschaft der Welt allein zueignen wollten.« (Zit. nach: Ob Baron Knigge auch wirklich todt ist, S. 95).

317 *kühner, männlicher Schritt*: Von verschiedenen Freunden gedrängt, verfaßte Knigge eine Schrift, die der mit ihm befreundete Braunschweiger Hofrat Joachim Dietrich Brandis anonym herausgab: »Auszug eines Briefes die Illuminaten betreffend, ohne Einwilligung des Schreibers, aber gewiß in der redlichsten Absicht zum Drucke befördert, von seinem Freunde«, Leipzig 1794. Ein Exemplar dieser Schrift findet sich im Nachlaß des Bremer Arztes und Astronomen Wilhelm Olbers (SUB Bremen).

fest« zu bewürken. Den Furchtsamen sollte Muth gemacht werden, hervorzutreten, wenn Sie sähen, daß ein Häuflein entschlossener Männer bereit wäre, sich für die gute Sache mit ihnen zu verbinden. Also gerade heraus! Die Männer sind da; ich kenne deren genug, die nur auf einen Wink warten, um das Werk anzufangen; aber noch ist es nicht im Gange. Wollen Sie, würdiger Mann, dazu mitwürken, so kann der im Manifeste angekündigte (aber eigentlich nur vorgeschlagene) oder ein ähnlicher, von Ihnen zu entwerfender Plan des Zusammenhanges leicht in kurzer Zeit zur Würklichkeit gebracht werden. Nur muß ich noch folgende Bemerkungen hinzufügen: 1. Ich glaube, es würde sehr nützlich seyn, wenn man veranstalten könnte, daß jetzt, *ehe das Werk wirklich im Gange ist*, sehr viel Lärm darüber geblasen würde. Da würden dann die Zionswächter *jetzt* sich in Nachforschungen ermüden, Briefe erbrechen lassen usw., und wenn sie immer nichts fänden, entweder das Ganze für Neckerey halten oder der Gesellschaft ganz übernatürliche Mittel, sich ihre Gedanken mitzutheilen, zutrauen und am Ende auf den gewöhnlichen Wegen alle Untersuchung aufgeben. Da hätten wir dann gegen die Zeit, daß wir *würklich* in Thätigkeit kämen, mehr Sicherheit. 2. Bis dahin, daß alles eingerichtet ist, weiß ich schon Mittel genug, einen Theil unserer Zwecke zu erlangen. »Der Genius der Zeit«, das »Archiv der Zeit und ihres Geschmacks« und die »Annalen der leidenden Menschheit« nehmen bereitwillig Klagen und Rügen von der Art auf.[318] Das »Neue graue Ungeheuer« wird wohl aufhören, da man den Herausgeber kürzlich in Erfurth gefangen gesetzt hat.[319] Dagegen hat der Herzog von Mecklenburg-Strelitz einen sehr helldenkenden Juden, Namens Michaelis, zu seinem Hofbuchhändler ernannt. Dieser hat dann sein Zutrauen so sehr erworben, daß ihm der Herzog die uneingeschränkteste Preßfreyheit zugestanden hat. Der erste Gebrauch, den Michaelis davon macht, besteht darin, daß er auf Bitten einiger Freunde ein Journal: »Die Flüchtlinge« ankündigt, in welches er jede Klage über Druck und Betrug aufzunehmen und dagegen Verschwiegenheit verspricht. 3. Nun muß ich noch Nachricht von denen Oertern geben, in welchen ich Correspondenten für die Gesellschaft schaffen kann. Ich kenne freylich die Männer bey Hunderten, die sich gern damit abgeben würden; allein wir wollen ja, denke ich, keine Schreyer, unruhige Köpfe, Intriganten usw., sondern ächte, menschenliebende Wahrheits-Freunde haben. Von dieser Art aber giebt es gottlob! auch Viele unter meinen Bekannten. In Hamburg, Bremen, Hannover, Celle, Braunschweig, Hildesheim, Cassel, Frankfurth, vielleicht auch Berlin, doch habe ich mich dort noch niemandem eröffnet, habe ich sichere Männer. Im Churrheinischen Kreise weiß ich jetzt nicht, an wen ich mich anschließen könnte. In Sachsen ist wohl das Bedürfniß am größten (nämlich in Chursachsen), allein die Leute zittern dort vor der politischen Inquisition; doch getraue ich mir wol, jemand in Leipzig ausfindig zu machen. In den Herzogthümern Sachsen kenne ich Männer genug, die gerne die Hände biethen wollen, allein ich fürchte ein wenig, daß alsdann Weishaupt[320] mit in den Bund gezogen werden mögte, der ein sehr feiner Kopf, aber herrschsüchtig, anhänglich an geheime Wege und Schleichwege, voll idealischer Grillen ist und seinen Ordensgeist und sein Generalat nicht vergessen kann, wenn er sich auch noch so demüthig ankündigt. Sie, edler Mann, würden ja wohl in Österreich, Bayern, Schwaben und Franken die einzelnen Freunde des Guten sammeln können.

Nun lege ich alles in Ihre Hände. Was meine Kräfte vermögen, darauf können Sie fest rechnen, und mein guter Willen hat keine Grenzen. Überdenken Sie den Plan, oder entwerfen Sie einen andern! Auf den ersten Wink bin ich bereit, mit anzugreifen. Verzeyhen Sie nur, daß ich in diesem sehr schlecht geschriebenen und oft abgebrochenen Briefe, so viel habe von mir selber reden müssen! Ich denke aber, da Sie mich gar nicht kennen, so müßte ich Sie doch ein wenig mit meiner Lage bekannt machen, damit Sie mich nicht etwa für einen Abentheurer halten mögten, den die bürgerliche Gesellschaft ausgestoßen hätte und der nun aus Rache eine Anzahl Männer aufsuchte, die mit ihm gemeinschaftlich auf Meutereien ausgiengen.

Ich empfehle mich Ihnen hochachtungsvoll und von ganzem Herzen.

Bremen, am 21. Januar 1796.
A. Fh. Knigge.

*(August Fournier, Historische Studien und Skizzen. 3. Reihe. Wien und Leipzig 1912, S. 22–27)*

[318] Zu den genannten Zeitschriften vgl. den Brief von Sophie Reimarus.

[319] *Herausgeber... gefangen gesetzt*: Knigge hatte zu diesem Zeitpunkt noch nicht erfahren, daß Georg Friedrich Rebmann die Flucht nach Altona geglückt war. Vgl. den Brief an Halem, 13. Febr. 1796.

[320] *Weishaupt*: Adam Weishaupt (1748–1830), Professor in Ingolstadt, später Hofrat in Gotha, Begründer des Illuminatenordens.

Adolph Freiherr Knigge

# Josephs von Wurmbrand, kaiserlich abyssinischen Ex-Ministers, jezzigen Notarii caesarii publici in der Reichstadt Bopfingen, politisches Glaubensbekenntniß, mit Hinsicht auf die französische Revolution und deren Folgen (1792)

»Daß mein ›politisches Glaubensbekenntniß‹ das beste Werkchen werden würde, was ich je geschrieben habe; das fühlte ich, ich gestehe es, während der Composition; aber daß es so allgemein in allen Ecken von Teutschland, von Aristocraten, wie von Democraten, gut aufgenommen werden, gekauft und übersetzt werden würde: das hatte ich in dem Maße nicht erwartet. – Urtheilen Sie nun, in welchem Lichte mir bei dieser Gelegenheit abermals meine lieben Landsleute erscheinen müssen, welche dies Buch so schief beurtheilen!«[321]

*So äußerte sich Knigge in einem Brief an Gustav Friedrich Wilhelm Großmann über jenes Buch, das ihm großen Ärger mit seinen Dienstvorgesetzten eintrug und seinen Feinden aus dem konservativen Lager als willkommene Munition für ihre Verleumdungskampagnen diente. »Josephs von Wurmbrand politisches Glaubensbekenntniß« erschien im Frühjahr 1792 im Verlag von Christian Friedrich Helwing in Hannover, nicht in »Frankfurt und Leipzig«, wie auf dem Titelblatt der Erstausgabe zu lesen ist. Die hannoversche Regierung reagierte prompt mit einer Verwarnung des Autors und bestrafte den Verleger, der die Zensur umgangen hatte, mit einer Geldbuße. Auch auf publizistischem Wege reagierten Knigges Gegner prompt. Besonders energisch polemisierte einmal mehr sein Intimfeind Johann Georg Zimmermann, der einen verleumderischen Artikel in der antirevolutionären »Wiener Zeitschrift« (7. Heft, 1792) von Leopold Alois Hoffmann publizierte. Knigge antwortete seinerseits mit einer Verleumdungsklage gegen Zimmermann, die er nach langwierigem Prozeß drei Jahre später gewann.*

*Die Aufregung der Konservativen war verständlich. Ist der »Wurmbrand« doch Knigges pointierteste und ›radikalste‹ politische Schrift, in der er aus seiner Sympathie für die Französische Revolution keinen Hehl macht, das duodezfürstliche Deutschland einer herben Kritik unterzieht und sich als früher Vorkämpfer des Parlamentarismus erweist. Ähnliche Positionen finden sich bereits in seinem satirischen Roman »Benjamin Noldmann's Geschichte der Aufklärung in Abyssinien« (1791), in dem Knigge die Auswirkungen von Aufklärung und Revolution in einem exotischen Land beschrieb. Ein literarischer Kunstgriff, der vor allem dazu diente, den Landsleuten einen kritischen Spiegel vorzuhalten. In diesem Roman hatte Knigge die Figur des »Wurmbrand« bereits eingeführt, der er sein eigenes »politisches Glaubensbekenntniß« in den Mund legte.*

*Noch 1792 erschien ein Nachdruck mit geänderter Seitenzahl und im gleichen Jahr wurde eine niederländische Übersetzung publiziert. Die deutsche Erstausgabe ist nachgedruckt in: Sämtliche Werke. Hrsg. von Paul Raabe. Bd. 15. Nendeln/Liechtenstein 1978. Eine leicht modernisierte Neuausgabe ist enthalten in: Ausgewählte Werke. Hrsg. von Wolfgang Fenner. Bd. 8. Hannover 1994, S. 93–169. Unser Abdruck gibt den Original-Lautstand der Erstausgabe von 1792 wieder.*

321 Knigge an Gustav Friedrich Wilhelm Großmann am 10. Juni 1792. Zit. nach: Ob Baron Knigge auch wirklich todt ist, S. 112.

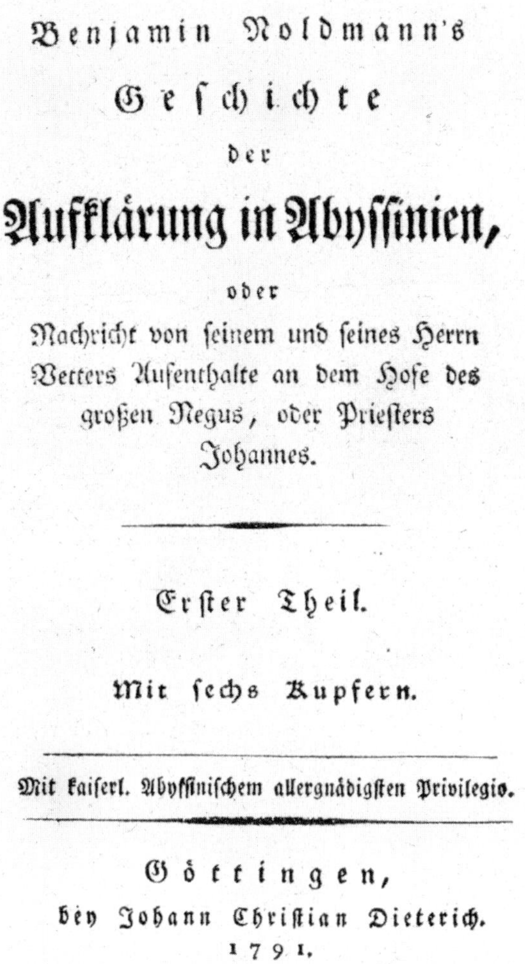
Benjamin Noldmann's

Geschichte

der

Aufklärung in Abyssinien,

oder

Nachricht von seinem und seines Herrn Vetters Aufenthalte an dem Hofe des großen Negus, oder Priesters Johannes.

Erster Theil.

Mit sechs Kupfern.

Mit kaiserl. Abyssinischem allergnädigsten Privilegio.

Göttingen,
bey Johann Christian Dieterich.
1791.

## Vorrede.

Als ich anfing, dies Buch zu schreiben, da hatte ich, wie man aus der folgenden Einleitung sehen wird, von der wienerischen Zeitschrift[322] nur noch erst die Ankündigung gelesen, die der Herausgeber[323] derselben in dem hamburgischen Correspondenten[324] hatte einrükken lassen, und worin er die Unverschämtheit beging, des Kaisers Majestät als Mitarbeiter seines elenden Journals anzugeben. Kurz nachher erschien das erste Stük jener Zeitschrift[325], und da ich in demselben einige Männer[326], für welche ich Achtung hege, auf bübische Weise gelästert fand; so erklärte ich mich darüber im dritten Abschnitte. Gleich darauf kam Hoffmanns zweytes Heft an das Licht; darin stand nun eine schändliche Lüge von mir[327], und das verleitete mich, nicht nur in öffentlichen Blättern, sondern auch an einigen Stellen in diesem Buche über Aloisius Hoffmann und sein Journal mehr Worte zu verlieren, als diese unwürdigen Gegenstände werth sind – Der Leser wird das gütigst verzeihn.

Indessen bestärkte mich doch die Erfahrung, daß man jezt solche Versuche gegen freimüthige, Wahrheit liebende Schriftsteller wagt, um sie verdächtig zu machen, im dem Vorsazze, nichts mehr über politische Gegenstände zu schreiben, ohne meinen Namen davor zu sezzen; allein da die Form dieses Werks nicht mehr gestattete, daß ich dies auf dem Titelblatte thun konnte; beschloß ich, eine Vorrede mit meiner Unterschrift hinzuzufügen.

Meine Absicht dabey ist, das Publikum zu überzeugen, daß ich mir bewust bin, meine Grundsäzze sind von der Art, daß ich mich ihrer nicht zu schämen brauche, und daß es noch Gegenden in Teutschland giebt, in welchen eine weise Regierung dem Schriftsteller die Freiheit gestattet, über Ge-

---

322 *Wienerische Zeitschrift:* »Wiener Zeitschrift«, ein gegen die Französische Revolution gerichtetes Journal, das 1791–1795 in Wien erschien.

323 *Herausgeber:* Leopold Alois Hoffmann (1760–1806), lebte seit 1782 als Schriftsteller in Wien und war zunächst ein Parteigänger der aufklärerischen Reformbestrebungen Kaiser Josefs II. Nachdem Hoffmann von dessen Nachfolger Leopold II. 1790 zum Professor der deutschen Sprache an der Universität Wien ernannt worden war, ging er zunehmend auf Distanz zur Aufklärung, deren Wortführer zu Mitschuldigen für den Ausbruch der Französischen Revolution erklärte. Sprachrohr seiner denunziatorischen Kampagnen war seine »Wiener Zeitschrift«, die ihrerseits von den Aufklärern im deutschsprachigen Raum hart attackiert wurde.

324 *hamburgischen Correspondenten:* Staats- und Gelehrte Zeitung des Hamburgischen unpartheyischen Correspondenten (erschien seit 1731 in Hamburg).

325 *das erste Stük jener Zeitschrift:* Das erste Heft der »Wiener Zeitschrift« erschien am 10. Dezember 1791, nicht 1792, wie auf dem Deckblatt steht!

326 *einige Männer:* Im ersten Heft der »Wiener Zeitschrift« publizierte Hoffmann einen Aufsatz mit dem Titel »Ueber die politischen Angelegenheiten Frankreichs. In Briefen an den Herrn Edukationsrath und Buchhändler Joachim Heinrich Campe in Braunschweig«, in dem er außer Campe die Schriftsteller Christoph Martin Wieland und Friedrich Gottlieb Klopstock wegen ihrer positiven Haltung zur Französischen Revolution heftig angriff. Vgl. Wiener Zeitschrift. Hrsg. von Leopold Alois Hoffmann. Heft 1. Wien 1792 (1791), S. 54–84.

327 *schändliche Lüge von mir:* Knigge wurde wahrheitswidrig unterstellt, einer der Initiatoren von Karl Friedrich Bahrdts freimaurerisch-politischem Geheimbund »Deutsche Union« zu sein. Gleichwohl interessierte er sich sehr für dieses Projekt und korrespondierte deswegen mit Bahrdt.

genstände, die der ganzen Menschheit wichtig sind, unbefangen, aber bescheiden seine Meinung zu sagen.

Ich bin – Dank sei der gütigen Vorsehung dafür! – ich bin in einem Lande einheimisch, wo Wahrheit sich nicht zu verstekken braucht, wo der gütigste Monarch[328] und Die, denen er das Ruder des Staats anvertrauet hat, keiner Zwangsmittel und überhaupt keiner künstlichen Anstalten bedürfen, um Aufruhr und Empörung zu hindern. Wenn ich also zuweilen ein wenig heftig gegen Beschränkung der natürlichen Freyheit eifre; so redet nicht Leidenschaft aus mir. Dies kann noch weniger der Fall seyn, wenn ich von den ungerechten Anmaßungen der Edelleute und Priester rede. In diesen nördlichen Gegenden kennen wir den Despotismus aller Art gottlob! nicht aus eigner traurigen Erfahrung; aber ich habe ehemals Gelegenheit gehabt, seine Greuel in der Nähe zu sehn; und das hat Eindrükke in mir zurükgelassen, die meinen Schilderungen einen Anstrich von Bitterkeit geben, welche nicht in meinem Herzen ist.

Uebrigens hoffe ich, daß selbst Die, welche mich zuweilen beschuldigen, ich sey zu partheiisch für eine democratische Verfassung, wenn sie dies Buch einiger Aufmerksamkeit bis an das Ende würdigen wollen, finden werden, daß ich über diese Gegenstände nachgedacht habe; daß ich nicht zu den *enragés*[329] gehöre; daß ich vielmehr glaube, man könne ruhig und froh leben in jedem Lande, die Regierungsform möge auch seyn, welche sie wolle, wenn nur eine weise Gesezgebung alle Stände gegen einander vor Mishandlung sichert, und daß ich behaupte, wir haben in Teutschland keine Revolution, weder zu befürchten, noch zu wünschen Ursache, wenn nur die verschiednen Regierungen, statt die Aufklärung zu hindern, mit ihr Hand in Hand fortrükken und die Mittel, Ordnung zu erhalten, mit der Stimmung des Zeitalters in ein richtiges Verhältniß sezzen.

Bremen, im Februar, 1792.
Adolph, Freyherr Knigge.

[328] *der gütigste Monarch:* Georg III. (1760–1820), König von Großbritannien und Kurfürst von Hannover, Knigges oberster Dienstherr.

[329] *enragés:* »Wütende«, Bezeichnung für eine besonders radikale Gruppe französischer Revolutionäre.

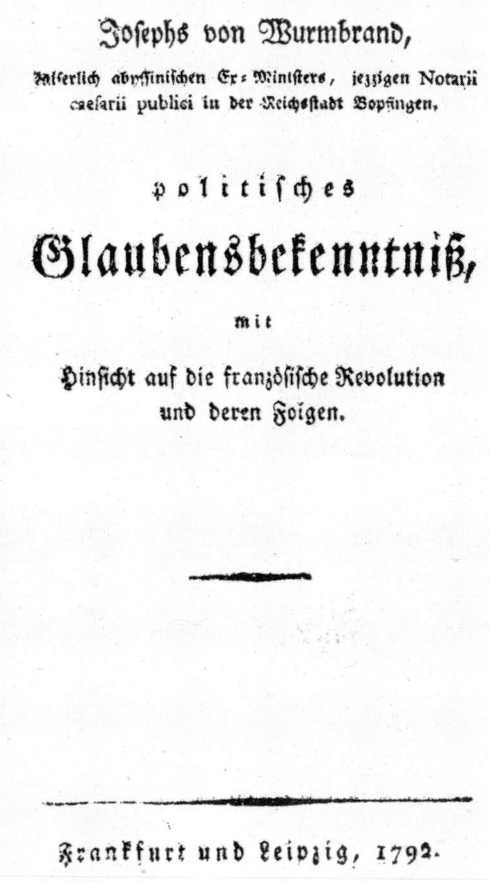
Josephs von Wurmbrand,
kaiserlich abyssinischen Ex-Ministers, jezzigen Notarii caesarii publici in der Reichsstadt Bopfingen,
politisches
Glaubensbekenntniß,
mit
Hinsicht auf die französische Revolution
und deren Folgen.

Frankfurt und Leipzig, 1792.

## Einleitung.

Es ist nun ein Jahr verflossen, seit mein Herr Vetter, der Advokat Benjamin Noldmann[330], in Goßlar, ehemaliger Baalemaal oder *Gentilhomme de la Chambre* am kaiserlichen Hofe in Gondar, seine *Geschichte der Aufklärung in Abyssinien* herausgab. Hätte er mich um Rath gefragt; so würde ich ihn davon abgemahnt haben, und ich erschrak nicht wenig, als mir das Buch zu Gesichte kam. Nicht, daß ich glaubte, ein *Gentilhomme de la Chambre* dürfe nicht auch einmal ein historisch-philosophisch-politisches Werk herausgeben; (hat doch der *Gentilhomme ordinaire de la Chambre*[331], Herr von Voltaire, deren viele in die Welt geschikt) allein ich kannte

[330] *Benjamin Noldmann:* Titelfigur von Knigges Roman: Benjamin Noldmann's Geschichte der Aufklärung in Abyssinien, oder Nachricht von seinem und seines Herrn Vetters Aufenthalte an dem Hofe des großen Negus, oder Priesters Johannes. Göttingen 1791.

[331] *Gentilhomme de la Chambre (frz.):* Kammerherr; *Gentilhomme ordinaire de la Chambre:* einfacher Kammerherr.

meinen Herrn Vetter zu gut, als daß ich nicht hätte ahnden sollen, er werde schwerlich unterlassen können, mit zu viel Feuer seine republikanischen Kezzereyen auszukramen und andre ein wenig kühne Säzze einzumischen, die ihm leicht misgedeutet und gefährliche Folgen für ihn haben könnten; denn da die beiden grösten Mächte des Erdbodens, Dummheit und Bosheit, in allen Winkeln der Welt ihre Residenten und Agenten haben, welche jeden frey denkenden und frey redenden Mann als einen Aufrührer verdächtig machen; so ist es ein kizlicher Punkt, diesen sich blos zu stellen. Desfalls nun legte ich mich auf Kundschaft, um zu erfahren, welchen Eindruk jenes Buch auf das Publikum gemacht hätte; und da bestätigte sich denn wenigstens ein Theil dessen, was ich befürchtet hatte. Verschiedne geistliche Herrn fanden sich hauptsächlich dadurch beleidigt, daß darin von ihrem Stande und der edeln Dogmatik nicht mit der gehörigen Schonung wäre gesprochen worden; Edelleute meinten, Herr Noldmann mögte nur aus Neid sich gegen den erblichen Adel erklären, weil er selbst das Unglük hätte, von bürgerlicher Abkunft zu seyn; Rechtsgelehrte sagten, Herr Noldmann müsse wohl ein schlechter Jurist seyn, weil er mit Geringschäzzung von der erhabensten und einträglichsten aller Wissenschaften redete; verschiedne Aerzte warfen ihm Undankbarkeit gegen die wohlthätige und zuverlässige Heilkunde vor – kurz! wenn auch jeder heimlich alles so ziemlich der gesunden Vernunft gemäß fand, was mein Herr Vetter über Menschenrechte und bürgerliche Einrichtungen gesagt hatte, so ließ er doch das nicht gelten, was *seinen* besondern Stand angieng. Nun nahm ich mir gleich damals vor, ein paar Bogen *wenigstens zu Vertheidigung der politischen Grundsäzze* des Herrn Noldmanns zu schreiben. Ich wollte darin ungefehr folgende Säzze ausführen: »In der *Geschichte der Aufklärung von Abyssinien* sind Misbräuche in den Staats-Verfassungen gerügt, deren, mehr oder weniger, in jedem Lande angetroffen werden. Das Bild der Ausartung der bürgerlichen Gesellschaften und ihres Wiederspruchs mit den ersten Zwekken des Societäts-Vertrags, ist zwar mit sehr starken Farben ausgemalt; aber nicht, als hätte der Verfasser dadurch zu erkennen geben wollen, daß alle diese Misbräuche in allen Staaten herrschend wären, sondern nur, um aufmerksam zu machen auf die fürchterlichen Folgen, die nothwendig entstehn müssen, wenn man sich immer weiter von den ursprünglichen, heiligen Rechten der Natur entfernt; zu zeigen, wie tief der raffinirte Despotismus mit allen seinen Ressorts, an der Hand des Luxus und der Sittenlosigkeit, die Völker herabwürdigen kann; wie dann aber selbst seine schimmernde Blüthe den Saamen zu einer neuen Sprosse trägt, welche hervorschießt, bald ihn selbst unterdrükt und weit umher Wurzel faßt; wie die, lange Zeit hindurch mishandelten Völker, wenn ihr Elend und der Druk auf's Höchste gestiegen sind, und sie, bey einer andern Ordnung oder Unordnung der Dinge, nichts verlieren, aber vielleicht alles gewinnen können, die Augen öfnen, an der eignen Fakkel des Despotismus, nämlich an der Aufklärung, welche die feinere Cultur herbeigeführt hat, ihr Licht anzünden und damit endlich ihren armseeligen Zustand beleuchten; wie hierauf vergebens alle Mittel angewendet werden, den Stärkern, dessen Namen Legio heißt, wenn er es einsehn gelernt hat, daß er der Stärkere ist, wieder unter das Joch des schwächern einzelnen zurük zu bringen; und welche gewaltsame Umkehrungen, welche blutige Kämpfe alsdann da erfolgen müssen, wo, wenn alle umstürzen helfen, jeder auf seine eigne Weise und zu seinem eignen Vortheile wieder aufbauen will. Heißt das Aufruhr predigen, wenn man ein solches Bild entwirft, damit man die Regierer der Völker warne, es dahin nicht durch eigne Schuld kommen zu lassen? wenn man ihnen begreiflich macht, daß es jezt grade noch Zeit ist, die Saiten herunter zu stimmen, wenn sie nicht reissen sollen? Nie ist dem Herrn Noldmann eingefallen, den Reformator zu spielen und alle Staaten nach dem neuen Systeme seines abyssinischen Prinzen ummodeln zu wollen; aber ein Ideal wollte er aufstellen, von einer, nach den Grundsäzzen der reinsten Vernunft und natürlichen Billigkeit errichteten Verbindung der Menschen zu einem Staatskörper. Es kömt hier nicht auf die Möglichkeit der Ausführung, der Erreichung eines solchen Ideals, sondern darauf kömt es an, daß man, durch Betrachtung desselben, sich überzeuge, wie weit man sich von demselben entfernt hat, damit man, bey Gründung einer neuen Constitution, einen Maaßstab habe, wonach man bestimmen möge, welche Schritte man zurückthun muß, um dem Ideale nahe zu kommen. Ueber solche, der ganzen Menschheit wichtige Gegenstände kann nie genug nachgedacht, gesagt und geschrieben werden. Uebrigens kann man ein sehr ruhiger Bürger seyn, und dennoch manches in seinem Vaterlande anders wünschen, als es ist, sich auch darüber gelegentlich deutlich herauslassen. Man kann gegen Misbräuche in dogmatischen und gottesdienstlichen Sachen eifern, und dennoch nicht nur sehr warm für Religion seyn, sondern auch, ohne Heucheley, die kirchlichen Gebräuche mitmachen, weil sie nun einmal so eingeführt sind. Man kann wünschen, daß alle geheimen Verbindungen aufgehoben würden, und dennoch die Freymäurer-Logen, die nun einmal da sind, besuchen, und darin Gutes wirken. Man kann behaupten, daß, wenn man einen neuen Staat zu errichten hätte, man in demselben keine Schauspiele dulden wollte, und dennoch in dem Staate, darin man lebt, sich des Schauspiels annehmen. Man kann mit Enthusiasmus die Glückseeligkeit einer republikanischen Verfassung erheben, und dennoch ein sehr gehorsamer Unterthan seines Monarchen seyn. Man kann die Thorheiten und Tükken der Menschen rügen, und dennoch die Menschen herzlich lieben und seine eignen Fehler nicht miskennen – Kurz! der philosophische Schriftsteller muß über alles raisonniren dürfen; Raisonnements sind aber weder Gesezze, noch Glaubens-Artikel, noch Fehde-Briefe.«

Diese und ähnliche Säzze wollte ich zu Vertheidigung meines Herrn Vetters, dem geneigten Leser an das Herz legen, als mir die Ankündigung einer periodischen Schrift vor Augen kam, die nun bald in Wien hervortreten wird und in welcher man die neumodischen Philosophen entlarven, abfertigen und das Publikum vor diesen abscheulichen Volks-Aufrührern warnen will. Nun läßt es sich gar nicht denken, daß, bey der Aufklärung und Denkfreiheit, welche jezt im ganzen teutschen Reiche herrschen, einige niedrige, sklavische Schmeichler es wagen sollten, um für sich Pensionen und andre Vortheile zu erringen, dem politischen, theologischen und philosophischen Despotismus und der Verfinsterung das Wort zu reden, die guten Fürsten, die auf halbem Wege sind, ihren Völkern, statt der eisernen, spröden Ketten der willkührlichen Gewalt, die sanften und dauerhaften Bande der Gesezze, der Liebe und der Achtung anzulegen, mistrauisch gegen die freimüthigen, edeln Männer zu machen, die den Muth haben, ihnen, zu ihrem Heile, die Wahrheit zu sagen. Es läßt sich nicht denken, daß die Unternehmer jener periodischen Schrift boshafte Dummköpfe wären, welche sich verschworen hätten, jeden hell denkenden Mann, dessen Licht ihnen etwa zu sehr in die Augen schimmerte, bey dem Volke verdächtig zu machen, ihn zum Schweigen zu nöthigen, oder gar ihm Verfolgung im bürgerlichen Leben zuzuziehn. Es läßt sich nicht denken, daß namenlose, unberühmte Leute die Unverschämtheit haben würden, auf eigne Autorität, ein philosophisches Inquisitionsgericht anzulegen – Nein! ich bin vielmehr überzeugt, daß die in Wien angekündigte Zeitschrift Männer zu Verfassern haben wird, die sich schon durch Schriften und Handlungen in den Ruf aufgeklärter, denkender, uneigennüzziger und edler Eiferer für Wahrheit und Recht gesezt, und daß diese den lobenswerthen Zwek haben, ächte philosophisch-politische Grundsäzze zu entwikkeln; Diejenigen welche sich, ohne Kentniß der Sache, an Beurtheilung großer Welt-Begebenheiten wagen, gütlich zurecht zu weisen, und durch Warnung und richtigen Volks-Unterricht, den gefürchteten bösen Folgen vorzubeugen, welche unvorsichtig vorgetragne Säzze, von falschem Enthusiasmus irregeleiteter Schriftsteller, auf die allgemeine Stimmung haben könnten.

So wenigstens habe ich jene Ankündigung verstanden und das hat mich bewogen, damit auch ich mein Schärflein zu dieser guten Absicht beitragen mögte, meinem ersten Plan, der nur auf Vertheidigung des Herrn Benjamin Noldmanns gieng, zu erweitern. Ich will nämlich in dieser Schrift die Frage abhandeln: *ob und in welchen Fällen den europäischen Staaten, bey der jezzigen, durch zunehmende Denk- und Preß-Freiheit bewürkten Stimmung des Zeitalters, eine Staats-Umwälzung bevorzustehn scheinen mögte?* Und da wohl ohne Zweifel die französische Revolution jezt den grösten Einfluß auf diese Stimmung hat, indem sie so manche Feder und Zunge in Bewegung sezt; so will ich meine Frage also einkleiden: *Welche Folgen haben wir von der französischen Revolution zu fürchten, oder zu hoffen?*

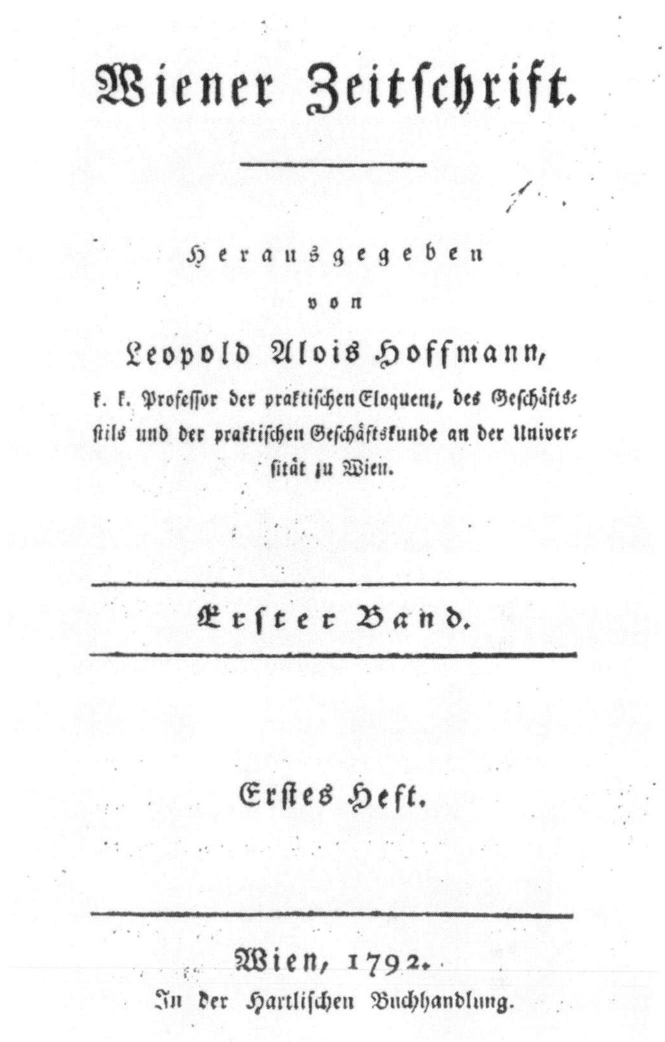
Wiener Zeitschrift.

Herausgegeben von Leopold Alois Hoffmann, k. k. Professor der praktischen Eloquenz, des Geschäftsstils und der praktischen Geschäftskunde an der Universität zu Wien.

Erster Band.

Erstes Heft.

Wien, 1792.
In der Hartlischen Buchhandlung.

## Erster Abschnitt.

### Wer kann richtig über große Weltbegebenheiten urtheilen?

Ueber große Weltbegebenheiten kann am richtigsten erst von der Nachkommenschaft geurtheilt werden; nur sie vermag, mit kaltem Blute die Zeugnisse der Zeitgenossen, die, ohne Unterschied, Alle, mehr oder weniger partheiisch sind, zu prüfen und Ursachen, Würkungen und Folgen, die einen durch die andern zu erklären.

Nur der, welcher auch nicht auf die entfernteste Weise mit den handelnden Personen in Verhältnissen steht, darf sich schmeicheln, ein unbefangner Richter zu seyn und das ist bey solchen Ereignissen, die auf ganze Staatskörper Einfluß haben, nie der Fall, so lange wir selbst noch Glieder eines Staatskörpers sind.

Man wende hiergegen nicht ein, daß die Zeit die kleinen Vorfälle vergessen mache, die oft, mehr wie die großen, öffentlichen Ereignisse, als Triebfedern würken! Wer weiß nicht, mit welchen falschen Anekdoten sich die Neuigkeit des Tags trägt! Grade diese werden erst nach und nach berichtigt, erläutert und das ächt Charakteristische bleibt. Doch versteht sich's, daß ich hier von einem Zeitalter rede, in welchem Cultur und Philosophie nicht schlafen. Wer wird leugnen, daß wir jezt richtiger über das Zeitalter Ludwig des Vierzehnten urtheilen, wie die, welche, während seiner Regierung, aus Menschenfurcht, aus Schmeicheley, aus falschem Enthusiasmus ihn bis in den Himmel erhoben, oder aus Rache und Neid ihm vielleicht jede Art von Größe und Tugend absprachen? Wer mögte wohl eine allgemeine Geschichte der Reformation für zuverlässig halten, die im sechzehnten oder siebzehnten Jahrhunderte geschrieben wäre?

Das Gemälde muß erst aus einem Standpunkte beobachtet werden können, wo man es im Ganzen übersieht, ohne von dem Schimmer einzelner Farben, ohne von dem Interesse an einzelnen Gruppen geblendet, ohne durch die kleinen Details zerstreuet zu werden. Unsre individuellen Lagen aber, Vorliebe oder Wiederwillen vor oder gegen unsre und fremde Verfassungen, gegen unsre und fremde Systeme, vor oder gegen Nationen und Personen, die entweder Beförderer oder Stöhrer, Tadler oder Lobpreiser jener Gegenstände sind, determiniren uns, so lange wir mitten in dem Gewühle leben. Kleine, unmerkliche Beziehungen stimmen uns zur Partheylichkeit gegen lebende Personen und gegenwärtige Dinge. Selbst auf den geübten Denker, der sich ganz kalt und unbefangen glaubt, würkt heimlich irgend eine von diesen Rüksichten; wäre es auch nur ein vaterländisches oder ein Erziehungs-Vorurtheil, eine vorgefaßte Meinung von denen, welche sich der Sache annehmen, oder dergleichen.

So unwürdig eines Philosophen es ist, den Werth einer Unternehmung nicht nach der innern Güte des Zweks und der Mittel, sondern nach dem Glükke oder Unglükke des Erfolgs zu würdigen; so scheint es doch bey manchen Fällen, wenn von politischen Umwälzungen die Rede ist, nothwendig, sein Urtheil nicht blos nach moralischen und scientifischen Grundsäzzen einzurichten, sondern der Zeit zu überlassen, dem praktischen Nuzzen den die Veränderung stiftet, der Consequenz der angewendeten Mittel und der Möglichkeit der dauernden Ausführung das Wort zu reden. Da fallen denn nun freilich die Resultate oft ganz anders aus, wie unsre Raisonnements. Als Amerion die heilige, unleugbare Befugniß des Menschen, unbestimte oder von seiner Seite gebrochene Contrakte wieder aufzuheben, sich fremden Schuz zu erbitten, wenn man sich selbst schüzzen kann und die Früchte seines eignen Fleisses nach seiner eignen Weise zu geniessen, gegen das uneigentlich so genannte Mutterland gelten machen wollte; da eiferten nicht nur Moralisten und Rechtsgelehrte wider die Undankbarkeit der Colonien, sondern die Staats-Propheten sahen auch voraus, daß diese, von eigennüzzigen Bösewichtern und Aufrührern irregleitete, nicht von einem Geiste beseelte, unter sich selber durch Uneinigkeit getrennte Leute, ohne disciplinirte Armee, ohne Gesezze, ohne Bundesgenossen, ohne Geld, ohne Credit, wenig ausrichten und bald zum Gehorsame würden zurükgeführt werden. Den Journal- und Bücherschreibern der damaligen Zeit, besonders dem empfindsamen Herrn Fähndrich Anburey, dessen Beschreibung von Nord-Amerika[332] der Herr Geheimerath Forster übersezt hat, schauderte die Haut, bey Schilderung der Abscheulichkeiten, durch welche die verblendeten Amerikaner sich alles Mitleids unwerth machten und ihr armes Land für Jahrhunderte in eine Wüsteney verwandelten. Er, und mit ihm nicht nur mancher andrer Fähndrich, sondern auch mancher General und Mann von Gewichte, beschrieb die Heere dieser Vagabonden, als Räuber-Rotten, die kaum verdienten von regulirten Truppen zu Paaren getrieben zu werden. Wer hätte auch glauben sollen, daß Leute ohne Schuhe und Strümpfe, die zuweilen blos davon liefen, wo man schiklicher nach dem Takte hätte retiriren sollen, die nicht wusten, was deployiren[333] und

---

[332] *Beschreibung von Nord-Amerika:* Reisen im Inneren von Nordamerika, welche eine Schilderung der Sitten und Eigenthümlichkeiten des Landes Kanada, Neu-England und Virginien, imgleichen die Geschichte des Feldzuges, der Übergabe und der ferneren Schicksale der Armee unter General Bourgoyne enthalten. In Briefen von Thomas Anburey, einem Offizier bei dieser Armee. Aus dem Englischen [...] von Georg Forster. Berlin 1792.

[333] *deployiren:* in geschlossener Kolonne aufmarschieren.

durchziehn und dergleichen hieß, und deren Anführer gemeine Kerl, ohne Geburt und Stand waren, daß diese unsre bunten Männerchen mit Gold und Silber geziert, die, unter Anführung von Lords, Grafen und Edelleuten, alles nach dem Tempo zu thun verstanden, schlagen, gefangen nehmen und zum Lande hinausjagen würden? Die Zeitungen und Privat-Briefe waren voll von Zwist und Spaltung, die unter den Mitgliedern des Congresses herrschten, von Trennung und Unterwerfung einzelner Provinzen unter Britanniens Scepter, von allgemeiner Anarchie, Mord und Raube. Und wie sieht es jezt mit diesen Rebellen aus, nachdem kaum der sechste Theil eines Menschenalters seit jener Zeit verflossen ist? Keine Spur mehr von Mangel, Unordnung und Gährung! In voller Würde, respektirt und gefürchtet von allen Völkern des Erdbodens, steht der neu errichtete Staat da, nachdem er seine Freiheit muthig errungen und sich einen ehrenvollen Frieden verschaft hat – Ein wundersames politisches Phänomen! Menschen, unter verschiednen Himmelsstrichen gebohren, nun in eine Nation zusammengeschmolzen. Provinzen, deren jede sich besondre Gesezze gemacht hat, zu einem großen Staats-Körper vereinigt, ohne gemeinschaftliches einzelnes Oberhaupt, ohne Adel, ohne herrschende Religion, im höchsten Wohlstande und Flor, den nur Freiheit, Frieden, gute Polizey, Handel, Wissenschaften und Künste gewähren können, von Tage zu Tage zunehmend, in brüderlichem Bündnisse mit ihren ehemaligen Vormündern, ein Muster, dem andre Völker nachstreben! Wie gern würde mancher Fürst, der damals von den amerikanischen Rebellen mit der tiefsten Verachtung redete, jezt mit großer Herablassung und Dankbarkeit von der amerikanischen Nation eine kleine Statthalterschaft für einen seiner Prinzen annehmen, wenn dies Volk es zu erkennen wüste, wozu ein Fürstensohn taugt! Wie gern verfertigte jezt ein Schriftsteller, der damals seine Federn gegen den Congreß wezte, eine Lobrede auf die vereinigten Provinzen, wenn ihm das ein Jahrgeld eintragen könte!

Selten also urtheilt die gegenwärtige Generation richtig über die großen Weltbegebenheiten ihrer Zeit; wenigstens wage sich niemand daran, der nicht oft den Versuch gemacht hat, mit philosophischem Blikke, ohne Systemgeist, unpartheiisch (so viel das möglich ist) über allgemeine Gegenstände der Politik, über die Vortheile und Nachtheile einzelner Staatsverfassungen und, an der Hand der Geschichte, über die Ursachen des Glanzes und des Sturzes älterer Reiche und Völker nachzudenken! Es wage sich nicht an diese Arbeit der Mann, dem die kleinen Lokal-Umstände fremd sind, der den Geist, die Stimmung, den Grad der Cultur der Nation, wovon die Rede ist, nur aus Büchern kennt! Es wage sich nicht an diese Arbeit der Stuben-Gelehrte, der bis dahin mehr mit verstorbnen, als mit lebenden Menschen umgegangen ist und der die gewaltigen Stürme des Lebens,

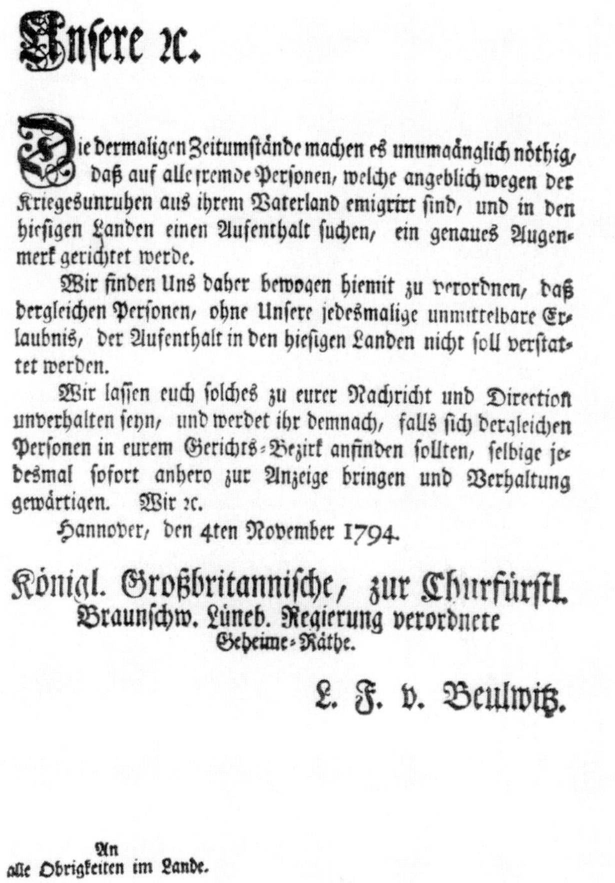
Unsere 2c.

Die dermaligen Zeitumstände machen es unumgänglich nöthig, daß auf alle fremde Personen, welche angeblich wegen der Kriegesunruhen aus ihrem Vaterland emigrirt sind, und in den hiesigen Landen einen Aufenthalt suchen, ein genaues Augenmerk gerichtet werde.

Wir finden Uns daher bewogen hiemit zu verordnen, daß dergleichen Personen, ohne Unsere jedesmalige unmittelbare Erlaubnis, der Aufenthalt in den hiesigen Landen nicht soll verstattet werden.

Wir lassen euch solches zu eurer Nachricht und Direction unverhalten seyn, und werdet ihr demnach, falls sich dergleichen Personen in eurem Gerichts-Bezirk anfinden sollten, selbige jedesmal sofort anhero zur Anzeige bringen und Verhaltung gewärtigen. Wir 2c.

Hannover, den 4ten November 1794.

Königl. Großbritannische, zur Churfürstl. Braunschw. Läneb. Regierung verordnete Geheime-Räthe.

L. F. v. Beulwitz.

An alle Obrigkeiten im Lande.

*Den Erhalt dieser Verordnung vermerkt Knigge am 17. Dezember 1794 im Diensttagebuch*

welche Leidenschaften aller Art erregen können, nur von dem Fenster seines warmen Studier-Zimmers herab, in ihren fürchterlichen Folgen beäugelt, nie aber ein unmittelbar theilnehmender Zeuge dabey gewesen ist, und nie die ersten, oft sehr kleinen Ursachen der Entstehung beobachtet hat! Endlich wage sich nicht an diese Arbeit der Reisende der das Land mit Postpferden durchstreicht und aus den Gesprächen der einzelnen Anhänger dieser und jener Parthey, die er bey seinem kurzen Aufenthalte in den Städten kennen lernt, den Stoff zu seinen allgemeinen Urtheilen entlehnt!

Nach solchen Voraussezzungen wird man mich nicht in den [!] Verdacht haben, ich wolle diese Grundsäzze bey meinem Raisonnement über die französische Revolution verleugnen, oder ich hielte mich berufen, über dieselbe, so wie über die Vorzüge und Mängel der neuen Constitution zu entscheiden. Meine Absicht ist im Gegentheile, zu zeigen, wie wenig wir noch jezt im Stande sind, in dieser großen Begebenheit klar zu schauen, zu warnen vor übereilten Urtheilen, vor unzeitiger Furcht und vor blindem Eifer, und endlich aufmerksam zu machen auf die allgemeinern Grundsäzze, von denen wir ausgehn müssen, wenn wir etwas Passendes von der französischen Staats-Umwälzung und deren vermuthlichen Folgen sagen wollen.

## Zweiter Abschnitt.

### Bemerkungen über gewaltsame Revolutionen überhaupt.

Nichts kömt mir alberner vor, als wenn man sich in moralischen und politischen Gemeinsprüchen über die Befugnisse und Nichtbefugnisse einer ganzen Nation, ihre Regierungsform zu ändern, ergießt; wenn man darüber raisonnirt, *was* ein Volk, wenn es sich empört, hätte thun sollen, und *wie* es hätte besser und gelinder handeln können und sollen, und ob zu viel oder zu wenig Blut dabey vergossen worden. Ja! wenn von einem Plane die Rede ist, den ein einzelner Mann entwirft; wenn die Frage ist: ob Brissac[334] recht und weise handelte, als er, ehe Heinrich der Vierte sich auf dem Throne befestigt hatte, über dem Entwurfe brütete, aus Frankreich eine freye Republik zu machen; dann läßt sich vielleicht entscheiden, in wie fern er dazu Befugniß und Veranlassung hatte, ob er, bey der damaligen Stimmung und politischen Lage der Nation, sich mit einem glüklichen Erfolge schmeicheln durfte, oder nicht, und welche Mittel er hätte anwenden sollen und können, um seinen Zwek zu erreichen; wenn aber ein ganzes Volk, durch eine lange Reihe von würkenden Ursachen dahin gebracht ist, seine bisherige Regierungsform, die nicht taugte, die nicht in die jezzigen Zeiten, nicht zu dem gegenwärtigen Grade der Cultur paßte, in welcher sich der gröste Theil der Bürger unglüklich fühlte, mit Gewalt über den Haufen zu werfen; wenn sie alle hierzu durch einen Geist belebt werden, den ihre elende, verzweifelte Lage in ihnen erwekt hat; wenn dies also nicht nach einem bestimt angeordneten Plane, sondern durch einen Windstoß geschieht, der auf einmal das Feuer, das lange unter der Asche geglimt hatte, in helle Flammen auflodern macht – wer kann da Ordnung fordern? wer kann da bestimmen, ob zu viel, oder zu wenig geschieht? Schreibe dem Meere vor, wie weit es fortströhmen soll, wenn es den Damm durchbricht, den Jahrhunderte untergraben haben!

Und wenn auch bey solchen gewaltsamen Umwälzungen Scenen vorfallen, bey deren Anblikke die Menschheit zurükschaudert; wer trägt dann die Schuld dieser Gräuel? Ganz gewiß mehr die, gegen welche man sich empört, (oder vielleicht ihre Väter) als die Empörer selbst – Auf sie, die entweder durch despotische Mishandlungen das Volk auf's Aeusserste gebracht, oder durch Beyspiel und Beförderung des schändlichsten Luxus und aller Wollüste wahren Seelen-Adel und Einfalt der Sitten in allen Klassen der Bürger zerstört, oder wenigstens, sorglos in ihrem Berufe, von boshaften, gleißnerischen, raubsüchtigen Schranzen umgeben, die Unterthanen der Verführung, der Plünderung und dem Drukke preis gegeben, es gegen jede Herrschaft, gegen jeden Zwang erbittert, alle Herzen von sich abgelenkt haben – Auf ihnen ruht die Sünde. Die Menschen im Ganzen lieben Ruhe und Frieden, sezzen nicht leicht den mäßigen aber sichern Genuß des Gegenwärtigen auf's Spiel, bey der Aussicht eines mühsam zu erkämpfenden ungewissen Künftigen; allein wenn der Despotismus es dahin gebracht hat, daß die Staats-Verfassung einem Kriege Aller gegen Alle ähnlich sieht; wenn jeder nimt, wo er ungestraft nehmen darf, niemand Gesezze anerkennt, sobald er sich Impunität[335] erschleichen, ertrozzen, oder erwürgen kann; wenn kein Eigenthum mehr respektirt wird; wenn kein Bürger sicher ist, den Erwerb seines Fleißes vor den Klauen der Raubthiere bewahren zu können; wenn man endlich doch Leben und Freiheit wagt, man spiele das große Spiel mit, oder nicht – wer wird es dann auch dem Sanftmüthigsten zum Verbrechen machen wollen, daß er, statt sich geduldig schinden zu lassen, mit drein schlägt, mit zugreift, da, wo so viel zu gewinnen, und keine andre Gefahr zu laufen ist, als die ihm, nicht weniger, täglich in seiner friedlichen Hütte drohte, als er sich auch nicht regte?

Ueberhaupt ist es ganz verlohrne Mühe, zu raisonniren über die Befugnisse eines Volks, seine Regierungs-Verfassung zu ändern. In den großen Plan der Schöpfung gehören diese Umkehrungen; sie sind unvermeidlich; sie werden herbeygeführt durch die Ebben und Fluthen der Cultur; die Menschen sind nur die Werkzeuge in der Hand der alles ordnenden Vorsehung. Ist der Zeitpunkt da, stimmen alle Umstände dazu ein; so sind alle Würkungen einzelner Leute, alle Anstalten der Regenten, alle Predigten und Deklamationen dagegen vergeblich. Das Recht des Stärkern ist in der ganzen Natur herrschend. Worauf sonst, als auch dieses Recht gründen die Despoten ihre Gewalt? womit sonst, als mit diesem Rechte des Stärkern machen sie uns, an der Spizze von hun-

334 *Brissac:* Arthur de Cossé, Comte de Brissac (1512–1582), leistete wichtige Dienste in den Kämpfen gegen die Hugenotten und wurde 1567 von Karl IX. zum Marschall ernannt. Da man ihm unterstellte, ein heimlicher Parteigänger der Hugenotten zu sein, wurde er 1574/75 in der Bastille inhaftiert.

335 *Impunität:* Straffreiheit.

derttausend Mann, die Gründe, worauf ihre Deduktionen[336] gestützt sind, anschaulich? Ist dies Recht aber nicht auf ihrer Seite; so haben auch ihre Gründe wenig Gewicht und sie müssen dem nachgeben, der mit mehr Nachdruk den Beweis seiner Rechtmäßigkeit führt. Von der Natur sind nun einmal die Menschen nicht in Classen getheilt, nicht einige zum Gehorchen, andre zum Herrschen bestimt. Der Mensch, der sich von einem Menschen regieren läßt, thut dies entweder, weil er *muß*, oder weil er *will*. Er *muß*, wenn der andre stärker ist, sey es an Cörper, oder Geiste, oder durch Bündnisse mit Mehrern. Er *will*, wenn er sich behaglich dabey fühlt, oder wenn er in dem Wahne steht, der andre sey auf irgend eine Weise berechtigt, ihm Gesezze vorzuschreiben. Wenn aber kein Uebergewicht da ist; wenn Liebe und Zutraun aufhören; wenn Unzufriedenheit eintritt und Wahn verschwindet – dann demonstrire einmal, drohe einmal, Fürst, Moralist, Staatsmann! und siehe zu, ob du etwas ausrichtest! Denn (möge auch der Saz noch so herbe klingen!) man kann dem Menschen die Notwendigkeit der Erfüllung aller moralischen Pflichten unwiederleglich beweisen; aber ich weiß nicht, wie man es anfangen kann, einen Menschen zu überzeugen, daß er eine natürliche, angebohrne Verbindlichkeit auf sich habe, einem andern Menschen von Fleisch und Bein zu gehorchen, wenn er dies nicht glauben *will*, nicht glauben *muß*, oder nicht sein *Interesse* dabey findet, es zu glauben. Seine Vernunft sagt es ihm nicht; die Religion sagt ihm, daß er seiner Obrigkeit gehorchen solle; aber wer diese Obrigkeit seyn soll, und wer das Recht hat, sie einzusezzen, da wir keine Theokratien mehr haben; das sagt sie ihm nicht und das ist doch der Punkt, worauf es ankömt. Gegen Contrakte, die er nicht selbst geschlossen hat, wird er viel Einwendungen finden, wenn sie ihn drükken; die Beförderung der allgemeinen Ruhe, des allgemeinen Wohls kann einen Philosophen bewegen, Privat-Vortheile aufzuopfern, aber nicht den Pöbel – Diesen zum ruhigen Gehorsame zu bringen wenn man ihn, weder durch Wahn, noch Gewalt zwingen kann, dazu giebt es, ich sage es noch einmal, kein andres Mittel, als daß man in ihm den freyen Willen erwekke, *gern* zu gehorchen. Wie dies möglich zu machen sey, das soll noch, zur Erbauung aller Regenten, in diesen Blättern gezeigt werden, und ich zweifle nicht, einer von ihnen wird mich für dies Recept mit einer kleinen jährlichen Pension von einem paar tausend Thälerchen belohnen. Unter den zahlreichen Geschenken, die sie aus fremden Beuteln nehmen, würde dieses, denke ich, nicht am schlechtesten angelegt seyn; und ich will ihnen dann nie wieder ein Recept aufdringen.

## Dritter Abschnitt.

### Anwendung dieser Säzze auf die französische Revolution.

Lasset uns nun, was ich von den großen Staats-Umwälzungen überhaupt gesagt habe, auf die französische Revolution anwenden! Unvermeidlich war sie, vorauszusehen war sie, mit allen ihren fürchterlichen Folgen; das wird jezt jeder Geschichtsforscher und Philosoph zugestehn müssen; aber dergleichen mit klaren Worten voraus zu verkündigen, das ist eine kizliche Sache, besonders in despotischen Staaten.

Seit Jahrhunderten seufzte Frankreich unter dem Drukke des fürchterlichsten orientalischen Despotismus. Bekant genug sind die gräulichen Schandthaten, die verheerenden Kriege und die innerlichen Unruhen, durch welche die Regierung der mehrsten Könige aus dem Hause Valois[337], besonders die des blutdürstigen Ludwig des Eilften und des verächtlichen Carls des Neunten, sich auszeichnete.

Der große, edle Heinrich[338] genoß der ruhigen Tage zu wenige, um seinem armen Volke wieder aufzuhelfen; aber er lebte lange genug, um dies Volk mit der Glükseligkeit, einen guten und weisen König zu haben, bekant zu machen, damit es desto lebhafter den Contrast dieser Zeiten mit den vorigen und nachherigen Regierungen fühlen mögte; und so gab er selbst der Nation den Unterricht, was sie von ihren Königen einst fordern, das Beispiel, worauf sie ihre Monarchen einst hinverweisen könte.

Die männlichen und weiblichen Vormünder des bis zu seinem Tode minderjährigen, schwachen Ludwig des Dreizehnten[339] verschafften Frankreich Ansehn von Aussen, und Armuth, Sklaverey und Zerstöhrung aller Moralität von Innen.

336 *Deduktionen:* Schlußfolgerungen, Beweisführungen.

337 *Könige aus dem Hause Valois:* frz. Königshaus (1328–1598); Ludwig XI. schuf während seiner Regierungszeit (1461–1483) die Voraussetzungen für die absolutistische Monarchie seiner Nachfolger; unter der Regierung von Karl IX. (1560–1574) begannen die Hugenottenkriege (1562–1598) und ereignete sich die blutige »Bartholomäusnacht« (1572).

338 *Der große, edle Heinrich:* Heinrich IV. (1589–1610), Begründer der Bourbonen-Dynastie, beendete mit dem »Toleranzedikt von Nantes« (1598) die Hugenottenkriege.

339 *Ludwig des Dreizehnten:* Ludwig XIII., frz. König (1610–1643), stand zunächst unter Vormundschaft seiner Mutter Maria de Medici (bis 1617) und überließ die politische Führung seinem Minister Kardinal Richelieu (1624–1642).

Auf die tiefste Stufe der Erniedrigung aber wurde die Nation durch den Monarchen Mazarin[340] und nachher durch den kindisch eiteln Tyrannen, der sich den Beynamen des großen Ludwigs[341] geben ließ, herabgestürzt. Die Regierung dieses abscheulichen Menschen war eine ununterbrochene Reihe von glänzenden Niederträchtigkeiten, Grausamkeiten und Verwüstungen. Er spielte mit dem Leben, dem Eigenthume, der Ehre, der Freiheit, der ganzen bürgerlichen, physischen, moralischen und intellektuellen Existenz seiner Mitbürger. Kaum hatte der magre Aachensche Frieden[342] dem Blutvergiessen ein Ende gemacht; so fing er, ohne alle andre Ursache, als weil er seinem Nebenbuhler um Ruhm, Wilhelm von Oranien[343], die Größe beneidete, welche er nicht erreichen konte, einen neuen Krieg an, der mit dem für Frankreich eben so nachtheiligen Ryswikkischen Frieden[344], geschlossen wurde. Jeder Staat, der seinem niedrigen Hochmuthe ein Opfer versagte, wurde von ihm genekt, angegriffen und von seinen Räuber- und Banditen-Heeren zu einem Schauplazze grausamer Ermordungen, Verheerungen und Mordbrennereyen gemacht. Das nante er dann Siege und ließ sich dafür von feilen Dichtern lobpreisen und von Malern und Bildhauern der Verachtung der freyen Nachwelt ausstellen. Indeß Hunderttausende in seinem Namen erwürgt wurden, bauete er asiatische Palläste, in denen er mit Histrionen[345], Schranzen und geilen Weibern Ballette tanzte und Unzucht trieb. Ihm waren beschworne Verträge und das königliche Ehrenwort Kinderpossen, und gleich als wenn ihm die weltlichen Händel nicht Gelegenheit genug gegeben hätten, wie ein reissendes Thier unter friedlichen Menschen herumzufahren, riß er den grausamen und heuchlerischen Pfaffen den Dolch und die Fakkel des Fanatismus aus der Hand und stürzte damit unter seine treuesten und fleißigsten Unterthanen, von denen indeß der fünfte Theil doch seiner Mordlust glüklich entwischte, auswanderte und Wohlstand und Segen mit sich fort in fremde Provinzen trug. Allein seine Lieblings-Waffen waren unredliche Politik, Cabale, Ränke und Bestechungen; mit diesen verbreitete er Mistrauen und Zwist an auswärtigen Höfen und tödtete edle Gesinnungen und große Gefühle in den Herzen seiner Unterthanen. Noch galt er für einen eminenten, glänzenden, gefürchteten Bösewicht; aber auch diesen Schimmer von Größe nahm das Glük ihm im spanischen Successionskriege[346], in welchem seine, nur für seine Eitelkeit fechtenden Heere fast immer geschlagen, seine Provinzen entvölkert und die Schulden gehäuft wurden. Am Ende seiner Tage blieb dem Elenden keine andre Wonne übrig, als, umgeben von Bettlern, mit der alten Vettel[347], die er sich hatte zum Eheweibe aufschwäzzen lassen, die Sünden, die er gern noch länger begangen hätte, am Rosenkranze abzubeten. Sprechet, was hatte dieser Bösewicht vor den Vitellien, Diokletiane und Heliogabeln[348] voraus? O! er stand tief unter ihnen. Diese schwachen Tyrannen konten doch noch einen Theil ihrer Schuld auf das Glük und die Verblendung eines Volks schieben, das sich vergriffen hatte, als es ihnen ein Loos zutheilte, dessen sie sich so unwürdig zeigten; auch war die Stimmung des damaligen Zeitalters rauher; aber Ludwig, mit den herrlichsten Anlagen, wenigstens zum Privatmanne, von der Natur ausgerüstet, unter einer Nation und in einer Periode gebohren, die sich durch mildere Sitten auszeichneten, ein Liebhaber und Kenner der schönen Künste – nein! von ihm kann nichts den Fluch abwenden, den so viel Millionen Menschen seinem Andenken nachschikken.

Man könte sich wundern, daß nicht schon damals die französische Nation aus dem fürchterlichen Schlafe erwachte, in welchen der Despotismus sie hineinmanipulirt hatte, daß sie nicht schon damals aufsprang und die unnatürlichen Fesseln abschüttelte, wenn man nicht Rüksicht nehmen müßte, auf ihren herrschenden Charakter und auf das Zusammentreffen vieler Umstände. Sie war von je her gewöhnt, einem einzelnen Beherrscher zu gehorchen, hielt dies für die Ordnung der Natur, liebte enthusiastisch die monarchische Verfassung und ihre Könige; der äussere Glanz der Thaten, wodurch sie sich, obgleich als Maschine eines hochmüthigen, eiteln Thoren, in den ersten glüklichen Kriegen verherrlichte und andre Völker demüthigte, kizelte den Nationalstolz; der Leichtsinn, der den Franzosen so eigen ist, ließ sie das Elend nicht wahrnehmen, in welches sie nach und nach hin-

340 *Mazarin:* Kardinal Jules Mazarin, Nachfolger Richelieus an der Staatsspitze, regierte 1643–1661 für den minderjährigen Ludwig XIV.

341 *des großen Ludwigs:* Ludwig XIV., frz. König (1643–1715).

342 *Aachensche Frieden:* beendete 1668 den sog. Devolutions- oder Flandrischen Krieg (1667/68) gegen Spanien; große Teile Flanderns fielen an Frankreich.

343 *Wilhelm von Oranien:* Wilhelm III. von Oranien, König von England, Schottland und Irland (1689–1702).

344 *Ryswikkischen Frieden:* Der Friede von Rijswijk beendete 1697 den sog. Pfälzer Krieg (1688–1697), den Ludwig XIV. vom Zaun gebrochen hatte. Frankreich mußte auf seine Ansprüche auf die Pfalz und Lothringen verzichten.

345 *Histrionen:* (lat.) abwertende Bezeichnung für Schauspieler; urspr. mimische Tänzer, Gaukler.

346 *spanischen Succesionskriege:* Spanischer Erbfolgekrieg (1702–1714).

347 *der alten Vettel:* Gemeint ist Françoise d'Aubigné, Marquise de Maintenon (1635–1719), zweite Ehefrau Ludwigs XIV., der man nachsagte, sie habe maßgeblichen Einfluß auf die Aufhebung des Edikts von Nantes im Jahr 1685 durch Ludwig XIV. ausgeübt.

348 *Vitellien, Diokletiane und Heliogabeln:* röm. Kaiser: Aulus Vitellius (69), Diocletian (284–305), M. Aurelius Antoninus, gen. Heliogabal (218–222).

*Der Sturm auf die Bastille, 14. Juli 1789, zeitgenössischer Stich*

eingezogen wurden. Der Prunk der Schauspiele und Feste blendete ihre Augen, wirkte auf ihre Sinnlichkeit, riß die Bürger aller Classen in einen Strudel von Zerstreuungen hinein. Sie sangen, wizzelten und tanzten den Hunger weg. Noch herrschte in dem an Hülfsquellen so reichen Frankreich keine so allgemeine Noth und die nicht irgend eine komische Seite gehabt hätte, auf welche ein lustiger Franzose ein Epigram machen konte; und dann lachte das ganze Volk mit. Die ärgsten Raisonneurs schwiegen auch, oder wurden gar in Lobredner verwandelt, wenn sie einen Brokken von der allgemeinen Beute erhaschen, sich durch Creaturen von Creaturen ein Aemtchen, oder ein Jahrgeld erbetteln konten; ein großer Theil der Nation vergaß das Murren unter dem Geräusche der Waffen – und kurz! die ärgsten Wirkungen des despotischen Unfugs wurden erst unter den folgenden Regierungen recht sichtbar.

Die Regentschaft des Herzogs von Orleans[349] vollendete den Ruin und die Corruption des französischen Volks, und seine Administration zeichnete sich durch Bubenstükke und Laster aller Art aus, obgleich er selbst mehr ein schwacher Wollüstling, als ein unternehmender Bösewicht war.

Ludwig des Funfzehnten Zeiten sind uns noch so nahe; die Inkonsequenzen und Abscheulichkeiten dieser Regierung; die Diebstähle aller öffentlichen Staats-Bedienten; die in den gesegnetesten Jahren durch die königlichen Getreide-

[349] *Regentschaft des Herzogs von Orleans:* Herzog Philippe von Orléans regierte 1715–1723 für den minderjährigen Ludwig XV. (König von 1715–1774).

pächter künstlich erregte Hungersnoth; die gräuliche Finanz-Verwaltung; die höllische Wirthschaft der raubgierigen und ränkevollen Maitressen; die muthwillig verlohrnen Schlachten, in welchen tapfre Krieger von unbärtigen Knaben, von unwissenden Creaturen der Dame Pompadour[350] und von erkauften Schurken auf die Schlachtbank geliefert wurden; die heimlichen Einkerkerungen und Ermordungen edler Männer, die das Unglük hatten, den Haß der verschwornen Rotte auf sich zu laden; die *lettres de cachet*[351]; die heillosen Verschwendungen – das Alles ist uns noch in frischem Andenken.

Und so erbte dann der arme, gutmüthige Ludwig der Sechzehnte[352] den Thron, auf welchem er ein Volk beherrschen sollte, das in Noth, Armuth und Verzweiflung schmachtete; der Staat war mit Schulden belastet, das tiefste Verderbniß der Sitten in allen Ständen verbreitet, die wichtigsten Aemter im Reiche hatte man an Bösewichte verhandelt, die tausendmal des Galgens werth waren, an welchem Einige von ihrer Bande nachher ihre rühmliche Laufbahn geendigt haben; der Adel übte ungestraft die ärgste Tyranney gegen den unglüklichen Bauernstand; aus Mangel an Geld und Kredit ruheten die mehrsten Nahrungszweige, die dem Bürger hätten aufhelfen können, bey welchem noch obendrein der verheerende Luxus die unnüzzen Bedürfnisse vervielfältigt hatte; nur der verächtlichste Theil derselben, der sich in den Hauptstädten von diesem Luxus nährte, erschwang sich so viel, daß er den Großen in ihrer Verschwendung nachahmen konte; die Erpressungen aller Art gingen indessen fort; die Auflagen waren unerträglich und unnatürlich; die Geistlichkeit steuerte nichts und verschwelgte in sittenloser Ueppigkeit, was der unglükselige Landmann, im Schweisse seines Angesichts und mit heissen Thränen herbeyschaffte. Der Frieden gab der Nation Muße, diesem allen nachzudenken; das Volk durch Feste zu übertäuben, dazu fehlte es auch an Mitteln; was aber vollends die fürchterlichsten Folgen prophezeyete, war die durch den Despotismus selbst beförderte, nun täglich allgemeiner sich ausbreitende Aufklärung. Eine gewisse raisonnirende Philosophie, die, wenn sie, unter weniger unglüklichen äussern Umständen, von Einfalt der Sitten begleitet ist, die Menschen lehrt, mit ihrem Zustande zufrieden zu seyn, unvermeidliche Widerwärtigkeiten zu ertragen, den Mangel an Wohlstand durch verdoppelte Mäßigkeit zu ersezzen und ihre innere Gemüthsruhe nicht durch gefährliche Plane auf eine ungewisse Zukunft zu stöhren; diese Philosophie, sage ich, hatte einen Anstrich von Bitterkeit angenommen. Sie öfnete dem Volke die Augen über seinen verzweifelten Zustand, erwekte in ihm das Gefühl, nicht länger mehr die schändlichsten Mishandlungen ertragen zu können; man fing an, über ursprüngliche Menschenrechte, über den Beruf der Könige, über die Gültigkeit der Privilegien des Adels und über Pfafferey und Hierarchie laut zu reden und zu schreiben.

Indessen hofft man immer alles von jeder neuen Regierung; also erwartete man auch von Ludwig dem Sechzehnten Milderung des allgemeinen Elendes, Abschaffung der Misbräuche – aber man wartete lange vergebens. Was er hätte thun können und sollen, was die Königin zum Besten gewirkt hat, oder nicht gewirkt hat, ob man die Finanzen besser verwalten, den unnüzzen Aufwand einschränken, redlicher und ofner hätte verfahren können; darüber lasset uns jezt nicht raisonniren! – genug! dem Jammer wurde nicht abgeholfen und die Unruhe und die Gährung nahmen zu.

Nun berief man denn endlich die Stände des Reichs[353]; allein von der einen Seite waren schon die Forderungen der lange Zeit mishandelten, oft getäuschten, so genanten untern Stände zu hoch gespant, von der andern schienen Adel und Geistlichkeit gar nicht zu ahnden, daß die Zeit, Uebermuth zu zeigen, ererbte Verdienste gelten zu machen und durch Verjährung geheiligte Misbräuche aufrecht zu erhalten, verstrichen wäre. Man sprach wohl von freywilligen, ansehnlichen Beyträgen, von großmüthigen Aufopferungen, aber der *tiers état*[354] fand diese Sprache nicht mehr passend. Er war nicht mehr zu überzeugen, daß er, der größere, wichtigere und arbeitsame Theil der Nation, gebohren seyn könte, länger die untergeordnete Rolle zu spielen, sich taxiren, sich im Blinden führen, sich nicht nach bestimten Gesezzen, sondern nach Willkühr regieren zu lassen. Alles Zutrauen, aller guter Wille war verschwunden – Mögen immerhin bösgesinte Stürmer das Feuer angeblasen haben! Genug, dies Feuer war da, glimte in allen Ekken, mußte unvermeidlich einmal mit Ungestüm ausbrechen.

Was für Auftritte nachher erfolgt sind, das ist bekant genug – Noch einmal! ich vermesse mich nicht, darüber zu urtheilen und glaube nicht, daß irgend jemand bey der Lage der Sachen, sagen dürfe: »das hätte man thun, das unterlassen sollen.« Ich glaube, daß die Anarchie kein Werk einzelner Aufrührer, sondern die unvermeidliche Folge der abscheulichen Behandlung ist, durch welche man das Volk auf's Aeusserste getrieben hatte. Ich glaube endlich, daß die Deputirten zwar ihre Vollmachten überschritten sind [!], daß sie

350 *Dame Pompadour:* Jeanne Antoinette Poisson, Marquise de Pompadour (1721–1764), Mätresse Ludwig XV., von großem Einfluß auf die Politik.

351 *lettres de cachet:* geheime Haftbefehle, mit denen Mißliebige ohne Urteil inhaftiert werden konnten.

352 *Ludwig der Sechzehnte:* König von Frankreich (reg. 1774–1792), hingerichtet am 21. Januar 1793.

353 *Stände des Reichs:* Einberufung der Generalstände im August 1788.

354 *tiers état:* das Bürgertum als dritter Stand neben Adel und Klerus.

aber dem Geiste des größten Theils der Nation gemäß gehandelt haben, und daß, wenn sie weniger gethan hätten, neue Empörungen gefolgt seyn würden, bis doch alles endlich auf diesen Punkt des allgemeinen Umsturzes alles dessen, was irgend mit der ehemaligen Staats-Verwaltung zusammenhing, gekommen seyn würde. Dies alles wird schon dadurch bestätigt, daß das Volk freywillig zu Deputirten der zweyten Versammlung[355] noch eifrigere, kühnere Männer (oder vielmehr leider! Jünglinge) gewählt hat, welche die Einschränkungen der königlichen Gewalt noch viel weiter treiben. Schwerlich hätte man zum Beyspiel, bey der jezzigen Stimmung, die Einrichtung von zwey Kammern, wie in England, zu Stande gebracht; und wäre es geschehn: so würden bald die dem Despotismus und den vorigen Misbräuchen ergebnen höhern Stände, neue Trennungen bewirkt haben – So glaube ich; aber ich verlange nicht, irgend jemand zu meinem Glauben zu bekehren.

Ueber diese Revolution, über die neue Constitution und über die Schritte der National-Versammlung[356] muß man jezt so manche widersprechende Urtheile hören und lesen, daß man in der That immer vorsichtiger in seinen Entscheidungen werden sollte. Von Einer Seite schildert man uns diese große Begebenheit als das Werk der verachtungswürdigsten, eigennüzzigsten Bösewichte, Aufrührer und Königsmörder, verschworen das ganze Reich in Elend und Verwirrung zu stürzen, um im Trüben zu fischen. Man schildert uns, die Beschlüsse der Deputirten, als ein Gemische von schreyenden Ungerechtigkeiten und thörichten Hirngespinsten und die Ausschweifungen des Pöbels als unerhörte, nie gesehene Greuel, planmäßig von den Verschwornen veranstaltet. Endlich prophezeyet man dem armen Frankreich den gänzlichen Ruin, oder eine nahe bevorstehende Umkehrung der Dinge durch eine Contre-Revolution und die Einmischung der übrigen europäischen Mächte. Von der andern Seite erheben die Freunde der Revolution dieselbe, mit allen ihren schon erlebten und noch zu erlebenden Folgen, bis in den Himmel. Sollen wir ihnen glauben; so ist, so lange die Welt steht, noch keine größere, der Menschheit wichtigere und wohlthätigere Begebenheit vorgefallen. Sie lassen uns alle dabey verübten Gewaltthätigkeiten, als nothwendige, durch die Größe des Zweks geheiligte Mittel ansehn. Sie schildern uns die Männer, welche bey diesen Unternehmungen vorangegangen sind, als die edelsten, weisesten, uneigennüzzigsten, kraftvollsten Helden und Philosophen und verkündigen nicht nur der französischen Nation von jezt an die ruhigste, glüklichste Periode, ein goldnes Zeitalter, sondern allen übrigen europäischen Staaten eine baldige Nachfolge. Die gemäßigtere Parthey billigt den Zwek, tadelt aber die Mittel; oder findet, daß man im Ganzen zu weit gegangen sey; oder hoft, daß diese allgemeine Gährung nach und nach alle Gemüther zum Frieden geneigt machen, daß man von beyden Partheyen die Saiten herabstimmen, und am Ende eine monarchische Staatsverfassung wieder herstellen werde, doch also, daß die Gewalt des Königs und der Minister, durch die Mitwirkung gewisser Volks-Representanten, beschränkt sey. Nur Wenige sind weise genug, sich aller entscheidenden Urtheile zu enthalten, das, was geschehn ist, wie unvermeidliche Folge vorhergegangener Misbräuche zu betrachten und die beste Entwiklung von der gütigen und weisen Vorsehung zu erwarten.

Wundern wir uns nicht über die große Verschiedenheit dieser Meinungen! Selbst zwey gleich unpartheyische, gleich einsichtsvolle Reisende können, was sie während dieser Unruhen in Frankreich sehen, aus sehr verschiednen Gesichtspunkten betrachten. Der Eine, wie zum Beyspiel der Herr Rath Campe[357], durchreist, ehe er den französischen Boden betritt, Gegenden, in welchen von allen Seiten der Anblik der Noth, der Niedergeschlagenheit, der Sklaverey, welche des armen Landmanns Erbtheil in so manchen Provinzen sind, und des Uebermuths und der willkührlichen Anmaßungen der höhern Stände sein moralisches Gefühl empört hat; und nun wird er auf einmal auf einen Schauplaz versezt, wo ein, von der eben mühsam errungnen (wahren, oder, wäre das auch, eingebildeten) Freiheit wonnetrunkenes Volk ihm entgegen jubelt; wo er, im Geräusche dieser allgemeinen Trunkenheit, keinen Seufzer, keine Klage hört; wo die ganze Nation, zu einem herrlichen Feste vereinigt, in dem Augenblikke der Berauschung, alle Privat-Uneinigkeiten und allen Partheygeist vergißt, wo Freund und Feind Hand in Hand um den Altar der Freiheit den Reyhen tanzen, und wo er, in diesem ungeheuren Gewühle, doch auch nicht eine einzige Scene von Unordnung oder Gewaltthätigkeit wahrnimmt, ohne welche in monarchischen Staaten selten das Geburtsfest irgend eines, der Menschheit sehr unwichtigen und unnüzzen Großen gefeyert werden kann – Wen kann es befremden, wenn dieser Mann, bezaubert von dem vorher noch nie genossenen, einzigen Anblikke in seiner Art, von einem Anblikke bezaubert, der den gefühllosesten Menschenfeind mit Wonne und Bewunderung erfüllen müste, wenn dieser Mann, sage ich, sein Herz sich erweitern fühlt, und diese Empfindung

355 *zweyten Versammlung:* Zusammentreten der Generalstände im Mai 1789.

356 *National-Versammlung:* Der dritte Stand erklärte sich am 17. Juni 1789 zur französischen Nationalversammlung.

357 *Herr Rath Campe:* Der Braunschweiger Pädagoge Joachim Heinrich Campe (1746–1818) war im Sommer 1789 in Begleitung des jungen Wilhelm von Humboldt nach Paris gereist. Seine Erfahrungen im revolutionären Frankreich beschrieb er in dem Buch: Briefe aus Paris zur Zeit der Revolution geschrieben (zuerst veröffentlicht in dem von ihm herausgegebenen »Braunschweigischen Journal« 1789/90).

sich in ihm erneuert, indem er die Scenen schildert, wobey er ein Zeuge gewesen, wenn er dann mit Wärme einer Revolution das Wort redet, die, wenigstens nach dem, was er gesehn und gehört hat, so viel Millionen Menschen glüklich und froh macht? – Wehe dem verächtlichen Sklaven, der deswegen von dem Kopfe oder von dem Herzen dieses Mannes nachtheilig urtheilen, oder gar es versuchen wollte, ihn, wegen einiger kühnen Ausdrükke oder einiger vielleicht (doch nur vielleicht) übertriebnen Deklamationen, verdächtig oder lächerlich zu machen!*)

Ein andrer, nicht weniger hellsehender Reisender, kömmt in eine französische Stadt, wo grade der noch nicht beruhigte Pöbel sich gegen wahre oder vermeintliche Unterdrükker Grausamkeiten aller Art erlaubt, den Gesezzen und der Polizey trozt, die jugendliche Kraft, und die ihm noch neue Freiheit misbraucht, wie Jünglinge, die eben dem Schul-Zwange entkommen sind, ihre Unabhängigkeit zu misbrauchen pflegen; er eilt erschüttert hinweg von diesem Schauplazze blutiger Gewaltthätigkeiten; auf der Rückreise schließt sich einer von denen an ihn, die bey der Revolution, vielleicht ohne alle Schuld, Vermögen, bürgerliche Ehre und Sicherheit eingebüßt haben. Dieser unterhält ihn mit den schreklichen Auftritten, die in seiner Provinz vorgehen; mit Thränen in den Augen schildert er ihm die Noth seiner verlassenen, ehemals wohlhabenden, nun dürftigen, unglüklichen, flüchtigen Familie, die zerstörten Palläste, die Wohnungen, wo sonst Frieden und häusliches Glük zu Hause waren, jetzt in Steinhaufen verwandelt, auf denen man unschuldige Bürger mordet – Befremdet es Euch, wenn dieser Reisende ein Bild von der französischen Revolution entwirft, das jenem, wie die Hölle dem Himmel ähnlich sieht?

*) Ich, der ich dies sage, bin gewiß einer von denen, unter welchen Herr Campe am wenigsten seinen Lobredner suchen würde; allein der Unfug, den sich, während ich an diesen Blättern schrieb, ein feiler, unberühmter Fürsten-Schmeichler[358] gegen diesen verdienstvollen Schriftsteller erlaubt hat, bewegt mich, der Wahrheit mein Opfer zu bringen. Die Schritte, die man seit Kurzem gegen jeden unpartheyisch frey redenden und denkenden Mann unternimmt und die heimlich von einer gewissen, sehr bekannten Gesellschaft geleitet werden, der daran gelegen ist, daß das Licht nicht durch die Finsterniß dringe, machen es dem Häuflein unbestochner Wahrheits-Freunde zur Pflicht, ihre kleinen Privat-Zwistigkeiten zu vergessen und sich brüderlich die Hand zur Versöhnung und zur gegenseitigen Vertheidigung zu reichen. Von jetzt an, bis sich die Zeiten ändern und Herr Campe dessen nicht mehr bedarf, biethe ich ihm von Herzen jeden Dienst an, den ich ihm mündlich, schriftlich und thätig zu leisten im Stande bin. *[Anmerkung Knigges]*

Allein nicht nur in der Verschiedenheit der einzelnen Scenen, die ein Fremder in Frankreich wahrnehmen kann, je nachdem er zu dieser, oder zu einer andern Zeit, in dieser oder einer andern Provinz seine Bemerkungen sammelt, liegt der Grund des Widerspruchs in den Urtheilen über die französische Staats-Umwälzung, sondern auch in den Verhältnissen, Stimmungen und herrschenden Ideen der Menschen selbst, die darüber reden und schreiben.

Wer bis dahin eine Herrschers-Rolle gespielt hat und nicht ganz gewiß ist, daß, sobald es auf freywillige Wahl ankäme, die Untergebnen lieber ihm, als einem Andern gehorchen würden, der zittert vor der Möglichkeit, daß man ihm, wenn der Revolutionsgeist allgemein würde, diese Haupt-Rolle abnehmen und eine untergeordnete anweisen könnte. Deswegen giebt es unter den großen und kleinen Monarchen so wenige, die auf die neue Ordnung der Dinge gut zu sprechen sind – vom Länder- und Völker-Beherrscher und Scepter-Führer an, bis auf den Schul-Monarchen herab, der fürchtet, die Discipuli mögten ihm den Bakulum[359] aus der Hand winden. Fast alle, bey den alten Einrichtungen interessirte, an empfangne Huldigung und passiven blinden Gehorsam gewöhnte Personen reden der willkührlichen Gewalt das Wort.

Personen, die in solchen Aemtern und Würden stehen, welche man in freyen Staaten für unbedeutend, unnüz oder gar für verächtlich und schädlich hält, Hofschranzen und andre besoldete, pensionirte und bepfründete Müßiggänger, können den Gedanken nicht ertragen, daß ein System Anhänger finden mögte, das ihre ganze Existenz vernichtet, indem es nur dem Fleiße und dem wahren Verdienste Achtung, Vorrechte und Vortheile einräumt.

Solche Fürsten und Edelleute, die sich bewußt sind, daß sie gar nichts mehr seyn würden, wenn sie aufhören sollten, Fürsten und Edelleute zu seyn;

Auch manche bessere, verdienstvollere Männer unter diesen, die aber von Jugend auf mit den Vorurtheilen ihres Standes aufgewachsen und gewöhnt sind, Dinge, deren Werth jezt in Frankreich gänzlich verrufen ist, wo nicht wie Schäzze voll inneren, ächten Gehalts, wenigstens wie eine, durch den Stempel der Convention gewürdigte, nüzliche Waare zu betrachten;

Geadelte Bürger und alle solche Personen, die es sich haben Mühe und Geld kosten lassen, in eine Klasse hinaufzurükken, mit Ständen in Verbindung zu kommen, die sie ausserdem vielleicht verachten würden;

358 *Fürsten-Schmeichler:* gemeint ist Leopold Alois Hoffman, der in der »Wiener Zeitschrift« (Heft 1, 1792) Campe in einem Aufsatz vehement angriff: »Ueber die politischen Angelegenheiten Frankreichs. In Briefen an den Herrn Edukationsrath und Buchhändler J.H. Campe in Braunschweig.«

359 *Bakulum:* (lat.) Prügelstock.

Hohe und niedre Geistliche aller Bekenntnisse, die so gern Religion und Gottes-Verehrung, Theologie, Dogmatik, Kirchen-System und Christuslehre mit einander verwechseln, ihr Amt zu einem besondern Stande im Staate erheben und ihre Sache zur Sache Gottes machen;

Solche Menschen, die überhaupt gegen jede Neuerung eingenommen sind und es gern beym Alten lassen;

Schmeichler; feile, kriechende Schriftsteller, wie der elende Professor Hoffmann in Wien Einer ist, und alle solche Insekten, die unbemerkt herumkriechen und sich fürchten müsten, zertreten zu werden, wenn sie sich nicht in das Unterfutter der Großen dieser Erde einnisteten; an Leib und Seele arme Schlukker, die sich von den Brosamen nähren, welche von der Herren Tische fallen;

Gutmüthige, furchtsame, mitleidige, gefühlvolle und sanguinische Menschen, welche durch die Schilderung der verübten Gewaltthätigkeiten erschüttert und empört werden;

Unterthanen guter Fürsten, besonders in dem nördlichen Theile von Teutschland, die, unter milden Regierungen, bey dem ruhigen Genusse ihres Eigenthums und ihrer Freiheit, gar keinen Begriff vom Despotendrukke haben und – o! der glüklichen Unwissenheit! – das Bedürfniß einer andern Verfassung nicht kennen;

Alle diese stimmen mehr oder weniger lebhaft die allgemeine Meinung *gegen* die französische Revolution. Man kann ihnen, was die nachtheiligen Eindrükke betrifft, welche sie bewirken, noch diejenigen zugesellen, die, aus unvernünftigem Eifer, ohne Kenntniß der Sache, aus unbändigem Freiheitssinne, aus ungerechter Unzufriedenheit mit den Regierungen, welche nicht so hohe Begriffe, wie sie selbst, von ihren Verdiensten haben, sich unberufen zu ungeschikten Vertheidigern aufwerfen.

Man sollte meinen, die neue Verfassung müßte in republikanischen Staaten die eifrigsten Verfechter finden; allein es zeigt sich fast allgemein das Gegentheil. In England affektirte man anfangs dieser großen Begebenheit gar keine Aufmerksamkeit zu widmen. Erst in der Folge hat man mehr Wärme für die Sache, besonders unter denen wahrgenommen, die mit den jezt in England einreissenden Misbräuchen in der Verfassung unzufrieden sind. Dagegen hat sich der Sophist Burke[360] durch eine Schmähschrift, in welcher er seine großen Talente zu falscher Darstellung und Verdrehung offenbarer Thatsachen misbraucht, die Gunst des Ministers erbettelt, um ein Jahrgeld zu erlangen, das er zu theuer mit der allgemeinen Verachtung erkauft. Die Widerlegung, womit der edle Paine[361] ihn zu Boden geschlagen hat, verdient von Freunden und Feinden der Revolution gelesen zu werden.

Was man in Holland über diese Gegenstände urtheilt, kann kaum hierher gehören; denn die vereinigten Niederlande haben jezt, weniger als jemals, eine republikanische Verfassung.

In der Schweiz sind die großen aristokratischen Cantons, wie sich's begreifen läßt, gegen die Sache und die kleinern, glüklichen freyen, halten sich wenig mit politischen Raisonnements über fremde Verfassungen auf. In den italienischen Freystaaten herrscht ein Ton in der Staats-Verwaltung, der zu den in Frankreich angenommenen Grundsäzzen gar nicht passen will.

Unter den teutschen kleinen Freystaaten ist vielleicht Hamburg der einzige, wo man sehr viel warme Bewundrer der neuen französischen Verfassung findet.

Im Ganzen scheint der Nationalstolz der Republiken, bey dem Genusse ihrer errungnen Freiheit, andern Ländern eben auf die Weise den Besiz dieses Guts zu misgönnen, wie ein Cavalier von alter Familie dem Parvenü und dem geadelten Bürger nicht gewogen zu seyn pflegt.

Diese Bemerkungen treffen aber auf keine Weise die vereinigten Staaten von Nord-Amerika; denn dort herrscht allgemeine Wärme für die französische Revolution. Gegenseitige Dankbarkeit knüpfen beyde Nationen an einander – edle Gefühle, die in despotischen Staaten von Eigennuz und Politik erstikt, aber da heilig gehalten werden, wo wahre Tugend allein Anspruch auf Achtung und Ehrerbietung geben kann! In Amerika haben die Franzosen den Werth der Freiheit kennen gelernt und dort hat sich einer ihrer ersten Männer, ja! gewiß einer der edelsten Männer in der Welt, Fayette[362] ausgebildet. Von der andern Seite verdanken die nordamerikanischen Staaten gröstentheils den Franzosen ihre errungene Unabhängigkeit.

Gegen die Menge derer nun, die wir als nicht unpartheyische Gegner der französischen neuen Verfassung angeführt haben, kann der Haufen derer, die in Europa *davor* eingenommen sind, freylich nur sehr klein seyn, und selbst unter diesen können wir die nicht für competente Richter gelten lassen, welche, ohne eigentliche Ueberlegung und ohne Kenntniß der Sache, aus blindem Feuer-Eifer für alles Neue und Ausserordentliche, die Parthey jeder Umkehrung der Dinge nehmen. Solche Menschen schaden auch der besten Sache durch ihr Lob. Wie unbeträchtlich bleibt daher nicht

360 *Burke:* Edmund Burke (1727–1809), englischer Politiker und Schriftsteller, veröffentlichte 1790 die einflußreiche antirevolutionäre Schrift »Reflections on the Revolution in France, and of the Proceedings in Certain Societies in London relative to that Event. In a Letter intended to have been sent to a Gentleman in Paris«. In Deutschland fand das Buch durch die Übersetzung von Friedrich von Gentz große Beachtung: »Betrachtungen über die französische Revolution« (Berlin 1793).

361 *Paine:* Thomas Paine: The Rights of Man (London 1791).

362 *Fayette:* Marie Joseph Marquis de La Fayette (1757–1834), Teilnehmer am amerikanischen Unabhängigkeitskrieg, General und Kommandant der französischen Nationalgarden (1789–91).

die Anzahl der unpartheyischen und gründlichen Beurtheiler jener wichtigen Begebenheit und wie wenig beweist die größere oder kleinere Anzahl der Tadler oder Vertheidiger *vor* oder *gegen* dieselbe?

Es bleibt noch eine dritte Klasse von Menschen übrig, nämlich die, welche ihre Meinung darüber gar nicht sagt. Sie besteht theils aus Furchtsamen, die es mit keiner Parthey verderben wollen, theils aus solchen, die sich über nichts bestimmt zu erklären pflegen, sondern die schaafsköpfige Gewohnheit haben, es immer erst abzulauern, wie eine Sache ausfallen wird, und dann hintennach zu versichern: das hätten sie gleich also vorausgesehn.

Ich glaube nun hinlänglich erwiesen zu haben, daß jezt noch jedes bestimmte Urtheil über das, was in Frankreich geschehn und was davon zu erwarten ist, übereilt seyn würde. Man wende dagegen nicht ein, daß wir offenbare Thatsachen vor uns haben, nach denen wir unsre Meinung berichtigen können! Diese Thatsachen werden uns von Zeitungsschreibern, Journalisten und andern Schriftstellern oft äusserst unvollständig, verstümmelt und entstellt vorgetragen. Nicht Jeder will, nicht Jeder darf schreiben, wie und was er gern schreiben mögte. Vielen von diesen Nachrichten fehlt es durchaus an historischer Glaubwürdigkeit; durch die Art der Darstellung kann jedes Faktum eine ganz andre Gestalt gewinnen. In Frankreich kann jezt fast nicht ein einziger Mensch für einen unbefangenen Zuschauer gehalten werden; der Reisende sieht die größern Wirkungen, aber selten die kleinen Triebfedern; und wenn er uns diese so schildert, wie er sie sich denkt, oder wie ihm andre Leute die Sache vorgestellt haben, uns aber den Beweis schuldig bleibt; – ein Fehler, den einige Schriftsteller, bey Erzählung der merkwürdigen Vorfälle vom fünften und sechsten October[363] begangen haben! – so darf man wohl auf alle Weise vor zu viel Leichtgläubigkeit und voreiliger Beurtheilung warnen.

Alles, was ein unpartheyischer Mann sich daher erlauben darf, über diese große Begebenheit zu sagen, wird, meiner Meinung nach, sich ungefehr auf Folgendes einschränken müssen.

Die französische Revolution wurde unvermeidlich herbeygeführt durch eine Kettenreihe von Begebenheiten und durch die Fortschritte der Cultur und Aufklärung.

So wie die vorige Regierungs-Verfassung war, konnte sie, bey dermaliger Stimmung der Nation, nicht bleiben.

Verkehrte Maaßregeln, welche die Hofparthey gleich anfangs nahm, erbitterten das Volk, vermehrten das Mistraun und bewirkten Gewaltthätigkeit.

Die Lebhaftigkeit des National-Charakters ließ voraussehn, daß nun schnelle und rasche Schritte folgen müsten, und es würde albern seyn, bey allen diesen Umständen, von Franzosen etwas anders zu erwarten.

Alle Gewaltthätigkeiten aber, die vorgegangen sind, alle Ermordungen, alle Plünderungen, Mordbrennereyen, Ausschweifungen und überhaupt alle gesezlose Handlungen sind, in Vergleichung mit den Unordnungen und Greueln, womit von je her ähnliche, ja! viel geringre Vorfälle bezeichnet gewesen, für nichts zu rechnen. Diese Revolution ist eine große, beyspiellose und, sie falle aus, wie sie wolle, sie sey rechtmäßig oder widerrechtlich unternommen worden, der ganzen Menschheit wichtige Begebenheit. Ein Krieg, den irgend ein ehrgeiziger Despot, zu Befriedigung seiner kleinen Leidenschaften führt; ein Krieg von der Art, wie der war, zu welchem Louvois[364] seinen Herrn aufhezte, damit er den Grad von Wichtigkeit wieder erlangen mögte, den er durch einen Fehler in der Baukunst verlohren hatte – so ein Krieg kostet tausendmal mehr Blut und unschuldiges Blut, und zu welchem Zwekke? Ob Gibraltar den Engländern, oder Spaniern gehört, das ist gewiß für die Welt, und vielleicht für das wahre Glük der beyden streitenden Nationen selbst, ein ziemlich unbedeutender Umstand; und dennoch hat der Kampf um diesen Felsen in einigen Stunden mehr Menschen, die gar nicht dabey interessirt waren, das Leben geraubt, als ein jahrelanger Kampf um Freiheit und Gesezze in Frankreich. Alle Gewaltthätigkeiten, über die man so unbändig schreyet, übertreffen wenigstens nicht die Greuel, die man im Jahre 1790, mitten im Frieden, bey dem Matrosen-Pressen in England, im Namen der Regierung verübte. In den Zeiten der Ligue[365] und während der unglüklichen Religions-, oder vielmehr Pfafferey-Kriege (denn es giebt keine Religions-Kriege) war Frankreich ein Schauplaz viel größerer Unordnungen – und über dies alles empört sich das Gefühl der vorgeblichen Menschenfreunde nicht. Daß ein Landesvater Tausende seiner Kinder, (daß es Gott erbarme!) das heist seiner Unterthanen stükweise verhandle, um sie irgendwo, fern von ihrem Vaterlande, todtschiessen zu lassen, wenn damit Geld zu verdienen ist, wovon nachher Buhlerinnen und Müßiggänger unterhalten werden; das erlauben ihm die Menschenfreunde; aber wenn bey so einer allgemeinen Gährung der unbändige Pöbel unter zehn Schelmen auch vielleicht, in der blinden Wuth, ein paar ehrliche Leute, gegen welche man Verdacht hat, aufhenkt; so wird davon ein Lerm gemacht, als wenn kein Mensch in Frankreich seines Lebens sicher wäre.

363 *Vorfälle vom fünften und sechsten October:* Am 5. Oktober 1789 zogen Tausende nach Versailles und zwangen Ludwig XVI. und seine Familie zur Übersiedlung nach Paris.

364 *Louvois:* François Michel de Louvois (1641–1691), frz. Kriegsminister zur Zeit der Eroberungskriege im Elsaß, der Pfalz und Holland.

365 *Zeiten der Ligue:* Die anti-hugenottische »Heilige Liga« wurde 1576 von katholischen Adligen gegründet. Ihr Ziel war die Wiederherstellung der katholischen Glaubenseinheit und der altständischen Privilegien.

*Der Zug der Frauen nach Versailles am 5. Oktober 1789*

Untersuchen wir unpartheyisch die Grundsäzze, auf welchen die neue Constitution beruht; so ist es unmöglich, zu leugnen, daß sie den Stempel der gesundesten, reinsten Vernunft tragen. Was die hellsten Köpfe aller Zeitalter einzeln über Menschen-Rechte, Menschen-Verhältnisse und über die reinen Zwekke aller gesellschaftlichen Verträge gesagt haben, das findet man hier in der einfachsten, deutlichsten Ordnung dargestellt und zum Fundament einer Gesezgebung hingelegt, wie es noch nie eine natürlichere, gerechtere in irgend einem Lande der Welt gegeben hat. Ob sie in der Ausübung möglich, und ob die französische Nation dazu reif ist, das gehört zu den Dingen, worüber uns nur die Zeit aufklären kann; aber das behaupte ich, daß es keinen gläklichern Menschen auf Erden geben könne, als einen König, den ein, nach diesen Grundsäzzen regiertes, diesen Gesezzen gehorchendes, nach diesen Begriffen von Recht und Billigkeit handelndes Volk würdig gefunden hat, ihn freywillig an die Spizze des Ganzen zu stellen. Der Erste von vier und zwanzig Millionen[366] *freyen* Menschen zu seyn, die keinen andern Vorzug anerkennen, als den Tugend, Weisheit und Fleiß gewähren; dabey die Ausübung alles Guten in Händen zu haben, ohne Verantwortung und ohne die Furcht, durch seine Leidenschaften irgend eines Bürgers Unglük bauen zu können, und endlich und in dieser Lage alle Gemächlichkeiten des Lebens und alle äussere Ehre, die ir-

[366] *vier und zwanzig Millionen:* Die Einwohnerzahl Frankreichs zu Knigges Zeit.

gend ein König fordern kann – Wer diesen Zustand gegen den eines nach Willkühr herrschenden Gebiethers sklavischer Menschen vertauschen mögte, der ist der tiefsten Verachtung werth, und zitterte auch der halbe Erdboden, wenn er seinen eisernen Scepter schwingt.

Die Abschaffung des Adels und die Schmälerung der Einkünfte der Geistlichkeit, sind freilich harte Artikel für die, welche nun auf einmal sich der Vortheile beraubt sehen, die sie, ohne Mühe und Verdienst, auf Unkosten besserer und arbeitsamerer Menschen besaßen. Um aber beurtheilen zu können, ob das, was man in dieser Rüksicht gethan, nüzlich und gerecht war, müste man erst einige Fragen entscheidend beantworten können, worüber bis jezt die Stimmen wenigstens noch sehr getheilt sind; nämlich: ob nicht, in dem Zustande, darin sich Frankreich bey der Revolution befand, zu völliger Ausrottung des Despotismus, die gänzliche Abschaffung des Adels und die Einschränkung der Geistlichkeit nothwendig war? ob die Begriffe, welche diese privilegirten Stände in die Gesellschaft brachten, und überhaupt ihre Existenz und ihr Einfluß sich mit den Grundsäzzen, worauf die neue Verfassung gestüzt ist, auch nur einigermaßen vereinigen lassen? ob ihre vermeintlichen Rechte auf einen vorauszusezzenden Contrakt, oder auf Usurpation beruhen? ob usurpirte Rechte, die gegen die Ordnung der Natur sind, durch Verjährung geheiligt werden können? ob des römischen Bischofs Gewalt, Fürsten ein- und abzusezzen; die Befugniß, Sünden-Ablaß um Geld feil zu biethen; die, bey einigen uncultivirten Völkern üblichen Menschen-Opfer; Leibeigenschaft; *jus primae noctis*[367]; alle Inkonsequenzen des türkischen Despotismus und überhaupt alle eingewurzelte Misbräuche, eine geringere Sanktion haben? ob Verbindlichkeiten, die nur allein das Recht des Stärkern hat einführen können, nicht auch durch das Recht des Stärkern wieder aufgehoben werden dürfen? ob alle Contrakte, die auf unbestimmte Zeit geschlossen worden, deswegen ewig dauern müssen, Zeit, Umstände und Bedürfnisse mögen sich verändern, oder nicht? ob überhaupt Menschen Contrakte für die Ewigkeit schließen können? ob man, im Namen einer Generation, die noch nicht existirt, mit solchen Gütern schalten und walten dürfe, die eigentlich auf keine Weise der Gegenstand willkührlicher Bestimmung seyn können, als da sind: Freiheit, Achtung, bürgerliche Ehre, Herrschers-Recht u.d.gl.?

Wenn man sagt: es seyen die gewählten Repräsentanten des Volks zum Theil Menschen von äusserst zweydeutigem Charakter gewesen; so kann ein unpartheyischer Mann darauf nur Folgendes antworten: der moralische Privat-Charakter dieser Leute kömmt bey ihrer politischen Laufbahn sehr wenig in Anschlag, wenn auch jener Vorwurf erwiesen wäre. Alle Schritte der National-Versammlung, *qua talis*[368], geschahen, der Natur der Sache nach, öffentlich; ihre Reden, ihre Vorschläge, ihre Entschlüsse – alles ist klar den sehr strengen Augen des Publikums dargelegt. Mögten sie immerhin geheime, eigennüzzige oder ehrgeizige Absichten gehabt haben; mögten sie immerhin ausschweifende, ränkevolle Leute gewesen seyn! – Es kömmt hier auf die Sache an, die sie mit unerschroknem Muthe durchgesezt, auf das System, das sie eingeführt haben. Ist das gut, ist es der Nation und der Menschheit überhaupt heilsam; wer ist Richter über ihr Herz und ihre Sitten? Und so viel ist denn doch gewiß, daß unter ihnen Männer genannt werden, die bey ihren Mitbürgern in allgemeiner Achtung stehen, von denen auch die boshafteste Verleumdung nicht wagen würde, zu behaupten, sie hätten ihre Hände an den Plan zu einem Bubenstükke legen wollen.

»Viele von ihnen« heist es »haben sich auf Unkosten des gemeinen Wesens bereichert, haben die National-Güter in ihren Nuzzen verwendet.« Möglich, aber nicht erwiesen! Wie betrügerisch und verschwenderisch man aber mit dem öffentlichen Schazze während der vorigen Verfassung umgegangen, *das ist erwiesen*, ist unter andern in dem berüchtigten *rothen Buche*[369] nachzulesen. So viel ist übrigens auch begreiflich, daß zwölfhundert Männer nie einen gemeinschaftlichen Complot zum Betruge machen werden. Daß unter diesen Zwölfhunderten gewiß auch Schelme sind, darüber wundre ich mich gar nicht; aber darüber könnte man sich wundern, daß in einer so von Grund aus durch den Despotismus und dessen Gefolge corrumpirten Nation noch sechs ehrliche Leute gefunden werden. Wer ist Schuld daran, wenn Diebereyen und schiefe Streiche aller Art gleichsam als unzertrennlich von der öffentlichen Verwaltung angesehn werden? Hat die Revolution die Menschen so schleunig verderbt? – Die Frage beantwortet sich selbst.

Ganz verschwendet sind indessen die aus dem Verkaufe der geistlichen Güter gelöseten Summen nicht; denn man hat doch wenigstens diejenigen Personen damit entschädigt, welche ehemals Aemter im Staate gekauft hatten, die ihnen nunmehr genommen wurden; und eine Menge unnüzzer Ausgaben, die man vielleicht gemacht hat, fallen theils in der Folge weg, theils sind die Gelder, womit dieselben bestritten worden, in Frankreich selber geblieben und also nicht verlohren gegangen, sondern in Circulation gekommen, wenn sie auch besser hätten verwendet werden können.

»Die Abgaben werden nicht ordentlich entrichtet; man muß also immer von jenem Capitale zuschiessen, um die nöthigen Ausgaben zu bestreiten.« Das ist freilich übel und

---

[367] *jus primae noctis (lat.):* Recht der ersten Nacht.

[368] *qua talis (lat.):* als solcher.

[369] *rothen Buche:* Ein Verzeichnis der Privat-Ausgaben der französischen Könige, das 1790 veröffentlicht wurde.

es ist zu wünschen, daß bald die Ruhe hergestellt werden und das Volk die Gesezze respektiren lernen möge. Was schadet jedoch am Ende diese temporelle Unordnung? Wer kein Geld giebt, der behält es; folglich bleibt es im Lande; Privatleute häufen es in ihren Kasten auf, weil sie es nicht für Papier hingeben wollen; allein lasset die Ruhe auf irgend eine Weise hergestellt seyn; so wird man es bald wieder circuliren sehn.

Den grösten Geld-Raub an Frankreich aber begehen die Emigranten, durch die Summen, welche sie herausziehen. Schon allein der Erz-Dieb Calonne[370], den man füglich hätte aufhenken können, ohne sich zu versündigen, hat ungeheure Schäzze, die er sich zusammengestohlen hatte, fortgeschleppt. Hieran ist die National-Versammlung nicht Schuld; man müste denn ihre zu milden, nachsichtigen Grundsäzze ihr zum Verbrechen machen wollen, indem sie die Auswanderungen und Exportationen nicht mit Gewalt gehindert hat.

Möge man indessen auch alles baare Geld aus Frankreich wegnehmen; so wird das Reich doch darum noch nicht zu Grunde gerichtet, so lange man nicht den fruchtbaren Boden, die Industrie, den Handel, die Fabriken und Manufakturen mit fortreissen kann. Im Grunde ist das Geld doch nur das Representative, und nicht die Sache selbst. Lasset die armen, verführten Flüchtlinge zurückkehren; (ihre schelmischen Aufrührer mögen bleiben, wo sie wollen!) lasset Frieden hergestellt seyn, Treue und Glauben und Kredit wieder Wurzel fassen, die Gesezze respektirt, Fleiß, guten Muth und Thätigkeit wieder erwekt werden – und Frankreich im Ganzen wird durch alle diese Verwirrungen um nichts ärmer geworden seyn.

Ob aber wohl Hoffnung da sey, die Ruhe bald wieder hergestellt zu sehn; das ist unmöglich vorauszusagen; nur das läßt sich ohne Vermessenheit behaupten, daß, wenn auch, durch eine Gegen-Revolution oder auf andre Weise, alles wieder niedergerissen werden sollte, was die National-Versammlung aufgebauet hat, die ganze Verfassung doch nie wieder auf den alten Fuß kommen kann. Die Begriffe von den Verhältnissen des Volks zu der Regierung, haben zu tiefe Wurzel gefaßt; so etwas wieder auszurotten, dazu würde ein großer Zeitraum gehören, während dessen Cultur und Aufklärung gänzlich zurükgingen und die Nation wieder in einen solchen Zustand von Kindheit versezt würde, in welchem man sich, gegen sein eignes Interesse, blindlings führen läßt. Der größere und stärkere Theil der Nation hat nun einmal die Fesseln abgeschüttelt, hat seine Kräfte kennen gelernt und sich von der Möglichkeit der Ausführung überzeugt. Sie mit Gewalt auf's Neue zu unterjochen, dazu würden sehr große Anstalten erforderlich seyn. Das Reich ist nicht in so schlechtem Vertheidigungszustande, die National-Garden sind nicht so schlecht disciplinirt, als uns die Freunde der aristokratischen Parthey glauben machen wollen. Die innern Zwistigkeiten und Gährungen würden sehr wahrscheinlich aufhören, sobald Frankreich von Aussen her angegriffen und die Vertheidigung des Vaterlandes der gemeinschaftliche Punkt würde, in welchem sich die lebhafte französische Regsamkeit concentrirte. Und wer sollte sie angreifen? Das Aristokraten-Häuflein macht zwar, nach alter französischer Manier, ungemein viel Lerm, rennt am Rheine durcheinander, wie ein Ameisen-Nest, droht und schimpft gewaltig; allein es fehlt ihm noch an einigen Kleinigkeiten, um die Sache in Ausführung zu bringen. Generale, Officiers, Köche, Friseurs, Wundärzte und Apotheker, auch *Marchands parfumeurs*[371] und Marketender sind wirklich da; allein das macht doch nur den *état major*[372] einer französischen Armee aus. Zwar haben sie auch ein paar hübsche Garde-Compagnien, zu welchen kürzlich ein teutscher Reichsfürst[373] seine losgelaßnen Karren-Gefangnen als Rekruten geliefert hat; nur was man gewöhnlich ein Kriegsheer zu nennen pflegt, das fehlt, nebst allem Zubehör, als da ist: *argent content*[374], Kredit, Festungen, Magazine, ja sogar der Plaz, auf welchem sie sich zuerst formiren könnten; denn des in der Chronik von Frankreich so berühmten Kardinals von Rohan[375] Besizzungen, auf welchen jezt, im Januar 1792, da ich dies schreibe, das ganze ausgewanderte Frankreich sich niedergelassen hat, sind kaum groß genug, um einen Anti-Revolutions-Clubb darauf zu halten. Zählen sie aber auf den Beystand der europäischen Mächte; so fürchte ich, sie werden sich verrechnen. Warum sollten diese Frankreich angreifen? Um einer Nation die Befugniß streitig zu machen, ihre Regierungsform, mit unbezweifelter Einstimmung ihres Königs, zu verändern? Um eine Constitution über den Haufen zu werfen, die Vernunft, Recht, Treue und Glauben und Frieden mit den Nachbarn zu Grundpfeilern hat? Dazu sind sie zu gerecht. Um die teutschen Reichsfürsten, die in den französischen Staaten Güter haben, mit Gewalt in den Besiz der Rechte zu sezzen, welche sie durch die Revolution ver-

---

370 *Calonne:* Charles Alexandre de Calonne (1734–1802), war 1783–87 frz. Generalkontrolleur der Finanzen (Finanzminister).

371 *Marchands parfumeurs (frz.):* Parfumhändler.

372 *état major (frz.):* Generalstab.

373 *ein teutscher Reichsfürst:* Clemens Wenzeslaus (1739–1812), Kurfürst und Erzbischof von Trier, unterstützte den frz. Emigranten-Führer Louis-Josephe de Bourbon, Prinz von Condé bei der Zusammenstellung eines antirevolutionären Söldnerheeres.

374 *argent content (frz.):* argent comptant: Bargeld.

375 *Kardinals von Rohan:* Louis René Edouard, Prinz von Rohan (1734–1803), Erzbischof von Straßburg, einer der Hauptbeteiligten an der berüchtigten »Halsbandaffäre« von 1785, emigrierte 1791 in den Teil seines Bistums, der in Deutschland lag.

lohren haben? Davon würde doch nur dann die Rede seyn können, wenn erst alle gütliche Mittel umsonst wären versucht worden. Es hat sich ja aber die Nation zu einer Entschädigung erbothen; man muß nur ihre Vorschläge gemeinschaftlich anhören; man muß die ausschweifenden Forderungen der Aristokraten nicht damit vermengen wollen; man muß nicht vergessen, daß jene Reichs-Fürsten, so lange sie sich bey der Abhängigkeit von Frankreich wohl zu befinden glaubten, von ihren französischen Besizzungen dem teutschen Reiche keine Prästanda[376] geleistet, folglich sich auf gewisse Weise von dem Staatskörper losgerissen haben, dessen Schuz sie nun auf einmal reklamiren. Sehr wahrscheinlich werden die übrigen europäischen Mächte der vorsichtigen Politik folgen, welche der weise Leopold[377] bey dieser Gelegenheit zur Richtschnur nimmt. Sie werden ja wohl auch überlegen, daß es bey jezzigen Zeiten nicht rathsam sey, mit den Kriegsvölkern, die hie und da noch zu Hause ein Stükchen Arbeit finden, um Ruhe zu erhalten, in fremde Länder einzufallen, wo die fatale Freiheits-Luft weht, die so leicht anstekt. Sie werden überlegen, daß, bey dem ersten Ausbruche des Krieges, die schönen fruchtbaren teutschen Provinzen, welche unmittelbar an Frankreich grenzen, das Opfer diese übereilten Schritts, der Schauplaz gräßlicher Verheerungen werden würden.

Und das sey denn genug über die französische Revolution! Reden wir jezt davon, ob andern europäischen Staats-Verfassungen, der Wahrscheinlichkeit nach, ähnliche Umwälzungen bevorstehen und ob zu vermuthen ist, daß die Vorfälle jenseits des Rheins dazu Anlaß geben werden.

## Vierter Abschnitt.

### Welche Staats-Verfassung ist die beste?

Diese prahlende Ueberschrift scheint anzukündigen, daß ich, Joseph von Wurmbrand, mich unterfangen wolle, von Bopfingen aus zu entscheiden, worüber bis jezt die größten Staatsmänner noch nicht haben einig werden können, nämlich: welche von den bekannten Staats-Verfassungen das Glük der Völker am kräftigsten befördre? Allein so übel ist es nicht gemeint; ich hoffe im Gegentheil, die Art, wie ich diese Frage beantworten werde, soll den Lesern keinen so nachtheiligen Begriff von meiner Bescheidenheit beybringen.

Also kurz und einfach! Diejenige Staats-Verfassung ist, vorgesezt, daß sie die übrigen Haupt-Erfordernisse habe, in jeder Periode die beste, welche erstlich mit dem dermaligen Grade der Cultur und den übrigen, der Veränderung unterworfnen Zeit-Umständen in der besten Harmonie steht, und zweitens, so wenig als dies mit Rüksicht auf die Bedürfnisse von Zeit und Umständen möglich ist, die natürliche Freiheit und die ursprünglichen Rechte jedes einzelnen Menschen einschränkt. Diese lezte Forderung ist wohl sehr billig, dann da die Menschen sich doch nur darum in Staaten vereinigt haben, damit ihnen, durch diese Verbindung, eine Summe von Glükseligkeit zu Theil werde, die sie im isolirten Zustande nicht erlangen können; so muß die bürgerliche Verfassung mehr Vortheil gewähren, als sie Aufopferung kostet, sonst ist sie nichts werth. Was aber den ersten Punkt betrifft; so ist auch dieser wohl keinem Widerspruche unterworfen. Denn so wie ein Vater das kleine Kind, das noch taub für die Stimme der Vernunft ist, mit der Ruthe züchtigt, oder (zwar billige ich diese Methode zu täuschen keineswegs) oder vorgiebt, ein unsichtbarer Genius sage ihm alles, was das Kind, auch wenn es nicht bey ihm sey, unternehme, bey dem erwachsenen Knaben hingegen bessere Bewegungsgründe anwendet; und wie ein kluger Erzieher sich nach der Verschiedenheit der Anlagen und Temperamente der Kinder richtet; so werden auch bey einem Volke, das noch in der Kindheit ist, seine Geistes-Fähigkeiten nicht entwikkelt hat und seine Kräfte nicht kennt, Täuschung und Zwangsmittel eine Wirkung thun, die bey einer cultivirteren und aufgeklärteren Nation verkehrten Eindruk machen würden. Ich glaube daher, daß Regierungskunst und Volks-Religion (oder besser zu sagen, Kirchensystem) nach Zeit und Umständen, nach dem Grade der Cultur und nach der Stimmung der Völker abgeändert werden müssen.*) Jedermann würde es unvernünftig finden, wenn es einem Gesezgeber in unsern Zeiten einfiele, die alten sogenannten Gottes-Gerichte wieder einzuführen, in welchen die Wahrheit einer Anklage durch einen Kampf begründet oder widerlegt wurde. Wen vor vierhundert Jahren der Pabst mit Kirchenbann belegte, der galt für einen verlohrnen Mann, und wenn er auch ein König war; heut zu Tage lacht man über die römischen Theater-Blizze; ein Philipp der Andre[378] würde nebst seinem Herzoge von

*) Warum ich hier auf einmal die Volks-Religion mit einmenge, davon ist die Ursache leicht einzusehn. Leider! sind die Kirchensysteme so innig mit den Staats-Systemen verwebt, indem der geistliche Despotismus von je her, nach Gelegenheit, dem politischen entweder die Hand gereicht, oder die Stange gehalten hat, daß beyde Gegenstände nicht wohl zu trennen sind. *[Anmerkung Knigges]*

[376] *Prästanda:* Abgaben, Leistungen.

[377] *der weise Leopold:* Leopold II. (1747–1792), von 1790–92 als Nachfolger von Joseph II. dt.-röm. Kaiser.

[378] *Philipp der Andre:* Philipp II. (1527–1598), span. König (1545–1598).

Alba[379] auf dem Throne von Großbritannien eine kurze Rolle spielen; Numa Pompilius[380] würde mit seiner Göttin Egeria[381] auf dem polnischen Reichstage nicht viel durchsezzen, und der alte Gesezgeber der Lacedämonier[382] mit seinen braunen Suppen in Venedig wenig Beyfall finden. Doch, so wie man in der Pädagogik, bey allen ihren Abänderungen, gewisse allgemeine, aus der Natur geschöpfte Regeln zum Grunde legt, die immer Stich halten; so geht es auch mit den politischen und religiösen Systemen immer gut, wenn nur jene heilige Haupt-Regel: so viel möglich Wahrheit und Freiheit zu respektiren, nie aus den Augen gesezt wird. Hiermit hat die Form nichts zu schaffen, die Regierung mag monarchisch, aristokratisch, demokratisch oder gemischt seyn; und was die Religion betrifft; so mag sie zu einer Angelegenheit des Staats gemacht, oder der Uebereinkunft der Bekenner freygestellt werden; sie mag katholisch, oder protestantisch, oder anders heissen – Alle können, aber sie können auch nur dann sich sichre Dauer versprechen, wenn sie so beschaffen sind, daß sie mit Cultur, Zeit und Umständen in ein richtiges Verhältniß zu bringen sind.

Und welche Staats-Verfassungen, welche Volks-Religionen sind von dieser Art? Diese Frage läßt sich nun nach den obigen Voraussezzungen beantworten. Da alle Oberherrschaft entweder auf dem Rechte des Stärkern, oder auf Uebereinkunft beruht, weil kein Mensch dem andern gehorcht, ausser wenn er entweder *muß*, oder *will*; und dann die stärkere Parthey, an Zahl oder Kraft, nie *muß*, wenn sie nicht *will*; der Wille zu gehorchen aber bey ihr auf keine andre Weise erwekt werden kann, als indem man sie überzeugt, daß sie sich wohl dabey befinde, welches freylich auch auf eine Zeitlang durch Täuschung, dauerhaft aber nicht anders bewirkt werden kann, als wenn jeder Einzelne sich unter der Oberherrschaft eines Andern glüklicher und sichrer weiß, als, aller Wahrscheinlichkeit nach, in jeder andern Lage; so muß eine Staats-Verfassung, wenn sie nicht fürchten will, über den Haufen geworfen zu werden, sie sey nun monarchisch, republikanisch oder gemischt, das heißt: die Verwaltung sey in Einer Hand, oder in mehrern Händen, also beschaffen seyn, daß die Regierung:

1) nie Gehorsam im Namen Einzelner, sondern nur auf Autorität des Ganzen fordre;

2) keine Haupt-Veränderungen in der Regierungsform vornehme, als mit Beystimmung der größern Anzahl, der sie auch von jedem Schritte Rechenschaft schuldig ist.

3) von dieser größern Anzahl keine Abgaben, Einschränkungen, Dienste oder Aufopferungen und keinen Gehorsam fordre, welche bloß der kleinern Anzahl Vortheile gewähren, ohne das Wohl des Ganzen zu befördern, oder welche die natürliche Freiheit über Gebühr einschränken;

4) keine solche Mittel, sich Gehorsam zu verschaffen, wähle, die in verkehrtem Verhältnisse mit dem Grade der Cultur und der Stimmung des Zeitalters und der Nation stehen.

Handelt eine Regierung nach diesen Grundsäzzen; so wird sie schwerlich eine Revolution, eine Umkehrung, zu befürchten haben.

Und nun, was das Religions-System betrifft! Da der Glaube der Menschen viel weniger wie ihre Handlungen dem Zwange unterworfen seyn, da nicht einmal jeder Einzelne sich selbst Gesezze über das, was er glauben oder nicht glauben will, vorschreiben, folglich das Recht, hierüber zu bestimmen, auch auf keinen Andern, noch auf den ganzen Staat übertragen kann; da ferner das Wesen der Religion einzig darin besteht, daß sie uns, aus den Begriffen, die wir uns von dem göttlichen Wesen machen, kräftigere Bewegungsgründe zu Erfüllung der, von allen vernünftigen Wesen anerkannten Pflichten der Tugend darbiethet; da endlich die äussre Art, der Gottheit unsre Verehrung zu bezeugen, zwar auch keinen eigentlichen obrigkeitlich en Verordnungen unterworfen seyn, ihr wohl aber, durch Uebereinkunft, eine gewisse Grenze gesezt werden kann; so ist:

1) selbst der Stärkere unvermögend, Meinung und Glauben irgend einem Zwange zu unterwerfen;

2) der Stärkere misbraucht sein Ansehn, sündigt gegen Wahrheit und billige Freiheit, wenn er auch nur der freyen Untersuchung religiöser Gegenstände in Schriften und mündlichen Vorträgen, Fesseln anlegen will;

3) die Regierung greift zu weit, wenn sie eine bestimmte Form von äusserer Gottes-Verehrung vorschreiben, eine vor der andern beschüzzen will. Welcher schwache Mensch kann bestimmen, auf welche Art Gott äusserlich verehrt seyn will? Es kann also keine herrschende Religion geben; Toleranz ist Versündigung, denn *toleriren* heißt: sich das Recht anmaßen, zu erlauben; und da ist nichts zu erlauben; durch Einschränkungen solcher Art wird das *zeitliche* Wohl der Bürger nicht befördert und das *ewige* Wohl liegt ausser den Grenzen der Staats-Anstalten;

4) der Staat kann aber dafür sorgen, daß keine Kirchensysteme eingeführt werden, welche Lehren verbreiten, die entweder den guten Sitten, der Tugend, oder der bürgerlichen Ruhe gefährlich sind;

379 *Herzoge von Alba:* Fernando Alvarez de Toledo, Herzog von Alba (1507–1582), span. Heerführer im Krieg gegen die Niederlande.

380 *Numa Pompilius:* Nach der Romsage der zweite König der Stadt Rom.

381 *Göttin Egeria:* Römische Quellnymphe; in der Sage Geliebte bzw. Gattin und Ratgeberin des Numa Pompilius.

382 *Lacedämonier:* Spartaner.

5) dasjenige Religionssystem kann sich in jedem Zeitalter sichre Dauer und eifrige Anhänger versprechen, welches uns die würdigsten, erhabensten, einfachsten, jedem Verstande faßlichen Begriffe von der Gottheit giebt, uns dabey die kräftigsten Bewegungsgründe zu aller Art menschlicher und bürgerlicher Tugend liefert und endlich einen solchen äussern Gottesdienst empfiehlt, der dem Geschmakke, den Sitten und der Cultur des Zeitalters angemessen ist. Das Lallen der Kinder und das Geheule der Wilden kann, in Betracht der guten Absicht, Gott auch wohlgefällig seyn; aber – nur von Kindern und Wilden.

## Fünfter Abschnitt.

### Ob die Welt ohne Staats-Verfassungen und Religions-Systeme bestehn könnte?

Es ist ein herrlicher Traum, den Philosophen geträumt haben, aber es ist auch wohl nur ein Traum, daß einst eine Zeit kommen müste, wo das ganze Menschengeschlecht mündig geworden seyn, den höchsten Grad von Geistes-Bildung erlangt, zugleich seine moralischen Gefühle auf's Höchste veredelt haben und dann keiner Gesezze mehr bedürfen würde, um weise und gut (denn das ist ja einerley) kurz! um seiner Bestimmung gemäß zu handeln.

Das Bild ist zu schön, das dieser Traum unsrer Phantasie darstellt, als daß ich der Versuchung widerstehn könnte, eine Skizze davon zu entwerfen.

Man denke sich jedes Volk des Erdbodens in einem Zustande von Kindheit, in der grösten Einfalt der Sitten! Jede Familie bebauet das Stük Akkers, das ihr bequem liegt; und das Land ist groß genug, ihr eine freye Wahl zu gestatten. Der Boden trägt willig die Früchte des Fleisses, und dieser Ertrag reicht zu, ihre mäßigen Bedürfnisse, ohne große Anstrengung, ohne saure Arbeit, zu befriedigen, ihr alle Nothwendigkeiten des Lebens zu liefern. Bey dieser nüzlichen Geschäftigkeit ist der Mensch an Leib und Seele gesund, ohne Gebrechen, ohne unruhiges Streben, ohne Leiden, ohne Sorgen für die Zukunft, stark und heiter. Aber die Bevölkerung nimmt zu; die Verbindungen werden mannigfaltiger; die Bedürfnisse vervielfältigen sich; und nun erwachen Wünsche und Leidenschaften. Durch Künste, Tausch und Handel entstehen neue Verhältnisse; die Einförmigkeit der Lebensart verschwindet; Mistraun, Begierlichkeit und Neid erzeugen Forderungen, Zwist, Kampf, Streit, Krieg. Es werden Vergleiche geschlossen; neue Vereinigungen, Bündnisse und Trennungen geben dem gesellschaftlichen Leben eine andre Form. Es enstehen Staaten; der Stärkere aber unterjocht den Schwächern; man entwirft Gesezze, über die sich der Mächtige hinaussezt und denen sich der Schuzbedürftige unterwerfen muß. Doch der Schlaue ersezt durch List, was ihm an Kraft fehlt und herrscht über den von geringern Geistes-Fähigkeiten. Täuschung ersezt die Stelle der Gewalt; die Politik eines Einzigen bauet ihren Thron auf die Uneinigkeit und Unentschlossenheit von Millionen. Treue und Glauben, Mäßigkeit und Einfalt verschwinden; die Sitten werden verderbt; jeder lebt nur für sich, hascht nach Genuß, genießt, und begehrt noch immer, nimmt, wo er nehmen kann und hat doch nie genug – Fraget jeden Einzelnen, und keiner ist zufrieden. Nichtswürdige Kleinigkeiten haben Werth erhalten und das, was allein Werh hat, und allein glüklich und ruhig machen kann – das findet der mit Blindheit geschlagne Haufen nicht. Indeß aber hat die Cultur, zugleich mit Einführung des Luxus in alle Klassen der Bürger, Wissenschaften verbreitet und Geistes-Ausbildung befördert. Das rastlose Streben nach Glük und Gemüthsruhe erwekt Nachdenken über diesen verwikkelten Zustand; die sich unglüklich fühlenden Menschen fangen an zu philosophiren, zu raisonniren; und nun kömmt der schönste Theil des Traums, aber, wie es mit Träumen geht, dann ist man auch nahe am Erwachen. Die Menschen werden endlich weise, durch eigne Erfahrungen und durch die Geschichte andrer Völker, und indem sie weise werden, werden sie auch tugendhaft; denn der höchste Grad der Aufklärung ist immer auch der höchste Grad von Güte. Sie öfnen die Augen und sehen: daß alles Streben und Ringen nach Genuß, Besiz und Freude auf nichts abzielt; daß die Befriedigung aller dieser Wünsche keine so große Summe von Glükseligkeit gewährt, als man in dem ersten Zustande der Natur ohne Mühe, auf dem einfachsten Wege findet; daß *der* am mehrsten besizt, der am wenigsten bedarf; daß nur *der* Genuß hat, der mäßig genießt; daß Tugend üben, sein eignes Interesse befördern, und tugendhaft seyn, nichts anders heißt, als der Natur gemäß handeln; daß alle bürgerliche Einrichtungen doch nur Kinder des Verderbnisses, nur Mittel sind, das Uebel zu verhindern, oder gut zu machen; daß, statt an diesen ohne Unterlaß zu flikken und auszubessern, es vortheilhafter ist, solcher künstlichen Anstalten gar nicht zu bedürfen; daß alle Gesezze und Handhaber der Gesezze da überflüssig sind, wo jedermann den guten Willen hat, Andre in Ruhe zu lassen, damit man seine Ruhe nicht stöhre; daß über Andre zu herrschen ein sehr nichtswürdiger Vorzug ist. – Und so kommen denn die Menschen am Ende wieder auf den Punkt, von welchem sie ausgegangen; aber um nie wieder zurükzukehren. Denn nun ist die Einfalt ihrer Sitten nicht mehr das Kennzeichen der rohen Unerfahrenheit, sondern das Werk der richtigsten Ueberlegung und Abwägung aller möglichen Verhältnisse und Lagen, das Resultat der reifsten, unverführbarsten Vernunft. Da ist dann der große Plan der Schöpfung vollbracht, das Menschengeschlecht in eine einzige Familie vereinigt und zu seiner ersten hohen Würde, dem Ebenbilde der Gottheit wieder erhoben, das verlohren gegangen war, durch den Genuß der verbothnen Frucht von dem Baume des Erkenntnisses des Guten und Bösen. Nun ist die Erlösung vollbracht; *die Wahrheit hat die Menschen frey gemacht* und ihnen eine ewige Glükseligkeit erworben.

Derjenige Theil des Traums, welcher uns die religiöse Erziehung des Menschengeschlechts darstellt, ist nicht weniger reizend; Lessing mahlt uns ein Zauberbild davon.[383] Offenbarung ist geoffenbarte Vernunft, Mittheilung von Wahrheiten, die aus der Natur erkannt werden könnten, aber ohne höheren Unterricht nur mühsam gefunden werden. Die heiligen Bücher sind die Elementar-Bücher, welche der allweise Lehrer bey der Erziehung zum Grunde legt. Sie sind den schwachen Begriffen des Kindes angepaßt. Das Kind muß sinnlich geleitet werden; man giebt ihm die Lehre, in Bilder, in Gleichnisse, selbst in Fabeln eingehüllt. Man zeigt hin auf entfernte Belohnungen und Strafen; man führt nicht jedes Kind denselben Weg; die Methode muß nach Zeit, Umständen und dem Grad der Empfänglichkeit abgeändert werden, bis der Verstand zur Reife gediehn seyn wird; dann bedarf es keiner Täuschung, keiner Bilder mehr. Dann wird es die Wahrheit unmittelbar aus der Quelle selbst schöpfen, ohne Zusaz. *Wir sehen noch durch einen Spiegel in ein dunkles Wort; dann aber werden wir ihn sehn, wie er ist.*[384]

So weit der herrliche, tröstliche Traum! Daß die Erfahrung aller Zeitalter die Möglichkeit der Erfüllung verdächtig macht; daß wir leider! wahrnehmen, wie die Nationen, statt die Erfahrungen andrer Völker zu nüzzen, immer wieder in dieselben Thorheiten und Verirrungen fallen, statt die Quelle des Uebels aufzusuchen, nur die Form der Verderbnisse ändern, durch gewaltsame Revolutionen das Böse nur noch ärger machen, nicht die Ursachen der Tyranney aus dem Wege räumen, sondern nur von Tyrannen wechseln; daß, wenn Cultur und Verderbnisse auf's Höchste gestiegen sind, fast immer ein Zustand von tiefer Barbarey wieder folgt, so wie nach einem Zeitraume, wo Aufklärung und spitzfündige Klügeley die Oberhand hatten, eine Periode voll Aberglauben und Stupidität eintritt – Alle diese Thatsachen aus der Geschichte machen den gutmüthigen, für das Wohl der Menschen glühenden Träumer nicht irre. »Eher« sagt er »kann jener glükliche Zeitpunkt nicht erscheinen, eher kann das unvergängliche Reich der Weisheit und Tugend nicht fest gegründet werden, als bis alle diese Erfahrungen sich in's Unendliche gehäuft haben und alle Völker des Erdbodens den Cirkel der Verderbnisse mehrmals durchlaufen sind. Allein es kann nicht der Plan der Vorsehung seyn, daß das Menschengeschlecht sich ewig in diesem Cirkel von Unvollkommenheit herumdrehn soll. Der Augenblik der lezten Catastrophe ist nur noch nicht da; aber er ist nicht fern; die Begebenheiten der neuern Zeit sind keine Wiederhohlungen; sie lenken unmittelbar und schnell zum Ziele. Die Gährung ist allgemein und kann zu nichts Kleinem, kann nicht das alte Spiel wieder herbeyführen.« –

Wollte Gott, es wäre also! aber mir scheint diese Hoffnung wenigstens noch zu gewagt. Ja! wenn jeder Einzelne die ganze Reihe von Erfahrungen an sich selber gemacht hätte; so könnte man wohl darauf rechnen, daß dauerhafte Eindrükke davon zurükblieben und seine Bildung vollendeten; allein fremde Erfahrungen dämpfen nicht eigne Leidenschaften und von allgemeinen Begebenheiten macht man selten specielle Anwendung, wenn das liebe Ich in das Spiel kömmt. Ueberhaupt liegt es sehr selten an der Erkenntniß, wenn die Menschen nicht gut und nicht weise handeln. Freylich muß ächte Aufklärung manche Tugenden allgemeiner verbreiten, die in einem Zeitalter, wo Barbarey herrscht, nur selten angetroffen werden; aber immer wird der größere Theil der Menschen in jedem Jahrhunderte unmündig bleiben, wird Lenkung, Gesezze, ja! Zwangsmittel und Täuschung bedürfen. Diese Fesseln trägt auch Jeder gern ohne Murren, wenn der, welcher sie ihm anlegt, nur dabey die Mühe übernimmt, ihm Sicherheit und Ruhe zu verschaffen. Er läßt sich gern einen Theil seiner Unabhängigkeit rauben, wenn er dagegen einen Theil seiner Sorgen von sich abwälzen kann; er thut gern Verzicht auf eignes Denken, wenn der, welcher für ihn denkt, ihm nur Resultate liefert, die ihn beruhigen; er läßt sich gern täuschen, wenn diese Täuschung nur tröstlich ist – kurz! er opfert gern seine Freiheit auf, wenn dies Opfer nur freywillig und für ihn wohlthätig ist, oder scheint.

Nach diesem Maßstabe also muß man alle Regierungs-Verfassungen und Volks-Religions-Systeme beurtheilen, und jede, die auf andern Grundsäzzen beruht, muß früh oder spät scheitern, oder umgestürzt werden, sobald die größere Anzahl die Augen über ihren Zustand öfnet. Hingegen kann jede Verfassung von der Art sich Dauer versprechen, wenn sie jene Grundsäzze respektirt, ihre Form mag seyn, welche sie wolle. Ja! – und vielleicht wird man sich wundern, mich aus diesem Tone reden zu hören – ich glaube fast, obgleich ich anfangs erklärt habe, daß ich hierüber nichts zu entscheiden

383 *ein Zauberbild davon:* Gotthold Ephraim Lessing: Die Erziehung des Menschengeschlechts. Berlin 1780.

384 *Wir sehen … wie er ist:* Anspielung auf den 1. Brief des Apostel Paulus an die Korinther (13,12): »Wir sehen jetzt durch einen Spiegel in einem dunklen Wort; dann aber von Angesicht zu Angesicht.«

wagen würde, daß die monarchische Form vielleicht die zwekmäßigste von allen ist. Ich sezze dabey voraus, daß der Monarch ein weiser und guter Mann sey. Ist er das nicht; so muß er wagen, was jede inkonsequente Regierung wagt, nämlich, daß es mit seinem Monarchenwesen keinen Bestand habe. Wir reden aber hier nur von der Form, *caeteris paribus*.[385]

Ein einzelner Regent hat mehr Antrieb seine Pflicht zu erfüllen, als mehrere; alle Ehre und alle Schande seiner Verwaltung fällt auf Ihn; allen Dank, allen Segen erndtet Er ein; auf Seinen Namen schreibt die Geschichte alles Gute und Böse in die Rechnung. Stehen aber Mehrere am Ruder; so kann Jeder von ihnen, wenn er etwas Böses thut, die Schuld, von sich ab, auf das Ganze wälzen, indeß er nachlässig zum Guten ist, weil der Ruhm davon nicht ihm zu Theil wird. Verschiedenheit der Meinungen und Neid hindern manche nüzliche Ausführung. Weiß der Monarch, daß er, *in so fern er seine Pflicht erfüllt*, lebenslang Herr bleibt; sieht er also das Land gleichsam als sein Eigenthum an; so wacht er, wie ein guter Haushälter, über das öffentliche Vermögen; sein Interesse ist das Interesse des Ganzen; wo hingegen mehrere nur eine Zeitlang herrschen, da durchkreuzen sich oft die mancherley Privat-Vortheile mit dem allgemeinen Wohl; und wir sind Alle schwache Menschen. Weiß der Monarch, daß auch seine Kinder, *in so fern die Nation sie dessen nicht unwürdig findet*, einst in seine Stelle treten werden; so kann er diese mit den Grundsäzzen einer weisen Regierungskunst bekannt machen; da hingegen gewählte Repräsentanten, wenn sie unerwartet an die Spizze der Geschäfte gestellt werden, bey allem guten Willen, doch zuweilen noch, aus dem Beutel des Staats, theures Lehrgeld geben müssen. Endlich herrschen bey der Regierung eines Einzigen mehr Schnelligkeit in den Geschäften und Einheit im Plane; und der Monarch kann dennoch alle Kenntnisse einsichtsvoller Männer, deren Rath ihm nicht versagt wird, nüzzen.

Allein, indem man mich der Monarchie das Wort reden hört, vergesse man nicht, welche Bedingungen ich oben bey jeder Gewalt, die Menschen über Menschen ausüben, vorausgesezt habe!

[385] *caeteris paribus:* ceteris paribus (lat.): unter im übrigen gleichen Bedingungen.

[386] *L.I. in pr. ... principium:* Lex prima in principio Digestorum de constitutionibus principium. Eine Textstelle aus dem ersten Teil des »Buches der Digesten« über die Rechtsstellung der Fürsten aus dem »Corpus Iuris Civilis«, der Sammlung des römischen Rechts, die bis ins 19. Jahrhundert hinein die Rechtssprechung in Deutschland beeinflußte.

[387] *Quod ... vigorem:* (lat.) Was der Fürst für richtig hält, hat Gesetzeskraft.

## Sechster Abschnitt.

### Ob unsre heutigen Staats-Verfassungen auf ächten Grundsäzzen beruhen und der Stimmung des Zeitalters angemessen sind.

Nachdem ich nun im Allgemeinen die Grundsäzze entwikkelt habe, auf welche durchaus eine jede Regierungs-Verfassung gebauet seyn muß, wenn sie zwekmäßig und dauerhaft seyn soll; so lasset uns doch nun auch sehn, ob unsre gegenwärtigen europäischen Staaten nach diesen Grundsäzzen regiert werden, oder nicht, und ob also zu erwarten steht, daß sie noch lange so, wie sie beschaffen sind, bleiben können! Ich glaube, das ist nicht schwer zu beantworten und es bedarf wohl keines weitläuftigen Beweises, um darzuthun, daß die Regierungen der mehrsten cultivirten Länder nach und nach Maximen angenommen haben, die in dem allerauffallendsten Contraste mit den ersten Grundsäzzen des gesellschaftlichen Vertrags stehen – Eine kurze Darstellung wird hinreichen, dies anschaulich zu machen, und dann werden wir zugleich gewahr werden, daß die mehrsten nicht einmal politisch genug sind, solche Mittel zu wählen, die der Stimmung des Zeitalters angemessen sind.

Das römische Recht schon ist wahres Alphabeth des Despotismus. Kann man sich einen abscheulichern Grundsaz denken, als den, welcher *L. I. in pr. D. de constitutionibus principum*[386] steht? *Quod principi placuit, habet legis vigorem.*[387] Der Willen, die Phantasie, die Grillen eines einzigen Menschen also sollen die Handlungen von Millionen bestimmen? Darauf kann der Vorsteher eines Irrhauses, oder der Erzieher unmündiger Kinder seine Gewalt stüzzen; in einem wohl geordneten Staate hingegen muß das Gesez eher existiren, als der Handhaber und Executor der Gesezze. Gestattet aber ein Volk seinem Regenten, willkührlich Verordnungen zu machen, die nicht in der Constitution gegründet sind; so ist natürlich zu erwarten, daß diese Herrschaft nur so lange dauern kann, als die Nation, das heist der stärkere Theil, sich das gefallen lassen will, weil sie entweder zu roh und unwissend ist, um über ihre Verhältnisse nachzudenken, oder sich bey den Verordnungen wohl befindet. Also ist eine solche Regierungs-Verfassung allen Gefahren einer Revolution ausgesezt. Wir haben aber in Europa Länder, wo es gar keine Volks-Repräsentanten, Reichsstände, Parlamente, Landstände und dergleichen giebt, sondern wo der Willen des Herrn das höchste Gesez ist; und in diesen Ländern ruht dann die Oberherrschaft auf schwachen Füßen.

Eine sehr unnatürliche, von einigen unsrer Juristen bestimmt oder verblümt behauptete und auch aus den römischen Gesezbüchern, obgleich erzwungen hergeleitete Lehre, ist die: daß der Mensch, indem er das Band der bürgerlichen Gesellschaft geknüpft, seinen natürlichen Rechten entsagt hätte; daß das Völkerrecht, das Naturrecht aufhöbe, oder wenigstens dieses durch jenes beschränkt werden könnte – Ein grober Irrthum! Seinen natürlichen Rechten kann niemand entsagen; sie machen einen Theil seiner Menschheit aus; aber übertragen kann er sie, und zwar:

1) nicht mehr Rechte übertragen, als er selbst haben würde, wenn er sie in Person ausüben wollte und

2) kann er zwar einen Contrakt schliessen, der ihn, nicht aber einen solchen, der andre Menschen, am wenigsten die folgende Generation, verbindet.

Nun aber üben unsre Beherrscher Rechte aus, die sich gar nicht aus dem Naturrechte erklären lassen, sondern die vielmehr mit diesem im Widerspruche stehen, die niemand ihnen übertragen konnte, die niemand ihnen übertragen hat, die ihnen nicht angebohren und nicht auf sie vererbt seyn können. Solche Regenten haben dann zu befürchten, daß ihre Gewalt aufhört, sobald der gute Willen, sich dies gefallen zu lassen, lau wird.

Ueberhaupt scheinen die beiden Grundsäzze: daß der Willen des Fürsten das höchste Gesez sey und daß die bürgerliche Verbindung die natürlichen Rechte aufhebe, von den mehrsten europäischen Beherrschern als ein Glaubens-Artikel betrachtet zu werden. Sie sezzen sich und ihre Nachkommen auf ewige Zeiten an die Stelle Derer, durch deren Uebereinkunft sie die Oberherrschaft besizzen, ja! Einige von ihnen scheinen ganz zu vergessen, daß alle Oberherrschaft ursprünglich von freywilliger Uebertragung herrührt und alle Gewalt vom Volke abstammt, dessen Stellvertreter sie sind. Sie sehen das ganze Land als ihr Erbstük, als ihr Eigenthum an; sie vertauschen und verkaufen Provinzen, ohne sich darum zu bekümmern, ob die Unterthanen Lust haben, sich einem andern Herrn zu unterwerfen, oder nicht; sie fordern Abgaben und treiben sie ein, ohne Rechenschaft abzulegen, ob diese Gelder zu Bestreitung der Staats-Bedürfnisse verwendet werden; sie bestreiten aus dem öffentlichen Schazze ihren unnüzzen Aufwand und die Unkosten zu eiteln Vergnügungen und Flitterstaate; sie bestrafen Beleidigungen ihrer eignen Person, wie öffentliche Verbrechen; sie sezzen die übrigen Staatsbedienten nach Willkühr an und ab; sie machen willkührlich neue Gesezze und widerrufen die alten, dispensiren, begnadigen, mildern und verdoppeln die Strafe; sie rauben Freiheit und Leben, ohne vorhergegangnen öffentlichen Prozeß, ohne Bekanntmachung des Verbrechens. Wem schaudert nicht die Haut, wenn er liest, daß Ludwig der Eilfte zwei Prinzen von Armagnac in einem Kerker, in welchem sie nie grade aufrecht stehn und gar nicht gehn konnten, verschmachten ließ, nachdem sie wöchentlich zweimal bis auf's Blut gepeitscht und ihnen vierteljährlich ein

*Ludwig XVI.*
*Stich nach einem Gemälde von Callet*

Zahn ausgerissen wurde, und daß sich nachher fand, daß sie – gar nichts verbrochen hatten? Man antworte hierauf nicht, daß dergleichen in unsern Tagen nicht mehr geschehe! Erstlich ist das nicht wahr, und dann, wenn es auch so wäre; so bewiese das nichts. Eine Staats-Verfassung, in welcher es nur *möglich* ist, daß dergleichen geschehen *kann* und *darf*, ist nicht besser, wie eine Mördergrube und Räuberhöhle, und wer leugnet, daß dies noch jezt in manchem europäischen Staate geschehn kann und darf? Sie selbst, die Regenten, glauben sich über die Gesezze erhaben, bestrafen Verbrechen, die sie täglich selbst begehen, und an der Seite einer, vor den Augen des Volks unterhaltenen, geehrten, im Glanze des Reichthums und der Hoheit lebenden Maitresse, unterschreiben sie Verdammungs-Urtheile gegen Hurer und Ehebrecher. Zu Befriedigung ihrer Privat-Rache und wo bloß ihr Familien-Interesse im Spiele ist, führen sie blutige Kriege, die Hunderttausende das Leben kosten. Was ging denn der spanische Successions-Krieg die französische Nation an? Was kümmerte es die Schweden, ob der König in Polen Augustus, oder Stanislaus hieß? Sie privilegiren gewisse Stände auf Unkosten der übrigen Bürger und bestimmen über die öffentliche Ehre, als wenn diese von ihrer Schäzzung abhinge, ein Werk ihrer Schöpfung wäre. Rang, Gewicht und Ansehn sind nicht der Preis des größern Verdienstes, der größern Nüzlichkeit, sondern der Gunst eines Einzelnen. Gefällt dem Fürsten ein Schmeichler, ein müßiggehender Hofschranze vorzüglich wohl; so giebt er ihm den Rang eines Feldherrn und überschüttet ihn mit Reichthümern, die hundert arbeitsame Familien aus dem Elende retten würden. So sind denn die unnüzzesten Bürger die vornehmsten und reichsten, und die, welche mit ihrer Hände Arbeit den Staat aufrecht erhalten, verachtet und dürftig. Wo etwa noch Repräsentanten des Volks, dem Anscheine nach, das Recht haben, zu Abgaben und neuen Einrichtungen ihre Einwilligung zu geben, oder zu verweigern; da werden diese Repräsentanten nicht frey gewählt aus Denen, welche am mehrsten bey solchen Verhandlungen interessirt sind, sondern es sind Personen, die entweder aus Furcht, oder aus Eigennuz, so reden, wie es der Regent gern sieht und die um so williger sind, ihm alles zu geben, was er fordert, da sie das Privilegium haben, keine der Lasten mit zu tragen, sondern sie allein auf die Classen zu wälzen, welche keine Stimme haben. Derjenige Stand, welcher grade am mehrsten leisten und zahlen muß, darf am wenigsten dazu sagen, auf welche Weise er leisten und zahlen will. Friedensschlüsse, die ganzen Nationen neue Verbindlichkeiten auflegen, werden, ohne Rüksprache, von einzelnen Personen beschworen und – gebrochen. Ueber dies alles seine Meinung freymüthig, wenn auch noch so bescheiden, zu sagen, so wichtig auch diese Gegenstände der ganzen Menschheit sind und so unbezweifelt das Recht jedes Mitbürgers ist, sich darum zu bekümmern, wie mit ihm und dem Seinigen gewirthschaftet wird – das gilt für ein Staats-Verbrechen. Giebt es doch in Italien einen Staat, der noch vor wenig Jahren sechstausend Spione besoldete, die jedes Wort von der Art aufsammeln und hinterbringen musten!

Eben so mit Vernunft und Billigkeit streitend, wie die politischen Grundsäzze in dem grösten Theile von Europa, so sind es auch unsre gottesdienstlichen Einrichtungen und kirchlichen Verfassungen. Der Staat maßt sich das Recht an, zu entscheiden, wie man von Gott und göttlichen Dingen denken und reden, und nach welcher Form man dem höchsten Wesen seine Verehrung bezeugen solle. Diese von der weltlichen Regierung dem Schöpfer aller Dinge vorgeschriebne Weise, wie er sich soll anbeten lassen, nennt man dann die *herrschende Religion* und gute Bürger, die aber nach einer andern Art, ihrer Ueberzeugung gemäß, die heiligste ihrer Pflichten, die keinem Zwange unterworfen seyn kann, erfüllen wollen, können froh seyn, wenn sie *geduldet* werden. Daß man sie von bürgerlichen Aemtern und Vortheilen ausschliest, versteht sich von selber, und es ist die Frage, ob jemand, der laut sich erklären würde, er glaube nicht an die ewige Verdammniß, auf dem ganzen festen Lande von Europa an irgend einem Orte als Nachtwächter Brod fände. Die Geistlichen machen einen besondern Stand aus und mischen sich in Geschäfte, welche allein die weltliche Regierung angehen, dirigiren den Unterricht der Jugend und lassen den Menschen den vierten Theil seines Lebens, den er anwenden sollte, sich zum guten Bürger zu bilden, mit dem sehr unnüzzen Studium der dogmatischen Lehrsäzze verschwenden, und ihn, wenn er vierzehn Jahre alt ist, angeloben, was er sein ganzes Leben hindurch glauben will, gleich als wenn ein Mensch vorauswissen könnte, was er in der nächst folgenden Stunde *glauben* wird, und als wenn man nicht Jedem überlassen müste, da, wo es nur auf seine individuelle Ueberzeugung und Glükseligkeit ankömmt, sich ein System zu wählen, das ihm Ruhe und Zufriedenheit gewährt! Noch alberner, wenn das möglich ist, muß es einem Philosophen vorkommen, daß die Fürsten in Friedensschlüssen mit einander darüber einig werden, was ihre sämtlichen Unterthanen künftig glauben sollen. In katholischen Reichen übt denn vollends die Geistlichkeit eine Gewalt aus, die zuweilen sogar der weltlichen Regierung furchtbar ist und die ihr niemand übertragen hat, verschwelgt im Müßiggange das Fett des Landes, verurtheilt ihre Mitglieder, den Trieben der Bestimmung und den Pflichten zu entsagen, wozu die Natur alle Geschöpfe auffordert und entzieht dem Staate thätige Bürger, um sie in Klöster einzusperren. Die vorgeschriebne Art der äussern Gottes-Verehrung besteht in manchen Ländern aus läppischen, kindischen Zeremonien, in andern aus den allerlangweiligsten und geschmaklosesten Gebräuchen.

Alle diese politischen und kirchlichen Systeme nun hindern denn auch den Fortgang der Wissenschaften und hemmen den freyen Untersuchungsgeist. Wem die Natur Talente gegeben hat, Licht zu verbreiten und Wahrheit zu finden, der muß seine schönsten Jahre verschleudern, um sich und die Seinigen fähig zu machen, durch die Menge verwikkelter Verhältnisse hindurch, in die Classe der Wenigen hinaufzurükken, die auf Unkosten der übrigen größern Anzahl leben; die Philosophie darf über alles grübeln, nur nicht über das, was den Menschen am wichtigsten ist; wer Geschichtbücher schreibt, der schildert die Thorheiten und Verirrungen einzelner Personen. Der Gelehrte muß um's Geld arbeiten; er muß sich also nach Zeit, Umständen und den Launen des Publikums richten, statt nur Wahrheit und Schönheit vor Augen zu haben – Doch, warum sollte ich die Züge häufen, um die Inkonsequenzen unsrer Verfassungen zu schildern?

Leugne Einer, wenn er kann, daß das Original zu diesem, mehr oder weniger ähnlichen Bilde, in allen europäischen Staaten anzutreffen ist! Oder sollen wir England ausnehmen? Freylich! wenn wir des Herrn *de l'Olme* Roman[388] über die englische Constitution für treue Darstellung der Verfassung halten wollen; so findet man nirgends eine zwekmäßigere Gesezgebung, mehr Gleichheit in Vertheilung der Gewalt, mehr persönliche Freyheit und Sicherheit, als in Großbritannien. Aber beleuchten wir ein wenig die Scene; so werden wir andrer Meinung. Des Königs Gewalt über Krieg und Frieden und überhaupt seine monarchische Macht ist dadurch eingeschränkt, daß von der Nation die Verwilligung der zu jeder Unternehmung nöthigen Gelder abhängt; auch darf er, ohne Einstimmung der Parlamente, keine Gesezze geben. Diese Parlamente nun bestehen aus gewählten Repräsentanten, die, wie bekannt ist, nach einer höchst widersinnigen Proportion das ganze Volk vorstellen, so daß eine Universität deren mehr abschikt, als eine ganze Grafschaft. Bestechungen haben, nach *Monsieur de l'Olme* Versicherung, dabey nicht Statt; aber das ist Keinem, der gewählt werden will, verwehrt, daß er einem Wählenden für einen Korb voll Eyer hundert Pfund Sterling bezahle. Die Hofparthey ist also nicht nur Meister von den Wahlen, sondern kann auch, da sie Ehrenstellen und Pfründen vergiebt, sich nach Gefallen Parthey machen und durch die Ueberstimmen Dinge durchsezzen, wovon jedermann weiß, daß der neun und neunzig Hunderttheil der Nation dagegen ist. Die Justiz wird so verwaltet und die Gesezze sind so klar, daß nirgends in der Welt die streitenden Theile so jämmerlich von den Advokaten geschunden und nirgends in der Welt so himmelschreyende Urtheile gesprochen werden, als in England. Die Friedensrichter sind nicht selten bestechbar; die Geschwornen oft gewissenlose Menschen aus dem niedrigsten Pöbel. Ein Bösewicht, der mich als Dieb angiebt und seine Aussage durch einen Meineid bekräftigt, kann mich ohne Umstände an den Galgen bringen. Durch den geringsten Anstoß gegen übliche Förmlichkeiten wird die gerechteste Sache verlohren und der ärgste Verbrecher bleibt ungestraft, wenn bey seinem Prozesse gegen eine solche Formalität gefehlt ist. Als im Jahre 1790 ein verworfner Mensch die Frauenzimmer auf ofner Straße mörderischer Weise mit Messern anfiel und er endlich entdekt und angeklagt wurde, fehlte nicht viel, daß man ihn hätte ohne Strafe freylassen müssen, weil die Anklage in eine solche Form gebracht war, daß daraus nichts erwiesen werden konnte, als daß er ein paar Löcher in die Kleider einiger Damen gerissen hatte. Ein Mädchen, das Hauben gestohlen hat, wird, wenn auch der Diebstahl selbst erwiesen ist, freygesprochen, wenn der Ankläger aus Versehn Leinewand nennt, was Nesseltuch war. Ein Mann darf seine Frau mit einem Strikke um den Hals, auf dem Markte verkaufen. Vor zwey Jahren geschahe dies in einer englischen Stadt von Gerichts wegen an einer Armen, welche die Gemeine[389] nicht länger zu ernähren Lust hatte. Wenn ein unglüklicher Mensch, einer Kleinigkeit wegen, am Pillori[390] steht; so wird dem Pöbel verstattet, ihn zu Tode zu martern. Von den greulichen Gewaltthätigkeiten, die im Jahre 1790 bey dem Matrosen-Pressen vorgingen, habe ich schon geredet; ich will nur noch den Herrn von Archenholz[391] als Zeugen anführen, der uns erzählt, wie damals freye, mit Gewalt angeworbne Menschen, zu Hunderten in enge Schiffsräume zusammengepakt wurden, wo Viele von ihnen, wie im schwarzen Loche in Calcutta, erstikten. Der Unfug der Accise-Bedienten beweist auch nicht, daß Freyheit in England respektirt wird; daß jemand, der die Schwester seiner verstorbnen Frau heyrathet, wie ein Blutschänder bestraft wird, ist eben kein Zeichen einer philosophischen Gesezgebung. Die reichen Geistlichen führen ein ärgerliches und wollüstiges Leben in der Hauptstadt und lassen drey oder vier Landpfarreyen, welche sie an sich gekauft haben, durch Vikarien versehn. Hierzu werden Die gewählt, welche am wenigsten Besoldung fordern; die Gemeinen müssen mit den verworfensten, unwissendsten Menschen zu Seelsorgern vorlieb nehmen, indeß die wirklichen Pfarrer von ihrem theuren Gelde in London Maitressen unterhalten, und nie keinen Fuß in ihre Kirchsprengel sezzen. Die Preß-Freiheit wird von Jahren zu Jahren mehr eingeschränkt. Luxus, Mangel an Treue und Glauben und Unsittlichkeit nehmen auf eine fast unglaubliche Weise überhand. Oeffentlich werden Akademien eröfnet, in welchen man Unterricht im Stehlen giebt; öffentlich werden die Hazard-Spiele geduldet, gegen welche man die strengsten Gesezze gegeben hat; die Menge müßiger, gegen die Ordnung der Natur lebender Menschen vermehrt sich in allen Ständen, und die unerhörtesten, niederträchtigsten Verbrechen und Laster, wovon man täglich Beyspiele sieht, laden den Staatsmann und Philosophen eben nicht ein, die englische Verfassung zum Muster anzupreisen.

So sieht es mit unsern europäischen Staats-Verfassungen aus – leugne das, wer da kann, und vertheydige das, wer da darf! Nicht, daß wir keine edle, große, die heiligen Men-

[388] *des Herrn d'Olme Roman:* Jean Louis Delolme: Constitution de l'Angleterre, ou état de gouvernement anglais comparé la forme républicaine et avec les autres monarchies de l'Europe (1771, dt. Übersetzung 1776).

[389] *Gemeine:* Gemeinde, Gemeinschaft.

[390] *Pillori:* (engl.) pillory: Pranger.

[391] *Archenholz:* Knigge verweist auf Johann Wilhelm von Archenholz (1741–1812), preuß. Offizier, Historiker und Publizist, und dessen Buch »Annalen der Brittischen Geschichte des Jahrs 1790« (veröffentlicht 1791).

schenrechte respektirende Könige und Fürsten hätten; aber wir reden hier nicht von einzelnen Menschen, die sich des Misbrauchs *enthalten*, den sie von ihrer Gewalt machen *könnten*, und die so viel möglich den Fehlern auszuweichen, die Gebrechen zu heilen suchen, die in der Constitution liegen; sondern von den Verfassungen selbst reden wir, die von der Art sind, daß keine bestimmte Gesezze jenen *möglichen* Misbrauch einschränken. Sie sind also gegen die Ordnung der Natur; sie streiten mit dem ersten Zwekke jeder gesellschaftlichen Vereinigung, indem sie, statt die allgemeinen Menschenrechte und die persönliche Sicherheit und Glükseligkeit Aller durch gegenseitigen Schuz zu befördern und gegen Beleidigungen zu sichern, vielmehr ganz darauf eingerichtet zu seyn scheinen, daß eine kleinere Anzahl der Bürger, auf Unkosten der größern Anzahl, ihre Leidenschaften befriedigen, sich Vortheile verschaffen und Vorrechte anmaßen könne, die ihnen nach der Ordnung der Natur nicht zukommen. In den Zeiten der Barbarey nun, wo unter hundert Menschen kaum Einer fähig ist, über seine Verhältnisse nachzudenken, wo dikke Nebel die Augen des großen Haufens umhüllen und alle Ressorts, aus welchen das Maschinenwerk des Despotismus besteht, ihre volle Kraft haben; da läßt sich eine solche Gewalt über die Menge erlangen. Auch beruht diese Gewalt auf dem heiligen, in der Natur gegründeten Rechte des Stärkern; denn wenn der Schwächere in den Kräften seines Geistes und in seiner Geschiklichkeit Hülfsquellen findet, die ihm den Mangel an körperlicher Prästanz[392] ersezzen, oder wenn er den Stärkern dahin bringen kann, daß er freywillig oder aus ungegründeter Furcht ihm ein Uebergewicht zugesteht; so wird Er ja dadurch der Mächtigere. Allein sobald Jener die Augen öfnet und anfängt sich selber zu erkennen und zu fühlen; dann ist die Zeit der Täuschung aus, und das künstliche Regiment hat ein Ende. Thöricht wäre es, verlangen zu wollen, daß, in einem Zeitalter, wo Cultur und Wissenschaften in allen Ständen zugenommen haben, die alten Gängelbänder, an welchen man unwissende und dumme Menschen leitet, nämlich Vorurtheil, Autorität, Täuschung und blinder Glauben, noch immer den Haufen der Starken im Zaume halten sollten. Und doch verlangen wir nicht nur, diese Albernheit durchzusezzen, sondern wir wollen sogar die Sache per *modum contrarium*[393] treiben, das heist: indeß das Volk täglich klüger, täglich abgeneigter wird, sich im Blinden führen zu lassen, werden die Ansprüche der Herrscher auf blinden Gehorsam täglich größer – Das Kind behandelte man mit Glimpf und den Mann will man mit der Ruthe züchtigen. Ist es möglich, ist es denkbar, daß dies dauern könne? Nein, gewiß nicht! und ohne Prophet und ohne Aufwiegler zu seyn, kann man es voraus verkündigen, daß allen europäischen Staats-Verfassungen eine nahe Umkehrung bevorsteht.

## Siebenter Abschnitt.

### Welche Art von Revolution in den Staats-Verfassungen zu erwarten, zu befürchten oder zu hoffen sey?

Man sage doch ja nicht, daß die französische Revolution das Feuer des Aufruhrs in allen Gegenden von Europa anblase, noch daß selbst die kühnsten und unvorsichtigsten Schriftsteller, welche den Rechten der Menschen und der Freyheit das Wort reden, ruhige Völker zu Empörungen verleiten! Ich werde mich bemühn, das Gegentheil solcher Behauptungen in diesem und den folgenden Abschnitten darzuthun.

Ich meine hinlänglich bewiesen zu haben, daß alle europäische Staats-Verfassungen von der Art, daß sie so, wie sie beschaffen sind, bey der jezzigen Stimmung des Zeitalters, nicht dauern können. In Frankreich nun war das Uebel am ärgsten, der Despotismus auf den höchsten Grad gestiegen; zugleich hatte die gegenwirkende Cultur in allen Ständen zugenommen, indeß Armuth und Elend das Volk zur Verzweiflung brachte. Frankreich war also der Theil des Geschwürs, der zu seiner ganzen Reife gelangt war, und der daher zuerst aufbrechen oder durchgestochen werden muste. Statt darüber zu jammern, sollten wir uns freuen, wir andern Europäer, daß nicht zuerst uns die Reihe getroffen, daß wir, wenn wir es nur recht anfangen, uns den Schmerz einer ähnlichen Operation ersparen und durch zertheilende Mittel die *materia peccans*[394] fortschaffen können. Das Beyspiel unsrer Nachbarn kann für Regenten und Volk heilsam werden. Jene mögen sich daran spiegeln und gewahr werden, was der große Haufen vermag, wenn man ihn auf's Aeusserste treibt und wie wenig die alten Quaksalbereyen gegen ein so eingewurzeltes Uebel wirken; das Volk aber mag durch den Anblik aller Greuel der Anarchie bewogen werden, sich zu keinen übereilten Schritten verleiten zu lassen, nicht, ohne die äusserste Noth, zu gewaltsamen Mitteln zu schreiten und einen leidlichen Zustand von conventioneller Ruhe und Glükseligkeit nicht gegen die ungewissen Folgen einer gänzlichen Umstürzung auf das Spiel zu sezzen!

Also ist es nicht die französische Revolution, welche den Ton von Unzufriedenheit unter den übrigen Völkern anstimmt, sondern umgekehrt, die allgemeine Unzufriedenheit ist zuerst in Frankreich ausgebrochen. Auch sind es nicht die Schriftsteller, die so genannten Aufklärer und Apostel der

---

392 *Prästanz:* Leistungsfähigkeit.

393 *per modum contrarium:* (lat.) durch das Gegenteil.

394 *materia peccans:* (lat.) Krankheitsstoff.

Freiheit, nachen denen Hoffmann, elenden und jämmerlichen Andenkens, mit Gassenkoth wirft, diese Schriftsteller sind es nicht, welche Aufruhr erwekken; sondern die allgemeine Stimme des Volks ist es, die durch diese Schriftsteller redet. Noch nie haben Bücherschreiber große Weltbegebenheiten bewirkt, sondern die veränderte Ordnung der Dinge wirkt im Gegentheil auf den Geist der Bücherschreiber; Jeder fühlt dann dunkel das Bedürfniß zu reden, bis Einer endlich den Mund öfnet. Und wäre Er es nicht; so würde es ein Andrer seyn – Es ist aber Wohlthat, daß dergleichen zur Sprache komme und von allen Seiten beleuchtet werde, weil es noch Zeit ist. Geht die That vor dem Raisonnement her; so ist das Uebel unendlich größer. Luther hat die Reformation bewirkt; aber was für eine Reformation? Eine solche, die nicht ausbleiben konnte, wovon das Bedürfniß in allen christlichen Staaten gefühlt wurde. Ohne dies allgemeine Bedürfniß würde sein Toben und Wirken ohne Nuzzen und ohne Schaden geblieben seyn. Man würde ihn wie einen Schwärmer behandelt, und seinen Reformationsplan, zugleich mit jenes französischen Abts[395] Vorschlägen zu einem ewigen Frieden, belächelt haben.

Wollt ihr aber wissen, welche Schriftsteller das Volk zum Aufruhre reizen können? Solche Scribler, solche Schmeichler, wie Hoffmann*) und seines Gleichen, die sind es, welche, indem sie gegen die gesunde Vernunft und den freyen Untersuchungsgeist zu Felde ziehen, jedem bessern Manne, der noch gern geschwiegen hätte, den Mund öfnen. Sie misleiten und verblenden schwache Fürsten, die sonst im Begriffe sind, über ihre misliche Lage erleuchtet zu werden, erbittern durch leidenschaftliche Grobheit und machen jede Sache verdächtig, die solcher verächtlichen Vertheydiger bedarf.

»Aber was für Beruf« fragt der Furchtsame »was für Beruf habt Ihr Schriftsteller, Euch in diese Händel zu mischen? Was gehen Euch die Regierungen der Welt an? Wandelt doch Euren Gang in Frieden fort und schreibet über« – Nun? worüber? Ueber was für Gegenstände, wenn man nicht über die schreiben soll, die der ganzen Menschheit interessant und wichtig sind? Hat nicht jeder Bürger im Staate Beruf, sich in Angelegenheiten zu mischen, wovon die Wohlfahrt Aller abhängt? Und wenn Dein eignes Haus nicht brennt; folgt daraus, daß Du Deinen Nachbar nicht warnen dürftest, vor Unvorsichtigkeit mit Feuer und Licht? – Wahrlich! eine schöne Lehre! Also, wenn Millionen über die Mishandlungen eines Einzelnen seufzen; so soll Keiner das Recht haben, die allgemeinen Klagen vor den Richtstuhl zu bringen? – »Ja! vor den Richtstuhl« – Und vor welchen? Etwa vor den Richtstuhl Derjenigen, die selbst die Beklagten sind? – Nein! vor den

*) Doch dieser unwissende Schwäzzer, welcher Professor des teutschen Styls ist, und keine Seite ohne grammatikalische Fehler schreiben kann, der mit beyspielloser Frechheit sich rühmt: der Kayser sey Mitarbeiter an seinem albernen Journale – der wird nun wohl von seinen langöhrichten Mitbrüdern am wenigsten Nachtheil stiften. *[Anmerkung Knigges]*

Des

seligen Herrn

Etatsraths

Samuel Conrad

von Schaafskopf

hinterlassene Papiere;

von

seinen Erben herausgegeben.

Breslau 1792.

Auf Kosten der Herausgeber.

*Knigges Satire richtete sich gegen die »Obscuranten« vom Schlage Hoffmanns und Zimmermanns.*

[395] *französischen Abts:* Gemeint ist Charles Iréné Abbé de Saint-Pierre (1658–1743) und seine Vorschläge zur Herstellung eines »ewigen Friedens« in seinem Buch »Projet pour rendre la paix perpetuelle« (Utrecht 1713).

Richtstuhl des Publikums, des gesammten Volks? Dahin gehören solche Klagen, und diese Publicität allein ist das sicherste Mittel, heimlichen Meutereyen und den Einwirkungen im Finstern schleichender Rotten vorzubeugen.

»Aber man darf gewisse Wahrheiten eben so wenig laut predigen, als man kleinen Kindern Messer und Scheeren in die Hand geben darf.« – Wer hat Euch das glauben gemacht? Aechte Wahrheiten können unbrauchbare Werkzeuge für Unmündige, aber nie, in keines Menschen Hand gefährliche Waffen seyn. Das Gegentheil haben von jeher nur solche Leute behauptet, die ihren schändlichen Vortheil bey der Verfinsterung finden. Schade um die elende Glükseligkeit, die auf Lügen und Vorurtheilen beruht! Täuschung – selige Täuschung! Das ist eine Dichter-Phrasis und mag beym Liebeln und Empfindeln angenehme Dienste thun; aber wo es heilige Menschenrechte und zeitliche und ewige Glükseligkeit gilt; da hat kein Mensch, kein Engel das Recht, uns zu täuschen.

»Allein habe ich nicht selbst gesagt, daß der gröste Theil des Menschengeschlechts in allen Zeitaltern unmündig und der Täuschung unterworfen bleiben werde?« – ja, werde, leider! *werde*; aber nicht *solle*, nicht *müsse*. Giebt denn das uns das Befugniß, ihn muthwilligerweise zu betrügen, ihm sein Eigenthum an Wahrheit und Weisheit zu schmälern? Wer hat uns zu Vormündern auf ewige Zeiten von gewissen Volks-Classen gemacht, ohne Unterschied, ob unter Diesen nicht vielleicht Menschen sind, deren Verstandeskräfte die unsrigen weit übertreffen? Noch einmal! unmündig und schwach bleibt freylich der gröste Theil aller Lebendigen; aber dieser Theil besteht nicht grade aus Bauern. Das wäre ja erschreklich, wenn ein ganzer Stand, und zwar der nüzlichste im Staate, verurtheilt seyn sollte, ewig dumm und unwissend zu bleiben; und es ist thöricht, zu sagen, man werde an ihm zum Wohlthäter, wenn man ihn in einer Täuschung erhält, bey welcher er sich so übel befindet.

Allein nicht nur ist keine Befugniß, es ist auch keine Möglichkeit da, die Aufklärung zurükzuhalten; und wenn sie nun einmal, ohne unser Gebet, ihre Fortschritte macht; so ist es die Pflicht Derer, die über so wichtige Gegenstände reiflicher nachgedacht haben, ihren Mitbürgern den Leitfaden zu bessrer Anordnung ihrer Gedanken zu geben – das ist wahrer Schriftsteller-Beruf. Auf diese Weise kann der Gelehrte, wenn er das Bedürfniß seines Zeitalters richtig kennt, sehr nüzlich werden. Schaden stiften kann er, *wenn das, was er sagt, wirklich ächte Wahrheit ist*, nie. Kömmt diese Wahrheit zur Unzeit, das heist: calculirt er das Bedürfniß unrichtig; so wird sie nicht erkannt, nicht verstanden, zieht ihm vielleicht Verfolgung zu; aber Unglük kann Der nie stiften, der ächte Wahrheit geltend macht. Sehr viel mehr Unglük stiftet halbe Aufklärung; Verworrenheit in Begriffen. Und jezt leben wir in einem Zeitalter, das sehr viel Licht verträgt, in welchem man gewisse Wahrheiten nicht zu oft sagen kann. Alle Classen der Bürger lesen, lesen Geschichtsbücher, lesen Zeitungen; sie erfahren dann, daß Tristan l'Hermite[396] mehr als viertausend unschuldige Menschen, unter Ludwig des Eilften Regierung, in der Bastille umkommen ließ; sie erfahren, daß nun die Bastille nicht mehr ist, daß das Volk sie, und mit ihr den Despotismus, zerstöhrt hat. Sie sehen also, daß man so etwas thun *kann*; sie lesen auch, daß Viele behaupten, man *dürfe* so etwas thun; sie fangen auch wohl an, zu ahnden, man habe von je her sich angemaßt, alles thun zu *dürfen*, was man thun *konnte* – und so ist denn freylich leicht abzusehn, daß auch sie so etwas thun *werden*, wenn sie *wollen*.

Hier ist also kein andres Mittel, als den Willen zu lenken und die Vernunft, welche den Willen regiert, zu überzeugen. Jenes ist in der Regenten Hand, dieses ein Geschäft der Schriftsteller. Wenn die Regierungen ihre Pflichten so treu erfüllen und dabey solche, zu dem Zeitalter passende Mittel wählen, daß die Bürger im Staate sich glüklich fühlen; so entsteht kein Misvergnügen, kein Bedürfniß, folglich auch kein Willen, die Ordnung der Dinge zu verändern. Und wenn dann die Schriftsteller die ächten Grundsäzze entwikkeln, worauf die Rechte aller Menschen und ihre Verbindlichkeiten gegen einander beruhen; die Vortheile der bürgerlichen Gesellschaft und die daraus entstehenden Pflichten; die Nothwendigkeit einer gewissen Ordnung und der Unterwürfigkeit gegen die Gesezze; wenn sie dies mit Freymüthigkeit und Klarheit thun; so wird das auf alle Stände gesegneten Einfluß haben; die Regenten werden die Unvermeidlichkeit einer Veränderung in ihren Systemen erkennen und zwekmäßige Mittel wählen, allen Klagen abzuhelfen; das Volk aber wird vorsichtig werden und sich zu keinen tumultuarischen Schritten verleiten lassen.

[396] *Tristan l'Hermite:* Skrupelloser Richter unter der Regierung Ludwigs XI. von Frankreich.

*Feier zum ersten Jahrestag der französischen Revolution auf dem Pariser Marsfeld, 1790. Zeitgenössischer Stich*

## Achter Abschnitt.

**Wie allen gewaltsamen Revolutionen vorgebeugt werden könne.**

Wer in seinem Hause sich behaglich fühlt und kein Müßiggänger ist, pflegt sich selten um das zu bekümmern, was der Nachbar in dem Innern seines Hauswesens treibt; und ein Volk, bey welchem ein ziemlich gleich vertheilter Wohlstand und dabey nüzliche Thätigkeit herrschen, pflegt eben keinen leidenschaftlichen Antheil an den Begebenheiten und Gährungen in fremden Ländern zu nehmen. Die Sorge für das allgemeine Wohl geht wenig Leuten so nahe zu Herzen, als die Sorge für das eigne Ich. Wer also Interesse für eine Veränderung in der Staats-Verfassung empfinden soll, der muß überzeugt seyn, daß seine und der Seinigen persönliche Existenz bey dieser Veränderung einen Zuwachs von Vollkommenheit erlangen würde.

Die Anzahl Derer, die Ruhe und Gemächlichkeit lieben und ungern rasche Schritte thun, ist unendlich größer, als die der unruhigen Köpfe, voll rastloser Thätigkeit. Wenig Menschen sezzen gern das gewisse Gute auf's Spiel, gegen das Ungewisse, wonach man mit Gefahr ringen muß. Einzelne Aufwiegler machen wenig Eindruk auf Gemüther, in denen nicht schon der Saamen der Unzufriedenheit keimt; und also sind im Ganzen nur gemishandelte und gemisbrauchte Menschen zum Aufruhre geneigt, oder leicht dazu zu vermögen.

Jeder irgend verständige Mensch weiß, daß man in diesem Erdenleben eine gewisse Summe von Ungemächlichkeiten und Lasten tragen muß. Von Jugend auf wird er an Aufopferungen gewöhnt, und Gewohnheit hat größere Gewalt über ihn, wie alles Uebrige; folglich muß zu dieser Last, seinem Gefühle nach, eine unerträgliche Zugabe kommen, wenn er bewogen werden soll, zu murren und das Gewöhnte unnatürlich zu finden.

Wer nicht gewahr wird, daß es andern Leuten unter denselben Umständen besser geht, als ihm, wird nicht leicht mit seinem Zustande unzufrieden werden.

Liebe und Zuneigung zu Wohlthätern, Dankbarkeit für Schuz und gewährte Sicherheit, Erkenntlichkeit gegen edle und redliche Behandlung, Verehrung hervorstechender Talente und eine Art von Furcht vor überwiegender Klugheit ist allen vernünftigen Wesen von Natur eingeprägt. Nur Menschen von äusserst stürmischen Leidenschaften (und Diese machen gewiß den geringern Theil des großen Haufens aus) verleugnen solche Gefühle.

Wer eine rasche, gefährliche That ausführen will und dazu die Mitwirkung Vieler bedarf, wird nicht leicht sich Andern eröfnen und ihnen seine Plane mittheilen, wenn er nicht gewiß überzeugt ist, daß Diese von eben den Empfindungen, wie er, durchdrungen sind, und das sezt entweder eine allgemein gegründete Unzufriedenheit oder eine allgemeine Corruption der sittlichen Gefühle voraus – An beyden ist die Regierung Schuld.

Aus diesem Allen ziehen wir theoretisch folgende Schlüsse: daß Empörungen in keinem andern, als in einem äusserst verderbten, in einem äusserst unglüklichen, oder in einem äusserst inkonsequent regierten Staate zu Stande gebracht werden können. In dem erstern, weil da der größere Theil der Menschen geneigt ist, ungerecht zu handeln; in dem zweiten, weil da die Menschen, es komme, wie es wolle, nichts zu verlieren haben; und in dem dritten, weil da die Menschen weniger Gefahr fürchten, wenn auch der Anschlag mislingen sollte.

Aber auch aus der Erfahrung läßt sich beweisen, daß nur in solchen Staaten Revolutionen auszubrechen pflegen, in welchen die Regierungen entweder ohne feste Grundsäzze, oder nach grausamen, oder nach unmoralischen Grundsäzzen gehandelt, folglich sich entweder Verachtung, oder Abscheu zugezogen haben.

Peter der Große[397] stürzte alles über den Haufen, woran seine Völker aus Vorurtheil und Gewohnheit hingen. Mit der unumschränktesten Gewalt herrschte er über Leben, Stand, Vorrechte und Vermögen der Unterthanen. Allein er selbst war ein großer, muthiger Mann, der Erste seiner Nation; Er gab das Beyspiel in aller Art von Aufopferung, Gehorsam und Thätigkeit; Alle seine Einrichtungen trugen das Gepräge der Sorgfalt für das allgemeine Wohl; ihr Nuzzen zeigte sich offenbar und sein Despotismus war dem Genie des Volks und dessen Sitten angemessen – also drang er durch, und es kam keine Haupt-Empörung gegen ihn zu Stande, in einem Reiche, wo sonst der kleinste Funken das Feuer des Aufruhrs in helle Flammen auflodern macht.

Carl der Zwölfte[398] opferte seinem unbegränzten Ehrgeize und seinem Eigensinne das Leben und den Wohlstand seiner treuesten, besten Unterthanen, ohne allen Zwek auf, entvölkerte Schweden, stürzte es zu der tiefsten Stufe der Armuth herab und regierte mit beyspielloser Härte und Willkühr – und dennoch fand er den willigsten Gehorsam, ohne Murren – warum? weil er selbst für sich so wenig foderte und, bey allen Verirrungen jener Leidenschaften, so wenig der Sklave weichlicher Begierden und dabey so tapfer wie Keiner, so unermüdet, so wachsam, so populär, so mäßig, so religiös war – kurz! weil er in hohem Grade die Tugenden besaß, für welche sein Volk Sinn hatte, und nie in solche Verirrungen fiel, welche bey diesem Volke die Bewundrung seiner Erhabenheit hätte schwächen müssen.

Und nun das Muster aller Könige, das Wunder aller Zeitalter, Friedrich der Einzige[399] – wer herrschte unumschränkter, willkührlicher als Er? Wer vertrug weniger Widerspruch? Ueber welches Königs Despotismus und Tyranney haben die Ausländer lauter geschrien? – Aber auch nur Ausländer; denn in welchem Lande herrschte je ein wärmerer Enthusiasmus für einen Monarchen, als in Preussen, während der unvergeßlichen Regierung dieses göttlichen Mannes? Aber er respektirte das, was dem Menschen das Heiligste ist, für dessen ruhigen Besiz er gern alle Uebrige aufopfert – Freiheit zu denken, zu reden, zu schreiben, zu glauben und zu bekennen, was in seinem Kopfe oder in seinem Herzen ist, und er wahrmachen zu können meint. Ihm war nicht bange vor Meutereyen, vor Aufwieglern, vor Aufklärern, vor Volks-Verführern. Hier in der freyen Reichsstadt[400], in der ich lebe, würde ich es nicht wagen, über die Thorheiten eines unbedeutenden kleinen Prinzen so unbefangen zu urtheilen, wie man damals von dem grösten Könige des Erdbodens laut in seinem Vorzimmer in Potsdam reden und über jede seiner Handlungen raisonniren durfte. Aber diese Handlungen brauchten auch nicht das Licht zu scheuen. Da saß er, ohne Leibwache, bey ofnen Thüren, ohne zu fürchten, daß jemand einen Anschlag auf ein Leben wagen würde, das ganz der Thätigkeit für das allgemeine Wohl

---

397 *Peter der Große* (1672–1725), russ. Zar, der mit rigiden Zwangsmaßnahmen die Modernisierung seines Staates betrieb.

398 *Carl der Zwölfte* (1682–1718), schwedischer König.

399 *Friedrich der Einzige:* Friedrich der Große (1712–1786), preußischer König.

400 *Reichsstadt:* Bremen.

gewidmet war. Sein Machtspruch bestimmte Auflagen und Abgaben, aber er verschwelgte nicht das Eigenthum der Unterthanen mit Buhlerinnen und Geigern und Pfeifern; alle Ausgaben waren Staats-Bedürfnisse. Wie mancher reiche Privatmann im Lande lebte bequemer, üppiger, glänzender, als Er! Wen ohne sein Verschulden Noth und Unglüksfälle zu Boden schlugen, der konnte, wenn er kein Tagedieb, sondern ein nüzlicher Bürger war, sicher seyn, bey ihm Rettung und Hülfe zu finden. Er ehrte das Verdienst in jedem Stande und seine Freunde waren Menschen, denen kein vernünftiger Mann seine Achtung versagen konnte. Projektmacher, Schwärmer und andächtelnde Heuchler fanden keinen Eingang bey seiner nüchternen Vernunft. Wer arbeitete ämsiger, besser, unermüdeter, pünktlicher wie Er? Strenge Gerechtigkeit leitete jeden seiner Schritte, so weit menschliche Einsicht reichen kann. Nie machte seine Willkühr Ausnahmen von bestimmten Gesezzen; nie verlor er seinen Haupt-Plan aus den Augen, der nicht verheimlicht wurde, der offen da lag, jeder Prüfung ausgestellt. Aber wer hätte auftreten mögen und sagen: ich will besser regieren, als Er? Wer durfte denken, er sey unerschrokner, scharfsichtiger, schneller bey dringenden Fällen, geschikter begangne Fehler zu verbessern, wachsamer, weniger vergessend? Wer war liebenswürdiger, hinreissender, überredender, wizziger als Er, im geselligen Umgange? Er bezahlte keine Inquisitoren, keine Lobredner und keine Spione; seine Heere beschüzten sein Land, nicht seine Person; seine Sicherheit, seine Unverlezlichkeit beruhete auf seiner Tugend, auf seinem entschieden hohen Werthe, auf der Reinigkeit seiner Absichten und auf der Weisheit seiner Mittel. Er ließ den Leuten nicht aus der Bibel beweisen, daß sie ihm gehorchen müsten, sondern erregte den Willen in ihnen, gern zu thun, was er befahl, weil sie seiner Weisheit trauen durften. Und hätte er tausend Jahre regiert und hätten um ihn her unzählige Volks-Aufklärer und Freiheits-Apostel über die Rechte der Menschheit, über die Befugnisse, sich frey zu machen, über die Gleichheit der Stände und gegen Kirchensysteme geschrieben; nie hätten seine Unterthanen sich zum Aufruhre bewegen lassen; denn sie fühlten sich – die Unvollkommenheit aller menschlichen Anstalten abgerechnet – glüklicher, sicherer, freyer, als irgend ein andres Volk.

Fragt man, warum die Regierung des edeln Kaisers Joseph[401], dessen Haupt-Augenmerk doch gewiß auch nur das allgemeine Wohl und das Glük seiner Völker war, dennoch durch innerliche Gährungen bezeichnet wurde; so wird es nicht schwer, die Antwort zu finden, wenn man einen Blik auf das Bild wirft, welches ich von des großen Friedrichs Regierung entworfen habe. Grade der Mangel an jener Consequenz in allen, auch den geringsten Schritten des unsterblichen Königs, und an der nie aus den Augen gesezten Rüksicht auf den Grad der Cultur seines Volks, hinderte den für alles Edle und Große so eifrigen Kayser, in Ausführung des Guten; und so konnte denn der Erfolg der Reinigkeit seiner Zwekke nicht entsprechen.

»Aber« wird man mir einwenden »sind denn nie Empörungen ausgebrochen, gegen die weisesten und besten Regenten? Ist nicht der vortrefliche Heinrich der Vierte das Opfer einer solchen Verschwörung gewesen?« Freylich! und wer leugnet denn auch, daß falscher Religions-Eifer gegen

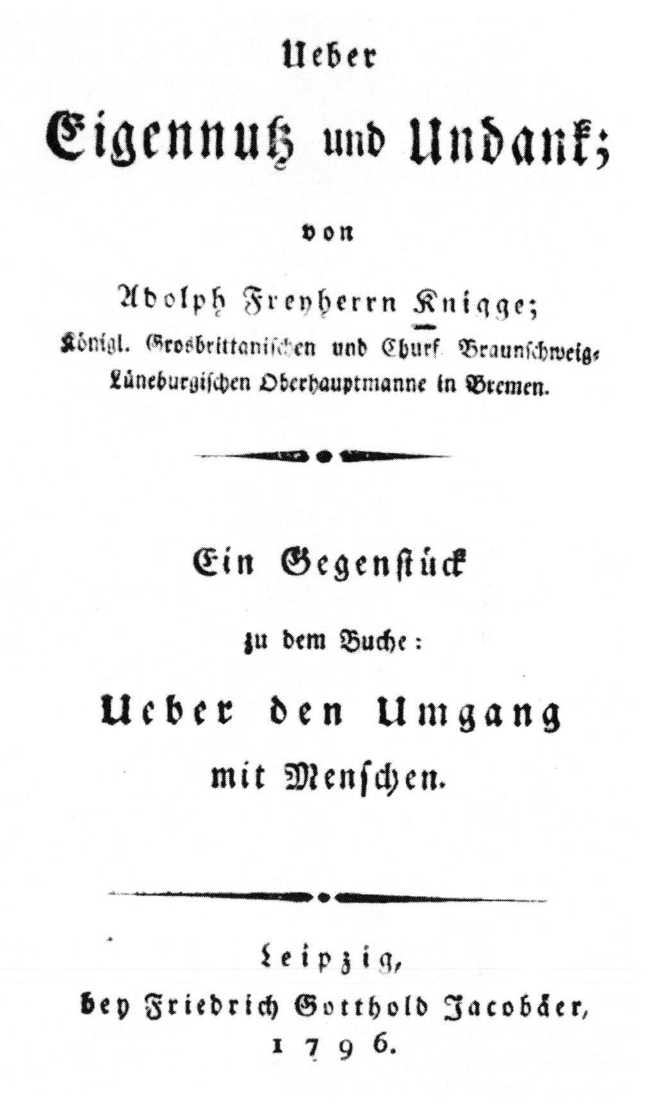
Ueber
Eigennuz und Undank;
von
Adolph Freyherrn Knigge;
Königl. Grosbrittanischen und Churf. Braunschweig-Lüneburgischen Oberhauptmanne in Bremen.

Ein Gegenstück
zu dem Buche:
Ueber den Umgang
mit Menschen.

Leipzig,
bey Friedrich Gotthold Jacobäer,
1796.

*Knigges letztes Werk, posthum erschienen*

[401] *Kaiser Joseph:* Joseph II. (1741–1790), dt. Kaiser.

gute Fürsten eine Mörderhand bewafnen könne? Aber Königsmord ist ja nicht Umwälzung eines Regierungs-Systems, und vielleicht könnte man Denen, welche der zunehmenden Aufklärung den Vorwurf machen, sie richte Verwirrungen an, grade die Erfahrung entgegensezzen, daß wir Beyspiele von solchen Freveln nur da finden, wo der Fanatismus herrschte und die Aufklärung ihr wohlthätiges Licht noch nicht verbreitet hatte.

Und wenn denn in keinem Lande gewaltsame Umkehrungen zu befürchten sind, wo die Regierung edel und konsequent handelt; welche herrliche Aussichten von Ruhe und Wohlstand haben wir nicht in Teutschland vor uns? – in Teutschland, wo so viel gute Fürsten den besten Willen, ihre Mitbürger glüklich und froh zu machen, mit erhabnen Vorzügen des Geistes verbinden und wo die, welche etwa noch durch fehlerhafte Erziehung und böse Rathgeber irre geleitet sind, auch bald durch gutes Beyspiel, durch die allgemeine Stimme, durch ernsthafte Betrachtungen über die französische Revolution und, welches denn auch nicht schaden kann, durch Furcht, von ihren Vorurtheilen, Irrthümern und falschen Grundsäzzen zurükkommen und einsehn lernen werden, daß ihr Interesse und das Interesse des Volks nur Eines ist?

Reichet also selbst die Hände zur nöthigen Verbesserung, Ihr Regenten! weil es noch Zeit ist! Entsaget den elenden und kostspieligen Kindereyen, worin so Manche von Euch ihren Ruhm, ihre Hoheit, ihren Glanz suchen! Was kann armseliger seyn, als Eure Zirkel von hirnlosen, müßigen Hofschranzen? Versammelt doch um Euch her – Männer, keine Affen! Männer mit Kopf und Herz, die Euch die Wahrheit nicht verhehlen! Was kann unnüzzer seyn, als Eure herausgepuzten Puppen, die Ihr Soldaten nennt, mit denen Ihr, die Ihr vor allen feindlichen Anfällen sicher seyd, mitten im Frieden, den Krieg spielt und denen der Hunger und die Sehnsucht nach ihren väterlichen Hütten aus den Augen blikken? Was kann geschmakloser seyn, als Eure Feste, Eure Cour- und Galla-Tage, an denen kein Herz Theil nimmt, wo Ihr dem Zwange und der Langeweile Stunden opfert, die Ihr so nüzlich, so segenvoll, so selig verleben könntet?

Gebet Euren Unterthanen das erste Beyspiel in aller Art Tugend und Ehrerbietung gegen natürliche und konventionelle Gesezze, in Mäßigkeit, Arbeitsamkeit, Treue, Wahrheit und Häuslichkeit! Respektiret das ächte Verdienst; zeiget Abscheu gegen Ränke und Cabalen, gegen Ausspäher und Anbringer und suchet das moralische Gefühl Eurer Mitbürger zu veredeln!

Machet Euch nicht zu Nachahmern, zu Dienern, zu Sklaven fremder Fürsten, indeß Ihr selbst zu Hause den Genuß der süßesten Herrschaft, der väterlichen Herrschaft über vernünftige und freye Menschen, die Euch lieben, in vollem Maaße schmekken könnt!

*Kupferstich von W. Arndt, 1796*

Entsaget der thörichten Eroberungssucht, und überzeuget Euch, daß hundert Menschen glüklich und froh zu machen, unendlich ehrenvoller sey, als Millionen mit Gewalt an das verhaßte Joch des Despotismus zu binden!

Verschanzet Euch nicht in Euren langweiligen Residenzen gegen den armen, durch die Unter-Despoten gemishandelten Landmann, der Euch gern seine Noth klagen mögte! Reiset in die Provinzen; sehet mit eignen Augen, höret mit eignen Ohren und verlasset Euch nicht auf die Berichte Derer, die Euch die Augen verbinden!

Ehret alle nüzlichen Stände und leidet nicht, daß sich gewisse Classen privilegirt glauben, durch Hochmuth, Unwissenheit und Müßiggang sich über fleißige und bessere Menschen zu erheben! Verbannet auf immer den Wahn, daß Verdienste, persönliche Vorzüge und das Recht auf Ehrenstellen und Staatsbedienungen vererbt und angebohren werden können!

Glaubet den schmeichlerischen Buben nicht, die Euch für Statthalter Gottes, ja für Halbgötter ausgeben, den Heuchlern, die Euch wahrheitsliebende Leute verdächtig machen wollen! Sie zittern, aus Furcht entlarvt zu werden und hinter Eure Majestät wollen sie sich verkriechen, damit man ihre Schelmenstükke nicht an den Tag bringe. Sie dürfen den bessern Mann nicht aufkommen lassen, damit Ihr das wahre Verdienst nicht kennen lernet und sie nicht ihr Ansehn verlieren.

Ehret den Mann und danket ihm, der Euch bittre Arzeneyen giebt! Wer Euch sagt, daß Ihr die ersten Diener des Staats seyd, daß Ihr Eure Macht aus den Händen des Volks erhalten habt, (ein Saz, den der gute Kayser Joseph selbst öffentlich bekannte) der meint es redlicher mit Befestigung Eures Throns, der ist ein treuerer Diener, als Eure kriechende Sklaven. Jenen ist der Stellvertreter der Nation heilig, Diese würden Euch noch heute verlassen, wenn ein andrer Tyrann Euch die Krone vom Haupte risse.

Rükket mit fort in der Cultur; leset die Werke der Geschichtschreiber und Philosophen, damit nicht unerwartet Wahrheiten in Cours kommen, worauf Ihr nicht vorbereitet seyd, an deren Misbrauch, wenn ein solcher Misbrauch zu fürchten wäre, niemand Schuld seyn würde, als Ihr, berufene Erzieher des Volks!

Allein glaubet nicht, daß man durch Zwangsmittel und Edikte Meinungen lenken und Aufklärung hindern könne! Erlaubet immer, daß jedermann laut rede, und seyd versichert, daß niemand weniger zu fürchten ist, als der Schwäzzer! Je mehr die Menschen plaudern, desto weniger handeln sie. Widerstand reizt, Einschränkungen erbittern. Verbote von der Art sind das sicherste Kennzeichen einer schwachen Regierung, erwekken den sehr gegründeten Verdacht, daß Eure Schritte nicht sicher sind, daß Eure Grundsäzze das Licht scheuen. Was nicht in Teutschland gedrukt werden darf, wird auswärts verlegt und was nicht öffentlich genossen werden darf, wird heimlich um desto gieriger verschlungen. Wenn die allgemeine Meinung zu Eurem Vortheile spricht; wenn so viel Herzen von Liebe und Verehrung für Euch erfüllt sind, wenn man Euren guten Willen sieht und Euren Einsichten trauet; was kümmert Euch dann das Geschrey einzelner Schwindelköpfe? Und ist das nicht der Fall; so gebet die Rolle ab, die Ihr nicht zu spielen verstehet! Wenn die Wahrheit reift; so trägt sie ihre Frucht und alle Welt sieht, daß von dem Baume gut zu essen, und daß er lieblich anzuschaun ist. Dann seyd weise und stellet Euch an die Spizze der Aufleser, damit es fein ordentlich dabey hergehe! Verbietet Ihr die Frucht; so fallen sie Euch bey Nacht und Nebel darüber her, und wer ist dann Schuld an der Verwirrung und an den blutigen Köpfen?

Fühlt Ihr nun die Nothwendigkeit, bald Eure Systeme, Eure Maximen, Eure Verfassung zu ändern; (und wer von Euch sollte die nicht fühlen?) murrt sogar schon heimlich Euer Volk; so berufet die Landesstände; berufet frey gewählte Repräsentanten aus allen Classen der Bürger; leget ihnen Eure Wünsche, Eure Klagen, Eure guten Entschlüsse vor; Ueberleget gemeinschaftlich mit ihnen, wie zu helfen sey; verheimlichet ihnen nichts! Ihr seyd Ihnen Rechenschaft schuldig; gebet sie freywillig, ehe man sie Euch abnöthigt! Sie werden Euch das zum Verdienste anrechnen und Ihr gewinnt dadurch an Macht und an Würde. Entwerfet bestimmte Gesezze, die dem Genius des Zeitalters angemessen sind, und entsaget aller willkührlichen Gewalt, die niemand verantwortlich seyn will! O! versuchet es, und glaubet, Ihr werdet Euch glüklicher und größer dabey fühlen, als jezt. Aber Eure Vezire, Eure Paschas, die sind es, die Euch dahin nicht kommen lassen wollen – trauet ihnen nicht!

Ich bin ein schlichter Mann, freylich ehemals bey des Kaysers von Abyssinien Majestät kein unbedeutendes Subjekt gewesen, aber jezt *Notarius caesarius publicus* in Bopfingen, und nichts weiter. Meinetwegen könnte es also wol noch so bunt in der Welt hergehn; ich verlöre nichts dabey. Aber ich denke immer, ich müste doch auch so meine unmaßgebliche Meinung sagen zu dem heutigen Revolutionswesen. *Quaeritur*[402]: ob Ihr dieses mein *opusculum*[403] lesen werdet? – Das steht nun freylich dahin; indessen *dixi, et liberaui animam meam.*[404]

[402] *Quaeritur:* (lat.) Die Frage ist.

[403] *opusculum: (lat.)* kleines Werk.

[404] *dixi … meam:* (lat) Ich habe es gesagt und meine Seele befreit.

# Ein Nachruf

**An Kniggens Grabe.**

Stille herrsch' um das Grab! – Ein muthiger Kämpfer für Wahrheit
Und Verfolger des Trugs ruhet vom Kampfe nun hier.
Krankheit kettet' ihn lang' am Schmerzenlager. Durch Dulden
Und durch der Musen Kunst raubt' er den Stachel dem Schmerz.
Welcher Fühlende stand am Bette des Leidengeübten,
Der mitleidend ihn nicht, nicht ihn bewundernd verließ?
Fühllos blieb die Verläumdung allein. Nur eiserner starrte
Ihre Stirn'; es erscholl lauter der heisere Ruf
An die verschworene Brut: »Auf den Sinkenden leeret den Köcher!« –
Rief's, und der Groll und die List drangen verlarvet heran:
»Nieder, nieder mit ihm, der Titel verlachet und Bänder;
Der nur den Adel erkennt, welchen bewährt das Verdienst!
Nieder, nieder mit ihm, dem selbst die fürstliche Thorheit
Heilig nicht ist; der stets dringender, lauter es ruft:
*Ehret den Geist der Zeit!* – O nieder mit ihm; denn er sinket.« –
Also krächzte die Brut; Pfeile durchschwirrten die Luft.
Aber von Muthe gedekt, gedekt von der Wahrheit Aegide,
Lag unverwundbar Er. – Ha! sie verscheuchte sein Blik,
Den er mit Würd' auf sie schoß. Der Verworfenheit Maal an der Stirne,
Flohn sie heulend, verhüllt in der Vergessenheit Staub. –
Lächelnd wandte sich nun der Sieger. – Da nahte der Tod sich.
Seinen heilenden Kelch leerte der Leidende gern. –
Danket dem Retter, Tod, dem Schmerzenstiller, ihr Freunde!
Denn der Gerettete lebt! Lange noch blühet sein Ruhm.
Spät noch schauet Jüngling und Mann in den Spiegel des Lebens,
Den er mit fester Hand unter den Menschen erhob.*)
Lange stählet mit Muth sein Name den kämpfenden Weisen;
Lang' erbebet beym Wort: *Knigge!* der Heuchler und Thor.

*) Ueber den Umgang mit Menschen.

Gern mische ich mit dieser mir von einem Freunde mitgetheilten Klage auch meinen Schmerz über den Verlust des edlen Knigge, dem der Genius der Zeit manche nüzliche Wahrheit verdankt, und der nichts als diese der Welt mitgetheilt hat, die ihn ehrte, und sein Andenken immer ehren wird, wenn gleich schadenfrohe Menschen, in ihrer Dunkelheit, ich weiß nicht, aus welcher würklich Satanischen Freude, ihm noch seine Lebenstage zu verbittern suchten. Edel begegnete er ihnen noch neulich mit seiner heitern Anzeige in den Zeitungen, aber sollten nicht da, wo es nicht möglich ist, solche Verläumder und Friedensstörer zur rechtlichen Verantwortung zu ziehen, wie einst Knigge that, sich alle edle Menschen vereinigen, um laut den mit Schande und Verachtung zu bedecken, der einen solchen unlitterarischen und unmännlichen Unfug treibt.

Gerhard Anton von Halem

*(Der Genius der Zeit. Bd. 8. 5. Stück, Mai 1796)*

Grabplatte Adolph Freiherr Knigges im Dom zu Bremen

# Zeittafel

**1752**
- 16. Oktober: Adolph Franz Friedrich Ludwig Freiherr von Knigge wird auf Gut Bredenbeck bei Hannover geboren. Vater: Philipp Carl Freiherr von Knigge (1723–1766), Mutter: Louise Wilhelmine, geb. Freiin von Knigge aus der Linie Thale (1730–1763).

**1766**
- 11. Oktober: Tod des Vaters, der hohe Schulden hinterläßt. Die Güter werden von den Gläubigern zwangsverwaltet. Adolph von Knigge kommt in Pension zum Kammersekretär Augspurg in Hannover.

**1769**
- 23. Oktober: Immatrikulation zum Jurastudium in Göttingen. Knigge wohnt im Hause des Verlegers Johann Christian Dieterich, in dem auch Georg Christoph Lichtenberg lebt.

**1771**
- 22. März: Ernennung zum Hofjunker und Assessor an der Kriegs- und Domänenkammer durch Landgraf Friedrich II. von Hessen-Kassel; Beurlaubung zur Fortsetzung des Studiums.

**1772**
- Herbst: Amtsantritt in Kassel.

**1773**
- 20. Februar: Eintritt in die Freimaurerloge »Zum gekrönten Löwen« in Kassel.
- 22. August: Heirat mit der Hofdame Henriette von Baumbach (1749–1808).

**1774**
- 7. Januar: Ernennung zum Mit-Direktor der hessischen Tabakfabrik in Kassel.
- 25. November: Geburt der einzigen Tochter Philippine (1774–1841) in Kassel.

**1775**
- 29. März: Abschied vom Kasseler Hof. Vergebliche Verhandlungen über die Rückgabe der konfiszierten Güter in Hannover.
- April: Erfolglose Bewerbung um eine Anstellung im preußischen Staatsdienst.
- Sommer: Übersiedlung nach Nentershausen auf das Gut seiner Schwiegermutter.
- Komposition eines Konzerts für Fagott und Streicher.

**1776**
- Frühjahr: Reise nach Weimar, Bekanntschaft mit Goethe, vergebliche Bemühungen um eine Stelle am Hof von Herzog Carl August.

**1777**
- Ernennung zum Sachsen-Weimarischen Kammerherrn ohne Anstellung.
- Sommer: Übersiedlung nach Hanau. Gesellschaftlicher Verkehr am Hof von Erbprinz Wilhelm von Hessen (Sohn von Landgraf Friedrich II.).
- 23. Oktober: Gründung eines Liebhabertheaters in Hanau.

**1779**
- Beginn der Mitarbeit am Rezensionsorgan »Allgemeine deutsche Bibliothek« des Berliner Verlegers Friedrich Nicolai (insgesamt über 1200 Beiträge).
- Sommer: Eintritt in die Hanauer Freimaurerloge unter dem Namen »Eques a Cygno albo«.
- Herbst: Veröffentlichung der Schrift »Allgemeines System für das Volk«.

**1780**
- Januar: Mitglied im »Illuminaten-Orden«, den der Ingolstädter Theologieprofessor Adam Weishaupt (1748–1830) im Jahr 1776 gegründet hatte.
- Sommer: Übersiedlung nach Frankfurt/Main.

**1781**
- 1. Teil des »Roman meines Lebens« (zwei weitere Bände bis 1783).
- Veröffentlichung von sechs Cembalo-Sonaten.

**1782**
- Reisen im Auftrag des Illuminaten-Ordens.
- Juli: Teilnahme am Freimaurer-Konvent in Wilhelmsbad.

**1783**
- Frühjahr: 1. Teil des Romans »Geschichte Peter Clausens« (zwei Folgebände 1784/85).
- Mai: Übersiedlung nach Heidelberg.

**1784**
- 1. Juli: Austritt aus dem Illuminaten-Orden.

**1786**
- Frühjahr: Veröffentlichung der Schrift »Beytrag zur neuesten Geschichte des Freymaurerordens in neun Gesprächen«.
- September: Abermalige Übersiedlung nach Nentershausen.

**1787**
- Ostern: Veröffentlichung des Romans »Die Verirrungen des Philosophen oder Geschichte Ludwigs von Seelberg«.
- Juni: Übersiedlung nach Hannover.

**1788**
- März: Veröffentlichung von »Über den Umgang mit Menschen«.
- Sommer: Publikation der Rechtfertigungs-Schrift »Philo's endliche Erklärung und Antwort seine Verbindung mit dem Orden der Illuminaten betreffend«.
- Juli: Kontakt zu Karl Friedrich Bahrdts politischem Geheimbund »Deutsche Union«.
- 4. Oktober: Veröffentlichung der ersten Nummer der Zeitschrift »Dramturgische Blätter«.

**1789**
- Ostern: Publikation des ersten Bandes des Romans »Geschichte des armen Herrn von Mildenburg« (Band 2 und 3: 1790).
- Sommer: Endgültiges Scheitern der Verhandlungen über die Rückgabe der Familiengüter in Hannover.

**1790**
- 14. Juli: Teilnahme am Freiheitsfest zum ersten Jahrestag der Französischen Revolution in Hamburg-Harvestehude.
- September: Offizielle Ernennung zum hannoverschen Oberhauptmann und Scholarch in Bremen. Amtssitz und Dienstwohnung: Palatium am Domshof (ehemals erzbischöfliche Residenz)
- 30. Dezember 1790 – 2. Januar 1791: Reise nach Oldenburg.

**1791**
- 15. Januar: Eröffnung eines von Knigge gegründeten Liebhabertheaters mit Kotzebues Schauspiel »Die Indianer in England«.
- Frühjahr: Roman »Benjamin Noldmann's Geschichte der Aufklärung in Abyssinien«.
- Herbst: Roman »Das Zauberschloß oder Geschichte des Grafen Tunger«.
- Winter: Publikation der Satire »Des seeligen Herrn Etatsraths Samuel Conrad von Schaafskopf hinterlassene Papiere«.

**1792**
- Frühjahr: Schrift »Josephs von Wurmbrand politisches Glaubensbekenntniß«.
- 18. Juli: Klage Knigges gegen den Hannoveraner Arzt Johann Georg Zimmermann wegen dessen Angriffen in der »Wiener Zeitschrift« nach der Publikation des »Wurmbrand«. Der Prozeß endet drei Jahre später mit der Verurteilung Zimmermanns.

Juli: Kuraufenthalt in Bad Nenndorf.

**1793**
- Ostern: »Über Schriftsteller und Schriftstellerey« und »Briefe, auf einer Reise von Lothringen nach Niedersachsen geschrieben«.
- Juli: Reise nach Hamburg.

**1794**
- Ostern: Letzter Roman »Geschichte des Amtsraths Gutmann«.
- Juni/Juli: Kuraufenthalt in Bad Driburg.

**1795**
- 2. März: Beginn des Zwangsaufenthalts in Stade auf Befehl der hannoverschen Regierung.
- 2. April: Eigenmächtige Rückkehr nach Bremen.
- Frühjahr: Verteidigungsschrift für den Bremer Kaufmann Arnold Delius.
- Juli/August: Kur in Bad Driburg.
- Herbst: »Manifest einer nicht geheimen, sondern sehr öffentlichen Verbindung«.

**1796**
- Frühjahr: »Über den Umgang mit Menschen« erscheint in der 5. Auflage.
- 6. Mai: Tod in Bremen.
- 12. Mai: Beisetzung im Bremer St.-Petri-Dom.
- Juni: Posthume Veröffentlichung von Knigges letztem Buch »Über Eigennutz und Undank«.

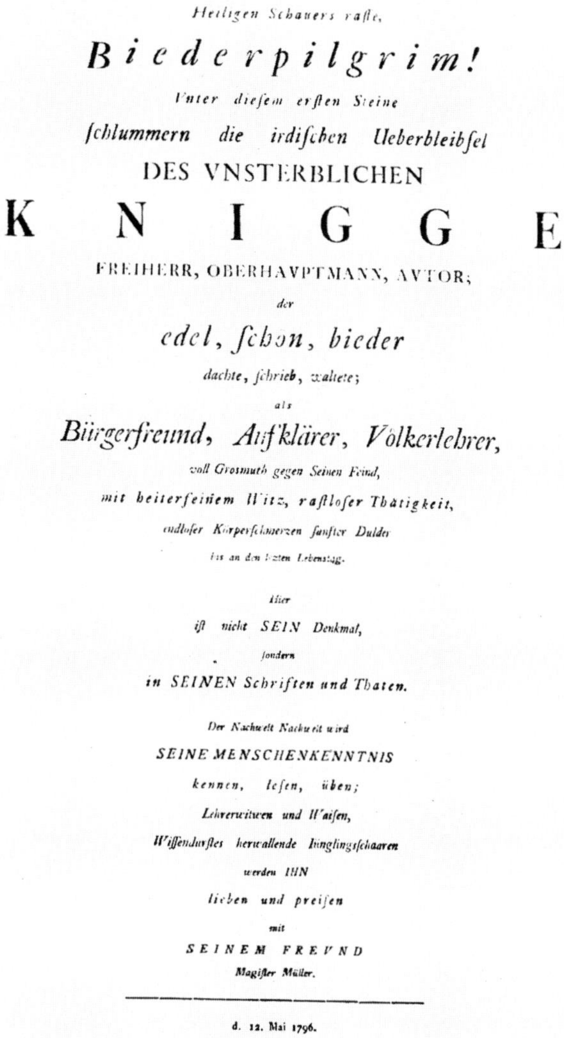
Heiligen Schauers raste,
Biederpilgrim!
Unter diesem ersten Steine
schlummern die irdischen Ueberbleibsel
DES VNSTERBLICHEN
KNIGGE
FREIHERR, OBERHAVPTMANN, AVTOR;
der
edel, schön, bieder
dachte, schrieb, waltete;
als
Bürgerfreund, Aufklärer, Völkerlehrer,
voll Grosmuth gegen Seinen Feind,
mit heiterfeinem Witz, rastloser Thätigkeit,
endloser Körperschmerzen sanfter Dulder
bis an den lezten Lebenstag.
Hier
ist nicht SEIN Denkmal,
sondern
in SEINEN Schriften und Thaten.
Der Nachwelt Nachwelt wird
SEINE MENSCHENKENNTNIS
kennen, lesen, üben;
Lehrerwitwen und Waisen,
Wissendurstes herwallende Jünglingsschaaren
werden IHN
lieben und preisen
mit
SEINEM FREVND
Magister Müller.

d. 12. Mai 1796.

*Nachruf des Bremer Domkantors Wilhelm Christian Müller*

# Bibliographie

## Werke Knigges


*Sämtliche Werke*. Hrsg. von Paul Raabe. 24 Bde. Nendeln/Liechtenstein (zuletzt München u.a.) 1978 ff.

*Ausgewählte Werke in zehn Bänden*. Im Auftrag der Adolph-Freiherr-Knigge-Gesellschaft zu Hannover. Hrsg. von Wolfgang Fenner. Hannover 1991 ff.

*Knigge für jedermann*. Vom Umgang mit Menschen. Hrsg. von Jörg-Dieter Kogel. Frankfurt/Main 1996.

*Die Reise nach Braunschweig*. Nach der Erstausgabe hrsg. von Paul Raabe. Kassel 1972.

*Über den Umgang mit Menschen*. Hrsg. von Gert Ueding. (Nach der 3. Auflage 1790). Frankfurt/Main 1977.

*Über den Umgang mit Menschen*. Hrsg. von Karl-Heinz Göttert. (Nach der 5. Auflage 1796). Stuttgart 1991.

*Des seligen Herrn Etatsraths Samuel Conrad von Schaafskopf hinterlassene Papiere; von seinen Erben herausgegeben*. Mit einem Nachwort von Iring Fetscher. Frankfurt/Main 1965.

*Der Traum des Herrn Brick*. Essays. Satiren. Utopien. Hrsg. von Hedwig Voegt. Berlin 1968.

*Josephs von Wurmbrand, Kaiserlich abyssinischen Ex-Ministers, jetzigen Notarii caesarii publici in der Reichsstadt Bopfingen, politisches Glaubensbekenntniß, mit Hinsicht auf die französische Revolution und deren Folgen*. Hrsg. von Gerhard Steiner. Frankfurt/Main 1968.

*Aus einer alten Kiste* [hrsg. von Friedrich Hermann Klencke]. Originalbriefe, Handschriften und Documente aus dem Nachlasse eines bekannten Mannes [d.i. Adolph Freiherr Knigge]. Leipzig 1853.


## Sekundärliteratur


*Manfred Agethen:* Geheimbund und Utopie. Illuminaten, Freimaurer und deutsche Spätaufklärung. München 1984.

*Silke Behl:* Adolph Freiherr Knigge im Urteil seiner Zeitgenossen. Ein Beitrag zum Zusammenhang von Aufklärung, Literatur und Revolution. Diss. Phil. Hamburg 1984.

*Anke Bethmann/Gerhard Dongowski:* Adolph Freiherr Knigge an der Schwelle zur Moderne. Ein Beitrag zur politischen Ideengeschichte der deutschen Spätaufklärung. Hannover 1994.

*Jean Delinière:* Karl Friedrich Reinhard. Ein deutscher Aufklärer im Dienste Frankreichs (1761–1837). Stuttgart 1989.

*Richard van Dülmen:* Der Geheimbund der Illuminaten. Darstellung, Analyse, Dokumentation. 2. Aufl. Stuttgart 1977.

*Ernst-Otto Fehn:* Knigges »Manifest«. Geheimbundpläne im Zeichen der französischen Revolution. In: Peter Christian Ludz (Hrsg.): Geheime Gesellschaften. Heidelberg 1979, S. 369–398.

*August Fournier:* Knigge und Blumauer. In: Ders.: Historische Studien und Skizzen. 3. Reihe. Wien und Leipzig 1912, S. 17–29.

*Karl Goedeke:* Adolph Freiherr Knigge. Hannover 1844.

*Karl-Heinz Göttert:* Knigge oder: Von den Illusionen des anständigen Lebens. München 1995.

*Reinhold Th. Grabe (Pseud. von Hans Georg Brenner):* Das Geheimnis des Adolph Freiherrn von Knigge. Die Wege eines Menschenkenners. Hamburg 1936.

*Carl Haase:* Obrigkeit und öffentliche Meinung in Kurhannover 1789–1803. In: Niedersächsisches Jahrbuch für Landesgeschichte. Bd. 39 (1967), S. 192–294.

*Ders.:* Knigge contra Zimmermann. Die Beleidigungsklage des Oberhauptmanns Adolph Franz Friedrich Freiherr Knigge (1752–1796) gegen den Hofmedicus Johann Georg Ritter von Zimmermann (1728–1795). In: Niedersächsisches Jahrbuch für Landesgeschichte. Bd. 57 (1985), S. 137–159.

*Renate Hauschild-Thiessen:* Hamburg um die Wende vom 18. zum 19. Jahrhundert. Tagebuchaufzeichnungen Ferdinand Benekes. In: Hamburgische Geschichts- und Heimatblätter, Bd. 9, Hamburg 1976, S. 181–208.

*Christian Abraham Heineken:* Geschichte der Freien Hansestadt Bremen von der Mitte des 18. Jahrhunderts bis zur Franzosenzeit. Bearbeitet von Wilhelm Lührs. Bremen 1983.

*Paul Hinte:* Die hannoversche Gerichtsbarkeit in der Stadt Bremen 1720–1803. Diss. Göttingen 1957.

*Heinrich Hoops:* Geschichte der Gemeinden Grambke und Büren im Gebiet Bremen. Bremen 1905 (Neudruck Bremen 1986).

*150 Jahre Bremer Clubleben.* Ein Beitrag zur Kulturgeschichte Bremens. Hg. vom Club zu Bremen. Bremen 1933.

*Peter Kaeding:* Adolph von Knigge. Begegnungen mit einem freien Herrn. Berlin 1991.

*Wolf Kaiser:* »Welche Art von Revolution in den Staats-Verfassungen zu erwarten, zu befürchten oder zu hoffen sey?« Zur politischen Publizistik Adolphs Freiherrn Knigge. In: Gert Mattenklott/Klaus R. Scherpe (Hrsg.): Demokratisch-revolutionäre Literatur in Deutschland: Jakobinismus. Kronberg i.Ts. 1975, S. 205–242.

*Ernst August Knigge (Hrsg.):* Knigges Werke. Eine Bibliographie der gedruckten Schriften, Kompositionen und Briefe Adolphs Freyherrn Knigge und seiner Tochter Philippine von Reden, geb. Freiin Knigge. Göttingen 1996.

*[Philippine von Knigge]:* Kurze Biographie des Freyherrn Adolph Knigge. Hannover 1823.

*Jörg-Dieter Kogel:* Knigges ungewöhnliche Empfehlungen zu Aufklärung und Revolution. Berlin o.J. [1979].

*Franklin Kopitzsch:* Grundzüge einer Sozialgeschichte der Aufklärung in Hamburg und Altona, 2. erg. Aufl., Hamburg 1990 (Beiträge zur Geschichte Hamburgs, Bd. 21).

*Wilhelm Lührs:* Der Domshof. Geschichte eines bremischen Platzes. Bremen 1979 (Veröffentlichungen aus dem Staatsarchiv der Freien Hansestadt Bremen, Bd. 46).

*Katherina Mitralexi:* Über den Umgang mit Knigge. Zu Knigges »Umgang mit Menschen« und dessen Rezeption und Veränderung im 19. und 20. Jahrhundert. Freiburg 1984

*Ob Baron Knigge auch wirklich todt ist?* Eine Ausstellung zum 225. Geburtstag des Adolph Freiherrn Knigge. Bearb. von Ernst-Otto Fehn, Paul Raabe und Claus Ritterhoff. Ausstellungskatalog der Herzog August Bibliothek. Nr. 21. Wolfenbüttel 1977.

*Reinhard Oberschelp (Hrsg.):* Die Französische Revolution und Niedersachsen 1789–1803. Textband zur Ausstellung der Niedersächsischen Landesbibliothek Hannover. Hildesheim 1989.

*Thomas Pittrof:* Knigges Aufklärung über den Umgang mit Menschen. München 1989.

*Paul Raabe:* »Der Nachwelt Nachwelt wird ihn kennen ...« Adolph von Knigge: der Freiherr und das Mißverständnis. In: Westermanns Monatshefte (August 1974), S. 90–96.

*Heinrich Wilhelm Rotermund:* Geschichte der Domkirche St. Petri zu Bremen und des damit verbundenen Waisenhauses und der ehemaligen Domschule, von ihrem Ursprunge und mancherlei Schicksalen bis zum Jahre 1828. Bremen 1829.

*Michael Rüppel:* Das Gesellschaftstheater des Freiherrn Knigge 1791/92. In: Bremisches Jahrbuch 74/75 (1995/96), S. 107–133.

*Rolf Schempershofe:* August Hennings und sein Journal »Der Genius der Zeit«. Frühliberale Publizistik im Zeitalter der Französischen Revolution. In: Jahrbuch des Instituts für deutsche Geschichte. Bd. 10. Tel-Aviv 1981, S. 137–167.

*Herbert Schnepel:* Die Reichsstadt Bremen und Frankreich von 1789 bis 1813. Veröffentlichungen aus dem Staatsarchiv der freien Hansestadt Bremen. Heft 11. Bremen 1935.

*Hans Schröder:* Johann Gottwerth Müller, Verfasser des Siegfried von Lindenberg, nach seinem Leben und seinen Werken. Itzehoe 1843.

*Herbert Schwarzwälder:* Geschichte der Freien Hansestadt Bremen. Bd. 1: Von den Anfängen bis zur Franzosenzeit (1810). Erw. und verb. Aufl. Bremen 1995.

*Karl Spengler:* Die publizistische Tätigkeit des Freiherrn Adolph von Knigge während der Französischen Revolution. Bonn 1931.

*Gerhard Steiner:* Neues vom alten Knigge. In: Marginalien, Heft 58 (1975), S. 40–56.

*Heinrich Tidemann:* Die Zensur in Bremen von ihren Anfängen bis zu den Karlsbader Beschlüssen 1819. In: Bremisches Jahrbuch 30 (1926), S. 311–394.

*Hermann Tiemann:* Hanseaten im revolutionären Paris (1789–1803). In: Zeitschrift des Vereins für Hamburgische Geschichte, Bd. 49/50 (1964), S. 109–146.

*Jürgen Walter:* Adolph Freiherrn Knigges Roman »Benjamin Noldmanns Geschichte der Aufklärung in Abyssinien«. Kritischer Realismus als Satire und Utopie im Zeitalter der deutschen Klassik. In: Germanisch-Romanische Monatsschrift. Neue Folge 21 (1971), S. 153–180.

*Ursula Wegener:* Die lutherische Lateinschule und das Athenaeum am Dom in Bremen in ihrer politischen und kulturellen Bedeutung. Bremen 1941 (Veröffentlichungen des Archivs der Hansestadt Bremen, Heft 16).

*Friedrich Wellmann:* Das Privatinstitut des Dr. phil. Wilhelm Christian Müller in Bremen (1781–1814). In: Bremisches Jahrbuch, Bd. 23 (1911), S. 172–196.

—: Der bremische Domkantor Dr. Wilhelm Christian Müller. Ein Beitrag zur Musik- und Kulturgeschichte Bremens. In: Bremisches Jahrbuch, Bd. 25 (1914), S. 1–137.

*Barbara Zaehle:* Knigges »Umgang mit Menschen« und seine Vorläufer. Ein Beitrag zur Geschichte der Gesellschaftsethik. Heidelberg 1933.

*Harro Zimmermann:* »Sultan Peter der Unaussprechliche und seine Veziere.« Göchhausens Satire über den Jakobinismus des Freiherrn Knigge. In: Jahrbuch des Instituts für Deutsche Geschichte. Bd. XIII. Tel-Aviv 1984, S. 79–115.

# Abbildungsverzeichnis

## Ein einmaliges Hörerlebnis
## Knigges Klavierwerke erstmals auf Tonträger

»*Jeder seichte Kopf, der nur ein weiches Herzchen hat, den edeln Müßiggang und ein liederliches Leben liebt, legt sich heutzutage auf die schönen Wissenschaften, glaubt Beruf zum Künstler zu haben, macht Verse, schreibt für das Theater, spielt ein Instrument, komponiert, pinselt – und so muß denn am Ende der Geschmack ausarten und die Kunst verächtlich werden.*« So herb kritisierte Adolph Freiherr Knigge in seinem berühmten Buch »Über den Umgang mit Menschen« (1788) den Kunstdilettantismus seines Zeitalters.

Daß sich Knigge selbst dennoch auf den ›guten Ton‹ verstand, zeigen seine sechs Klaviersonaten, die 1781 in Frankfurt am Main unter dem Titel »Six Sonates de Clavecin Seul« im Druck erschienen. Werke eines begabten Musik-Liebhabers, mit denen er dem galanten Zeitgeschmack seine Reverenz erwies. Kompositionen, deren Frische und Einfallsreichtum man es anmerkt, daß sie ein Zeitgenosse von Carl Philipp Emanuel Bach, Joseph Haydn und Wolfgang Amadeus Mozart schuf. Daß sich freilich seine musikalischen Miniaturen nicht mit solchen Meistern messen konnten, wußte Knigge ganz genau. Mit selbsironischer Kokketterie schrieb er 1790: *»Six Sonates de Clavecin seul sind sehr brauchbar, um Schuhe und Stiefel darinn einzupacken, denn sie sind auf sehr starkem Papier gedruckt.«*

Daß diese Aussage keineswegs richtig ist, beweist die vorliegende CD. Zum ersten Male werden hier die drei besten Klaviersonaten des Freiherrn vorgestellt, eingespielt im März 1996 von Claudia Birkholz. Zum Hörvergnügen trägt auch die von Horst Breiter gelesene Auswahl aus Knigges Texten bei.

**Adolph Freiherr Knigge**
**Texte und Musik**

Klaviersonaten
in B, C und Es

**Adolph Freiherr Knigge** — CompactDisk
**Texte und Musik** 45:37 — DDD

| | | |
|---|---|---|
| 01 | Harro Zimmermann über A. Freiherr Knigge | 3:21 |
| 02 | A. Freiherr Knigge: Sonate in B | 5:57 |
| 03 | A. Freiherr Knigge: Briefe, auf einer Reise aus Lothringen nach Niedersachsen geschrieben | 8:18 |
| 04 | A. Freiherr Knigge: Sonate in C | 6:02 |
| 05 | A. Freiherr Knigge: Des seligen Herrn Etatsraths Samuel Conrad v. Schaafskopf hinterlassene Papiere Über den Umgang mit Menschen | 14:34 |
| 06 | A. Freiherr Knigge: Sonate in Es | 7:19 |

ISBN 3-86108-118-0
19.90 DM/sFr, öS 147.–

Eine Produktion von Radio Bremen
im Alleinvertrieb der

EDITION TEMMEN
Hohenlohestr. 21 – 28209 Bremen
Tel.: 0421-344280 – Fax 348094